1,50

W0322228

ro
ro
ro

René Anour lebt in Wien. Dort studierte er auch Veterinärmedizin, wobei ihn ein Forschungsaufenthalt bis an die Harvard Medical School führte. Er arbeitet inzwischen bei der österreichischen Agentur für Gesundheit und Ernährungssicherheit und ist als Experte für neu entwickelte Medikamente für die European Medicines Agency tätig. Sein historischer Roman «Im Schatten des Turms» beleuchtet einen faszinierenden Aspekt der Medizingeschichte: den Narrenturm, die erste psychiatrische Heilanstalt der Welt. Sein zweiter Roman bei Rowohlt ist der Auftakt zu einer Reihe um eine junge Gerichtsmedizinerin in Wien zu Beginn des 20. Jahrhunderts: «Die Totenärztin».

RENÉ ANOUR

DIE TOTEN-ÄRZTIN

WIENER BLUT

ROMAN

Rowohlt Taschenbuch Verlag

2. Auflage Juli 2021
Originalausgabe
Veröffentlicht im Rowohlt Taschenbuch Verlag,
Hamburg, Juli 2021
Copyright © 2021 by Rowohlt Verlag GmbH, Hamburg
Redaktion Ulrike Brandt-Schwarze
Zitat Seite 105 und 207 aus: «Wiener Blut», Operette von Johann Strauß,
Text: Victor Léon und Leo Stein, Mainz 1992.
Zitat Seite 324 aus: William Shakespeare, «Ein Sommernachtstraum».
Übersetzt von August Wilhelm von Schlegel, Zürich 1979.
Zitat Seite 377: Anna Fischer-Dückelmann, «Die Frau als Hausärztin –
ein ärztliches Nachschlagebuch». München 1922.
Vignette Hauptmann & Kompanie Werbeagentur, Zürich
Kartenillustration Christl Glatz, Guter Punkt, München,
unter Verwendung von Motiven von iStock / Getty Images Plus
Covergestaltung Hauptmann & Kompanie Werbeagentur, Zürich
Coverabbildung Magdalena Russocka / Trevillion Images;
Hauptmann & Kompanie
Satz aus der Kepler
bei hanseatenSatz-bremen, Bremen
Druck und Bindung GGP Media GmbH, Pößneck, Germany
ISBN 978-3-499-00558-9

Die Rowohlt Verlage haben sich zu einer nachhaltigen Buchproduktion verpflichtet. Gemeinsam mit unseren Partnern und Lieferanten setzen wir uns für eine klimaneutrale Buchproduktion ein, die den Erwerb von Klimazertifikaten zur Kompensation des CO_2-Ausstoßes einschließt.
www.klimaneutralerverlag.de

MIX
Papier aus verantwortungsvollen Quellen
FSC® C014496

Hic locus est ubi mors gaudet succurrere vitae. –
Dies ist der Ort, wo der Tod sich freut,
dem Leben beizustehen.

(GIOVANNI BATTISTA MORGAGNI,
PADUA, 1682 – 1771)

1. KAPITEL
DER LÄCHELNDE TOTE

Wien, 1908

Fanny hatte nie eine Frau gesehen, die zufriedener aussah. Natürlich, es war nur ein Bild in einer Zeitung, aber *dieses Lächeln.* In die Mundwinkel gegrabene Gerechtigkeit. Gerechtigkeit, die sich die Schneidersfrau Bertha Brocker, wohnhaft in Margarethen, im fünften Gemeindebezirk der Stadt Wien, selbst gewährt hatte.

Und das Ergebnis lag direkt vor Fanny auf dem Tisch.

Berthas Mann. Der Schneider.

Schon beim Entkleiden war ihnen aufgefallen, dass sie ihn nicht «nur» ermordet hatte. Zwischen seinen Beinen fehlte etwas ganz Wesentliches.

«Meinst du, sie hat ihn vorher betrunken gemacht?» Fanny beugte sich fasziniert über den Toten und besah sich die lange Schneiderschere, die in seinem Kehlkopf steckte.

Franz schnaubte und schob Fanny mit seinem blutigen Kautschukhandschuh vom Sektionstisch weg. Manchmal vergaß sie ihre Position, wenn die Begeisterung überhandnahm. Aber sie hatte so viel in Kauf nehmen müssen, bis zu dieser Anstellung als Prosekturgehilfin an der Gerichtsmedizin, dass es ihr einfach schwerfiel, sich zu zügeln.

Franz bedachte das Mordwerkzeug mit einem skeptischen Blick. «Betrunken oder nicht. Ändert doch nichts an der Sauerei.» Der Gerichtsmediziner fuhr fort, den Brustkorb der Leiche mit der Sternumschere zu öffnen.

«Glaubst du, wir finden noch etwas?», fragte Fanny.

«Nein», brummte Franz. «Und ich frag mich, warum ich mir das so spät am Abend noch antu.»

Außer den beiden offensichtlichen Verletzungen hatte die Beschau nichts Ungewöhnliches ergeben. Die Totenstarre war bereits eingetreten. Die Livores, die Totenflecken, die durch das Versacken des Blutes entstanden, bedeckten den gesamten Rücken der Leiche. Sie ließen sich noch wegdrücken, was bedeutete, dass das Herz vor weniger als sechsunddreißig Stunden den Dienst eingestellt hatte.

Fanny streifte das blau angelaufene Gesicht des Schneiders mit einem Seitenblick. Seine Miene wirkte verkrampft. Hervorquellende Augen mit geplatzten Äderchen. Gewiss hatte Bertha noch kurz gewartet, damit er realisierte, was für einen Körperteil sie ihm abgeschnitten hatte, bevor sie es zu Ende brachte.

Gestern hatte Bertha in einer ersten Einvernahme gesagt, dass er sie über Jahre geprügelt und so gut wie jede Woche betrogen hatte.

«Wieso ist sie nicht einfach weg?», murmelte Fanny.

«Was war das?», fragte Franz.

Fanny beobachtete, wie er mit dem Schnitt entlang der Schlüsselbeine begann. Bei jedem Zusammendrücken der Schere wurden Muskeln und Sehnen auseinandergerissen.

Von draußen drangen vereinzeltes Hufklappern und das ferne Dröhnen eines Automobils an ihr Ohr.

«Ich meine nur, wenn sie ihn verlassen hätte, anstatt ... Jetzt geht sie ins Gefängnis.»

«Bei der Schweinerei», erwiderte Franz leise, «fällt mir das Mitleid-Haben reichlich schwer.»

In der Körpermitte angekommen, wechselte er die Richtung und folgte dem Verlauf des Brustbeins.

Fanny liebte ihre Arbeit, aber das Geräusch, wenn die Schere knackend Knorpel durchtrennte, verursachte selbst ihr bisweilen ein flaues Gefühl im Magen.

Der Schneider war von schlanker Statur gewesen und, abgesehen von den riesigen Blutflecken auf Hemd und Hose, elegant gekleidet. Sein Haar war an den Schläfen etwas ergraut, und seinen Schnauzer hatte er sorgsam mit Wichse gezwirbelt.

Fanny und Franz hatten die Leiche auf einen der vier metallenen Sektionstische in dem Saal gehievt, den sie gerade zuvor erst sauber gewischt hatte.

Freitagabend war Franz – eigentlich Dr. Franz Wilder – meist der einzige Gerichtsmediziner, der am Institut noch seinen Dienst versah ... und Fanny war die Einzige, die ihm noch assistieren konnte. Gert, der andere Prosekturgehilfe, war gelernter Fleischer und musste abends immer in der Schlachthalle in St. Marx aushelfen.

«Sesam, öffne dich», murmelte Franz. Er durchtrennte das letzte Stück des Brustbeins mit einem gezielten Schnitt. Der Rippenbogen sprang förmlich auf und gab den Blick auf das Herz und die Lungen frei.

Fanny hätte zu gerne einmal selbst versucht, einen Herzschnitt durchzuführen. Aber erstens hatte Professor Kuderna es verboten, und zweitens gefiel es Franz nicht, wenn man ihm, wie er es nannte, *die Leich' angrapschte.* Darauf reagierte er ähnlich empfindlich, als wäre man ungefragt in sein Schlafzimmer hereingeplatzt. Er schnitt weiter durch die Bauchmuskeln Richtung Nabel und Schambein.

Sie waren gerade dabei gewesen, das Institut abzuschließen und Feierabend zu machen, als die Polizei in einem dieser neuartigen Automobile vorgefahren war und ihnen die Leiche praktisch vor die Tür gelegt hatte. Die Ehefrau Bertha wäre zwar geständig, hatten die Beamten gesagt, aber man erwarte sich trotzdem einen vollständigen Bericht. Das volle Ausmaß ihrer Schandtaten würde das Strafmaß mitbestimmen.

Für eine einfache Schneidersfrau hatte Bertha die Polizei offenbar ziemlich lange an der Nase herumgeführt. Es hieß, sie wäre in einen alten Tunnel unter der Schneiderei geflüchtet, wo man sie erst nach Stunden gefasst hätte.

«Unter den Wiener Palästen und Tanzsälen verbirgt sich eine geheime Welt finsterer Tunnel, manche davon so alt wie die Stadt selbst», hatte Fannys Vater ihr früher vor dem Einschlafen erzählt. Damals hatte sie sich vorgestellt, dass dort unten Zwerge hausten und nach Edelsteinen schürften.

«Dabei hätt ich heut Abend noch bei meiner Großmutter vorbeischauen sollen», seufzte Franz und riss Fanny aus ihren Gedanken.

«Wie geht es ihr denn?», fragte Fanny vorsichtig. Franz sprach selten von seiner Familie. Nur, dass er sich um seine Großmutter kümmerte und ihr schweres Rheuma behandelte, hatte er ihr gegenüber erwähnt.

«Besser wird's halt nicht. Aber zumindest grantelt sie nicht mehr die ganze Zeit herum.»

«Wie das?»

«Sie bekommt jetzt ein Morphintonikum gegen die Schmerzen. Macht sie zufrieden. Ein Schlückchen und ...», Franz setzte ein übertriebenes Lächeln auf, «... glücklich.»

«Immerhin.» Leider fiel ihr nichts Aufmunternderes ein. Sie wandte sich wieder der Leiche des Schneiders zu.

«Was für eine Verschwendung», meinte Fanny. «Er war so gesund.»

«Kannst du dich trotzdem ein bisserl beeilen?», brummte Franz ungeduldig. «Der ist schon tot, dem ist deine geschätzte Aufmerksamkeit ziemlich wurst. Aber ich würd's schätzen, wenn du endlich anfangen könntest.»

Gehorsam schnappte sich Fanny ihr Klemmbrett und den Bleistift.

«Lage der Organe in Becken, Bauch und Brusthöhle ohne Befund», diktierte er, während sie das Formular ausfüllte.

Nach und nach entnahm Franz die Organe und legte sie in die Metallschalen, die Fanny ihm hastig bereitstellte.

«Nieren, Nebennieren und andere Beckenorgane ohne Befund.»

Fanny seufzte. Franz hielt sich selten an die vorgegebene Reihenfolge, auch wenn er am Ende immer alle Organe begutachtete. Eigentlich hätte er mit Herz und Lunge mitsamt Luft-, Speiseröhre und Kehlkopf beginnen müssen.

«Ich versteh's nicht», meinte Franz trocken. «Colon, Caecum, Ileum, Jejunum, Duodenum ... Milz, Pankreas ... Leber und Moment ... Ah ja, die Gallenblase! Alles ohne Befund.»

«Was denn?» Fanny legte die Leber behutsam in eine der Schalen, während ein bisschen grüne Gallenflüssigkeit auf ihren Handschuhen zurückblieb. Eins Komma vier Kilo, Fanny notierte das Gewicht neben dem Organbefund.

«Hat ein Mädel wie du eigentlich nichts Besseres zu tun, als mir dabei zuzusehen, wie ich im Leib von diesem Gfrast von einem Kerl herumwühl?»

Fanny sah auf und spürte, wie ihr die Lesebrille tiefer auf die Nase rutschte. Sie hasste es, wenn das passierte. Mit den mit blutigem Schleim bedeckten Handschuhen wollte sie sie nur ungern zurechtrücken. Sie drückte sie mit dem

Ellenbogen, so gut es ging, nach oben. Die Brille war zwar lästig, aber sie hatte Fanny schon unzählige Male davor bewahrt, Eiter, Blut oder sonstige Sekrete ins Auge gespritzt zu bekommen.

«Mir gefällt's!»

«Hmh!», kommentierte Franz und löste Magen und Milz aus dem Bauch. «Ich mein ja nur, ein zartes Fräulein wie du passt doch eher in eine Seidenmalklasse.»

Fanny biss sich auf die Lippen. «Danke, du warst so ziemlich der Einzige, der noch gefehlt hat. Alle anderen haben mir schon gesagt, dass ich nicht hierhergehöre.»

Franz rollte mit den Augen. «Schau her!» Er eröffnete die Wand des prall gefüllten Magens. Ein Schwall säuerlich riechender Flüssigkeit schwappte über den Sektionstisch und tropfte zu Boden. «Das beantwortet deine Frage von vorhin. Ja, sie hat ihn betrunken gemacht. Oder wahrscheinlicher: er sich selbst. Stockbesoffen war er auf jeden Fall.» Franz schüttelte den Kopf.

«Was soll ich beim Mageninhalt eintragen?»

Franz sog prüfend die Luft ein. «Rotwein ... und Nussschnaps würd ich meinen. Und auch noch auf nüchternen Magen!»

«Macht es wirklich Spaß, so betrunken zu sein? Ich meine, wieso tut man's sonst?»

«Du solltest wirklich mehr Zeit mit Menschen als mit Leichen verbringen.»

«So wie du?»

«Touché», erwiderte Franz, während er Luft- und Speiseröhre mit dem Skalpell vom übrigen Gewebe löste. «Aber an mir sollt sich kein Fräulein ein Beispiel nehmen.»

Er führte einen Längsschnitt entlang der Luftröhre und der beiden Hauptbronchien und holte mit dem Daumen einen

Brocken geronnenen Blutes hervor, der Fanny vage an Wackelpudding erinnerte. Franz schenkte ihr einen vielsagenden Blick. Fanny notierte die Beobachtung, ohne eine Frage zu stellen. Wenn Blut an einem Ort nichts verloren hatte, dann in den Atemwegen.

Inzwischen öffnete Franz das Herz mit ein paar gezielten Schnitten, sodass die beiden Kammern, Vorhöfe und die Herzklappen zu sehen waren. Fanny konnte gerade noch das Obduktionsformular zur Seite legen, ehe Franz ihr das bluttriefende Herz in die Hand drückte. Für einen Moment hielt sie es, als sei es ein kostbares Juwel, besah sich die Herzklappen und die durchtrennte Aorta. Keine Maschine dieser Welt war so raffiniert wie diese kleine Pumpe und ihre Druckausgleichsfunktion.

«Wunderschön!»

Franz musterte Fanny mit hochgezogenen Augenbrauen. «Schreib lieber ‹ohne Befund›. ‹Wunderschön› macht sich in einem Obduktionsbericht nicht so gut.»

Er legte die Schere weg, nahm ein scharfes Messer und löste den Kehlkopf und die Zunge aus dem umgebenden Gewebe. Dann betrachtete er den herabbaumelnden Kehlkopf und die darin steckende Schere. Mit einer gezielten Bewegung zog er die Mordwaffe heraus.

Kaum Blut. Alles längst geronnen.

Fanny trat neugierig näher.

«Der Schildknorpel ist durchschlagen», wisperte sie. Der Kehlkopf hatte sie immer schon fasziniert, dieses filigrane Konstrukt aus Knorpeln, Bändern, Muskeln und Nerven, ohne dass man kein Wort sprechen oder einen Atemzug nehmen konnte.

«Und schau!», Franz drückte den Kehldeckel hinunter, damit Fanny in Kehlkopf und Luftröhre hineinsehen konnte.

«Von dort kommt das Blut in den Bronchien?», fragte sie leise. «Durchtrennung der … Arteria laryngea superior?»

Franz nickte. «Weißt du, was der gesagt hat, als sie ihn abgestochen hat?»

Fanny sah ihn fragend an.

Franz bewegte die starre Zunge des Schneiders auf und ab. «Chhhrrr! Chrrr!», röchelte er. Er grinste, als er Fannys Blick bemerkte.

«Und ich dachte, du würdest was Kluges sagen», erwiderte sie milde lächelnd.

«Und du hast recht gehabt.» Franz deutete auf ein durchtrenntes, weißliches Band am Rand des Kehlkopfes.

«Nervus laryngeus recurrens. Der einzige Nerv, der den Kehlkopf weitet. Ohne den kein Atmen oder Sprechen. Aufschreiben!»

Fanny zog sich einen Handschuh aus, damit sie sich Notizen machen konnte.

Franz bedachte sie noch mit einem kurzen Blick und ließ die aneinanderhängenden Organe in die größte der Metallschalen klatschen.

«So, fertig!»

Fanny runzelte die Stirn. «Franz, schau!»

Sie hob den Kehlkopf mit der daran baumelnden Zunge so ruckartig aus der Schüssel, dass etwas Blut auf Franz' Schürze spritzte. «Ich hab noch was entdeckt!» Sie drückte den Kehlkopfdeckel hinunter und deutete auf eine kaum wahrnehmbare Rötung der Schleimhaut im Bereich der Stimmbänder. «Eine leichtgradige katarrhalische Entzündung, oder?»

«Die Polizei wird außer sich sein. Ihr Mordopfer war ein bisserl verkühlt», kommentierte Franz, «aber schreib's auf, von mir …»

Die Glocke hallte durch das einsame Institutsgebäude in den ersten Stock hinauf.

«Das gibt's nicht!», zischte Franz. Er stand da wie gelähmt, noch immer mit dem bluttropfenden Messer in der Hand. Das Bimmeln wiederholte sich.

Franz murmelte etwas, das sich verdächtig nach «solche Gfraster» anhörte, dann erwachte er aus seiner Erstarrung.

«Du machst hier fertig!» Er deutete mit dem Messer auf Fanny, dann auf die ausgeräumte Leiche. Er wandte sich ab und hastete aus dem Sektionssaal.

Fanny seufzte. «Natürlich.»

Sie schob einen der hölzernen Rollwagen an den Sektionstisch heran. Bevor sie den Toten auf die Liege wälzte, reponierte sie seine Organe, so gut es eben ging. Wenn er abgeholt wurde, würden seine Angehörigen ihn gewiss nicht auf Raten begraben wollen.

Sie hätte den Toten gern selbst zugenäht, aber Professor Kudernas Worte klangen ihr noch deutlich im Ohr: «Wegräumen, putzen, Berichte ausfüllen! Das machen Prosekturgehilfen bei uns. Unter keinen Umständen pfuschen Sie den Ärzten sonst wie ins Handwerk, verstanden?»

Wenn sie allein waren, ließ Franz Fanny ohnedies schon mehr tun, als sie eigentlich durfte. Für die anderen war sie ausschließlich die Mamsell vom Dienst, der die Nähe von Blut und anderen Körperflüssigkeiten nichts auszumachen schien.

Fanny stöhnte vor Anstrengung, als sie den Toten auf den Wagen zog. Während sie den Schneider in den Leichenraum schob, hörte sie von unten laute Stimmen.

«Der Schein ist doch nur ausgefüllt, weil ihr die Leiche bei uns abladen wollt! Wisst ihr, wie spät es ist?»

Irgendjemand, den Fanny nicht verstehen konnte, antwortete Franz, dann näherten sich Schritte über die Stufen.

Zwei Polizeibeamte in dunklen Uniformen und glänzenden Helmen tauchten im Sektionssaal auf. Sie schleppten eine Trage, auf der sich eine reglose Gestalt abzeichnete. Eine scharfe Mixtur aus Urin und Alkoholdunst ließ Fanny die Nase rümpfen.

«Ihr nehmt den wieder mit!», zischte Franz. «Verstanden?»

«Hat alles seine Ordnung, Herr Doktor, wie's auf dem Schein steht», brummte der weiter vorn stehende der beiden Polizisten, ein riesenhafter Kerl. Er sah sich in aller Ruhe nach einer geeigneten Ablage für die Leiche um.

Fanny kannte den Mann. Inspector Kaltenecker. Franz mochte ihn nicht, weil der Inspector es sich gern einfach machte und ihnen Leichen zuschanzte, die in der Gerichtsmedizin eigentlich nichts verloren hatten. Leichen, bei denen kein Mordverdacht bestand, deren Beschau, wenn überhaupt notwendig, jeder beliebige Pathologe durchführen konnte.

«Na, dort legen wir ihn wohl eher nicht hin», erklärte Kaltenecker mit einem Blick auf den blutverschmierten Tisch, den Fanny noch nicht gereinigt hatte.

Das Gesicht des zweiten, etwas korpulenteren Polizisten rötete sich schon vor Anstrengung, als sie den Toten mit einem dumpfen Poltern auf einem der Nachbartische abluden.

Kaltenecker klatschte zufrieden in die Hände. Erst jetzt schien er Fanny wahrzunehmen. «Na, schauen S', Herr Doktor, Sie haben eh noch eine Schwester da. Die kann dem Patienten das Handerl halten, während Sie ihn zerlegen!»

«Prosekturgehilfin», wisperte Fanny, ohne dass irgendjemand Notiz davon nahm.

«Das gibt eine gesalzene Beschwerde an den Herrn Oberst, darauf können Sie sich verlassen», knurrte Franz.

Kaltenecker zuckte mit den Schultern. «Wenn Sie meinen, Herr Doktor. Aber der Herr Oberst hat die Obduktionsanforderung ja selbst unterschrieben.» Er deutete auf das Stück Papier in Franz' Hand. «Todesursache unklar. Fremdverschulden nach eigenem Ermessen abklären.»

«Das ist ein toter Sandler, sonst nix», herrschte Franz ihn an. «Hat sich vermutlich zu Tode gesoffen. Bestimmt ein armer Mensch, aber sicher kein Mordopfer!»

«Im Stadtpark konnten wir ihn ja wohl kaum sitzen lassen», meinte Kaltenecker und streckte sich. «Und das Leichenhaus sperrt erst morgen wieder auf.»

Fanny huschte hinter den beiden Streithähnen vorbei und warf einen Blick auf den toten Mann. Der Alkohol- und Pissegestank war in seiner unmittelbaren Nähe kaum zu ertragen.

Der Mann schien im besten Alter gewesen zu sein, doch sein Mantel wirkte zerschlissen, und er trug keine Schuhe. Wahrscheinlich hatten ein paar andere Obdachlose sie ihm ausgezogen, bevor die Polizisten seine Leiche entdeckt hatten.

Franz hatte recht. Das hier sah wirklich nicht nach Fremdeinwirkung aus, keine klaffende Wunde, keine gebrochenen Gliedmaßen, zumindest nicht, soweit man das im angekleideten Zustand erkennen konnte.

Fannys Blick saugte sich an den Zehen des Toten fest. Sie runzelte die Stirn.

«Heißt das, wir kriegen jetzt jede Leich', die irgendwo auftaucht?», hörte sie Franz hinter sich schimpfen, aber sie nahm es kaum wahr.

Rasch griff sie nach der Hand des Obdachlosen. Dieser Mann war noch nicht sehr lange tot. Der Arm ließ sich noch gut bewegen. Seine Finger fühlten sich durch die Kautschukhandschuhe hindurch klamm an.

Fanny schüttelte den Kopf, während sie sich die Hand genauer besah. «Aber wieso ...»

«Jedenfalls machen wir den Kerl nicht auf, der geht morgen schnurstracks ins städtische Leichenhaus!»

«Hauptsache, wir haben keine Scherereien mehr mit dem.» Die Polizisten hatten sich ihre Trage genommen und standen schon wieder in der Tür.

«Herr Doktor», sagte Kaltenecker. Der spöttische Unterton in seiner Stimme war beinahe greifbar. «Schwester.» Er bedachte Fanny mit einem schiefen Grinsen und tat, als würde er seinen Helm lüften. «Wir lassen uns selbst raus!»

Für eine Weile standen Fanny und Franz reglos da, horchten auf die Schritte der Polizisten, ihr Lachen, das ferne Geräusch der Tür.

Franz' ganze Gestalt schien zu beben. Er stieß ein Knurren aus und wischte eine der blutverschmierten Blechschalen vom Sektionstisch. Dann seufzte er tief. «Als wenn unsere Arbeit ein Witz wär», brummte er, bückte sich und hob die Schale auf.

«F-Franz?» Fanny biss sich nervös auf die Lippe, als er sich ihr zuwandte. «Könntest du ... ich glaub, ich hab was gefunden!»

Er rührte sich nicht von der Stelle und stützte sich am Tisch ab. «Was? Hat der tote Sandler auch eine leichte Verkühlung?»

«Ich weiß nicht, aber ...»

«Bring ihn in den Leichenraum. Ich lass ihn morgen abholen.»

«Aber ... so schau doch!» Sie hob einen Arm des Toten.

«Und?»

«Die Fingernägel!»

«Ich weiß nicht, was du meinst.»

«Sie sind sauber und geschnitten.» Fanny nickte zu den nackten Füßen des Toten. «Die Zehennägel auch, obwohl er keine Schuhe trägt. Ich glaube, vielleicht ...»

Franz stöhnte. «Ich weiß, du willst immer irgendwas finden, aber diese feinen Polizeiinspectoren haben uns nur als Ersatzleichenschauhaus benutzt. Lass den armen Mann tot bleiben, der hat's eh nicht gut gehabt im Leben.»

«Aber er kann doch niemandem mehr erzählen, was mit ihm geschehen ist. Er hat nur noch uns, um herauszufinden ...»

«... dass er auf die allernatürlichste Weise krepiert ist!»

«Und der Geruch?»

«Der ist grauslich, na und? Sicher hätte er auch lieber auf einem parfümierten Kissen geschlafen, wenn er gekonnt hätte.»

«Ich schlafe auf keinem ... egal. Ich meine, da stimmt was nicht, zuerst dachte ich, er riecht nach Alkohol und Urin, aber ... Ich glaube, das ist Pferdeurin, Franz.»

Franz schnaubte. «Vielleicht hat er kein anderes Pläsier gekannt, als sich Tag und Nacht die Nägel zu schneiden und sich in Pferdepisse zu wälzen. So geht's eben zu. Jetzt bring ihn nach hinten!»

«Aber ...»

«Keine Widerrede, Fanny!» Franz bedachte sie mit einem scharfen Blick. «Du machst hier sauber. Ich ruf dir inzwischen einen Wagen vom Kutschenstand. Ist schon nach zehn.»

«Und wenn ich ...»

«*Ich* bin hier der Mediziner. Und ich hab nein gesagt.»

Fanny senkte den Blick.

Für einen Moment öffneten sich Franz' Lippen, als wollte er noch etwas sagen, aber dann wandte er sich ab und marschierte aus dem Sektionssaal.

«Aber ich bin doch auch Medizinerin», sagte sie, als wäre er noch da, um es zu hören.

Sie hatte gedacht, es würde leichter werden, wenn sie erst ihr Studium abgeschlossen hätte, aber das Gegenteil war der Fall. Auf der Universität war sie als Kuriosum durchgegangen, das man belächelt und nicht ernst genommen hatte. Eine von drei Frauen. *Gewiss die Tochter eines reichen Juds, die sich bis zur Heirat die Zeit vertreibt.*

Jetzt, wo sie wirklich arbeiten wollte, lagen die Dinge ganz anders. Die Gerichtsmedizin war ein junges wissenschaftliches Gebiet, auf dem man händeringend nach Ärzten suchte, da diese in fast jedem anderen Bereich mehr Geld verdienen konnten.

Dennoch war eine Anstellung als Prosekturgehilfin das Beste gewesen, was man ihr angeboten hatte.

Im Einstellungsgespräch mit Professor Kuderna hatte sie sich eine Litanei darüber anhören müssen, wozu eine Frau *nicht* in der Lage war. Er hatte sie unter so dichten Augenbrauen angefunkelt, dass ein Paar Sperlinge darin hätte nisten können. Seine Lippen waren in dem krausen Rauschebart kaum auszumachen gewesen, was es Fanny schwergemacht hatte, seine Wutausbrüche vorauszuahnen.

Bei ihrer Vorstellung hatte er sich jedoch beherrscht. Vielleicht war es Fannys Glück gewesen, dass Kudernas Frau Leontine den Professor gerade im Institut besucht hatte, eine Dame der Wiener Gesellschaft, die geradezu verzückt gewesen war, dass eine Frau, noch dazu eine studierte Medizinerin, bei ihrem Mann um eine Stelle ansuchte. Wäre Madame Kuderna nicht gewesen, hätte der Professor Fanny vielleicht gar nicht eingestellt. Seine Sicht der Dinge hatte er dennoch nicht für sich behalten.

«Die Grausamkeiten, denen man hier begegnet, kann der weibliche Verstand nicht erfassen, ohne an rationalem Urteilsvermögen einzubüßen, so dieses überhaupt vorhanden ist», hatte er verkündet. «Auch besitzt eine Frau, deren Naturell im Nährenden und Fürsorglichen begründet ist, weder die Fähigkeit noch den Willen zu einer strukturierten Arbeitsweise. Wenn Sie also unbedingt wollen, dann können Sie eine Weile den Gerichtsmedizinern zur Hand gehen. Wahrscheinlich werden Sie ohnehin bald heiraten, dann erledigt sich das Thema von selbst.»

«Strukturierte Arbeitsweise.» Fanny schnaubte. Franz war noch der strukturierteste Gerichtsmediziner am Institut, und selbst er hielt sich nie an irgendein Protokoll.

Während Franz sich wusch und umzog, schob Fanny den Toten in den Leichenraum.

Im schummrigen Licht betrachtete sie die Miene des Mannes und neigte unwillkürlich den Kopf. Obwohl er ein Obdachloser war, wirkten seine Gesichtszüge so würdevoll, als wäre er ein schlafender König.

«Ich bin sicher, du hättest viel zu erzählen!» Aus einem Impuls heraus streckte sie die Hand aus und strich dem Toten über die Stirn. «Es tut mir leid.»

Franz wartete vor dem Institutsgebäude auf sie. Er trug einen Mantel mit hohem Kragen und eine etwas altmodische Melone, die seinen braunen Haarschopf verbarg. Kaum war Fanny bei ihm angekommen, verabschiedete er sich mit einem Kopfnicken und stapfte ohne ein weiteres Wort in die kalte Märznacht hinaus. Fanny ging mit gesenktem Blick zu der Kutsche hinüber, die Franz für sie gerufen hatte.

«Wohin, gnä' Fräulein?», fragte der Kutscher mit heiserer Stimme. Er stieg vom Kutschbock und öffnete ihr die Tür.

Fanny seufzte und schlang ihren Mantel um sich. Sie

konnte nach Hause fahren. Vielleicht ist Papa noch wach, dachte sie, und ich kann mit ihm eine warme Suppe löffeln und ihm von meinem Tag erzählen.

Morgen war Samstag, und sie würde nicht am Institut sein, wenn sie den Obdachlosen abholten. Im Leichenhaus würde er nur kurz bleiben. Wenn sich niemand meldete, kam er in ein Armengrab. So ging es eben zu. Eine weitere Geschichte, die nie erzählt werden würde.

Oder ...

Ein gefährlicher Gedanke. Und es war verboten.

Aber sie hatte mittlerweile doch schon bei einigen Obduktionen zugesehen. Vielleicht könnte sie ...

Nein, es gab viel zu viel, das sie nicht wusste. Und sie war nur eine Prosekturgehilfin, ein besseres Dienstmädel für die Herren Doktoren. Wenn jemand dahinterkäme ...

Der Kutscher räusperte sich. «Wird Ihnen nicht langsam kalt, Fräulein?»

«Tut mir leid!» Fanny setzte den Fuß auf die erste Stufe der ausgeklappten Kutschentreppe.

«Mich wundert ja nicht, dass Sie so verschreckt sind», brummte der Kutscher. «Hab gehört, da drinnen schneiden's Leichen auf. Wirklich kein Ort für so ein zartes Fräulein wie Sie!»

Fanny hielt inne. Nach einem Moment des Zögerns trat sie zurück auf die Straße. «Wenn ich es recht bedenke ... Ich glaube, ich habe noch etwas vergessen.»

2. KAPITEL
SCHRITTE IM DUNKELN

Das nächtliche Institut wirkte gespenstisch mit seinen hallenden Gängen. Das Gebäude war modern eingerichtet und verfügte in jedem Stockwerk über elektrische Beleuchtung, aber Fanny wagte es nicht, sie anzuschalten. Auf dem Gelände zwischen den Instituten drehten Nachtwächter ihre Runden, die sonst wohl nachsehen kommen würden.

Sie bog in die Damenumkleide ab, eine extra für sie umfunktionierte Besenkammer, und schaffte es im Dunkeln, sich die gebrauchte Schürze über ihr taubengraues Arbeitskleid zu binden und sich ihre Handschuhe überzustreifen.

Im Sektionssaal war es totenstill. Kam es ihr hier nur plötzlich so unheimlich vor, weil Franz nicht da war? Als ob er ihr bei Gefahr eine große Hilfe gewesen wäre. Vermutlich würde er sich nur über die entstehenden Scherereien beschweren, während jemand sie vor seinen Augen meuchelte.

Fanny schüttelte den Kopf. Wie kam sie nur auf solch absurde Gedanken?

Schneller als nötig hastete sie zu einem der vier Sektionstische und zog an einer Schnur, die eine elektrische Lampe, etwa einen Meter über der Tischplatte, zum Leben erweckte. Dieses Licht war unverhandelbar. Sie musste sehen können, was sie tat, wenn sie es denn wirklich wagen würde …

Sie lief zu einem der wuchtigen, hölzernen Regale am Rand des Saals, wo die verschiedenen Instrumente säuberlich in hölzernen Laden geordnet waren. Das war großenteils ihr Verdienst. Gert hatte die Instrumente einfach hineingeworfen in die Fächer, bevor Fanny vor zwei Monaten am Institut begonnen hatte. Jede Schublade mit Essbesteck war besser sortiert gewesen.

Fanny suchte sich drei verschiedene Größen scharfer Messer aus, die Sternumschere natürlich, ein Skalpell, eine große und eine kleine Pinzette. Nachdem sie die Instrumente auf den Tisch gelegt hatte, überlegte sie einen Moment. Es musste eine abgekürzte Obduktion werden. Kopf und Hals mussten unberührt bleiben, sonst würde sie auffliegen. Und sie durfte nicht zu lange brauchen. Kein Wiegen der Organe. Und natürlich kein offizieller Obduktionsbericht.

Anstatt des Formulars schob sie ein leeres Blatt Papier auf ihr Klemmbrett.

Ihre Freundin Tilde würde sie für verrückt halten, wenn sie ihr das morgen beim Tee erzählte. Allerdings hatte Fanny noch nie erlebt, dass Tilde irgendetwas absonderlich fand. Vielleicht war das der Hauptgrund, weshalb sie noch befreundet waren.

So, alles war an seinem Platz. Fehlte nur noch der Ehrengast.

Fanny lief nach hinten in den Leichenraum. Ein Hauch süßlichen Totendufts schlug ihr entgegen. Sie zog die Decke von der Leiche.

«Oh Gott!» Sie zuckte zusammen, als sie in Schneider Brockers hervorquellende Augen sah. *Stimmt, ich habe den Obdachlosen in die Nische auf der anderen Seite abgelegt,* schoss es ihr durch den Kopf.

Sie schnappte sich die richtige Leiche, zog den Obdachlosen mit einem Ächzen auf den Rollwagen und schob ihn zurück zu ihrem Sektionstisch.

Sofort stieg ihr wieder der Alkohol- und Urindunst in die Nase.

«Niemand wälzt sich gern in Pferdepisse, Franz», murmelte sie, während sie dem Mann seinen zerschlissenen Mantel auszog, was wegen der nun doch einsetzenden Leichenstarre gar nicht so einfach war.

Um die äußere Beurteilung des Toten korrekt durchzuführen, musste er unbekleidet sein, und zwar völlig.

Fanny legte den Mantel beiseite und runzelte die Stirn.

Seltsam ...

Sie beugte sich vor und roch an dem Hals des Verblichenen. Sofort richtete sie sich wieder kerzengerade auf.

Der Mantel. Nur der Mantel stank. Die Leiche selbst – Fanny schüttelte verwirrt den Kopf – roch nach Parfüm. Tatsächlich war das nicht mal das Ungewöhnlichste.

Er trug ein seidenes Unterhemd, das nicht etwa aus besseren Tagen stammte, sondern frisch und sauber wirkte.

Sah man den Toten, wie er jetzt dalag, hätte man nie angenommen, dass es sich um einen Obdachlosen handelte.

«Wer bist du?», flüsterte Fanny ihm zu. «Und warum bist du tot?»

Sie streifte ihm das Unterhemd über den Kopf. Obwohl es zu ihrer Pflicht gehörte, fühlte es sich falsch an, ihm Hose und Unterhose auszuziehen. Sie unterdrückte ihr Unbehagen, nahm ihren Bleistift und fertigte rasch eine Skizze des Toten an. Sie hatte immer schon gut zeichnen können. Franz war bei weitem nicht der Einzige, der sie lieber in einem Seidenmalkursus gesehen hätte.

«Ernährungszustand gut – fast ein bisschen zu gut», murmelte sie. «Alter ...» Fanny hatte wenig Erfahrung damit, das

Alter von Männern zu schätzen. Sie warf einen Blick auf die ergrauten Locken und die vielen Lachfältchen um seine Augen.

«Etwa fünfzig?», notierte sie unsicher.

Sie unterzog die Körperoberfläche einer genauen Inspektion, hob Arme und Beine an, um auch wirklich jede Stelle zu erfassen. Totenflecke nur am Gesäß. Das passte. Die Polizisten hatten ihn, auf einer Parkbank sitzend, aufgefunden. Einsetzende Totenstarre. Er war noch nicht lange tot gewesen.

«Gesichtsfarbe hochgradig zyanotisch», notierte Fanny mit Blick auf die bläulich schimmernde Haut der Leiche. Ein Hinweis darauf, dass der Mann einen Sauerstoffmangel erlitten hatte, wahrscheinlich sogar erstickt war.

«Warum siehst du trotzdem so friedlich aus?» Fanny tippte sich mit dem Bleistift gegen das Kinn. Sie musste an andere Erstickungsopfer wie den Schneider Brocker denken. Ihre Gesichter, Masken der Qual. Aufgerissene Münder, hervorquellende Augen mit zahlreichen geplatzten Äderchen ...

«Oh!» Fanny spürte, wie sie ein kleines bisschen rot wurde. Sie kniff die Augen zusammen. Täuschte sie sich, oder hatte sich dort am Penisansatz etwas be...

Sie streckte die Hand aus, zögerte – dann griff sie doch lieber zu der großen Pinzette und hob damit das Glied des Mannes an. Sie zuckte zurück und ließ die Pinzette fallen.

«Filzläuse!» Sie schüttelte angewidert den Kopf. «Du warst anscheinend ein Lebemann.»

Irgendwie fiel es ihr jetzt schwerer, sich den Toten als anständigen Herrn vorzustellen. Wobei, wer wusste schon, was unter den Frackhosen angeblich sittsamer Männer so alles kreuchte und fleuchte. Filzläuse interessierten sich nicht für die Moral, nur für Blut.

Sie notierte den Befund.

Ansonsten fand sie bei der äußeren Inspektion der Leiche

nichts Auffälliges. Keine Blutungen oder Anzeichen von Gewalteinwirkung oder andere Hautabnormalitäten.

Wahrscheinlich einfach ein Herzinfarkt ...

Fanny verscheuchte den Gedanken. Ein echter Gerichtsmediziner ließ sein Urteilsvermögen nicht durch Erwartungen trüben.

Sie nahm das Messer zur Hand.

Sie könnte noch abbrechen. Wenn sie ihn wieder anziehen und in den Leichenraum schieben würde, könnte niemand ihr je nachweisen, was sie getan hatte.

Sie zögerte einen Moment, dann rammte sie dem Toten das Messer direkt unter dem Schlüsselbein in die Brust. Ein paar Tropfen Blut quollen aus der Wunde und rannen über seine fahle Haut.

Fanny nahm sich die Sternumschere und drang in die Stichwunde ein. Sie hatte schon so oft zugesehen, wie Franz oder einer der anderen Ärzte den Ypsilon-Schnitt durchführte. Aber es selbst zu tun, war doch etwas ganz anderes. Sie drückte entschlossen die Schere zusammen und spürte das Reißen der Muskelfasern.

Einfach weitermachen, versuchte sie, sich Mut zu machen. *Weh tun kannst du ihm nicht mehr.*

Sie arbeitete sich vor. Zwei Schnitte entlang der Schlüsselbeine bis zur Körpermitte. Das Knacken des zersplitternden Brustbeins erschien ihr unnatürlich laut. Über dem Bauch ging es wieder einfacher, bis hinunter zum Schambein.

Fanny schnitt die Rippen und die beiden Hälften des Brustbeins heraus, um freie Sicht auf Brust- und Bauchorgane zu haben. Eine Stimme im Hinterkopf drängte sie, sich zu beeilen. Je länger sie brauchte, desto größer wurde die Gefahr, entdeckt zu werden.

Sie seufzte. Wie gern hätte sie in aller Ruhe gearbeitet, so viel gelernt, wie sie konnte, wenn sich schon einmal die Gelegenheit bot. Sie würde das Geschlinge, bestehend aus Magen-Darm-Trakt, Speise- und Luftröhre sowie Kehlkopf und Zunge, im Körper liegend untersuchen. Die anderen Organe würde sie zur Untersuchung entnehmen und genauer ansehen. Ein Kompromiss, der Fanny wurmte, aber in Anbetracht der Umstände musste sie eben improvisieren.

Sie löste die Darmschlingen mit dem Messer aus ihrer Aufhängung, sodass sie sie besser abtasten konnte. Sie eröffnete jeden Abschnitt probehalber, aber der Darm schien weitgehend leer, und die Schleimhaut war frei von Entzündung oder Geschwulsten.

Jetzt der Magen ... Im Gegensatz zum Darm schien der Magen mit Flüssigkeit gefüllt.

«Proben», fiel es Fanny siedend heiß ein. Sie legte den Magen zurück, zog sich für einen Moment die blutigen Handschuhe aus und eilte zu den Holzregalen am Rand des Saals zurück. Sie holte sich ein paar mit Korken verschließbare Glasröhrchen sowie eine Metallspritze, mit der sie Flüssigkeiten aufsaugen konnte.

Sie beschloss, mit dem Magen noch ein wenig zu warten. Wenn sie ihn in der Bauchhöhle öffnete – normalerweise ein Tabu –, würde sie alle anderen Organe verdrecken.

So begann sie stattdessen, die anderen Bauchorgane zu begutachten. Milz, Bauchspeicheldrüse, Nieren, alles in Ordnung. Eine etwas vergrößerte Prostata ... Fanny achtete darauf, bei der Beurteilung nicht versehentlich sein Gemächt weiter unten zu berühren.

Sie hatte gehofft, die Nieren würden mehr verraten. Wenn ein Organismus an einem plötzlichen Schock zugrunde ging, sahen die Nieren blass und hart aus, aber die Organe dieses Mannes schimmerten rosig.

Die Leber ... Fanny ließ ihre Finger über die Oberfläche des Organs gleiten. Es war etwas höckrig, an manchen Stellen verhärtet. Fanny erkannte ein paar gelbliche Einlagerungen im Gewebe.

«Ein Bonvivant in jeder Hinsicht», murmelte sie mit einem Seitenblick auf die Miene des Toten. Sie musterte die Fettleber kritisch. «Aber umgebracht hat dich das nicht.»

Sie setzte sich auf einen Holzstuhl, um ein paar Skizzen der Organe anzufertigen und diese mit Notizen zu versehen.

«Jetzt Lunge und Herz.»

Diese verquere Reihenfolge brachte sie noch ganz durcheinander. Die Lunge, gewiss würde ihr die Lunge etwas verraten.

Doch Fanny wurde einigermaßen enttäuscht. Die Lunge hatte zwar eine rußige Färbung, wie man es bei langjährigen Rauchern fand, aber abgesehen davon war das Atmungsorgan geradezu verblüffend gesund. So auch die Atemwege insgesamt, soweit sie das erkennen konnte. Keinerlei Fremdkörper oder Blut in der Luftröhre und den großen Bronchien. Keine Flüssigkeit, keine Tumore.

Fanny untersuchte die Lungengefäße, ohne einen Stau oder ein manifestes Gerinnsel zu entdecken.

Sie schnalzte mit der Zunge. «Wieso bist du dann so blau?»

Kam es ihr nur so vor oder umspielte ein Lächeln den Mund des Toten?

Sie rief sich zur Ordnung. Es konnte eigentlich nur noch am Herz liegen. Herzinfarktopfer schimmerten auch gern etwas zyanotisch. Fanny trennte das Herz von den großen Blutgefäßen und entnahm es vorsichtig. Sie hatte oft beobachtet, wie Franz die Kammern und Vorhöfe öffnete. Ihr Schnitt war bei weitem nicht so elegant, und sie beschädigte dabei die Aortenklappe. Aber immerhin, sie konnte sehen, was sie sehen musste.

«Kein Infarkt.» Ein gutes Herz für einen Mann mittleren Alters.

Sie nahm sich die Metallspritze und zog etwas Blut aus den großen Gefäßen auf und spritzte es in eines der Glasröhrchen. Nachdem die Körperhöhlen fertig begutachtet waren, konnte sie den Magen öffnen. Ein kurzer Stich. Säuerlicher Geruch stieg ihr in die Nase, als das Organ erschlaffte und sich purpurfarbene Flüssigkeit in die Bauchhöhle ergoss.

Eine furchtbare Sauerei. Das sollte man wirklich nicht innerhalb des Körpers machen, aber Fanny hatte nun einmal keine Wahl. Sie zog eine Spritze des Mageninhalts auf und füllte ihn in ein zweites Röhrchen. Neugierig hielt sie es gegen das flackernde Licht der Glühlampe.

«Rotwein.» Sie verkorkte das Röhrchen und stieß ein frustriertes Knurren aus. «Du bist viel zu gesund, um tot zu sein!», schalt sie die Leiche. Jedenfalls schien diesen Mann auch niemand ermordet zu haben. «Und wieso bist du angezogen wie ein Bettler, wenn du offensichtlich keiner bist?»

Natürlich gab es noch etliche andere Todesursachen, die sie nicht eruieren konnte. Schlaganfall, Hirntumor ... die Halsschlagadern, das Gehirn und so vieles mehr – all das entging ihr.

Dabei juckte es sie in den Fingern nachzusehen. Was blieb sonst noch als Möglichkeit? Wenn er erstickt war, vielleicht durch Knebelung oder ein Kissen, hätte er nicht so entspannt ausgesehen. Und vergiftet? Fanny hätte Anzeichen eines Schocks entdeckt, Durchfall, innere Blutungen, abgestorbenes Gewebe, aber nichts deutete darauf hin.

«Das Gehirn ...» Fanny hätte sich um ein Haar mit dem blutigen Kautschukhandschuh am Kopf gekratzt. Das Gehirn steuerte die Atmung wie so vieles andere. «Was, wenn etwas deinem Gehirn gesagt hast, dass du nicht mehr atmen sollst?»

Man würde bei der Obduktion nichts finden, gar nichts, es sei denn ...

Fannys Blick fiel auf ihre beiden Probenröhrchen.

Ein Geräusch der Tür unten im Foyer ließ sie zusammenzucken. Ein Schlüsselbund klirrte leise, und sie hörte, dass jemand die Treppe heraufkam.

Ein Wimmern drang aus Fannys Kehle. So schnell sie konnte, stopfte sie die Organe zurück in den Körper. Sie packte den Toten an den Armen, stemmte sich mit einem Bein gegen den Tisch und zog ihn zurück auf den Rollwagen.

Die Schritte über die Stufen kamen immer näher.

Licht aus ... nein, wenn es der Nachtwächter war, dann war er hergekommen, *weil* das Licht an war. Wenn sie es ausmachte, würde sie sich verraten.

Das Blut und die Instrumente – dafür blieb keine Zeit. Sollte der Nachtwächter eben glauben, sie hätten nicht aufgeräumt.

Fanny packte die Kleider des Toten und warf sie auf den Rollwagen. Ein leises Klimpern erklang.

Was war das?

Fanny runzelte die Stirn. Etwas war aus den Sachen des Toten gefallen. Etwas Funkelndes. Es lag am Boden in einer Blutlache.

Sie bückte sich nach dem kleinen Metallgegenstand und steckte ihn in die Tasche ihrer Arbeitsschürze.

Sie schob den Toten in Richtung Leichenraum. Die Räder quietschten, sobald sie beschleunigte. Sie betete, dass es über dem Hallen der Stiefelschritte nicht zu hören war.

Dunkelheit und Verwesungsgeruch umfingen sie, sobald sie den Raum erreicht hatte. Sie schloss die Tür hinter sich, gerade als sie hörte, dass jemand den Sektionssaal betrat. Sie nahm eine der Leichendecken und warf sie über den Toten.

Die Geräusche verstummten abrupt. Wer immer es war, er stand nun vor einer flackernden Glühbirne, einem blutverschmierten Sektionstisch und einem Haufen Instrumente, die wahllos über den Tisch verteilt lagen.

Dann hörte sie, wie sich jemand dem Leichenraum näherte. Panik stieg in ihr auf. Sie würde nie wieder eine Anstellung finden, wenn ...

Sie packte sich eine zweite Decke, legte sich in eine der für die Toten gedachten Nischen und warf sie sich über.

Für einen Moment geschah gar nichts, dann öffnete sich die Tür mit einem leisen Knarzen. Durch den Stoff der Decke erkannte Fanny fahlen Lichtschein und die Umrisse einer Gestalt. Sie hielt den Atem an und machte sich steif wie ein Brett.

Kehr um, bitte kehr wieder um!

Stattdessen trat der Schemen ein paar Schritte in den Raum hinein. Geradeso, als wüsste er, dass jemand sich hier versteckte.

Da er nicht mehr im Licht stand, konnte Fanny nicht sehen, wohin er ging, aber im nächsten Moment hörte sie ein Rascheln. Der Eindringling musste die Decke von einer der Leichen gezogen haben.

Fanny wurde es ganz anders. Mit ihr lagen drei Körper im Leichenraum, Schneider Brocker, der Obdachlose und sie selbst. *Ene mene muh und raus bist du!* Die Chancen standen fünfzig zu fünfzig, dass ihre Decke als Nächstes zurückgeschlagen werden würde.

Stattdessen hörte sie ein leises Zischen. Dann Geräusche, die an das Rascheln von Kleidung erinnerten.

Was geschah hier bloß?

Für eine Weile war es wieder still. Dann ein tiefes Seufzen. Das Klackern von Stiefelabsätzen auf dem Fliesenboden.

Fanny sah die Umrisse der Gestalt kurz im Licht des Eingangs auftauchen, dann wurde die Tür wieder geschlossen.

Sie wartete, bis sie keinen Laut mehr vernahm, erst dann wagte sie, Luft zu holen und die Leichendecke zurückzuschlagen.

Was sollte das denn? Trieb sich der Nachtwächter öfter bei den Toten herum oder hatte er nur den Verdacht gehabt, dass sich hier jemand versteckte? In der Dunkelheit konnte sie nur Schemen erkennen, aber die Decken schienen säuberlich über die beiden Toten gebreitet.

Fanny wartete noch ein wenig, bis sie sich zurück in den Sektionssaal wagte. Über dem Waschbecken an der Wand hing ein Spiegel. Sie verdrehte die Augen. Der Nachteil an hellrotem Haar war, dass man Gewebestückchen leicht darin übersehen konnte. Sie zupfte sich ein Stückchen Lunge aus der Frisur und schnippte es in das Waschbecken.

Moment, wieso sah sie ihr Spiegelbild eigentlich? Sollte es nicht dunkel sein? War der Nachtwächter hergekommen und hatte die Lampe über ihrem Sektionstisch brennen lassen?

Fanny stützte sich an dem Waschbecken ab. Sie würde den Toten zunähen, ihn wieder anziehen und dann den Sektionssaal so rasch wie möglich säubern.

Sie war nicht sicher, was sie empfinden sollte. Während der Obduktion hatte sie sich so in ihrem Element gefühlt, dass sie alles um sich herum vergessen hatte. Dennoch hatte sie nicht herausgefunden, woran der Mann wirklich gestorben war.

Bestimmt hatte sie es nicht gut genug gemacht, bestimmt hatte sie etwas übersehen, das jedem anderen Mediziner aufgefallen wäre. Vielleicht hatte Professor Kuderna recht, und es fehlten ihr einfach die Voraussetzungen. Sie hatte das schon so oft gehört, von ihren Verwandten, während des Studiums, hier am Institut ...

Gott, manchmal wünschte sie sich wirklich, sie könnte dasselbe Tonikum wie Franz' Großmutter bekommen. *Ein Schlückchen und glücklich.* Es würde einem viel ersparen, man wäre zufrieden, selbst wenn ...

Ein Schlückchen und ... Fanny kam eine Idee. Sie lief hinaus und bog in einen kleinen Raum neben der Damenumkleide ab. Die Bibliothek, über die sie verfügten, mochte mit anderen medizinischen Sammlungen nicht mithalten können, aber hier ruhten ein paar wirkliche Schätze.

«Forensische Chemie», flüsterte Fanny und griff nach einem grün eingebundenen Buch, dessen Titel in Goldlettern geprägt war. Zurück im Sektionssaal, begann sie hastig darin zu blättern. Schließlich blieb ihr Zeigefinger an einer Überschrift hängen, unter der sich ein paar Abbildungen befanden.

Marquis-Reaktion.

«Ein Teil Formalin, zwanzig Teile Schwefelsäure ...» Fanny sah auf. «Das hab ich, das hab ich!»

Sie holte einen Erlenmeyerkolben aus dem Holzregal und eine Flasche Formalin. Diese Lösung benutzten sie am Institut ständig, um Organteile, die man noch weiter untersuchen wollte, vor der Verwesung zu schützen. Der stechende Geruch war ihr so vertraut, dass sie ihn manchmal beinahe vermisste, wenn sie ihn länger nicht roch. Was die Schwefelsäure anbelangte, so hatte Fanny noch nie erlebt, dass jemand sie eingesetzt hätte. Beim Sortieren der Instrumente und Chemikalien hatte sie jedoch eine kleine, etwas verstaubte Flasche mit der ätzenden Säure entdeckt, die sie am Institut aufbewahrten, um gewisse Arten der Gewebedegeneration nachzuweisen.

Aus dem letzten Winkel des obersten Regalfachs holte Fanny das Fläschchen hervor. Sie goss die beiden Substanzen im angegebenen Verhältnis in den Kolben und schwenkte das farblose Gemisch eine Weile. Dann holte sie ihre Probenröhrchen hervor. Das Blut war gerade noch flüssig.

Mit zitternden Fingern ließ sie ein wenig Blut in das Reagenzglas tropfen. Sofort bildeten sich in der klaren Flüssigkeit dunkelviolette Schlieren.

«Ha!», rief sie und biss sich sofort auf die Lippen, weil ihr Jubelschrei durch das ganze Gebäude zu hallen schien.

Fasziniert schwenkte sie den Kolben und beobachtete, wie die gesamte Flüssigkeit eine violette Färbung annahm.

Sie wiederholte das Experiment in einem zweiten Erlenmeyerkolben und gab diesmal etwas vom Mageninhalt des Toten dazu. Die Reaktion fiel noch viel heftiger aus. Wenige Tropfen färbten das ganze Gemisch sofort dunkelviolett.

Sie wandte sich um und sah Richtung Leichenraum. Morphin ...

Deshalb gab es kaum Anzeichen eines Todeskampfs! In zu hohen Dosen führt Morphin zum Aussetzen der Atmung, Erschlaffung der Muskeln, Bewusstseinstrübung ... und irgendwann ... zum Tod.

«Jemand hat es dir in den Wein gemischt.» Fannys Blick wanderte zu der Leiche. «Und zwar in rauen Mengen.»

Die Freude darüber, hinter das Geheimnis des Toten gekommen zu sein, wich einer vagen Furcht. Entweder hatte er sich das selbst angetan, oder ...

«Jemand hat dich ermordet!», flüsterte sie. Fanny fasste in ihre Tasche, holte den Metallgegenstand hervor, der aus seiner Kleidung gepurzelt war, und wischte ihn mit dem Zipfel ihrer Schürze sauber. Eine kaum fingerlange Statuette von Johann Strauss kam zum Vorschein. Wenn sie sich nicht täuschte, dann bestand das Abbild des Walzerkönigs aus purem Gold. In das Loch zwischen seinen Armen und der filigranen Violine, die er zu spielen schien, war ein eingerollter

Zettel geklemmt. Fanny entrollte ihn, obwohl er am oberen Ende mit Blut vollgesogen war.

Jemand hatte etwas darauf geschrieben.

9. März, um sieben.
Stock im Eisen. Meisterstück des Teufels,
Palais Equitable.

Das war diesen Sonntag, also übermorgen ... Fannys Hand begann vor Aufregung zu zittern. Was sollte sie jetzt tun?

3. KAPITEL
DER WALZERKÖNIG

G… g…» Fannys Vater atmete tief durch. «Gut geschlafen?»

Sie fasste seine Hand und drückte sie. «Schön gesagt, Papa! Und: natürlich.» Sie küsste ihn auf die Wange.

Es war Samstagmorgen, und unten auf der Josefstädter Straße herrschte schon hektische Betriebsamkeit. Durch die Fenster ihrer Mezzaninwohnung konnten sie das Wiehern von Pferden hören und das Rattern einer elektrischen Tram. Diese Straßenbahnen hatten vor einigen Jahren die Pferdetrams abgelöst und Wien davor bewahrt, in Pferdeäpfeln zu ersticken. Die Stadt wuchs mit jedem Tag und zählte bereits über zwei Millionen Einwohner. In ein paar hundert Metern Entfernung, am Gürtel, hatten sie gerade eine Hochtrasse für eine Stadtbahn gebaut, deren Stationsgebäude in leuchtendem Weiß erstrahlten. So viele wundersam modern aussehende Gebäude schossen an allen Ecken und Enden aus dem Boden. Verspielte Fassaden, klare Linien aus Gold, die sie verzierten … Fanny wunderte sich manchmal, dass die Modernität, die überall erblühte, nicht im selben Ausmaß Eingang in die Köpfe der Menschen fand.

Sie ging in die Küche und stellte den frisch gebrauten Kaffee, Kaisersemmeln, Butter und Marillenmarmelade auf ein Tablett. Sie trug es in den Salon, wo sie bereits aufgedeckt hatte. Es war kein besonders großer Raum, aber gemütlich, wie Fanny fand. Auf der grün-gold gestreiften Tapete hingen ein paar liebliche Landschaftsbilder und ein Porträt von Fannys Mutter in einem weißen Spitzenkleid. Es schien, als würde sie milde lächelnd auf den Esstisch hinabsehen.

Bis auf das Ticken der Wanduhr war es still. Fanny setzte sich an den Tisch.

«Kaffee, Papa?»

Er nickte dankbar, während Fanny ihm einschenkte, und schlug das Buch zu, in dem er gerade gelesen hatte. Fanny goss sich selbst eine Tasse ein.

«Was liest du denn?» Sie beugte sich neugierig über den Tisch und schnappte sich das Buch. «*Der Reigen*, von Arthur Schnitzler. Worum geht's da?»

Ihr Vater wurde mit einem Mal rot und forderte das Buch mit einer vehementen Handbewegung zurück. Fanny reichte es ihm stirnrunzelnd, woraufhin er es in der Tasche seines Jacketts verschwinden ließ.

«Weißt du, wenn man ein Geheimnis bewahren will, dann darf man nicht so tun, als handle es sich um etwas Interessantes», bemerkte Fanny lächelnd. «Das hast du mir beigebracht. Im Übrigen hab ich gehört, das Stück wäre etwas», sie kicherte, «verrucht.»

«Pff!»

«Kein Grund, böse zu sein.»

Fanny schnitt ihre Semmel auf und bestrich sie mit Butter.

Ihr Vater rührte in seinem Kaffee und wollte ein Löffelchen davon nehmen. Seine Hand erstarrte über der Porzellantasse, auf die ein filigran gezeichneter Gimpel gemalt war. Der Löffel lag verkehrt in seinen Fingern.

Fanny wollte gerade in ihre Semmel beißen, als sie es bemerkte.

«Oh, Papa!» Sie stand auf und eilte zu ihm hinüber.

Sanft umfasste sie seinen verkrampften Unterarm und drehte den Löffel in seiner Hand.

«So rum!», flüsterte sie sanft.

Ihr Vater legte den Löffel hastig ab und starrte sie aus feuchten Augen an.

Fanny presste die Lippen zusammen, um ihre eigenen Tränen zurückzudrängen. «Das wird schon wieder», sagte sie mit einem Lächeln. «Wir schaffen das!»

Er packte ihre Hand und drückte sie fest.

«Wir schaffen das», wiederholte sie leise.

Die Glocke an der Eingangstür läutete.

Fanny löste ihre Hand aus seinem Griff. «Ich wusste gar nicht, dass wir Besuch erwarten?»

Ihr Vater schien ein Stückchen in seinem Stuhl zu versinken und wich ihrem Blick aus.

«Oh, bitte nicht *sie*!», stöhnte Fanny. «Du hättest mich vorwarnen können, dann wäre ich ...»

Das Läuten wiederholte sich.

«Himmel», wisperte Fanny, strich sich ihr dunkelblaues Kleid zurecht, lief durch den schmalen Flur zur Tür und öffnete sie. «Grüß dich, liebe Tan...»

Die korpulente Frauengestalt hatte Fanny schon zur Seite geschoben und trat in die Wohnung.

«Hier drinnen ist es aber frisch!», erklärte Fannys Tante, während sie Fanny ihren Pelzmantel und ihren Federhut in die Hand drückte. «Heizt du nicht?»

Fanny beeilte sich, Mantel und Hut auf die Messinghaken der Garderobe zu hängen, dann trat sie zu ihrer Tante und gab ihr einen Kuss auf die Wange.

«Grüß dich, Tante Agathe. Natürlich, aber die Wärme vom Ofen reicht kaum bis in den Flur.»

Ihre Tante schien sie gar nicht zu hören, sondern betrachtete Fannys Gesicht prüfend. Sie war nicht größer, aber bestimmt doppelt so dick wie Fanny. Ihre schwarzen Locken saßen auf ihrem Haupt wie eine Krone.

Sie musterte ihre Nichte. «Du bist ganz fahl. Du solltest endlich aufhören zu arbeiten.»

Fanny lief rot an. «Papa wird sich freuen, dich zu sehen», brachte sie hervor.

Ihre Tante war schon dabei, in den Salon zu watscheln.

«Ich habe dir eine Einladung zum Jungdamenkränzchen des jüdischen Kulturvereins zukommen lassen, die musst du wohl verlegt haben», sagte sie, ohne sich zu Fanny umzudrehen. «Leopold!», rief sie dann und breitete die Arme aus, als sie Fannys Vater erblickte. Sofort war sie über ihm und drückte ihm einen Schmatzer auf die Wange. «Mein lieber Bruder. *Wie geht es dir*?»

Fannys Vater zuckte ob der übertriebenen Lautstärke zusammen.

«Weißt du, er hört wirklich ...»

«Ich weiß genau, was er braucht, gell, Poiderl?» Tante Agathe drückte seine Schulter und ließ sich dann mit einem Seufzen auf Fannys Platz nieder, wobei ihr weinrotes Seidenkleid über den Stuhl wogte.

«Möchtest du einen Kaffee?», fragte Fanny.

«Natürlich, Liebes!»

Fanny trollte sich in die Küche, um ein neues Gedeck zu holen. Als sie durch die Tür linste, sah sie, wie ihre Tante eine frische Semmel auf Fannys Teller legte.

«Bekommst du denn auch genug zu essen?», fragte sie ihren Bruder, überlaut und extra langsam. «Du siehst viel zu dünn aus!»

Fanny schüttelte lächelnd den Kopf, nahm noch eine Tasse

von dem Porzellanservice aus dem Geschirrschrank und brachte sie ihrer Tante.

«Übrigens ...» Tante Agathe zupfte an Fannys Ärmel. Etwas Marillenmarmelade klebte in ihrem Mundwinkel. «Ich habe meine liebe Schwägerin Amalie besucht, sie lässt dich grüßen.» Sie löffelte sich Schlagobers in den Kaffee, bevor Fanny ihr fertig eingeschenkt hatte. «Ich *musste* ihr einfach von der Begegnung mit ihrem Sohn in der Stadt erzählen.»

«Du hast Schlomo getroffen?», fragte Fanny neugierig. Sie hatte seit Jahren nichts mehr von ihrem Cousin gehört.

«Schlomo?» Fannys Tante schnalzte mit der Zunge. «Als ob er sich noch so nennen würde ... Er arbeitet jetzt als Maskenbildner am Burgtheater, und dort kennt man ihn nur unter dem Namen ... *François.* Amalie und unser Bruder Frederik schämen sich zu Tode!» Sie sah Fanny an und schien auf einen Sturm der Entrüstung zu warten. «Eine Schande, nicht wahr, Leopold?»

«Hmh», brummte Fannys Vater.

Fanny räusperte sich. «Das stelle ich mir sehr aufregend vor, und es gibt kein Theater mit mehr Renommee. Und ... seine neue Aufgabe passt zu ihm, wenn ich mich recht erinnere.»

Als kleines Mädchen war sie mit ihrer Mutter ein paarmal bei Tante Amalie zu Besuch gewesen. Während die Schwägerinnen Kaffee getrunken und geplaudert hatten, hatte Fanny mit ihrem Cousin in dessen Zimmer gespielt. Nach etwa zwei Stunden hatte ihre Mutter nach ihr gesehen. Schlomo hatte ihr Fanny stolz präsentiert, mit Tonnen von Tante Amalies Schminke im Gesicht. Ihr Haar hatte er mit Hilfe von Pomade zu einem seltsamen Stachel geformt, sodass Fanny an ein grellbuntes Einhorn erinnert hatte.

«Jetzt ist sie Kunst!», hatte ihr Schlomo voller Stolz verkündet. Fannys Mutter hatte gelacht und sogar applaudiert.

Tante Amalie war weniger begeistert gewesen.

Später war Fanny Onkel und Tante ab und zu bei Festen begegnet, Schlomo jedoch nie. Ob er nicht kommen wollte oder nicht eingeladen war, wusste sie nicht. Sie hatte sich schon öfter gefragt, was aus ihrem Cousin geworden war.

«Wie geht es ihm?», fragte Fanny.

Ihre Tante beugte sich über den Tisch und senkte ihre Stimme zu einem Flüstern. «Sein Mantel war *violett!*» Sie lehnte sich wieder zurück, als wäre das Antwort genug. «Was soll's, wie geht es *dir*, Fanny. Was gibt es Neues?»

«Am Institut ist viel zu tun. Gestern habe ich ...»

«Papperlapapp, ich meine doch nicht diese *Leichenklinik*. Ich meine, sonst ...»

«Sonst», wiederholte Fanny gedehnt. «Später treffe ich mich mit Tilde Waring zum Tee.»

«Ausgerechnet! Dieses Mädel ist *nicht ganz bei sich* – es wundert mich, dass sie noch nicht überfahren wurde!»

«*Tante!*»

«Fanny, Kind, kannst du mir nicht den Gefallen tun, dich manchmal auch mit normalen Menschen zu umgeben?»

Vorsichtig stellte Fanny ihre Kaffeetasse ab. «Du meinst, damit sie *mich* normaler machen», erwiderte sie leise.

Ihre Tante wischte sich das Schlagobers von den Lippen. «Du bist fünfundzwanzig, Fanny!» Sie hob ihren Zeigefinger. «Das ist schon nicht mehr Gold, sondern nur noch Silber, und Bronze steht vor der Tür.»

Fannys Vater hustete, aber sie hätte schwören können, dass es ein verkapptes Lachen war.

«Und was kommt nach Bronze?», fragte sie.

Ihre Tante starrte sie mit todernster Miene an, dann lehnte sie sich zurück und wies auf ihre überbordenden Rundungen. «*Das!*», erklärte sie mit Grabesstimme.

Fanny unterdrückte ein Kichern.

«Das ist nicht komisch! Ich habe deiner Mama versprochen, dass ich ein Auge auf euch beide haben werde, sollte ihr etwas passieren. Und was ich sehe, ist nicht in ihrem Sinne.»

«Aber woher ...»

Tante Agathe zeigte auf Fannys Vater. «Siehst du nicht, wie es deinem Papa geht?» Fanny schwieg. «Du arbeitest Tag und Nacht für einen Hungerlohn, während er deine Unterstützung braucht.»

«Wir kommen zurecht», wisperte Fanny.

«Die Zeit, egoistisch zu sein, ist vorbei, Kind. Heirate einen guten Kerl, der dich versorgen kann, und kümmere dich um deinen Vater!»

«Ich bin nun einmal Medizinerin, Tante Agathe!»

Die Augenbrauen der Tante hoben sich. «Ah ja? Mir scheint eher, du spielst den Lakaien für die *richtigen* Mediziner. Aber um deinen Papa zu pflegen, dafür bist du dir zu gut.»

Fanny erhob sich. «Entschuldigt mich. Ich will Tilde nicht warten lassen.» Ihr Vater griff nach ihrem Arm, als sie vorbeistürmte, aber sie wich ihm aus.

Fanny war so aufgewühlt, dass sie beschloss, zu Fuß in den Stadtpark zu gehen, wo sie mit Tilde verabredet war. Sie schlang ihren braunen Mantel eng um sich. Die Sonne schien, trotzdem war es noch empfindlich kalt. Vom bevorstehenden Frühlingsbeginn hatte das Wetter offenbar noch nichts gehört.

Sie hat nicht recht. Uns geht es gut. Papa und mir.

Sie beschleunigte ihren Schritt, während sie den Donaukanal überquerte und auf die Uferpromenade einbog. Das

Wasser glitzerte, und ein eisiger Wind ließ Fanny ihren Hut ein wenig tiefer ins Gesicht ziehen.

Jeder behandelte sie wie eine Rebellin, dabei war sie das genaue Gegenteil. Sie war ein ruhiges Kind gewesen. Ihre Lehrer hatten sie für ihren stillen Fleiß gelobt. Sie hatte sich bemüht, immer und zu jedem höflich zu sein, wurde niemals laut, kleidete sich schlicht und schicklich.

Wenn sie ehrlich war, hatte ihr immer davor gegraut anzuecken, den Erwartungen nicht zu entsprechen. Doch dann hatte sie etwas aus ihrer Sicht völlig Normales gemacht: Sie war ihrer Leidenschaft gefolgt und hatte sich zum Medizinstudium eingeschrieben. Natürlich hatte sie gewusst, dass es für junge Frauen nicht unbedingt üblich war zu studieren. Aber immerhin lebten sie im zwanzigsten Jahrhundert, einer modernen Zeit, in der alles möglich zu sein schien. Hatte sie damals zumindest gedacht.

Sie erinnerte sich an den Tag ihrer Inskription. Tante Agathe hatte sie angesehen, als hätte Fanny ein Attentat auf Kaiser Franz Joseph verübt.

Und ihre Kommilitonen! Die hatten sie gemieden wie einen exotischen Virus, von dem man fürchtete, dass sich die eigenen Frauen damit anstecken könnten.

Auf noch mehr Unverständnis war sie gestoßen, als sie ihrer Familie schonend beigebracht hatte, dass sie gar nicht im Sinn hatte, Patienten zu behandeln. Dass ihre Faszination der Pathologie galt, der Suche nach dem Ursprung aller Krankheiten, und einer neuen Disziplin, in der man ebenfalls Tote aufschnitt, der Gerichtsmedizin.

Nein, Fanny war nie eine Rebellin gewesen. Aber so ziemlich alles, was ihrem Wesen entsprach, war offenbar dazu angetan, ihr Umfeld zu provozieren, egal, wie sehr sie sich bemühte, unauffällig zu wirken.

Sie erreichte die Mündung des kleinen Wienflusses in den Donaukanal. Eine neu angelegte Promenade mit romantisch verspielten Laternen und gusseisernen Brücken führte entlang des Flüsschens zum Eingang des Stadtparks. Hier blies der Wind nicht ganz so scharf. Fanny spürte einen Hauch von Sonnenwärme, den auch einige Liebespaare beim Flanieren genossen. Fast alle waren elegant gekleidet. Die Herren in dunklen Mänteln und Zylindern, die Damen in Kleidern, Mänteln und Hüten, die an aufspringende Magnolienknospen erinnerten. Fannys Blick verharrte für einen Moment auf einem jungen Paar, das gerade an ihr vorbeispazierte. Das Mädchen versteckte ihr schwarzes Haar unter einem violetten Hut, der mit unterschiedlichen Blüten verziert war. Der veilchenfarbene Stoff ihres Seidenkleids raschelte bei jedem Schritt. Ein entspanntes Lächeln lag auf ihren Lippen. Den Kopf hatte sie gegen die Schulter ihres Begleiters gelehnt.

«... wir könnten's einfach machen», sagte er gerade. «Einfach einen Zug nehmen und in Triest aussteigen, das Meer sehen.»

«Das wär schön ...», erwiderte das Mädchen mit geschlossenen Augen.

Fanny ertappte sich, wie sie den beiden nachsah. Kurz bedachte sie ihre eigene Aufmachung mit einem kritischen Blick. Das dunkelblaue Kleid, das sie unter ihrem braunen Mantel trug. Wenn die anderen Damen hier wie Frühlingsblüten aussahen, dann war sie im besten Fall eine abgefallene Weidenknospe.

Aber in Kleidern dieser Art ließ sich nun einmal nicht sinnvoll arbeiten. Wenn das veilchenfarbene Kleid des Mädchens erst genügend Blut- und Eiterspritzer aufwiese, würde es auch nicht mehr so großartig aussehen.

«Fanny? Fanny Goldmann?»

Erschrocken wandte sich nach der Stimme um.

Vor ihr war ein weiteres Paar stehen geblieben. Der Mann mit schwarzem Mantel über seinem eleganten Anzug betrachtete sie mit gelangweilter Miene. Aber es war die Frau gewesen, die sie angesprochen hatte. Ein Lächeln entblößte das strahlende Weiß ihrer Zähne, während ihre Augen Fanny aufmerksam musterten.

«Du *bist* es!», stellte sie zufrieden fest.

Diese Stimme. Sie erinnerte Fanny an ein staubiges Klassenzimmer und eine Gruppe kichernder Mädchen.

«Emilia?»

«Wie schön, dass wir uns treffen!» Emilia zog Fanny zu sich heran und deutete zwei Küsse an, ohne Fannys Wangen zu berühren. «Ich darf dir meinen lieben Arnold vorstellen?» Sie deutete mit ihren roséfarbenen Seidenhandschuhen auf ihren Begleiter. «Wir haben letztes Jahr geheiratet!»

«Freut mich», erklärte Fanny.

«Mhm», brummte Arnold und deutete die kleinstmögliche Verbeugung an.

«Er übernimmt demnächst Ewald und Steinmeyer», erklärte Emilia mit gesenkter Stimme, als könnte ihr Mann sie so nicht hören. «Eine der bedeutendsten Anwaltskanzleien der Stadt.» Sie nickte vielsagend. «Du fragst dich sicher, ob ich noch in der Nähe vom Piaristengymnasium wohne, so wie früher.»

«Äh, also ich ...»

«*Natürlich* bin ich längst umgezogen. Arnold und ich leben jetzt in einer Parkvilla in der Nähe von Schönbrunn. Dort hat man einfach mehr Raum als in den inneren Bezirken.»

Sie sah Fanny so lange mit starrem Lächeln an, bis diese nickte.

«Die Kinder haben wir heut mit ihrer britischen Gouvernante in den Prater geschickt», erklärte sie. «Die brave Sybil lehrt sie das Englische wie eine zweite Muttersprache, und wir ...», sie warf Arnold einen neckischen Blick zu, «haben so auch ein wenig Zeit füreinander.» Als er nicht reagierte, hob Emilia die Augenbrauen.

«Ah ...» Arnolds Miene belebte sich etwas. «Ja, natürlich, Liebes.» Er beugte sich zu ihr und drückte ihr einen Kuss auf die Wange.

Emilia lächelte zufrieden. «Aber, meine liebe Fanny, du bestürmst mich die ganze Zeit mit Fragen ... ich habe mich noch gar nicht nach *dir* erkundigt.» Sie fixierte Fannys Ringfinger. «Wie geht es dir?»

«Also», ein vorsichtiges Lächeln stahl sich auf Fannys Lippen, «ich arbeite ...»

«Gott, das tut mir so leid für dich!» Emilia berührte sie an der Schulter. «Es ist in diesen modernen Zeiten nicht einfach für eine junge Frau, wenn sie nicht gerade über das Gesicht der seligen Kaiserin Elisabeth verfügt, nicht wahr?»

«Nun, eigentlich wollte ich sagen ...»

«Genau! Dass du dich nicht zu schämen brauchst.» Emilia streckte ihre Hand aus und hob Fannys Kinn. «Zu arbeiten ist keine Schande. Bestimmt wird sich noch ein braver Mann finden, der dich *trotzdem* nimmt.» Wieder musterte sie Fanny von oben bis unten. «Gib jedenfalls die Hoffnung nicht auf!»

Arnold räusperte sich.

«Verzeih, Liebes, du entschuldigst uns», meinte Emilia wieder ganz im Plauderton und umarmte Fanny kurz. «Arnold lädt mich heute noch in den Kursalon ein. Manchmal ist der Tag einfach zu kurz für so viele Höhepunkte. Leb wohl, meine Liebe!»

Wieder die beiden angedeuteten Küsschen, und schon waren Arnold und Emilia an Fanny vorbeigerauscht.

Sie schüttelte benommen den Kopf. Hatte sie gerade ein Gespräch geführt? Es hatte sich eher angefühlt, als wäre sie bloß ein Spiegel, in dem Emilia sich zufrieden betrachtet hatte.

Sie schüttelte den Gedanken ab und ging weiter. Von der Promenade gelangte sie über eine prächtige Stiegenanlage mit goldenen Geländern in den Stadtpark hinauf.

Obwohl es noch ziemlich kalt war, waren die Knospen der Büsche und Bäume schon prall und kurz vor dem Aufspringen. In den Beeten blühten Schneeglöckchen, Primeln und Veilchen, während die Spitzen der Tulpenblätter erst aus dem Boden ragten.

Fanny atmete erleichtert auf, als sie Tilde endlich erblickte. Offensichtlich hatte sie für sie von den Parkweibern bereits zwei Stühle mit Aussicht auf den Teich angemietet und war in den Anblick eines Paars bunter Mandarinenten versunken. In ihrem blassgrünen Mantel und dem gelben Hut fügte sie sich ganz natürlich in die Frühlingsbeete ein. Jetzt, da sie so still dasaß – was Tilde normalerweise so gut wie nie tat –, trat ihre natürliche Schönheit deutlicher als sonst zutage, die Sanftheit ihrer Miene, die Eleganz ihrer hochgewachsenen Gestalt. Kein Wunder, dass man sich mit ihr manchmal so fühlte, als spaziere man mit einem Honigtopf durch einen Fliegenschwarm.

Als Tilde den Kopf hob, winkte Fanny ihr, um ihre Aufmerksamkeit zu erregen.

Tilde sprang so ruckartig auf, dass ihr Stuhl umkippte. «Huhu! Fanny!»

Die Parkbesucher warfen ihr entrüstete Blicke zu. Eine Dame schrie nicht, schon gar nicht hier im Stadtpark, wo es sogar verboten war, mit Arbeiterkleidung spazieren zu gehen, um die Muße suchenden Bürger dadurch nicht zu belästigen.

Tilde waren solche Regeln immer schon gleich gewesen.

Das Anderssein war ihr so selbstverständlich wie das Atmen, und dafür liebte Fanny sie über alles.

Sie umarmten einander innig, dann half Fanny Tilde, ihren Stuhl wieder aufzustellen.

«Die Grazie eines Elefanten, der Verstand eines Goldfischs ... Mama hat wohl recht», kicherte Tilde.

«So ein Unsinn! Obwohl ... das Umgekehrte würde ich vielleicht sogar unterschreiben. Wie geht es dir?»

Tilde gähnte und hielt sich die Hand vor. «Gestern ist es spät geworden, Egon war mit mir im Burgtheater.»

Fanny grinste. «Egon? Ich dachte, Matthias ist gerade ...»

«Ach ja, Matthias. So ein lieber Mann, schreibt mir immer noch.» Tilde neigte gedankenverloren den Kopf. «Aber ich fürchte, ein Mann ist eben nie so aufregend wie im Moment des Kennenlernens.»

Fanny kicherte. Sie hatte es längst aufgegeben, den Überblick über Tildes Verehrer behalten zu wollen. Manchmal hatte sie das Gefühl, ihre Freundin brauche nur jemanden, um sie ins Theater zu begleiten.

«Tante Agathe hätte mich längst genötigt, mich mit einem von ihnen zu verloben.»

Tilde zuckte mit den Schultern.

«Welches Stück habt ihr gesehen?»

Tilde legte den Finger auf die Unterlippe. «Ähm ... Goethe, glaube ich.»

«Wieso gehst du ins Theater, wenn du dir nie den Titel merkst?», neckte Fanny sie.

«Aber es war ganz großartig. Eine junge Frau auf einer Insel, richtig bewegend, pass auf!» Sie streckte die Hand aus und deklamierte: «Ein unnütz' Leben ist ein früher Tod!»

Fanny glaubte sich an die Zeile aus Goethes *Iphigenie auf Tauris* zu erinnern. «Klingt intensiv.»

Tilde nickte. «Ich finde, ich sollte dafür sorgen, dass mein eigenes Leben auch etwas weniger unnütz ist.»

«Also, ich finde, du bist alles andere als das», lachte Fanny.

«Ich könnte dir am Institut assistieren, das wär doch was.»

«Die Assistentin der Prosekturgehilfin? Das wäre wirklich was.»

«Mir würde es gefallen!» Tilde legte den Kopf in den Nacken und blinzelte in die Sonne. «Oh, sieh mal, eine Schwalbe», rief sie begeistert.

Fanny beschirmte ihre Augen. «Du hast recht. Viel zu früh, eigentlich.»

Tildes Miene nahm einen mitfühlenden Ausdruck an. «So ein kleiner Vogel in diesem weiten Himmel. Gewiss hat sie Angst, ganz allein dort oben zu fliegen, meinst du nicht?»

«Darüber hab ich noch nie nachgedacht.» Wenn Fanny diese Schwalbe wäre, hätte sie ganz sicher Angst.

Tilde wandte sich ihr wieder zu. «Aber, Pardon, erzähl doch, was du in letzter Zeit am Institut erlebt hast. Ich finde das immer so aufregend!»

Fanny drückte ihre Hände in den Schoß und richtete sich ein wenig auf. Mit Tildes Frage war auf einen Schlag das Unbehagen zurückgekehrt, das sie wegen des Morphintoten empfand. Aber wenn sie mit Tilde nicht darüber reden konnte, dann mit niemandem.

Sie erzählte ihr, was gestern Nacht vorgefallen war. Tildes Augen wurden bei der Erzählung größer und größer. Aus irgendeinem Grund hatte sie noch nie Abscheu empfunden, wenn Fanny ihr Details ihrer Obduktionen berichtet hatte.

«Du hast so getan, als wärst du eine Leiche? Ich glaube, das würde ich auch mal gern. Ich könnte meine Eltern erschrecken, sollten sie je nach Hause kommen ...»

«Äh, meinst du wirklich, dass das ... Wie auch immer, jetzt

befürchte ich, dass jemand diesen Mann mit Morphin vergiftet hat.»

«Oder er sich selbst», überlegte Tilde.

«Kann sein», räumte Fanny ein. «Aber das glaube ich nicht. Jemand hat ihm danach einen zerlumpten Mantel angezogen und ihn auf eine Parkbank gesetzt. Jemand wollte, dass er aussieht wie ein toter Sandler. Damit niemand Fragen stellt.»

«Dieser jemand hat ihn glücklich sterben lassen. Wie rücksichtsvoll.» Tilde nahm ihren Hut ab und ließ sich die Sonne auf ihre goldblonden Haare scheinen.

«Ich fürchte, Ersticken ist trotz Morphin eine Qual.» Fanny presste die Lippen zusammen. «Und niemand wird dem je nachgehen. Die Leiche ist wahrscheinlich schon beerdigt. Die Polizisten, die ihn gebracht haben, würden mich nicht ernst nehmen, und Professor Kuderna wirft mich raus, wenn herauskommt, dass ich die Leiche heimlich obduziert habe.» Sie vergrub das Gesicht in den Händen. «Was für ein Schlamassel!»

«Ich bin wirklich neugierig, wer dahintersteckt», sagte Tilde.

Fanny hob den Kopf. «Weißt du, ich habe sogar einen Hinweis.» Sie holte die Johann-Strauss-Statuette aus ihrer Manteltasche und zeigte sie ihr. «Ein Zettel steckte bei dieser Figur, auf dem steht: ‹Morgen früh, Stock im Eisen, das Meisterstück des Teufels, Palais Equitable›.»

«Ah, der Stock im Eisen steht vor dem Equitable», rief Tilde aufgeregt. «Aber was ist das Meisterstück des Teufels?»

Fanny schüttelte ratlos den Kopf. «Es gibt eine alte Sage über den Stock im Eisen, in der der Teufel eine Rolle spielt. Ich muss sie noch mal nachlesen.»

«Was, meinst du, wird morgen früh dort passieren?»

«Gewiss etwas, von dem wir lieber nicht wissen wollen!»

Tilde drehte den kleinen Walzerkönig in den Händen. «Ich weiß nicht.» Ein abwesendes Lächeln erschien auf ihren Lippen. «Vielleicht doch. Vielleicht wartet dort ein richtiges Abenteuer.»

«Der Tod ist kein Abenteuer. Ich möchte da lieber nicht hineingeraten.»

«Gott, ich schon!»

«Wie bitte?»

«Fanny!» Tilde ergriff ihre Hand. «Weißt du eigentlich, wie sehr ich dich beneide?»

Tildes Hut kullerte von ihrem Schoß und fiel ins Gras.

«Verzeihung, gnädiges Fräulein.»

Ein eleganter Mann war vor ihnen stehen geblieben, hob Tildes Hut auf und reichte ihn ihr.

«Oh, danke schön», sagte Tilde und strahlte ihn an.

Der junge Mann lüftete seinen Zylinder und verbeugte sich. Eine Mähne schwarzen Haars wogte über seine Schläfen. Er lächelte charmant. «Georg von Landering, mir gehört das Palais auf der anderen Seite des Parks!»

«Das mit der goldverzierten Fassade?»

«Ganz recht», erwiderte er und reichte Tilde seine Karte. «Lassen Sie mich Ihren Namen wissen, wenn Sie mögen. Sonst muss ich Sie in meiner Phantasie weiterhin ‹die geheimnisvolle Schöne› nennen.»

Tilde kicherte, während Fanny ein geflüstertes *Ernsthaft?* entfuhr.

«Ich überlege es mir.»

Er nickte und spazierte weiter.

«Verzeih, wo waren wir?»

«Du beneidest mich», brummte Fanny.

«Oh ja, allerdings. Du hilfst dabei, Morde aufzuklären, während ich vor Langeweile vergehe.»

«Ich bin doch nur eine Handlangerin.»

Tilde hob den glänzenden Walzerkönig und hielt ihn Fanny hin. «Aber niemand außer dir kann dieses Geheimnis ergründen. Der tote Herr, der hat nur dich ... seinen Schutzengel.»

Fanny nahm ihr die Figur mit zitternden Fingern aus der Hand. «Na gut, vielleicht schaue ich kurz vorbei. Ich glaube sowieso nicht, dass jemand kommen wird.»

Tilde lehnte sich zurück und schloss die Augen. Ein geheimnisvolles Lächeln umspielte ihre Lippen. «Wirst schon sehen.»

4. KAPITEL
DAS MEISTERSTÜCK DES TEUFELS

Am nächsten Morgen war Fanny so nervös, dass sie beschloss, zu Fuß in die Innenstadt zu gehen, wo direkt vor dem wuchtigen Stephansdom der Stock im Eisenplatz lag. Wenn sie etwas beruhigen konnte, dann war es ein flotter Spaziergang.

Sie hatte ihrem Vater noch das Frühstück gerichtet, sich aber dann gleich bei ihm entschuldigt.

Draußen auf der Josefstädter Straße war es ruhig. Die elektrischen Trams rasteten noch in ihren Remisen. Ein paar Pferdefuhrwerke mit Kohlköpfen und Rüben, Hühnern und Eiern rumpelten gemächlich stadtauswärts, um die Märkte der äußeren Bezirke zu beliefern. Die Luft roch schon ein bisschen nach Frühling, was Fanny schön gefunden hätte, wenn ihr nicht übel vor Angst gewesen wäre. Auf den Gehsteigen trugen ein paar Frühaufsteher ihre feinen Sonntagsgewänder spazieren, obwohl Fanny nicht den Eindruck hatte, dass die meisten von ihnen vorhatten, einen Gottesdienst zu besuchen.

Alles wirkte so entspannt. Normalerweise wäre Fanny an einem Tag wie diesem mit ihrem Vater in einen Park gegangen oder hätte in aller Ruhe die Notizen durchgesehen, die sie sich während der Obduktionen der letzten Woche gemacht hatte, und dann das ein oder andere nachgeschlagen. Wozu eigentlich? Professor Kuderna hatte ihr recht deutlich klargemacht, dass sie unter ihm nie mehr sein würde als eine Prosekturgehilfin. Und Wien war die einzige Universitätsklinik mit einem Institut für gerichtliche Medizin im ganzen Habsburgerreich.

Falls sie nächste Woche noch lebte, sollte sie sich an ihren Sonntagen vielleicht anderen Tätigkeiten widmen. Tante Agathe drängte sie ja ständig, zu den sonntäglichen Damenkränzchen im jüdischen Kulturverein zu gehen. Sie hatte das immer vermieden, nicht nur, weil sie, wie ihre Mutter, gar keine Jüdin war, sondern auch, weil es vermutlich langweilig war. Aber vielleicht machte das ja auch mehr Spaß, als sie glaubte. Immerhin waren viele der reicheren jüdischen Familien große Förderer der Wiener Kunstszene. Das hieß, vielleicht konnte sie mit den Töchtern dieser Leute über die Bilder von Gustav Klimt reden, über die Architektur von Otto Bauer, die der Stadt ein ganz neues Bild verlieh. Jedenfalls verspürte sie gerade größere Lust, dort aufzutauchen, als sich mit einem Mörder zu treffen.

Fanny huschte zwischen Kutschen und Trams über die Ringstraße, lief am Burgtheater vorbei und tauchte ein in das Gewimmel der Inneren Stadt. Ein grün lackiertes Automobil, ein Austrodaimler, ratterte an ihr vorbei und hielt vor einem neu errichteten Palais. Berittene Polizisten mit blau-goldenen Uniformen überwachten das Gewimmel am Graben, einer der bekanntesten Promenaden Wiens. Ein Gewirr der unterschiedlichsten Sprachen der Donaumonarchie drang an Fannys Ohr. Es fing an zu regnen, und ein kühler Wind kam auf. Fanny zog ihren Hut tiefer ins Gesicht.

Sie kramte eine silberne Taschenuhr aus ihrem Mantel. *Noch ein paar Minuten …*

Aber sie war schon beinahe da. Der Graben öffnete sich, und zu ihrer Linken tauchten die wuchtigen Umrisse der gotischen Türme des Stephansdoms auf.

Hinter dem Stock im Eisen, Palais Equitable.

Fanny wandte sich nach rechts. Das Palais Equitable war eines der eindrucksvollsten Gebäude am Platz. Eine amerikanische Versicherungsgesellschaft hatte es vor einigen Jahren errichten lassen. Fanny sah an der bordeauxroten Fassade hinauf. Weit über ihr, auf dem Dach, erkannte sie ein kupfernes Schiff. Vielleicht ein Zeichen für die weltweiten Geschäfte der Versicherung. Die Wiener Palais dienten sonst überwiegend als Adelssitze. Dieses bildete hier wohl die Ausnahme. Fanny stellte sich auf die Zehenspitzen und linste durch das verschlossene Tor in die Eingangshalle, die jedoch verwaist schien. Was hatte sie erwartet, an einem Sonntag?

Sie ging auf die andere Seite des Gebäudes, wo der Stock im Eisen aufgestellt war. Dies war ein bekanntes Wahrzeichen der Stadt und eigentlich nicht mehr als der Stamm einer vor Jahrhunderten gefällten Fichte, in den früher unzählige Gesellen ihre Nägel geschlagen hatten, sodass man an manchen Stellen kaum mehr das Holz dazwischen sehen konnte. Ein Eisenring umgab den verwitterten Baum.

Fanny hatte die Legende, die ihn begleitete, gestern noch einmal gelesen. Der Sage nach war der Teufel selbst einen Bund mit einem Schlossergesellen eingegangen. Mit Hilfe des Teufels hatte dieser den eisernen Ring und ein Schloss um den Stamm geschmiedet, das nicht aufzubrechen war. Für dieses Meisterwerk verlangte der Teufel die Seele des Schlossers, sollte dieser ein einziges Mal der heiligen Messe fernbleiben. Der Schlosser war schlau und besuchte stets den Gottesdienst im nahen Dom. Doch der Teufel verstrickte ihn tief in die Sucht nach einem wüsten Leben, sodass er eines Morgens zu spät dem Glockenläuten folgte und entseelt vor dem Tor des Doms zusammenbrach.

Hmh ... Fanny wäre neugierig gewesen, den Schlosser zu obduzieren. Vielleicht hätte sich die vermeintliche *Entseelung* als geplatztes Aneurysma entpuppt.

Sie betrachtete den breiten Eisenring. *Das Meisterstück des Teufels.* Es gab keine andere Möglichkeit. Fanny sah sich um. Viele Kirchgänger strömten in Richtung Stephansplatz. Aber niemand schien Notiz von ihr zu nehmen.

Sie huschte auf das Podest, auf dem der Stock im Eisen stand, streckte sich und tastete ihn ab. Sie befühlte das Holz und die raue Eisenoberfläche des Rings. Da, an der Rückseite, ein kühler Gegenstand. Fanny ergriff ihn und stieg wieder auf das Trottoir hinunter.

Sie öffnete ihre Finger.

Ein Schlüssel ...

Er war aus Messing und sah nicht aus, als stamme er aus dem Mittelalter. *Stock im Eisen, Meisterwerk des Teufels, Palais Equitable ...*

«Verstehe!», flüsterte sie und nahm den Schlüssel rasch an sich.

Sie ging zurück zum Eingangstor des großen Hauses. Mit zitternden Fingern steckte sie den Schlüssel ins Schloss. Er glitt mühelos hinein und ließ sich herumdrehen. Ihr Herzschlag beschleunigte sich. In einem Palais wie diesem waren sicher Wachmänner abgestellt. Wenn man sie erwischte ...

Sie atmete tief durch, drückte das Tor gerade so weit auf, dass sie hindurchpasste, und schlüpfte hinein.

Fanny betrat eine prachtvolle Eingangshalle, durchsetzt mit Säulen aus grünem Marmor. Die Geräusche von draußen drangen nur noch gedämpft an ihr Ohr. Irgendwo plätscherte ein kleiner Brunnen.

«Hallo?», wisperte sie.

Keine Antwort.

Sie lehnte sich gegen eine der Säulen und seufzte erleichtert auf.

Die breiten Stiegen waren verwaist. Fanny wagte sich ein paar Schritte weiter. Sie schien wirklich allein zu sein. Aber warum hatte der Morphintote dann hierherkommen wollen?

Ihr Blick fiel auf eine goldene Tafel an der Wand, auf der die Erbauer des Palais gewürdigt wurden. Auf der glänzenden Oberfläche zwischen all den großen Namen sah sie ihr Spiegelbild. Ein paar ihrer hellroten Locken lösten sich aus ihrem Dutt, als sie sich den Hut vom Kopf zog. Ihre Sommersprossen traten in dem schummrigen Licht deutlich zutage. Die Augenbrauen musste sie auch mal wieder zupfen, wollte sie nicht, dass sie zu einer verschmolzen. Was würde ein Fremder über sie denken, wenn er sie sah?

Nichts als ein zartes Fräulein, das sich nicht hübsch zu machen weiß.

Plötzlich erklang das Geräusch von Schritten auf den Treppen.

Fanny zuckte zusammen und ließ sich wieder hinter eine der Säulen gleiten. Die Schritte verlangsamten sich, erstarben schließlich.

Fanny konnte ihr eigenes Herz schlagen hören. Es hämmerte wie verrückt. War das ihr Mörder?

Sie vernahm ein leises Klicken.

Vorsichtig, ganz vorsichtig lugte sie an der Säule vorbei.

Jemand stand auf der Treppe. Ein Mann in einer schwarzen Uniform. Wohl kein Polizist, dafür war seine Uniform zu wenig pompös. Ein angeheuerter Wachmann vielleicht. Er hatte seine Pistole gezogen und ließ seinen Blick langsam durch die Eingangshalle schweifen.

Fanny presste sich rasch wieder hinter ihre Säule.

Ein paar Momente war es still, dann hörte sie zu ihrem Schrecken, wie der Wachmann weiter die Stufen hinunterstieg. Dann kam er durch die Eingangshalle auf sie zu.

Mit einem Mal war es wieder still. Fanny hielt den Atem an. Aus den Augenwinkeln sah sie den Mann kaum eine Armlänge entfernt neben sich stehen. Er hätte nur den Kopf drehen müssen, um sie zu sehen.

Der Wachmann schnaubte und wandte sich wieder ab. Das Tappen seiner Stiefel entfernte sich quälend langsam. Fanny horchte darauf, wie er wieder nach oben stieg. Selbst als seine Schritte verklungen waren, wagte sie noch nicht, sich zu bewegen. Hierherzukommen war die dümmste Idee des Jahrhunderts gewesen. Wie hatte sie nur auf Tilde hören können. Sie würde zum Eingangstor huschen, hinaus auf die Straße schlüpfen und rennen, was das Zeug hielt.

Der Wachmann musste jetzt weit genug weg sein.

Los!

Fanny schoss hinter ihrer Säule hervor und wollte zur Tür laufen – als etwas sie mit voller Wucht in den Rücken traf. Sie wurde zu Boden geschleudert und schlug auf dem Marmorboden auf, obwohl sie versuchte, ihren Sturz mit den Händen abzufedern.

Sie schnappte nach Luft. Vermutlich hatte sie sich die Knie blau geschlagen, aber sonst schien sie heil geblieben zu sein. Was in Gottes Namen war gerade passiert?

«Himmel, wieso mussten Sie denn ausgerechnet *da* stehen», zischte eine Stimme.

Sie schüttelte den Kopf, um die Benommenheit abzuschütteln, und stemmte sich mit schmerzverzerrter Miene auf die Ellenbogen.

Ein Mann in einem schwarzen Mantel stand über ihr und

starrte sie aus eisgrauen Augen an. Für einen winzigen Augenblick dachte sie, er wäre ein zweiter Wachmann. Doch er sah völlig anders aus als die Wache.

Er trug feste Schuhe und eine braune Hose wie ein Fabrikarbeiter und ein weißes Hemd.

Wo war er hergekommen? Sie hatte nichts gehört.

«Sind Sie verletzt?» Seine Stimme klang eher unwirsch als besorgt.

Als Fanny nicht antwortete, packte er augenrollend ihre Hand und zog sie mit einem Ruck in die Höhe.

«Sie haben hier nichts verloren! Hier ist geschlossen.» Er sah nervös die Stiegen hinauf.

«Sie haben mich niedergestoßen!» Es war das Klügste, was Fanny gerade einfiel.

«Sie sind mir in den Weg gesprungen!»

«Wie bitte?»

«Psst!» Er sah hinauf zu dem Treppenabsatz. «Jetzt machen Sie schon, dass Sie fortkommen! Ich bin hier verabredet.» Sein Blick glitt suchend über die menschenleere Eingangshalle.

«Ich zufällig auch», schnappte sie – und bereute es im gleichen Moment. Wieso provozierte sie diesen Irren, anstatt tatsächlich zu verschwinden? Auch wenn sie flüsterten, würde sie der Wachmann womöglich hören und gleich wieder herunterkommen. Dann wollte sie auf keinen Fall mehr hier sein.

«Wirklich?» Die Miene des Mannes versteinerte. «Jetzt?»

Fanny nickte zögerlich. «Na ja, vor fünf Minuten, um genau …»

Bevor sie reagieren konnte, packte er sie an den Schultern und presste sie gegen die nächste Säule.

«Zeigen Sie es mir!», knurrte er.

«Wie bitte?»

«Zeigen sie es mir», wiederholte er barsch, während seine eisgrauen Augen sich in ihre bohrten.

In diesem Augenblick begriff sie es. Das musste der Mann sein, mit dem sich ihr Morphintoter hatte treffen wollen – und vielleicht der Mörder, den sie suchte. Sie hätte um Hilfe rufen können. Aber bis der Wachmann käme, wäre sie schon tot.

«E-erst, wenn Sie mich loslassen.»

Für einen Moment verstärkte sich sein Griff. Dann ließ er Fanny unvermittelt los und trat einen Schritt zurück. «Also!»

Fanny war nicht sicher, was er von ihr wollte. Aber wenn sie wirklich hier war, um diesen Mann zu treffen, dann wüsste sie nicht, was sie ihm sonst hätte zeigen sollen.

Sie zückte die goldene Johann-Strauss-Figur und streckte sie ihm hin.

Der Mann riss sie ihr sofort aus der Hand und betrachtete sie mit angespannter Miene. Er sah auf und starrte Fanny ungläubig an. *«Sie?»*

Fanny schwieg. Was immer sie jetzt sagte, es würde sie doch nur verraten.

«Aber Sie sehen so harmlos aus ...» Er schüttelte den Kopf.

«Wie charmant», murmelte Fanny.

«So meinte ich es nicht, wir müssen ...»

«Was?», wisperte sie.

Ihr Gegenüber fixierte die Treppen, ohne sie zu beachten.

Fanny wandte sich um.

Der Wachmann stand völlig reglos da und starrte zu ihnen herunter.

Er stieg eine Stufe hinunter, dann eine weitere.

«Bleiben Sie, wo Sie sind!», rief er mit scharfer Stimme und griff nach seiner Pistole.

«Das ist doch lächerlich!» Fanny räusperte sich. «Verzeihen

Sie.» Sie machte einen kleinen Schritt auf den Wächter zu. «Wir wollten hier nicht stören. Es handelt sich wohl um ein Mi-*iiiiissss…*» Der Mann neben ihr hatte Fanny gepackt und mit sich gerissen.

«Halt!», hörte sie die Stimme des Wachmanns hinter sich schreien. Ein lautes Krachen erscholl. Eine Staubwolke hüllte Fanny ein.

«Er hat auf uns geschossen! *Er hat auf uns …*»

Eine Alarmglocke begann zu schrillen und verschluckte ihre Worte.

Mit ihren Stiefeln trat sie auf einen losen Marmorbrocken und geriet ins Taumeln, aber der Mann zog sie einfach weiter und riss das Eingangstor auf.

Fanny spürte einen Luftzug und stolperte hinaus. Die Alarmglocke war so laut, dass sie auch hier draußen zu hören war. Ein paar Spaziergänger blieben stehen und blinzelten in ihre Richtung. Drüben am Stephansplatz hob ein berittener Polizist den Blick und sah zu ihnen herüber.

«Großartig!», zischte der Mann. Ehe Fanny etwas erwidern konnte, drückte er ihr etwas Kühles in die Hand. «*Café Korb*, in zwanzig Minuten. Wenn ich es nicht schaffe, wissen Sie, was Sie zu tun haben.»

«Äh …» In Fannys Hand glänzte etwas. Eine Kette … eine Goldkette mit einem gefassten Onyx. Als sie aufsah, war der Mann verschwunden. «Das darf doch nicht wahr sein!»

Sie sah zu dem berittenen Polizisten hinüber, der sich dummerweise nicht in Luft aufgelöst hatte, sondern sein Pferd antrieb und auf sie zu galoppierte. Die Kirchgänger auf dem Stephansplatz stoben erschrocken auseinander.

«Aber …» Sie wich erschrocken einen Schritt zurück.

Ein schriller Pfiff erklang. Zu ihrer Rechten, aus der Singerstraße, kamen zwei weitere Polizisten auf sie zugelaufen.

Fanny steckte die Goldkette in ihre Manteltasche und rannte los. Hinter ihr erklang das Hufklappern des Polizeipferdes auf dem Kopfsteinpflaster. Sie konnte doch keinem Ross davonlaufen, nicht lange wenigstens. Fanny zog den Kopf ein und tauchte in die Masse der lustwandelnden Bürger am Graben ein. Sie nahm die erste Abzweigung nach rechts, an der Peterskirche vorbei, dann die nächste links, dann wieder rechts ... Sie wusste nicht, wann sie das letzte Mal so weit gelaufen war. Ein heftiges Stechen flammte in ihrer Seite auf. Die Knöchel in ihren Stiefeln schmerzten bei jedem Auftreten. Fanny blieb stehen und stützte sich atemringend an einer frisch bemalten Fassade ab. Ihre Finger krallten sich noch immer um die schwere Goldkette in ihrer Manteltasche.

Einige Sonntagsspaziergänger warfen ihr misstrauische Blicke zu. Man rannte nicht auf offener Straße, schon gar nicht als Frau. Vom Graben her konnte sie aufgeregte Stimmen hören. Fanny richtete sich auf. Klopfte sich Farb- und Staubreste aus dem Mantel und zwang sich, langsam weiterzugehen. Hinter ihr hörte sie das Wiehern von Pferden. Irgendwo erklang eine Polizeisirene. Sie wich einer entgegenkommenden Kutsche betont gelassen aus und trat aufs Trottoir.

Fanny war nie besonders froh darüber gewesen, so unscheinbar zu sein. Jetzt sandte sie ein Dankgebet zum Himmel.

Sie drängte sich im Zickzackkurs durch die schmalen Altstadtgassen. Möglichst weit weg vom Palais Equitable, von dem aus bestimmt schon Polizisten in alle Richtungen ausschwärmten.

Diese Kette. Der Mann in der Eingangshalle musste sie gestohlen haben. Wahrscheinlich direkt aus den Räumlichkeiten der Versicherung. Deshalb hatte sie ihn nicht eintreten sehen, weil er schon drin gewesen war. Irgendwo im Gebäude.

Fanny seufzte. Wenn die berittenen Polizisten anrückten, konnten sie sie auch aus größerer Entfernung im Getümmel der Stadt ausmachen. Sie musste von der Straße herunter.

Das *Café Korb* lag gleich um die Ecke. Ein kleines Künstlercafé. Aber wollte sie dort überhaupt hin?

Wäre es nicht klüger, die nächste Polizeiwache aufzusuchen und ihnen zu erzählen, was passiert war? Aber sie war gekommen, um den Mörder des Morphintoten zu finden. Dieser Mann wusste vielleicht etwas, was ihr weiterhalf. Auch wenn Fanny aus seiner überraschten Reaktion auf den goldenen Strauss einen wichtigen Schluss gezogen hatte.

Er kannte den Morphintoten nicht.

Der Page vor dem Kaffeehaus in seiner bordeauxroten Livree bemerkte sie nicht gleich. Seine Augenbraue hob sich, sobald er das Kinn senkte und sie sah. Kaffeehäuser wurden meist von Männern oder Paaren, nicht aber von unbegleiteten Frauen aufgesucht. Er öffnete betont langsam die Tür und ließ Fanny eintreten.

Dicke Rauchschwaden hüllten sie ein und trieben ihr die Tränen in die Augen. Ein Chor unzähliger Plaudereien drang an ihr Ohr. Sie suchte die marmornen Tische und die rot gepolsterten Sitzbänke nach dem Fremden ab. Irgendwo hinter sich hörte sie das Klackern von Billardqueues, die gegen Kugeln geschlagen wurden.

An den Tischen saßen Männer, die Karten spielten oder die Zeitung lasen, Paare, die sich entspannt unterhielten. Ein Kellner in schwarzem Frack rannte Fanny beinahe über den Haufen und gab ihr mit einem verärgerten *«Gestatten!»* zu verstehen, dass sie im Weg war.

Fanny tauchte tiefer in das Gewimmel ein. Irgendwo in einem Eck erspähte sie einen freien Tisch und ließ sich erschöpft auf der weichen Sitzbank nieder.

Sie wartete, bis sich ihr hämmernder Herzschlag beruhigt hatte. Eigentlich hätte sie ihren Mantel ablegen sollen, aber was zählte das jetzt schon. Sie schüttelte den Kopf und wischte sich mit dem Ärmel den Schweiß von der Stirn. Hatte sie das gerade wirklich getan? Sie hatte sich mit einem Kriminellen verabredet und war vor der Polizei geflüchtet. Fanny stieß ein Wimmern aus und ließ ihre Stirn auf den Tisch sacken.

Nein. Bloß kein Aufsehen erregen. Sie musste etwas bestellen.

«Verzeihung!» Fanny hob die Hand, aber der Kellner rauschte vorbei, als wäre sie gar nicht da.

«Bitte, ich hätte gern ...» Doch auch der nächste würdigte sie keines Blickes.

Sie spürte, wie ihr trotz ihrer Angst die Zornesröte ins Gesicht stieg. Ihre Finger krallten sich um die Tischkante. Wenn sie nicht mit Höflichkeit weiterkam, dann würde sie eben so laut rufen, dass man sie nicht ignorieren konnte. Fanny richtete sich auf und holte tief Luft. «ICH MÖCHTE GERN ...»

«... auffliegen?»

Der Fremde aus dem Palais Equitable war wie aus dem Nichts vor ihr aufgetaucht und hatte ihr gegenüber Platz genommen.

Es fühlte sich an, als würde die gesammelte Luft auf einen Schlag aus Fannys Körper entweichen. «W-wie sind Sie ...», stotterte sie.

«Die Herrschaften wünschen?»

Ein Kellner war neben ihnen stehen geblieben.

«Mokka, groß», erwiderte ihr Gegenüber kurz.

«Ich hätte gern eine Mélange», sagte Fanny.

«Sehr wohl!»

Der Kellner verschwand. Der Fremde sah ihm noch einen Moment nach, ehe er sich wieder Fanny zuwandte. Er trug nun ein schwarzes Jackett. Sein Haar, das zuvor ausgesehen hatte, als wäre er durch einen Sturm gelaufen, hatte er sich mit Pomade mit einem Seitenscheitel frisiert.

«Was ist das für ein Spiel, mein Fräulein», knurrte er und beugte sich vor. «Sie stampfen hier herein wie eine russische Bauerstochter, die sich verlaufen hat.»

«Also ich ... Wieso russisch?» Fanny wurde unterbrochen, als der Kellner ihnen ihren Kaffee in weißen Porzellantässchen mit Goldrand servierte.

«*Ich* jedenfalls habe vor, diese Sache zu überleben», zischte der Mann. «Wenn Sie das als unüberwindbare Bedingung sehen, platzt unsere Vereinbarung, und ich will die Kette zurück!»

«Ich möchte das hier auch heil überstehen», erwiderte Fanny wahrheitsgetreu.

Er betrachtete sie forschend, dann ergriff er seine Mokkatasse und nahm einen kleinen Schluck. «Sie sind anders, als ich Sie mir vorgestellt habe.» Er funkelte sie reglos an. «Und nur, um das klarzustellen: Ich *hasse* Betrüger.»

Es dauerte einen Moment, bis Fanny begriff, dass er sie damit meinte. Also genau genommen nicht sie, sondern den Morphintoten, für den der Fremde sie offensichtlich hielt.

«Finden Sie es denn besser, ein Dieb zu sein?»

Für einen Moment zuckte der Mundwinkel des Mannes, aber er blieb ernst. «Kommen wir zum Geschäft, meine geschätzte *Walzerkönigin.*» Er stellte die Strauss-Figur vor ihr auf den Tisch.

«Gern», erwiderte Fanny und schob sie wieder in ihre Manteltasche. Sie zwang sich, ihre Tasse zu nehmen. Ihre Hand zitterte so heftig, dass ein paar Tropfen über den Rand schwappten. «Aber ich würde gern wissen, wie ich Sie nennen soll.»

«Wozu!» Die Stimme des Manns klang so eisig, dass sogar Fannys Mélange auszukühlen schien. «Bleiben wir doch bei den Tarnnamen. Wer weiß, mit wem Sie sonst reden, wenn jemand Ihnen einen guten Preis nennt.»

Fanny nickte und stellte ihre Tasse ab. «Dann nenne ich Sie also ...»

«... Blaumeise!»

Ein kleines Lachen brach aus Fanny hervor. Sie presste sich die Hand auf den Mund, als sie die finstere Miene des Manns bemerkte. «Es ... tut mir leid, Herr ...» Sie gluckste leise. «Verzeihung.»

«Genug der Freundlichkeiten», zischte Blaumeise.

Fanny wunderte sich, welche das gewesen sein sollten, aber diesmal gelang es ihr, sich im Zaum zu halten.

«Sie schrieben mir, dass Sie mir helfen können, *den Stern* zu finden.»

Fanny nickte leicht. Endlich ... vielleicht konnte der Mann etwas Licht in die Geschichte des Morphintoten bringen.

«Und Sie haben mich wissen lassen, was Sie dazu brauchen.»

Fanny runzelte verwirrt die Stirn, besann sich jedoch rechtzeitig. «Die Kette, richtig.»

«Es war nicht leicht, sie zu bekommen. Ich hoffe, es war das Risiko wert.»

«Hätten wir uns nicht gleich hier treffen können? Wieso im Palais?»

Wieder beugte sich Blaumeise ein wenig vor. «Bis letzte Woche war der einzige Wachposten ein versoffener Kerl, den nicht einmal ein Gewehrschuss aufgeweckt hätte. Ein ungestörter Ort für die Übergabe. Eigenartig, nicht wahr?»

«Gewiss!» Fanny hatte das Gefühl, jede weitere Frage, die sie stellte, könnte sie verraten. «Sie wollen, dass ich etwas mit der Kette tue.» *Gut so, Fanny, das klang so allgemein, dass es nicht falsch sein konnte.* «Wie wollen Sie wissen, dass ich sie nicht für mich behalte und verschwinde?»

Zum ersten Mal sah Fanny den Hauch eines Lächelns auf seinen Lippen. «Weil ich weiß, wem die Kette wirklich gehört. Und weil ich ihm verraten würde, wem ich sie gegeben habe.»

Fanny konnte nicht anders, als das Lächeln einen Moment zu erwidern. «Und dieser jemand sucht dann nach dem Walzerkönig?»

Blaumeise lachte leise. «Sie wissen besser als ich, dass man sich vor ihm nicht verstecken kann. Erfüllen Sie also Ihren Teil der Abmachung. Finden Sie *ihn,* geben Sie ihm sein Eigentum freiwillig zurück und hören Sie sich an, was er über den Stern weiß.»

Fanny spürte das Unbehagen in Blaumeises Stimme, während er von dem Besitzer der Kette sprach. Als würde er sich fürchten. Dabei schien es in diesem ernsten Gesicht keinen Platz für Angst zu geben. Vielleicht war dieser mysteriöse Fremde ja der Mörder des Morphintoten.

«Wie finde ich ihn?»

Blaumeise schlug mit der flachen Hand auf den Tisch und stieß ein paar gemurmelte Flüche aus. «Ich hätte wissen müssen, dass Sie eine Hochstaplerin sind. Her mit der Kette, *sofort!*»

Fannys Hand schloss sich unwillkürlich um das kühle Gold in ihrer Manteltasche. «Sie missverstehen mich», sagte sie und versuchte mit aller Macht, ihre Stimme fest klingen zu lassen. «Ich finde ihn, so oder so. Aber ich erhebe nicht den Anspruch darauf ... *alle* Informationen zu besitzen. Mich interessiert, ob Sie zufällig von einer guten Gelegenheit wissen, ihn zu treffen. Wir würden schließlich beide davon profitieren.»

Blaumeise lehnte sich wieder zurück und rührte in seinem Mokka. «Vielleicht sollte ich es einfach selbst tun. Vielleicht brauche ich Sie gar nicht.»

Fanny starrte ihn schweigend an. Berechtigte Frage. Warum gab er die Kette nicht selbst zurück, um sich Informationen über den Stern zu holen. Was auch immer das sein mochte.

«Also gut», zischte er. «*Er*, ihr feiner Freund, der Graf Waidring, gibt einen recht exklusiven Ball. Mich wundert, dass Sie noch nicht davon gehört haben. Vermutlich wird auch Madame Adoria vor Ort sein. Sie schrieben mir, beide wüssten von dem Stern.»

Fanny biss sich auf die Lippen. Graf Waidring, Madame Adoria. Hätte sie doch nur etwas zu schreiben dabei.

Hinter Blaumeise und den Tischen der anderen Gäste konnte Fanny sehen, wie der Portier die Tür öffnete. Selbst hier hinten konnte sie einen Hauch Frischluft durch den Zigarrendunst wahrnehmen. Fanny hielt den Atem an, als zwei Polizeibeamte in schwarzen Uniformen das Kaffeehaus betraten.

«Oh nein», wisperte sie. «Das darf nicht wahr sein.»

Blaumeise hob eine Augenbraue. «Mögen Sie keine Bälle?»

«Nein, Sie Dummkopf! Die Polizisten, die uns verfolgt haben, Sie sind hier!»

Fanny konnte sehen, wie der Blick des Beamten suchend über die Köpfe der Kaffeehausbesucher glitt, als säße er noch auf seinem Pferd. Hinter ihm vor den Fenstern des Kaffeehauses stand ein weiterer Polizist und sah sich gelangweilt um.

Inspector Kaltenecker.

«Nicht hinsehen!», zischte Blaumeise und drückte ihren Kopf nach unten.

Ausgerechnet *er*. Von allen Polizisten Wiens. Jetzt saßen sie in der Falle.

«Was machen wir jetzt?»

«Tun Sie, als wären Sie verliebt.»

«Wie bitte?»

Er zog sie an sich, sodass sich ihre Gesichter fast berührten. Für einen Moment wollte sie zurückzucken, aber er hielt sie fest. «Die suchen nach Gaunern, nicht nach einem Liebespaar, das sich heimlich in einem Kaffeehaus trifft.»

Er war ihr so nah, dass sie seine Körperwärme spürte. Das Parfüm, das er trug, erinnerte sie an irgendein Nadelgehölz. Zum ersten Mal musterte sie ihn genauer. Die schwarzen Augenbrauen, die seine hellen Augen noch unterstrichen, die spitze Nase, das breite Kinn. Seine Gesichtszüge änderten sich unvermittelt. Ein dümmliches Lächeln erschien auf seinem Mund, und er neigte den Kopf, während er Fannys Hände umfasste.

Sie stellte wütend fest, dass die Scharade ihre Wirkung nicht verfehlte.

«Na, machen Sie schon», knurrte Blaumeise. Seine Augen funkelten noch immer so abweisend wie zuvor.

Fanny besann sich, neigte ebenfalls den Kopf, beugte sich zu ihm und stützte das Kinn auf ihrer beider Hände. Sie dachte an das Lächeln, das Tilde ihren Verehrern schenkte, und versuchte ihr Bestes. Zu ihrer Überraschung schien Blaumeises Contenance für einen winzigen Moment zu wanken.

Fanny linste vorsichtig über seine Schultern hinweg. Die beiden Polizeibeamten hatten sich aufgeteilt. «Es klappt nicht», zischte Fanny zwischen ihrem verliebten Lächeln hervor.

Blaumeise rollte mit den Augen, dann zog er sie zu sich und küsste sie.

Seine Lippen waren so fest zusammengepresst, dass sie ihre kaum berührten. Immerhin, er nutzte die Situation nicht aus, das sprach für ihn.

Fanny versuchte, einen verstohlenen Blick auf den Polizeibeamten zu erhaschen. Dieser schien sie unschlüssig anzuglotzen. Wieso ging er nicht einfach? Vielleicht gefiel ihm, was er sah, ja auf ganz andere Weise.

Der Polizist runzelte die Stirn und machte einen weiteren Schritt in ihre Richtung.

Fanny löste sich aus dem vorgespielten Kuss. «Er kommt!»

Blaumeise nickte kaum merklich. «Sie bleiben sitzen und sagen kein Wort!»

Er wandte sich langsam um und starrte den näher kommenden Polizisten direkt an. Dann erhob er sich mit einer geschmeidigen Bewegung.

Nein, nein, nein, was macht er denn! Fanny wollte ihn festhalten, aber es war zu spät. Blaumeise ging direkt auf den Polizisten zu.

«Guten Tag, Herr Inspector.» Seine Miene wirkte zerknirscht. «Es ist mir höchst unangenehm, aber ich muss ...»

Er wandte Fanny den Rücken zu und redete leise auf den Polizisten ein, der ihm mit unbewegter Miene zuhörte, dann holte er etwas aus seinem Sakko, das Fanny nicht sehen konnte, und zeigte es ihm.

Nach einer Weile breitete sich ein Grinsen auf der Miene des Polizisten aus. Er hob den Kopf und bedachte Fanny mit einem ganz und gar nicht anständigen Blick.

«Danke!», erklärte Blaumeise wieder lauter. «Ich weiß das zu schätzen.»

Der Polizist nickte. Langsam wandte er sich ab und schritt

die anderen Tische des Kaffeehauses ab, während er einen schwarz glänzenden Knüppel schwingen ließ.

Blaumeise setzte sich wieder und zupfte sich sein Jackett zurecht. «Wo waren wir?», fragte er, als sei nichts geschehen.

«Was haben Sie ihm erzählt?»

«Die Sache ist erledigt, mehr müssen Sie nicht wissen.»

«Ich bestehe darauf!»

Blaumeise stöhnte. «Ich habe ihm gesagt, wir hätten ein Verhältnis, von dem niemand wissen dürfe, und habe ihn um Diskretion gebeten.»

Fanny hob die Augenbrauen. «Und das hat ausgereicht?»

«Nicht ganz.» Blaumeise wich für einen Moment ihrem Blick aus. «Ich sagte, dass Sie ... dass Sie sich gern auch mit anderen Männern *verabreden.* Und dass ich etwas *arrangieren* könnte.»

Fanny schüttete ihm ihren Kaffee ins Gesicht.

Blaumeise funkelte eine schreckerstarrte Fanny an, während ihm die Melange über das Gesicht rann und von seinem Kinn tropfte. Ganz langsam griff er zu seiner Stoffserviette und wischte sich das Gesicht trocken. «Gern geschehen», knurrte er.

«Dass Sie mich als Dirne ausgegeben haben?»

«Dass ich uns vor der Festnahme bewahrt habe.»

Fanny schnaubte. «Wie konnte er Ihnen nur glauben? Finden Sie, dass ich wie eine Dirne aussehe?»

«Nun, keine erfolgreiche jedenfalls.»

Fanny bedauerte, dass sie keinen zweiten Kaffee vor sich stehen hatte. Aber ja, es stimmte, er hatte sie tatsächlich aus einer schwierigen Situation gerettet ... Seltsam nur, dass sich der Polizist so einfach hatte abspeisen lassen.

«Sie sprachen von einem Ball. Wissen Sie, wann er stattfindet?»

«Am zwanzigsten März, Palais Coburg.»

Fanny atmete tief durch. «Wo erwirbt man die Eintrittskarten?»

Blaumeise schüttelte ungläubig den Kopf. «Sie sind zweifelsohne die schlechteste Betrügerin der Welt. Und ich meine es so, *die schlechteste*. Ich frage mich, wie Sie diesen Ruf erwerben konnten. Die Polizisten, die Ihre Verbrechen bearbeiten, müssen regelrechte Nieten sein.»

Fanny zwang sich zu einem Lachen. «Ein Scherz. Natürlich muss man zu diesem Ball *geladen* werden.»

«Oh, es ist durchaus noch etwas exklusiver als das. Der Graf lädt nicht ein, er *bestimmt*, wer zu seinen Festen erscheint.» Blaumeise schnaubte und schüttelte den Kopf. «Selbst wenn es Ihnen gelingt, sich dort einzuschleichen – er wird Sie verschwinden lassen, und all meine Mühe war umsonst.»

Fanny spürte, wie ihr Puls sich beschleunigte. «Wir werden sehen.» Sie zögerte ein wenig. «Nur der Neugierde wegen ... Sie haben nicht zufällig gehört, dass jemand mir nach dem Leben trachtet?»

«Was sollte mich das kümmern? Sie sind *der Walzerkönig*, eine Betrügerin, die die Wiener Gesellschaft unter diversesten Namen um ihr Erspartes bringt. Bei den Dreistigkeiten, die Sie sich geleistet haben, so ziemlich jeder.»

«Oh.»

«Überrascht Sie das?»

«Nun, ja, nein.»

«Gut. Ich denke, es ist alles besprochen. Hinterlassen Sie mir hier eine Nachricht, wenn Sie mehr wissen.» Er erhob sich und legte achtzig Heller für die beiden Kaffees auf den Tisch.

«Sie wollen aufbrechen?»

«Natürlich. Ich habe zu arbeiten!»

«Noch ein paar Banküberfälle auf Ihrem Terminkalender?»

Blaumeise maß sie mit einem langen Blick, dann setzte er einen schwarzen Hut auf, holte einen Mantel der gleichen Farbe von der Garderobe und verließ das Kaffeehaus mit raschem Schritt.

5. KAPITEL
DIE IMPOSANTE MADAME KUDERNA

«Aufwischen bitte, was trödeln S' denn so lang herum!»

«Verzeihung, Doktor Valdéry.» Fanny eilte aus der Leichenhalle in den Sektionssaal, holte sich einen einigermaßen sauberen Putzlappen und begann, den Obduktionstisch zu reinigen.

Dr. Clemens Valdéry sah an ihr vorbei und zündete sich eine Zigarette an. «Ich mag Brandopfer», sagte er, an Franz gewandt, der seinen Tisch gerade selbst reinigte. «Machen nicht so einen Dreck, gell?» Er streifte die schrubbende Fanny mit einem Seitenblick.

Fanny konnte ihm nicht zustimmen. Die Tische waren von einer fettigen Kohleschicht bedeckt, die sich nur schwer wegputzen ließ, und der Geruch nach gegrilltem Fleisch hielt sich trotz offener Fenster hartnäckig in der Luft. Blut und Mageninhalt mochten wilder aussehen, ließen sich aber leichter entfernen.

«Besser wär's, sie wären gar nicht erst verbrannt», brummte Franz und sah hinüber zu den beiden weiteren verkohlten Leichen auf den anderen Tischen. «Dann wär der Bub heut in der Schul', die Mama würd ihm vielleicht was kochen, und das Dienstmädel, das einen Stock über ihnen gewohnt hat, wär heut wieder arbeiten. Wir hätten weniger Scherereien, und der Papa würd sich nicht wünschen, dass er mit ihnen abgefackelt worden wär.»

«Öllampen sollt man halt beaufsichtigen», erwiderte Dr. Valdéry schulterzuckend.

Franz und er mochten im gleichen Alter sein, aber das war auch schon alles, was die beiden Jungmediziner gemeinsam hatten. *Schönling* war das erste Wort, das Fanny in den Sinn gekommen war, als sie Valdéry das erste Mal begegnet war. Er hatte die Statur eines Tänzers. Sein welliges Blondhaar fiel ihm beim Obduzieren gern in die Stirn, doch anstatt es sich einfach beim Coiffeur schneiden zu lassen, schüttelte er es sich immer wieder mit einem kessen Kopfzucken zurück.

Neben ihm wirkte Franz kräftiger, und Fanny vermutete, dass sein dichter dunkler Haarschopf eine volle Suppenschüssel hätte tragen können. Seine konzentrierte Miene ließ Valdérys ständiges Lächeln fehl am Platze erscheinen.

«Mir kommt die Sache mit dem abgebrannten Haus jedenfalls recht gut zupass», meinte Valdéry und schüttelte sein Haar zurück. «Ich brauch noch ein paar Gebisse für meine Schrift zur Odontostomatologie.»

Fanny schüttelte unmerklich den Kopf. Der Forschungszweig behandelte die Beschreibung der Zähne, zur besseren Identifizierbarkeit von Brandopfern.

«Bist ein Gfrast, Clemens, und was für eins», erwiderte Franz.

Valdérys Miene verfinsterte sich. «Tu nicht so erhaben, als würdest Marmor scheißen, Franz!» Er blies eine Rauchwolke aus. «Karriere machen ist keine so große Schande, wie du tust.»

«Hmh!»

«Ich bin fertig», piepste Fanny.

«Na dann!» Dr. Valdéry schnippte den Zigarettenstummel

in das nahe Waschbecken. «Auf! Auf! Wenn ich an der Leich' bin, haben S' schon zum Protokollieren bereitzustehen.»

Fanny flitzte hinaus und holte einen Obduktionsbericht und einen Bleistift aus der Bibliothek des Instituts.

So ungern sie mit Clemens Valdéry arbeitete, so gut tat ihr im Moment die Ablenkung. Sie hatte die letzten vier Nächte kaum geschlafen. Wenn sie doch einmal wegdöste, hörte sie im Traum Schüsse und musste um ihr Leben rennen, während alle Menschen, denen sie begegnete, entweder Blaumeises Gesicht oder das des Morphintoten hatten. Fanny war nicht sicher, welches der beiden sie bevorzugte.

Mit ihren Nachforschungen war sie kein Stückchen weitergekommen, sofern man sie als solche bezeichnen konnte. Ihrem Vater, der sich ein wenig mit den großen Adelsgeschlechtern der Monarchie auskannte, sagten die Namen Graf Waidring oder Madame Adoria jedenfalls nichts.

Und Tilde ... gut, Fanny hatte nicht wirklich damit gerechnet, dass sie sie kennen würde. Aber zumindest hatte sie mit großer Begeisterung an Fannys Lippen gehangen, als sie ihr von ihrem Abenteuer erzählt hatte.

So lächerlich es klang, Fanny war mit ihrem Latein ziemlich am Ende. Sie verkehrte nun einmal nicht in solchen Kreisen, und so sehr es sie auch reizte, die Sache weiterzuverfolgen – sie hatte keine Ahnung, wie.

Unten bimmelte die Glocke. Franz, der sich mittlerweile dem nächsten Brandopfer zugewandt hatte, hob den Kopf.

«Was schaust mich an?», sagte Valdéry. «Ich mach sicher nicht auf.»

Fanny seufzte. «Ich geh schon.»

Sie legte das Klemmbrett zur Seite und trippelte die Stiegen hinunter. Hinter den eingelassenen Glasfenstern des Eingangstors konnte sie einen Schemen erkennen. Hoffentlich brachten sie nicht noch ein Brandopfer. Das Feuer hatte in einem herrschaftlichen Haus seinen Ursprung genommen und dann auf das Mietshaus übergegriffen. Der Herrschaftssitz war leicht zu löschen gewesen, das Mietshaus war aufgrund der schlechteren Bauweise völlig ausgebrannt.

Fanny öffnete das Tor und sah sich einer hochgewachsenen Gestalt gegenüber.

«Fanny, meine Liebe», sagte eine wohlklingende Frauenstimme.

Bevor Fanny antworten konnte, beugte sich die Besucherin zu ihr herab und küsste sie auf beide Wangen.

Sie war eine Erscheinung, die einen fast andächtig zurückließ. Würde Fanny je ein Stück über griechische Götter inszenieren, müsste Leontine Kuderna die Göttermutter Hera spielen.

«Guten Morgen, Madame Kuderna», antwortete Fanny erfreut, während diese sich wieder aufrichtete. Sie nahm ihre moderne Lichtschutzbrille ab und bedachte Fanny mit einem wohlwollenden Blick.

Ihr goldener Hut, an dessen Krempe geschwungene Lilienblüten befestigt waren, glitzerte im Sonnenlicht und bildete einen starken Kontrast zu ihrer nachtschwarzen Lockenfrisur. Selbst wenn Fanny sich anstrengte, sie konnte sich nicht erinnern, jemals einem eleganteren Menschen begegnet zu sein.

«Wie kann ich Ihnen helfen?»

«Ich war in der Gegend und möchte meinen Albin besuchen.»

«Professor Kuderna ist in seinem Studierzimmer. Ich bringe Sie hin.»

«Ich weiß zwar, wo es liegt, aber etwas Gesellschaft wäre mir lieber.»

Sie trug einen schwarzen Mantel mit spiralförmigem Goldmuster, das Fanny an die Gemälde Gustav Klimts erinnerte.

Fanny ließ sie eintreten und stieg neben ihr die Treppen hinauf.

«Unter uns ... ich hoffe, Albin behandelt Sie mittlerweile etwas besser?»

«Nun, ja, er ...»

«Bitte, Fanny, lassen Sie die Höflichkeiten. Ich kenne doch meinen Mann. Er hält Frauen für hübsches Beiwerk und sonst nichts.»

«Auch Sie?» Fanny schlug die Hand vor den Mund. «Verzeihung!»

Madame Kuderna legte den Kopf in den Nacken und lachte. «Keine Sorge. Die Frage ist berechtigt. Nein, bei mir wagt er es nicht. Ich fürchte, auch deshalb haben Sie hier so zu leiden.» Sie machte eine ausladende Handbewegung. «Dies hier ist sein kleines Königreich, wo nur er die Regeln bestimmt.»

«Gewiss werde ich ihn mit der Zeit von meiner Arbeit überzeugen können.»

«Meine Liebe», Madame Kuderna hielt im Zwischenstock inne und schenkte Fanny einen mitfühlenden Blick, «das halte ich nicht für wahrscheinlich. Er hat Sie als Gehilfin angestellt, nicht wahr? Meinen Sie, er hätte sich das bei einem männlichen Arzt erlauben können? Niemals! Und ich fürchte, er hat nicht vor, etwas an ihrer Position hier zu ändern.»

«Vielleicht bitte ich ihn in ein paar Monaten, eine eigene Obduktion durchführen zu dürfen, und wenn er dann sieht ...»

«Sie sind eine unverbesserliche Optimistin. Das gefällt mir an Ihnen. Wissen Sie eigentlich, dass ich einen Salon ausschließlich für Damen unterhalte? Nicht der belanglose Gesellschaftstratsch, an den Sie vielleicht denken. Ich möchte ihn für Frauen öffnen, die etwas bewirken. Frauen wie Sie, Fanny!»

«Glauben Sie mir, ich bewirke gar nichts.»

«Oh, ich denke doch», erwiderte Madame Kuderna mit einem rätselhaften Lächeln.

«Sie haben mir noch nie beim Arbeiten zugesehen. Das Putzen von Sektionstischen unterscheidet sich kaum davon, eine Wohnung aufzuwischen.»

«Vielleicht ist es aber ein bisschen grauslicher», antwortete Madame Kuderna.

Fanny lächelte. Dass sie Körperflüssigkeiten gar nicht so ekelerregend fand, wollte sie lieber nicht zugeben. Immerhin lebten sie in einer Welt, in der Männer das Zimmer wechselten, um das weibliche Ohr nicht mit *ernsten Themen* aus der Zeitung zu belasten.

Sie hatten den oberen Stock erreicht und waren durch den Gang geschlendert, ehe sie vor einer schweren Eichentür haltmachten.

Prof. Albin Kuderna, Institutsvorstand prangte darauf in goldenen Lettern.

«Es ist wohl besser, wenn ich Sie anmelde», murmelte Fanny. «Er mag es gar nicht, wenn jemand einfach ...»

Madame Kuderna hob amüsiert die Augenbrauen.

Natürlich, dachte Fanny, *sie* würde der Zorn des Professors ja auch nicht treffen, wenn sie einfach eintraten.

Sie klopfte. «Herr Professor?»

Fanny musste ungebührlich lange warten, ehe es aus dem Zimmer «Ja!» schnappte.

Vorsichtig öffnete sie die Tür. Sofort schlug ihr intensiver Tabakgeruch entgegen.

Kuderna saß hinter seinem mächtigen Schreibtisch und

sah Fanny über den Rand seiner Brille an. Vor ihm aufgeschlagen lag eine Zeitung, und er paffte an seiner Pfeife. An der hinteren Wand hing der moderne Telefonapparat, der den Kontakt zwischen den Kliniken erleichtern sollte.

«Was gibt's denn schon wieder, Schwester Goldmann?»

Schwester. Damit Fanny nur nicht ihre Position vergaß. Dabei war der Doktortitel genau genommen sogar Teil des Namens. Hätte sie Kuderna darauf aufmerksam gemacht, würde er sich bestimmt eine andere Bezeichnung einfallen lassen, um sie herabzuwürdigen.

«Herr Professor, Ihre Frau ist hier.»

Fanny machte einen Schritt zur Seite und ließ Madame Kuderna ins Zimmer treten.

Wieder einmal fiel Fanny auf, dass sie einen Raum nicht einfach *betrat.* Sie machte ein paar elegante Schritte in den Raum, zu ihrer vollen Größe aufgerichtet, das Kinn leicht erhoben. Die Sonnenstrahlen, die in die Schreibstube des Professors fielen, brachten die Goldmuster ihres Mantels zum Funkeln.

Sie *erschien.*

«Grüß dich, Albin.»

«Ah, Leontine, meine Liebe!»

Es klang wie die Stimme eines anderen Menschen, höher und ein wenig zittrig.

Kuderna erhob sich und stieß dabei beinahe das Schnapsglas auf seinem Schreibtisch um. Er legte seine Pfeife in einen Pfeifenhalter und dackelte um den Schreibtisch herum.

Von ihrer ersten Begegnung an hatte er Fanny an ein laufendes Ei erinnert. Von den Schultern bis zum Gesäß immer breiter werdend und dann zwei geradezu lächerlich dünne Beinchen, an denen die Hose schlotterte. Ein Wunder, dass er auf diesen Stecken die Balance hielt.

Er küsste Madame Kudernas Hand. «Was führt dich zu mir, meine Liebe?»

«Ich war gerade beim Juwelier Swatek am Schottenring – du weißt, ja, der legt mir immer was Besonderes zur Seite –, da dachte ich, ich schaue bei dir vorbei, damit wir das Diner mit den Mayers besprechen können.»

«A-aber, ich kann dir gar nichts anbieten.»

«Nicht nötig.» Die Madame schenkte ihm ein gnädiges Lächeln. «Deine Gesellschaft allein ist mir heut genug.»

Kudernas Blick richtete sich auf Fanny. Warum war sie eigentlich in der Tür stehen geblieben? Sie hätte längst verschwinden sollen.

«Haben Sie nichts zu arbeiten, Schwester Goldmann?» Wieder die Stimme, die sie gewohnt war.

Madame Kuderna berührte ihn sanft an der Schulter. «Albin, die *Frau Doktor* Goldmann war so freundlich, mich zu empfangen und hierher zu begleiten. Das wirst du ihr doch nicht vorwerfen?»

Es war keine Frage. Der Professor schürzte die Lippen und wedelte Fanny mit einer energischen Handbewegung hinaus.

Sie trottete zurück zum Sektionssaal. Franz und Dr. Valdéry sahen nahezu synchron von ihren Brandleichen auf. Sie wollte gerade etwas sagen, als unten erneut die Glocke bimmelte.

Fanny schloss die Augen. «Ernsthaft?»

«So bleiben S' wenigstens schlank!», rief ihr Valdéry nach, während sie kehrtmachte.

Hinter der verschlossenen Eichentür von Kudernas Studierzimmer konnte sie das Herumraunzen des Professors vernehmen, das Madame Kuderna mit einem hohen Lachen quittierte, bevor Fanny die Treppen hinunterlief.

Sie öffnete die Tür und sah in das lächelnde Gesicht von Inspector Kaltenecker. Die Sonne ließ die goldenen Verzierungen an seiner dunkelblauen Uniform glänzen. Er war so groß, dass Fanny ihm kaum bis zur Brust reichte.

«Ah! Die Schwester, die den Toten 's Handerl haltet. Grüß Gott!»

Er ist gekommen, um mich zu verhaften. Er hat mich gesehen. Fanny versuchte, die aufflammende Panik zu unterdrücken. Der Inspector kam regelmäßig ans Institut, daran war nichts Ungewöhnliches. Sie musste sich zusammenreißen.

«Guten Tag», murmelte sie mit gesenktem Blick. Der Polizist runzelte die Stirn und starrte sie an.

«Grüß Gott!» Kalteneckers korpulenterer Kollege, der ihn schon das letzte Mal begleitet hatte, strahlte Fanny freundlich entgegen.

Kaltenecker schnaubte abfällig. «Sie werden sich freuen, wir haben was für Sie!»

«Noch ein Brandopfer?», fragte Fanny, unsicher, ob die Polizisten von dem Feuer in dem Wohnhaus gehört hatten.

«Nein!» Der Inspector beugte sich so nah zu ihr hinunter, dass Fanny unwillkürlich zurückwich. «Was viel Hübscheres.»

Falls Kaltenecker sie einschüchtern wollte, war er nicht ganz erfolglos damit.

Vor dem Institut stand eine Pferdekutsche, die von zwei Rappen gezogen wurde. Der Kutscher auf dem Bock warf ihr einen gelangweilten Blick zu und nahm einen Schluck aus einem silbernen Flachmann, während die beiden Polizisten die Hecktür der Kutsche öffneten. Auf Kalteneckers Revier gab es zwar schon ein Automobil, das jedoch anscheinend nur für die dringlichsten Einsätze vergeben wurde, sodass der Inspector es nur für seine Totenfahrten bekam, wenn sonst alles ruhig war.

Ein Aufblitzen von Farbe zog Fannys Aufmerksamkeit auf

sich, sobald sie die mit einer Leiche beladene Trage aus der Kutsche hievten.

Es war eine bildhübsche Frau in einem malvenfarbenen Seidenkleid. Ihre hochgesteckten blonden Locken schimmerten im Sonnenlicht, umrahmten ein bleiches Gesicht, das ihr sonderbar vertraut …

Oh, mein Gott, Tilde!

6. KAPITEL
DAS BALLETT DER LÄUSE

Fanny keuchte, schwankte und bekam gerade noch den Türrahmen zu fassen, um sich abzustützen. Kalter Schweiß brach ihr aus den Poren. Sie atmete tief durch und wagte einen zweiten Blick.

Nein … nein, sie war es nicht.

Fanny atmete tief durch. Die Frau auf der Trage war etwas älter und hätte Tildes Schwester sein können. Ihr Kleid war über der Brust gerissen und blutgetränkt. Der Griff eines Messers ragte daraus hervor.

«Sie sehen blass aus», bemerkte Kaltenecker, während sie die Tote an ihr vorbeitrugen. «Fast so weiß wie die Madame hier. Man könnt fast meinen, Sie wären genauso tot … oder Sie verbergen was?»

«W-wo haben Sie sie gefunden?»

«Auf der Straße.»

«Einfach …»

«Ich glaub nicht, dass ich Ihnen irgendwas erklären muss, Schwester.»

Er trat an Fanny vorbei auf die Treppe. «Welcher Genius hat sich nur einfallen lassen, die Toten oben im Stock aufzuschneiden», stöhnte er.

«In dem großen Park, auf der Türkenschanze», flüsterte Kalteneckers Kollege ihr zu. «Ist einfach so auf einer Bank …»

«Slanec, hör auf, mit dem Weib zu tratschen, und pack mit an.»

«'tschuldigung», murmelte Slanec und schob sich an Fanny vorbei.

Fanny folgte den beiden über die Treppen, ihre Augen auf die genagelten Polizeistiefel gerichtet. Ein Arm der Toten baumelte von der Trage, der Saum ihres Seidenkleides wischte über die Treppen.

Nicht Tilde. Aber eine Frau *wie* Tilde, und jemand hatte sie ermordet.

Im ersten Stock konnte Fanny Stimmen hören. Zu ihrem Schrecken musste sie feststellen, dass das Ehepaar Kuderna das Studierzimmer des Professors verlassen hatte und auf dem Gang stand.

«Leontine, wenn ich's dir doch sage, ich …»

«Genug davon!»

Die beiden waren gleich groß, aber niemand hätte sie als ebenbürtig empfinden können.

«Aber …» Der Professor hielt inne und drehte sich zu den Polizisten und dem Mordopfer um. «Was ist?»

Madame Kuderna wandte sich ebenfalls um. Kaltenecker schien ihr noch den Blick auf die Leiche verstellen zu wollen, aber es war zu spät.

Sie stieß ein erschrockenes Keuchen aus.

«Liebling, ich sagte dir doch, das kann passieren, wenn du mich unangekündigt besuchst. Eine Gerichtsmedizin ist nun einmal kein Ort für eine Dame.»

Für einen Moment hatte Fanny das Gefühl, Kuderna würde sie dabei ansehen, obwohl sie ihr Möglichstes tat, um hinter Inspector Slanec zu verschwinden.

«Das ist es nicht», stieß Madame Kuderna unter ihrer auf den Mund gepressten Hand hervor. «Ich kenne sie.»

Fanny sah, wie Kalteneckers Gestalt sich für einen Moment versteifte.

«Dann werden wir Sie wohl befragen müssen, Madame», erklärte er in dem Versuch, höflich zu klingen. «Zuerst bringen wir die Leich' aber in die Halle, mit Verlaub!»

Fanny huschte möglichst rasch an dem Professor vorbei zum Sektionssaal und hielt den Polizisten die Tür auf.

Dr. Valdéry war gerade dabei, Tonabdrücke der Zähne eines der Brandopfer zu nehmen, während sie hereinkamen. «Ah, da schau her, endlich ein bisschen Farbe!», rief er und ließ seine Leiche liegen, um sich den Neuzugang anzusehen.

Franz kam ebenfalls heran und half den Polizisten, die Tote auf einen der Sektionstische zu hieven.

«Na, Herr Doktor», sagte Kaltenecker an Franz gewandt. «Soll ich noch ein bisserl daneben stehen bleiben, damit Sie nichts Verruchtes mit der Leich' anstellen?»

Valdéry lachte, während Franz' Gesicht rot anlief.

«So verliebt wie Sie hat er die Tote aber nicht angesehen.»

Alle wandten sich nach Fanny um. Sie wusste gar nicht, dass Franz seine Augen so weit aufreißen konnte.

Hatte sie das wirklich gerade gesagt? Es war ihr einfach so herausgerutscht, und jetzt konnte sie es nicht mehr rückgängig machen.

Kaltenecker richtete sich zu seiner vollen Größe auf und machte einen Schritt auf sie zu.

«Vorsicht», sagte er so leise, dass niemand sonst es hören konnte.

«Endlich!» Franz zog die Augenbrauen hoch. «Der Herr Inspector hat jemanden gefunden, der genauso kräftig ist wie er.»

Kaltenecker wandte sich zu Franz um und sog scharf die Luft ein.

«Christoph, wir müssen die Madame befragen», murmelte Slanec nervös.

Der Inspector bedachte Franz mit einem spöttischen Lächeln und entfernte sich dann mit betont langsamem Schritt.

«Genau so eine wie Sie such ich grad», er sah noch einmal über seine Schulter, *«Schwester.»*

Fanny biss sich auf die Lippen, während ihr innerlich eiskalt wurde.

«Wiedersehen, die Herren», murmelte Slanec. «U-und das Fräulein.»

«Was war denn mit dem los?» Valdéry kratzte sich am Kopf.

«Ein Gfrast erster Klasse», knurrte Franz.

«Na, wie auch immer», Valdéry wandte sich der Frau zu, «dann mach ich mal ...»

«... mit deinen Zähnen weiter», unterbrach ihn Franz. «Die brauchst du doch so dringend für deinen Artikel. Die da schau ich mir an.» Er bedachte Fanny mit einem kritischen Blick. «Und *du* hilfst mir.»

Für einen Moment war sie sich nicht sicher, ob Franz etwas ahnte. «Gern!»

«Informier den Professor, dass wir jetzt anfangen, bei so was Heiklem will er manchmal dabei sein.»

«Mach ich!» Sie hastete durch den Gang zurück zu Professor Kudernas Büro und wollte klopfen. Kalteneckers Stimme drang dumpf durch die Eichentür.

«Um wen handelt es sich also, Madame?»

Fannys Faust verharrte. Anordnung hin oder her. Kaltenecker hatte sie so seltsam angesehen und dann diese Bemerkung. Für Fannys Geschmack hatte sie heute zu viel seiner Aufmerksamkeit auf sich gezogen.

«Leontine, du musst dich nicht von den Herren bedrängen lassen, wenn du …»

«Schon gut!» Ihre Stimme klang erschöpft. «Ich kannte sie vom Sehen, mehr war es nicht, aber der Anblick der Armen hat mich zutiefst erschüttert.»

«Wie war ihr Name?»

Eine Weile herrschte Schweigen.

«Lenore Adoria.»

Fanny sog erschrocken die Luft ein und machte einen Schritt von der Tür zurück. *Madame Adoria.*

«Woher kannten Sie sie?»

«Man traf sie häufig in der Wiener Gesellschaft. Sie ist die Erbin einer bedeutenden Hoteliersfamilie. Das *Adoria* gehört in Wien, München und Genf zu den ersten Adressen. W-was ist ihr bloß geschehen, wer hat …?»

«Die Madame ist vermutlich überfallen worden.» Das war Slanecs Stimme. «Sie hat keinen Mantel bei sich gehabt, als wir sie gefunden haben. Keinen Schmuck, keine Börse, alles futsch.»

«War denn niemand bei ihr?»

«So scheint es.» Wieder Kalteneckers Stimme. «Oder ihr Begleiter ist der, den wir suchen.»

«Wie furchtbar!»

«War sie verheiratet? Hatte sie Kinder?»

«Ich meine, ihr Gatte arbeitet in einem Konsulat in Budapest, aber beschwören kann ich es nicht. Gewiss können ihre Verwandten dazu besser Auskunft geben.»

«Und wenn Sie sie gesehen haben, mit wem hat sie sich gern umgeben?»

«Mit dem Grafen Waidring», wisperte Fanny. Der Graf, der Blaumeise solches Unbehagen bereitete. Er war die Verbindung zu beiden Mordopfern.

«War da was an der Tür?»

Fanny zuckte zusammen und rannte, so schnell es ging, zurück in den Sektionssaal.

«Dafür, dass du dir so Zeit gelassen hast, schaust aber wild aus», bemerkte Franz. «Und?»

«Was und?»

«Der Professor!»

«Er … er wohnt lieber dem Verhör der Madame bei. Hat wohl nichts dagegen, dass wir anfangen.»

«Soll mir nur recht sein. Hilf mir beim Entkleiden!»

«Wenn wir sie ausziehen, bewegen wir das Messer», bemerkte Fanny.

Franz musterte das edle Seidenkleid mit zusammengezogenen Brauen, dann nahm er eine Gewebeschere und begann, es vom Ausschnitt weg aufzuschneiden.

«Du weißt schon, was so ein Kleid kostet?», meinte Fanny.

«Nein. Wie viel denn?»

Fanny zuckte mit den Schultern. «Keine Ahnung. Viel.»

Franz warf ihr einen vielsagenden Blick zu, schnitt um den Messergriff herum und riss den Rest mit einem *Ratsch* auseinander. Das Korsett darunter ereilte ein ähnliches Schicksal, auch wenn es sich nicht so leicht aufschneiden ließ.

«Ich hätte mir mehr Blut erwartet», murmelte Fanny mit einem Blick auf den dunklen Fleck um den Messergriff.

«Wer weiß, wie viel der Stoff aufgesogen hat. Außerdem hat das Messer die Wunde verschlossen, das Blut wird im Brustkorb sein.»

Nachdem Fanny der Leiche noch Unterrock, Schuhe und Strümpfe ausgezogen hatte, lag die Tote endlich nackt vor ihnen. Das Messer steckte zwischen ihren Brüsten, aber eher am unteren Rand derselben, hatte vielleicht den Schaufelknorpel des Brustbeins durchschlagen.

«Schau sie dir gut an. Jede Kleinigkeit», sagte Franz.

Fanny kritzelte das geschätzte Alter, den Ernährungszustand sowie den kaum vorhandenen Verwesungsgrad der Leiche auf ihr Formular.

«Hautfarbe geringgradig zyanotisch», notierte Fanny. Kein Wunder. Mit einem Messer in der Brust musste es recht rasch zu einem Sauerstoffmangel gekommen sein.

Franz betrachtete das Gesicht der Toten mit zusammengekniffenen Augen, dann wandte er sich Fanny zu.

«Du bist ja eine Frau!»

«Wie schön, dass es dir auffällt.»

Franz rollte mit den Augen. «Ich mein, wenn du Angst hättest oder Schmerzen, würdest du dann *so* dreinschauen?»

«Ich weiß nicht.» Fanny runzelte die Stirn. Er hatte recht. Madame Adoria sah ... nun ja, irgendwie friedlich aus.

Sie wandte sich zu Franz um und wollte etwas sagen, als dieser ein Brüllen ausstieß und mit einem gezückten Messer auf sie lossprang.

Fanny schrie auf und riss schützend die Arme hoch.

Franz ließ das Messer sinken und betrachtete sie nickend. «Ja, genau *so* hätt ich mir das eigentlich erwartet.»

Valdéry kicherte im Hintergrund.

«Du ... du ...»

«Wurd ich alles schon genannt, machen wir weiter.»

«Weil du's auch bist!»

Franz besah sich inzwischen die Augen und die Schleimhäute, entdeckte aber nichts. Gegen die aufkommende Leichenstarre öffnete er Madame Adoria den Mund.

«Halt mir die Lampe ein bisserl her.»

Fanny streckte sich und richtete die flackernde Schirmlampe auf das Gesicht der Toten.

«Hmh.»

«Soll ich das aufschreiben?» Fanny hatte ihm den Schrecken noch immer nicht verziehen. Und wenn es Monate dauerte, sie würde einen Weg finden, sich zu rächen.

«Gebiss, guter Zustand. Alle Zähne vorhanden außer dem dritten Molaren oben links», murmelte er. «Die hätte sie sicher noch lang behalten können.»

«Sonst?», fragte Fanny.

«Riech mal!», meinte Franz und sah auf, während er weiterhin den Mund der Toten aufspreizte.

«Nein, danke!»

Franz rollte mit den Augen. «Tu's einfach!»

Fanny bedachte ihn mit einem misstrauischen Blick, dann beugte sie sich über die Tote und schnüffelte kurz.

«Und?», fragte Franz, während Fanny sich wieder aufrichtete.

«Riecht nach ... Kaffee.»

Franz nickte. Auf seiner Stirn bildete sich eine steile Falte. «Sie muss schon ein paar Tassen getrunken haben, dass man das riechen kann», brummte er.

«Aber erstochen wurde sie angeblich nachts auf einer Bank.»

«Was meinst du damit?» Franz bedachte sie mit einem forschenden Blick.

«Nichts», wisperte Fanny. «Ich hab's notiert.»

«Vielleicht hat sie vorher mit dem Mörder gekämpft», meinte Franz und betrachtete die Leiche. «Ich seh aber keine blauen Flecke, du?»

Fanny schüttelte langsam den Kopf und tippte sich mit dem Bleistift ans Kinn.

Franz nahm die Hand der Toten und besah sie sich. «Fingernägel sind sauber, gekratzt hat sie ihn nicht.»

«Ich wünschte, sie hätte ... und noch viel mehr.»

Fanny versuchte, ihre Gedanken zu ordnen. Der Walzerkönig, Madame Adoria – beide waren mit dem Ding verbunden, das Blaumeise suchte. *Dem Stern.* Nur noch der Graf Waidring wusste, wo er sich befand. Und vermutlich war er es, der hinter den beiden Morden steckte. Etwas in Fannys Innerem krampfte sich zusammen, als sie an Blaumeises Worte dachte. *«Er wird Sie verschwinden lassen ...»* Sie griff sich abwesend an die Kehle.

«Ist dir schlecht?», fragte Franz.

«Nein, alles gut. I-ich hoffe nur, sie finden den Kerl.»

«Dann sehen wir uns mal die Stichwunde an ...»

Aus den Augenwinkeln nahm Fanny eine winzige Bewegung wahr, die ihre Aufmerksamkeit erregte. Sie wandte den Kopf.

«Warte!»

Sie kniff die Augen zusammen. War das möglich? So viele seltsame Parallelen. Nun gut, es war nicht gerade selten ... aber *schon wieder*?

Franz hatte bereits die Hand am Messergriff und betrachtete sie ungeduldig. «Spuckst du's aus oder lässt du mich so stehen?»

«Verzeih, sie *hat* ...», Fanny fuchtelte mit dem Bleistift in Richtung Unterleib der Madame, «... sie hat Filzläuse!»

«Oh», machte Franz nach einer Weile. Fanny erwartete einen zynischen Kommentar, stattdessen breitete sich ein amüsiertes Grinsen auf seinen Lippen aus. «Tatsächlich!»

Er nahm eine feine Pinzette zur Hand und pickte eine der Filzläuse aus dem hellen Schamhaar der Madame. Versonnen hielt er sie unter die Sektionslampe und betrachtete sie.

«Ich mag die kleinen Viecherl irgendwie.» Er lief rot an, als er Fannys Blick bemerkte. «Nicht auf mir!» Er nickte in Richtung der hölzernen Regale. «Geh, hol mal eine Lupe.»

«Und die Leute sagen, *ich* wäre seltsam», murmelte Fanny.

Sie holte eine Lupe mit hölzernem Stil aus einer der Instrumentenschubladen und ging zum Tisch zurück.

«Schau sie dir mal genau an», meinte Franz mit einem Nicken.

Fanny hob die Lupe und betrachtete die wild krabbelnde Laus, die Franz mit der Pinzette unters Licht hielt.

«Die Vorderbeinchen. Die sind ganz breit, damit sie sich gut festhalten können. Schaut fast aus wie zwei Pfoterl!»

Fanny hob die Augenbrauen. Dann stahl sich ein Lächeln auf ihre Lippen. «Du hast recht. Die ist wirklich irgendwie süß!»

«Ich nenn sie Sophie», wisperte Franz.

«Wie die Tochter der Kaiserin?»

«Nein, ein Mädel, das ich früher mal gekannt hab. War auch süß ... und trotzdem ein blutsaugendes Miststück.»

Die beiden hoben den Kopf ... und prusteten los. Fanny wollte aufhören, weil ihre Bauchmuskeln schon zu schmerzen begannen, aber sie konnte nicht. Ein gequältes Japsen drang aus ihrer Kehle, während Franz beim Lachen durch die Nase zu grunzen begann.

Als sie sich einigermaßen beruhigt hatten, sah Fanny auf. Für einen Moment begegneten sich ihre Blicke. Sein Gesicht war vom vielen Lachen rot angelaufen, und seine dunklen Augen glänzten tränenfeucht.

Er schien etwas sagen zu wollen.

«Madame, dürfte ich meine Filzläuse mit Ihnen teilen?», tönte Valdérys Stimme zu ihnen herüber. Er kicherte.

Fanny und Franz wandten sich hastig voneinander ab. Sie griff nach ihrem Klemmbrett und dem Bleistift, während Franz die Filzlaus mit einer raschen Bewegung wieder zurück in ihr haariges Zuhause setzte.

«So!» Er räusperte sich, während Valdéry im Hintergrund immer noch kicherte. «Die Stichwunde.»

Er griff nach dem Messer und zog es vorsichtig heraus. Fanny reichte ihm mit ihrer freien Hand eine Schale.

Noch immer erstaunlich wenig Blut.

«Wie ersticht man jemanden?», murmelte Franz.

«Wie ... wie meinst du das?»

Franz nickte in Richtung des Messers. «Du wolltest eine Revanche. Zeig mir, wie du mich damit erstichst.»

Fanny griff nach dem Messer und besah es sich einen Moment lang. Völlig schmucklos. Hölzerner Griff. Absolut jeder konnte so ein Messer besitzen.

«Und?»

«Vielleicht so», Fanny hob das Messer und tat, als würde sie von oben auf Franz hinabstechen.

Der nickte nur nachdenklich. «Wie noch?»

«Na ja ...» Fanny trat einen Schritt näher und tat, als würde sie ihm das Messer von unten in den Bauch rammen.

«Danke», sagte Franz und beugte sich wieder über die Leiche.

Fanny zögerte, ehe sie das Mordwerkzeug zurück in die Schale legte. «Der Winkel stimmt nicht, oder?», murmelte sie. «Das Messer hätte schräg in der Brust stecken müssen, aber es war ganz gerade, nahezu perfekt.»

«Ein *perfekter* Mord», brummte Franz und griff zu seinem Sektionsmesser. «Na schauen wir mal rein, was der Stich für Schaden angerichtet ...»

«Sofort das Messer weglegen!»

Professor Kuderna war in den Saal gestürmt, dicht gefolgt von Inspector Kaltenecker. Inspector Slanec und Madame Kuderna konnte Fanny nirgends erblicken. Vielleicht sollte Slanec sicherstellen, dass sie ihnen nicht in den Sektionssaal folgte.

Franz ließ das Messer sinken. «Wieso sind S' denn so aufgeregt, Professor?»

Die Augenbrauen und der Rauschebart des Professors schienen zu beben. «Es geht nicht an, dass Sie mich nicht unterrichten, wenn sie so eine heikle Obduktion beginnen, Kollege Wilder. Oder sind wir ein bisserl größenwahnsinnig?»

Franz bedachte Fanny mit einem Seitenblick und presste die Lippen zusammen. Er ließ das Messer in eine der Schalen fallen und breitete einladend die Hände aus. «Bitte, die Leich' gehört Ihnen!»

«Dürfte *ich* Ihnen assistieren, Professor?» Valdéry hatte von seiner Brandleiche aufgesehen. «Es wäre mir eine Ehre.»

Fanny drückte die Hände zusammen und stellte sich vor, sein Hals wäre dazwischen.

«Nein, niemand von Ihnen.» Der Professor wandte sich halb nach Kaltenecker um, der über den Kopf des Professors hinwegstarrte, mit dem Anflug eines Lächelns auf den Lippen. «Weil es keine Obduktion geben wird. Die Dame ist offenbar hochprominent.»

«Das ist natürlich ein *ausgezeichneter* Grund.» Franz schien um Beherrschung zu ringen.

Der Professor starrte sie abwechselnd an. «Ja verstehen Sie denn nicht, um was es hier geht?» Seine Stimme überschlug sich beinahe. «In der Anforderung der Polizei steht: *Abklärung der Todesursache und äußere Inspektion.*» Kuderna wedelte mit dem Stück Papier in seiner Hand.

«So wie immer», ergänzte Franz.

«Aber, die Todesursache ist *evident!*» Der Professor deutete auf die Stichwunde in der Brust. «Wenn wir die arme Frau trotzdem eröffnen, handeln wir eigenverantwortlich. Und wenn ihre Eltern wollen, hetzen sie uns ein Heer von Advokaten auf den Hals, weil wir die Leiche ihrer Tochter zerstückelt haben.»

«Sie finden die Frau doch nur arm, weil sie reich ist», murmelte Fanny.

Sie konnte sich nicht erinnern, dass es den Professor in irgendeinem anderen Fall gekümmert hätte, ob sie einen Leichnam komplett obduzierten oder nicht. Hauptsache, die Arbeit wurde erledigt.

«Haben Sie etwas gesagt, Schwester Goldmann?»

«Nein, nichts.»

«Gut so!» Er trat langsam auf sie zu und riss ihr das Klemmbrett aus der Hand. «Äußere Inspektion beendet?», fragte Kuderna, ohne von dem Obduktionsbericht aufzusehen. Er sprach nun ganz leise. Das hieß, man musste besonders vorsichtig sein.

«Ja», entgegnete Franz, und Fanny war sicher, danach noch ein gebrummtes *Kaiserliche Hoheit* gehört zu haben.

«Mhm, das kann ja kein Mensch lesen, Schwester Goldmann. Haben Sie als Mädel nicht gelernt, säuberlich zu schreiben? Bringen Sie das in Reinschrift.» Er wandte sich ab und drückte Fanny das Klemmbrett so grob in die Hand, dass sie es beinahe hätte fallen lassen. «Und Sie berichten mir nachher alle Besonderheiten», fuhr er, an Franz gewandt, fort. «Und jetzt ... *Räumen S' gefälligst auf!*» Sein Brüllen hallte noch eine Weile im Sektionssaal wider. Kudernas Nasenlöcher blähten sich, dann wandte er sich ruckartig ab und stampfte hinaus.

Kaltenecker drehte sich betont langsam um und folgte dem Professor. Neben seiner riesenhaften Gestalt hatte Kuderna wie ein tobender Zwerg gewirkt.

Fanny sah ihm mit zusammengekniffenen Augen nach. Warum hatte sie das Gefühl, dass der Inspector nicht unbeteiligt an der Schelte war, die sie gerade bekommen hatten. Aber wieso? Nur um Franz und ihr eins auszuwischen?

Franz zog sich die Handschuhe aus, warf sie auf den Tisch und fuhr sich durch die Haare. «Bring sie nach hinten.» Seine Stimme klang erschöpft.

Fanny rührte sich nicht.

Franz wandte sich ihr halb zu. «Wieso stehst denn noch rum?»

«Das Messer», sagte sie. «Wir müssen doch nachsehen, ob ...»

«Bring sie nach hinten, hab ich gesagt.»

«Aber, der Einstich ...»

«Hast ja gehört. Will man nicht. Interessiert niemanden. Nicht mehr unsere Angelegenheit.»

Fanny ballte die Fäuste. «Aber da stimmt was nicht!»

«So, wie bei deinem Sandler vom Freitag, gell?»

Sie senkte den Blick. Sie hätte ihm so gern von der Obduktion des Morphintoten erzählt. Dass es eine Verbindung zwischen den beiden Mordfällen gab. Aber sie durfte nicht. Sie würde nicht nur ihre Stelle gefährden, sondern Franz' gleich dazu. Und dem hatte sie mit ihrer kleinen Lüge heute schon genug Ärger eingehandelt.

Franz seufzte. «Hör mir zu. Ich kann dir genau sagen, was wir gesehen hätten. Die Klinge ist elegant zwischen den Lungenflügeln und unter der Herzspitze eingedrungen, hat aber das Zwerchfell und mehrere große Gefäße verletzt. Das war's. Erstickt, verblutet. Kannst dir aussuchen, was zuerst passiert ist.»

«Aber vielleicht ist da noch etwas anderes.»

Franz schnaubte. «Warum willst du nur immer irgendwas finden!»

«Warum willst du immer *nichts* finden? Ich kann's dir sagen! Weil's Scherereien bedeutet.» Fanny funkelte ihn an.

Franz nickte leicht und wandte sich ab. «Zieh sie wieder an», sagte er, ohne sie anzusehen, und schlurfte zum Waschbecken hinüber.

«Das Kleid ist zerrissen.»

«Dann näh's mit dem chirurgischen Katzendarm zusammen ... oder lass sie nackt, mir wurscht.» Er wusch sich kurz die Hände und marschierte aus dem Sektionssaal. «Bin beim Professor», rief er Valdéry zu, dann war er verschwunden.

Fanny zögerte. Was, wenn Franz dem Professor erzählte, dass sie gelogen hatte? Nein ... Franz mochte vieles sein, aber sicher kein Denunziant.

«Puh!» Valdérys Stimme riss sie aus ihren Gedanken. Fanny wandte sich ihm zu und sah, wie er sich demonstrativ Luft zufächelte. «Also mit mir brauchen S' gar nicht erst anfangen, so zu reden. Da wär ich gezwungen, sofort zum Professor zu gehen. Der Dr. Wilder mag vielleicht ein Würschtel sein, das sich so eine Impertinenz gefallen lässt, aber ich sicher nicht.»

Fanny überlegte einen Moment, ob sie die Mordwaffe nach ihm werfen sollte. Sein blöder Gesichtsausdruck, wenn sie es täte. Fanny musste wider alle Vernunft lächeln.

«Na, hopp, hopp, versorgen S' die Dame! Mir müssen S' schließlich auch noch assistieren.»

Fanny presste die Lippen zusammen.

Ja ... das würde sie in der Tat. Sie würde heute noch viel zu arbeiten haben.

Und wenn es Nacht wäre und das Institut dunkel und verwaist ... Vielleicht würde ihr dann auf dem Heimweg einfallen, dass sie dort dummerweise etwas vergessen hatte. Denn wenn man etwas suchte, musste man ganz genau nachsehen – so lange, bis man es fand.

7. KAPITEL
SCHWALBEN UND MARILLENKNÖDEL

Du hast doch nicht vergessen, dass wir Tilde heute zum Essen eingeladen haben, Papa?»

Fannys Vater lächelte und schüttelte den Kopf. Früher war es ein einnehmendes Lächeln gewesen, das Lächeln eines Burgtheaterschauspielers, obwohl er das in seiner Schreibstube, als k. u. k. Beamter mittleren Ranges nie benötigt hatte. Jetzt wirkte es seltsam schief, nur seine Augen, die glitzerten noch genau wie früher. Ihre Mutter hatte sein Lächeln geliebt.

Fanny erinnerte sich noch ganz genau an einen bestimmten Morgen im Mai. Sie war elf Jahre alt gewesen. Nach all der Zeit, die sie mit ihrem Vater damals schon beisammen gewesen war, war ihre Mutter immer noch errötet, als er sie beim Frühstück angelächelt hatte.

Eine kostbare Erinnerung. Es fühlte sich an, als hätte sie beim Saubermachen einen Hundert-Kronen-Schein unter dem Teppich gefunden. Sie erinnerte sich natürlich auch an ganz andere Dinge, die an diesem Tag vorgefallen waren.

Die sanfte Hand ihrer Mutter auf ihrer Wange, den Geruch nach Flieder, das Geräusch von Wind, der durch Frühlingslaub fuhr …

Sie hatten einen Ausflug in die Wiener Praterauen gemacht. Ihr Vater hatte eine Kutsche gemietet, mit der sie entlang der

Donaualtarme fuhren, über deren stiller Oberfläche die weißen Bäusche der Pappelsamen schwebten.

An einer der vielen Wiesen hielten sie an für ein Picknick. Im Gegensatz zu Fanny hatte ihre Mutter gern gekocht. An diesem Tag gab es kalten Braten, Brot und zum Dessert einen Gugelhupf mit Rosinen.

Ihr Vater stand mit ihr im flachen Wasser, um mit ihr Edelkrebse zu fangen. Mit hochgekrempelten Hosen und seiner Pfeife im Mund. Ihre Mutter hatte ihnen aus dem Schatten einer Weide heraus zugesehen. Vielleicht war sie da schon erschöpft vom aufkommenden Fieber gewesen. Zuvor war sie immer bei jedem Spiel dabei gewesen.

Richtig schlimm war es am Abend geworden, sie war blass gewesen. Hatte sich vor Schmerzen und Fieberkrämpfen gekrümmt.

Fanny hatte die Angst in ihren Augen gesehen, während ihr Vater aus der Wohnung stürmte, um einen Arzt zu holen.

Bleib bei deiner Mutter, mein Schatz!

Fanny setzte sich an ihr Bett, hielt ihre Hand. Sie spürte, wie ihre Haut immer kälter wurde. Die Augenlider ihrer Mutter hatten zu flattern begonnen, und dann … mit einem einzigen langen Atemzug, wie einem Seufzen, war der Schmerz von ihr gewichen. Ihre Hand in Fannys erschlaffte mit einem Mal.

Sie war bei ihr geblieben. In absoluter Stille. Hatte weiter ihre Hand gedrückt, während es draußen dunkel geworden war. Um keinen Preis hätte sie sie allein gelassen, nicht, wo es doch das letzte Mal war, dass sie einander nahe waren.

«Träumst, Fanny?» Der Vater legte ihr die Hand auf die Schulter. Draußen war es bereits Abend geworden.

Fanny lächelte und wischte sich mit einer raschen Bewegung eine Träne aus dem Augenwinkel.

«Für einen Moment.» Sie machte einen Schritt zur Seite und wollte ihrem Vater in seinen gepolsterten Lehnstuhl neben dem Ofen helfen, aber er gab ihr mit einer Handbewegung zu verstehen, dass er keine Unterstützung brauchte. Mit einem Seufzen ließ er sich nieder und nahm sich seine Zeitung von dem kleinen Beistelltisch.

Heuer jährt sich der Tod unserer Kaiserin Elisabeth zum zehnten Male! titelte die Zeitung. Darunter sah Fanny im unteren Eck noch eine kleinere Überschrift. *Mailand gründet Fußballverein, Internazionale Milano.*

Sie wandte sich ab. Aus der Küche roch es bereits verführerisch nach Tafelspitz und gerösteten Kartoffeln. Das war nicht Fannys Verdienst. Nicht das Kochen und nicht das Bezahlen ihrer Köchin Grete, die ihnen täglich das Abendessen zubereitete. Das konnten sie sich gerade so von der Beamtenpension ihres Vaters leisten. Dass Grete ihn auch mittags bekochte, dazu reichte sein Geld nicht ... und Fannys karger Lohn schon gar nicht.

Die Türglocke klingelte.

«Tilde!»

Allein den Namen ihrer Freundin auszusprechen, ließ sie sich etwas besser fühlen. Sie lief in den fensterlosen Flur hinaus, der nur von einer kleinen Wandlampe beleuchtet wurde. Die Biedermeierlandschaft, die an der Wand hing, war hier draußen eigentlich verschwendet. Obwohl, Fanny mochte das Gemälde mit dem Hirten, der seine Kühe an einem idyllischen Bergsee weiden ließ, auch nicht besonders. So altbacken.

Sie öffnete die Tür.

Mit Tilde schien der Frühling in das langgezogene Vorzimmer zu fluten, als sie mit ihrem blattgrünen Seidenkleid hereinrauschte.

«Fanny! Wie schön!»

Sie fassten einander an den Ellenbogen und küssen sich auf die Wangen. Tilde musste sich dazu etwas herunterbeugen.

Fanny half ihr aus dem Mantel und hängte ihn gemeinsam mit Tildes breitkrempigen Hut an die Garderobe.

Als sie sich zu ihrer Freundin umwandte, erstarrte sie.

Tildes strahlende Miene hatte sich für einen Wimpernschlag in das totenstarre Gesicht von Madame Adoria verwandelt.

«Habe ich eine Spinne auf der Nase?», fragte Tilde mit großen Augen.

«Nein, nein, alles gut!», flüsterte Fanny und verbannte die aufflammenden Erinnerungsfetzen aus ihrem Bewusstsein. «Komm rein, komm rein!»

Unter den Essensduft hatte sich inzwischen Pfeifenrauch gemischt.

Sie gingen hinüber zu dem Salon, von dem die Türen zum Schlafzimmer ihres Vaters und zu Fannys Kabinett abzweigten. Als sie in das warme Licht des Kronleuchters traten, sah ihr Vater von seiner Zeitung auf. Bei Tildes Anblick wollte er sofort aufstehen, aber sie lief zu ihm, fasste seine Hand und hockte sich hin, damit sie sich mit ihm auf Augenhöhe befand.

«Guten Abend, Herr Goldmann, wie schön, Sie zu sehen. Danke, dass ich zum Nachtmahl kommen darf.»

Fannys Vater lächelte nur.

Fanny sah ihn an. Wie frustrierend es sein musste, wenn man *selbstverständlich* sagen wollte, es aber nicht herausbrachte.

«Setz dich doch, Tilde», meinte sie sanft und wies auf den Esstisch. Sie wusste, dass es ihrem Vater unangenehm war, wenn man ihm beim Aufstehen zusah. Er musste sich dazu drehen, um das Gewicht auf sein gutes Bein zu verlagern, und dann mit beiden Armen nachhelfen. Fanny wollte wie jedes Mal zu ihm eilen, um ihm zu helfen, aber sie widerstand der Versuchung. Er wollte es allein schaffen und hatte auch recht damit.

Fanny neigte den Kopf und betrachtete die dampfende Pfeife mit skeptischem Blick.

Ihr Vater schnaubte kurz und löschte sie mit unübersehbarem Widerwillen.

«Tut mir leid, Papa, auch wenn alle behaupten, es sei gesund. Ich habe die Lungen starker Raucher gesehen. Pechschwarz und voller Schleim sind sie. Da sind chronisch verdickte Bronchienwände und …»

«Hmh!», machte er und humpelte zu Tisch.

Sobald sie saßen, kam Grete mit einer Suppenschüssel aus Porzellan aus der Küche und füllte die Teller mit dem Goldrand.

«Oh, ich liebe Grießnockerlsuppe!», rief Tilde und nötigte damit sogar der immer so wortkargen Grete ein Lächeln ab.

«Unsere Köchin, die Nanette, kocht immer Gerichte, die ich kaum aussprechen kann.» Sie zerteilte ein Grießnockerl mit ihrem Löffel und schob es sich genüsslich in den Mund. «Gestern gab's irgendwas, das hieß *Schön oh Plüsch* oder so. Irgendwelche gebratenen Vögel.»

Fanny lachte, und auch ihr Vater kicherte leise.

«Ich glaub, es heißt *Jeunes en peluche*», gluckste Fanny. «Gefüllte Jungtauben. Tante Agathe hat uns das einmal gekocht.»

Ihr Vater rollte mit den Augen. Die Füllung war zwar köstlich gewesen, aber Fanny hatte gesehen, wie mühsam das Gefitzele an den kleinen Vögeln für ihn gewesen war.

Tilde seufzte. «Das hat sie bloß für mich gekocht, dabei wär mir ein Kaiserschmarrn viel lieber gewesen.»

«Sind deine Eltern ...»

«Auf Kur. Ich glaub in ...» Tilde sah für einen Moment nach oben. «Bad Vöslau?»

Dass Tilde erst nachdenken musste, wo die beiden waren, lag nicht an ihrer Zerstreutheit. Ihre Eltern waren so gut wie immer verreist und nannten es *Kur*, weil sie dabei in noblen Hotels abstiegen. Das bedeutete für Tilde, allein in dem großen Stadthaus mit den hohen Decken zurückzubleiben, wo ihr nur die Köchin Nanette, der alte Hausdiener Sebastian und ihr Perserkater Prinzi Gesellschaft leisteten.

Das war auch nicht anders gewesen, als Fanny und Tilde noch Kinder gewesen waren, außer dass Tilde damals noch eine Gouvernante gehabt hatte. Vielleicht kam sie Fanny auch deshalb so gern in ihrer kleinen Wohnung besuchen.

Grete servierte ab und brachte kurz darauf die Hauptspeise.

«Gestern habe ich eine Operette am Theater an der Wien gesehen. *Wiener Blut*, von Johann Strauss.»

«Wie war es denn? Die Musik ist ja wunderschön.»

«Himmlisch!» Tilde räusperte sich und sang dann aus voller Brust: «Wiener Blut, Wiener Blut! Eig'ner Saft, voller Kraft, voller Glut ...»

Fannys Vater verzog das Gesicht und warf ihr einen flehenden Blick zu.

«Du hast dir den Namen des Stücks gemerkt!», unterbrach sie den Gesang der Freundin.

Tilde hielt inne. «Ja, seltsam nicht? Dafür habe ich den Namen meines Begleiters vergessen.» Tilde seufzte. «Wie *ungünstig*! Jetzt brauche für nächste Woche einen neuen.»

Fanny lachte.

Ihr Vater räusperte sich streng, während er sich ein paar Erdäpfel in den Mund schob. Als die beiden ihm einen verunsicherten Blick zuwarfen, begannen seine Mundwinkel zu zucken, und er hätte vor lauter Lachen beinahe das Essen in seinem Mund über den Tisch verteilt.

Sobald sie fertig gegessen hatten, lächelte Fanny verschmitzt. Sie hatte Grete tags zuvor noch etwas Extrageld gegeben. Und als ihr Vater sich schon nach seiner Pfeife umsah, kam Grete erneut mit einer dampfenden Pfanne herein, in der in goldbraunen Butterbröseln gewendete Marillenknödel hin und her rollten.

«Oh, mein Gott. Du weißt doch, wie mir die von deiner Mama immer geschmeckt haben, Fanny», seufzte Tilde.

«Ich weiß, und ich bin sicher, Gretes Knödel sind *fast* genauso gut.» Fannys Augen blitzten. «Und außerdem ... Alles Gute zum Geburtstag!» Sie griff über den Tisch nach Tildes Hand und drückte sie. Fannys Vater klatschte in die Hände, um die gleichen Wünsche zum Ausdruck zu bringen.

«Du hast daran gedacht!», rief Tilde.

«Deinen Geburtstag könnte ich nie vergessen.»

Grete gab jedem von ihnen zwei Knödel auf den Teller und bestreute sie vor Tildes immer größer werdenden Augen mit Staubzucker. Der Geruch nach süßem Teig und den gekochten Früchten ließ auch Fanny das Wasser im Mund zusammenlaufen, obwohl sie eigentlich schon satt war.

Sie aßen, bis die Pfanne geleert war und sie sich kaum mehr rühren konnten. Fannys Vater zündete sich seine Pfeife wieder an und hörte den beiden bei ihrem Tratsch zu, ehe er sich verabschiedete und sich in sein Schlafzimmer zurückzog. Bevor er verschwand, zwinkerte er Fanny zu. Sie wusste, dass er noch nicht wirklich müde war, sondern ihnen ein bisschen Zeit allein gönnen wollte, damit sie ungestört reden konnten.

«Ich hab noch was für dich», erklärte Fanny nach einer Weile. Sie erhob sich, strich ihr Kleid über ihrem prall gefüllten Bauch glatt und lief in ihr Kabinett. Sie nahm die kleine Tüte, die sie seit ein paar Tagen auf ihrem Nachttischchen liegen hatte, ging zurück in den Salon und reichte sie Tilde.

«Ist das Konfekt?»

«Sieh nach!»

Tilde griff in die Papiertüte und holte eine kleine Schatulle daraus hervor. Als sie sie öffnete, stieß sie ein andächtiges «Oh!» aus. «Ein Serviettenring, wie schön!»

«Was? Aber nein, das ist ein Armreif, schau, du musst den Verschluss öffnen.»

Tilde nahm den silbernen Reif aus der Schatulle und besah ihn sich, während Fanny betete, dass er ihr gefiel, immerhin war ein guter Teil ihres Monatslohns dafür draufgegangen. Er bestand aus zwei ineinandergedrehten Strängen, die sich über dem Handgelenk zu einem einzigartigen Motiv verbanden.

Tilde war still geworden und legte den Armreif vorsichtig an. «Zwei Schwalben», wisperte sie. «Weil eine allein ...»

«... beim Fliegen Angst hat», flüsterte Fanny mit gesenktem Blick.

Tilde lächelte, dann wandte sie sich zu ihr um. «Aber ...»

«Gefällt es dir nicht?»

Tilde schüttelte den Kopf. «Es ist nur ... Ich bin so froh, dass ich dich hab!»

Sie stand auf, kam um den Tisch und fiel Fanny so stürmisch um den Hals, dass sie dabei eine zum Glück leere Wasserkaraffe umstieß.

Nach einer Weile lösten sie sich wieder voneinander. Tilde wischte sich die Tränen von den Wangen und lächelte.

«Meinst du, Grete ist so lieb und kocht uns noch einen Kaffee?», fragte sie, als wäre nichts gewesen.

Im selben Moment erschien die Köchin und stellte ihnen eine Flasche Rotwein mit zwei Weingläsern hin.

«Ich würde dann nach Hause gehen, gnädiges Fräulein», sagte sie.

«Natürlich», erwiderte Fanny. Sie hatten Gretes Dienste schon viel länger als an einem normalen Abend in Anspruch genommen. «Vielen Dank! Es war ausgezeichnet.»

«Ich wünschte, ich würde bei Ihnen wohnen», seufzte Tilde. «Ich würde mich auch um das Geschirr kümmern.»

«Lieber nicht», meinte Grete. «Gute Nacht!»

«Na dann», seufzte Tilde. Sie nahm die Rotweinflasche und schenkte Fanny ein.

Fanny beobachtete, wie die leuchtend rote Flüssigkeit in ihr Glas lief.

Das Blut wich ihr aus dem Gesicht, und es fühlte sich an, als hätte ihr jemand all die Wärme dieses Abends mit einem Mal ausgesaugt.

«Was ist? Wolltest du keinen Wein?»

Fanny starrte noch immer auf das Glas, dann schüttelte sie leicht den Kopf.

«Tilde, ich hab's schon wieder getan», sagte sie leise. «Und es hat alles noch viel schlimmer gemacht.»

Tilde sah sie an und nahm einen Schluck von ihrem Rotwein. «Was ist passiert?»

«Gestern ...» Fanny vergrub ihr Gesicht in den Händen. «Du erinnerst dich an den Dieb, von dem ich dir erzählt habe, Blaumeise.»

«Oh, meinst du, du könntest uns bekannt machen?»

«Was? *Nein!* Der ist gefährlich, Tilde, das ist kein Spaß. Auf jeden Fall, er hat gesagt, es gäbe zwei Leute, die wissen, wo dieser Stern ist, nach dem er sucht.»

Tilde nickte wissend. «Graf und Madame.»

«Ja, richtig. Und die Madame, Madame Adoria, sie wurde ermordet.» Fanny sah auf. «Und sie sah aus wie du ...»

Eine Weile blickten sie sich schweigend an, dann erzählte Fanny von der Besichtigung der Leiche, der Rüge durch den Professor – und wie sie nachts ans Institut zurückgekehrt war.

«Es war so dumm. So dumm, so dumm.» Fanny sah durch ihre Finger hindurch. «Aber ich musste doch die Wahrheit herausfinden!»

«Hat dich jemand gesehen?»

«Ich glaube nicht. Aber als ich aus dem Institut gelaufen bin, hab ich so neben mir gestanden, dass ich beinahe von einer Kutsche überfahren worden wäre.»

«Was hast du denn gefunden?»

Fanny schüttete leicht den Kopf. «Ich ... ich hab sie nicht vollständig obduziert, nicht ganz. Ich wollte nur die Wunde genauer ansehen, den Schaden, den das Messer angerichtet hatte.»

Da nur noch sie beide am Esstisch saßen, stützte Tilde die Ellenbogen auf das weiße Tischtuch, verschränkte die Hände und legte das Kinn darauf. Gespannt schaute sie Fanny an. «Und, wie hat es dadrin ausgesehen?»

Fanny sah sich selbst unter der flackernden Lampe über dem Sektionstisch den Brustkorb der Madame eröffnen, nur um das Messer herum, nicht weiter. Trotzdem, jedem würde auffallen, dass an der Leiche herumgeschnitten worden war.

«Alles war, wie Franz es vorausgesagt hatte. Lunge und Herz intakt. Schäden am Zwerchfell, ein kleiner Schnitt in der Leber, den hat er nicht erwartet ... und natürlich an der Hauptschlagader.»

«Dann war doch alles so wie vermutet?»

«Nein», wisperte Fanny. «Da die Hauptschlagader verletzt ist, hätte dort drin alles voll mit geronnenem Blut sein müssen.» Abwesend schwenkte sie den Rotwein in ihrem Glas. «Für so eine Verletzung war es viel zu wenig, nur ein kleines bisschen.»

«Wie schön für sie.»

«Nein, Tilde, nicht schön, das ist unmöglich, sofern sie noch am Leben war, als sie erstochen wurde. Ich ... ich habe nicht gewusst, was ich sonst tun soll. Also hab ich die Spritze mit der stärksten Kanüle genommen. Dann hab ich sie durch ihren Bauch in den Magen hineingestochen und den Inhalt aufgezogen. Es sah aus wie Kaffee. Milchkaffee. Ein paar Kuchenbröckchen verstopften mir immer wieder die Nadel. Als ich es hatte, hab ich ihr Kleid über ihr zusammengenäht, mit chirurgischem Katzendarm. Damit man die Wunden nicht gleich sieht. Ich hab ein Marquis-Reagenz angerührt und dann ...» Fanny hob ihr Rotweinglas und hielt den Inhalt ins Licht. «Tiefviolett.» Sie nahm einen Schluck. Nach der Süße der Marillenknödel schmeckte er herb und sauer. «Madame Adoria war bereits tot, als sie erstochen wurde. Und gestorben ist sie an einer Morphinvergiftung.»

«So wie der Walzerkönig.»

Fanny nickte. «Wenn jemand herausfindet, was ich getan habe ... ich bin vor der Polizei geflüchtet, habe mich mit einem Dieb verbündet und nun schon die zweite rechtswidrige Obduktion durchgeführt.»

«Die arme Madame! Vergiftet und dann noch erstochen, das kann einem den Tag verderben», meinte Tilde.

«Ich muss zur Polizei», erklärte Fanny. «Ich muss ihnen sagen, was ich entdeckt habe. Morgen gehe ich hin!»

«Dieser Polizist, von dem du erzählt hast, dieser ...»

«Kaltenecker», murmelte Fanny.

«Er scheint nicht gerade ein Seelchen zu sein.»

Fanny kaute einen Moment an ihrer Unterlippe. Tilde sprach aus, was sie sich auch schon gedacht hatte. Kaltenecker würde ihr im besten Fall nicht glauben, im nächstbesten, alles gegen sie verwenden, sie vor Gericht stellen, ohne ihrem Verdacht weiter nachzugehen.

Seine zufriedene Miene, während der Professor ihnen die Obduktion verboten hatte. Steckte da vielleicht noch mehr dahinter? War er daran interessiert, die Todesursache der Madame Adoria zu vertuschen?

«Kaltenecker ist in der Inneren Stadt stationiert. Ich werde zur Polizeiwache bei uns in der Josefstadt gehen.»

«Was ist mit dem Ball dieses Grafen?», fragte Tilde.

«Der wäre übermorgen. Aber da will ich schon nichts mehr mit der Sache zu tun haben.»

«Aber es wäre doch aufregend, wenn wir ...»

«Nicht auf die Art aufregend, die du dir vorstellst, fürchte ich. Was, wenn noch mehr Menschen umgebracht werden? Den ersten Mord hat der Mörder nur schlampig getarnt. Jetzt war es so, als wollte er einen draufsetzen, als wüsste er, dass der erste Mord entdeckt worden ist.»

Tilde legte die Hand auf ihre Brust. «Könnte er wissen, dass du ...»

Fanny schüttelte den Kopf. Bei der Obduktion des Walzerkönigs hatte sie niemand entdeckt, nicht einmal die Nachtwache, die nachsehen gekommen war.

«Ich hätte ihn nicht sezieren sollen. Ich hätte auf Franz hören und nach Hause gehen müssen.»

Sie schwiegen ein paar Momente.

«Ich denke, ich begleite dich morgen auf die Polizeiwache», erklärte Tilde dann.

«Das ist lieb von dir, aber ...»

«Du wirst mich nicht davon abhalten können, neben dir herzulaufen.»

Fanny lächelte und schüttelte den Kopf.

Tilde hob ihr Handgelenk mit dem Schwalbenarmreif. «Schließlich fliegst du nicht allein.»

8. KAPITEL
WENN DIE BLAUMEISE ZWITSCHERT

«Verzeihen Sie, Herr Inspector, ich habe mit dem Mageninhalt zweier Leichen eine interessante chemische Reaktion durchgeführt … Nein, so geht's nicht.» Fanny stieß ein Knurren aus. «Verzeihen Sie, Herr Inspector, ich habe entdeckt, dass ein toter Obdachloser sich *nicht* in Pferdeurin gewälzt hat, sondern …» Sie rang die Hände. «Verzeihen Sie, Herr Inspector, jemand tarnt seine Morphingiftmorde, damit man sie für natürliche Todesfälle oder Raubmorde hält. Das bringt es auf den Punkt. Was meinst du?»

Sie war auf dem Gehsteig gegenüber der Polizeiwache auf und ab gelaufen, während Tilde sie mit großen Augen beobachtet hatte.

«Wieso entschuldigst du dich denn immer, bevor du beginnst?»

«Keine Ahnung, vielleicht, weil ich schon weiß, wie seltsam das alles klingt.»

Sie sah hinüber auf die andere Straßenseite. Eine Wache stand vor dem Eingang. Im Sonnenlicht wirkten die blaugoldene Uniform und der spitze Eisenhelm prachtvoll – und furchterregend.

Fanny beschlich das Gefühl, dass man sie nicht wieder gehen lassen würde, wenn sie jetzt dort hineinging.

Neben dem Eingang zur eigentlichen Wache lag ein größerer Torbogen, der in einen Hinterhof mit Pferdeställen führte. Fanny sah gerade einen Polizisten auf einem Rappen hindurchreiten. Das Klappern der Hufe auf dem Kopfsteinpflaster hallte zu ihnen herüber. Im Hof des Gebäudes standen auch zwei Automobile mit schwarz glänzendem Lack.

«Los, wir gehen rein», erklärte Tilde und zog sie mit sich über die Straße.

«Gut», flüsterte Fanny und zupfte ihren Hut zurecht. «Gut! Gut! Gut!» Sie hatte eines ihrer besseren Kleider angezogen. Dunkelblau mit einem Korsett, das sie kaum atmen ließ, und einen flachen Hut mit einem Spitzenschleier. Kleider machten Leute, zumindest für Männer schien das zu gelten. Je teurer der Anzug, desto glaubwürdiger und kompetenter der Mann. Für Frauen war die Sache nicht so einfach. Kleidung machte eine Frau im besten Fall elegant. Und wenn man danebengriff, prüde oder frivol, dick oder klein.

Unter dem Arm trug sie eine lederne Mappe, in der sich die Notizen zu ihren Sektionen befanden, die sie mit anschaulichen Skizzen ergänzt hatte. Wussten diese Polizisten hier überhaupt, was ein Gerichtsmediziner war? Ans Institut kamen jedenfalls immer nur die Beamten aus der Inneren Stadt.

Wie würden sie reagieren, wenn ihnen ein *zartes Fräulein* Zeichnungen von zwei aufgeschnittenen Leichen zeigte?

Fanny atmete tief durch. «Gehen wir hinein!»

Sie marschierte los und versuchte, nicht mehr darüber nachdenken, was alles passieren konnte.

«Verzeihung!», sagte Fanny zu dem Wachbeamten. Der Polizist runzelte die Stirn. Als er niemanden sah, senkte er das Kinn und sah zu Fanny herunter.

«Was gibt's, gnädiges Fräulein?»

«Ich möchte … ich möchte eine Meldung machen!»

«In was für einer Angelegenheit?»

«Zweifacher Mord!», rief Tilde fröhlich.

Fanny zuckte zusammen, während der Polizist nur eine Augenbraue hob. «Erster Stock, zweites Zimmer, die gnädigen Fräulein», sagte er. Er wandte sich ab, um die Türklinke zu ergreifen, da öffnete sich das Tor von innen, und zwei Männer traten heraus. Einer war ein Polizist, der andere ein Herr in Zivil, in einem schwarzen Mantel und Hut, der ...

Fanny zog Tilde zurück und presste sich gegen die Hausmauer.

Den Mann in Zivil hatte sie schon einmal gesehen.

Blaumeise hatte ihnen den Rücken zugewandt und ließ seinen forschenden Blick über die Gasse schweifen.

Der Polizist, der mit ihm herausgekommen war, wandte sich um und nickte dem Wachposten zu, dessen breite Gestalt Fanny und Tilde vor seinen Blicken schützte.

«Der Oberleutnant will dich sprechen, Gehringer. Beeil dich, ich halt solange die Stellung.»

Fanny zog Tilde ein paar Schritte zurück in den Schatten des nächsten Hauseingangs, während der Wachposten im Gebäude verschwand.

«Aber was ist denn?», flüsterte Tilde.

«Blaumeise», hauchte Fanny.

«Wirklich, *der*?» Tilde schielte am Hauseingang vorbei und rückte ihren Hut zurecht.

Fanny riskierte selbst einen Blick. Blaumeise stand mit dem Polizisten vor dem Revier. Seine Stiefel glänzten in der Sonne, während Mantel und Hut jedes Licht zu verschlucken schienen. Er starrte dem Wachposten mit argwöhnischem Blick hinterher.

«Entspann dich», sagte der Polizist, der mit ihm herausgekommen war. «Wir sind allein.»

Es klang nicht, als wäre Blaumeise gerade wegen eines Verhörs auf der Wache gewesen, eher als würden die beiden sich kennen.

«Dass das ja niemand hört», erwiderte Blaumeise mit Grabesstimme.

Eine Weile starrte ihn der Polizist nur süffisant lächelnd an. «Und?»

«Was *und*?», schnappte Blaumeise. «Vereinbarung bleibt Vereinbarung.»

«Na dann ...»

Der Polizist streckte die Hand aus. Für einen Moment zuckte Blaumeises Blick in ihre Richtung. Fanny gelang es gerade noch, Tilde wieder in den Hauseingang zu ziehen. Das war reichlich knapp gewesen.

Sie bemühte sich, über den Wind und die Straßengeräusche hinweg zu erlauschen, was die beiden flüsterten, aber es gelang ihr nicht.

Nach einer Weile riskierte sie wieder einen Blick.

«Genau, was wir ausgemacht haben.» Der Polizist hatte ihnen jetzt halb den Rücken zugewandt, sodass sie nicht genau sehen konnte, was er in der Hand hielt.

«Ich erwarte, dass du deinen Teil des Geschäfts erfüllst», zischte Blaumeise. «Und kein Wort, zu niemanden, verstanden?»

«Scheiß di net an!», erwiderte der Polizist. «Der Plan ist auf Schiene.»

«Das will ich hoffen», erwiderte Blaumeise mit finsterer Miene. «Du willst mich nicht unzufrieden erleben.»

Er zog seinen Hut tiefer ins Gesicht, sah noch einmal misstrauisch nach links und rechts und marschierte dann davon in Richtung Innenstadt.

Der Polizist sah ihm mit gerunzelter Stirn hinterher.

«So! Gehen wir jetzt rein?», fragte Tilde.

Fanny fixierte Blaumeises Gestalt, bis sie im Getümmel der Straße verschwunden war.

«Nein», wisperte sie. Der Gedanke hatte sich geformt, seit sie Blaumeise aus der Polizeiwache hatte treten sehen, vielleicht schon seit Kalteneckers verdächtigem Verhalten. Dennoch zögerte sie, ihn auszusprechen. Schließlich kappte er den letzten Rettungsanker, an den sie sich in ihrer Angst noch geklammert hatte. Sie wusste nicht, wie und warum, aber nun hatte sie Gewissheit.

«Die Polizei wird uns nicht helfen. Sie steckt in dieser Sache mit drin.»

Tilde nippte an ihrem Tee im Schanigarten des *Café Weimar* und musterte Fanny aufmerksam, während die nur ihre Tasse festhielt und die rotbraunen Schlieren beobachtete, die sich vom Tee-Ei ausgehend im heißen Wasser ausbreiteten.

Fanny war sicher, dass Tilde jetzt extra laut schlürfte, um sie aus ihrer Erstarrung zu reißen.

«Weißt du, ich mag Nichtstun», meinte sie und betrachtete die Passanten, die außerhalb der Büsche, die den Schanigarten begrenzten, spazieren gingen. «Es ist so voller Möglichkeiten.»

Für ihre Verhältnisse trug sie ein schlichtes Kleid, cremefarben, mit einem zarten Blumenmuster.

«Eigentlich gibt es jetzt nur noch zwei Möglichkeiten», entgegnete Fanny, hob das Tee-Ei aus ihrer Tasse und goss ein Wölkchen Milch hinein. «Die beste davon ist, wir vergessen die Sache einfach. Die andere», sie lachte und ließ ihren Blick zur Seite schweifen, «die andere ist so verrückt, dass ich gar nicht glauben kann, dass ich darüber nachdenke.» Sie öffnete ihr Handtäschchen, holte die kleine Walzerkönig-Figur daraus hervor und stellte sie auf den Tisch. «Ich wollte Gerichtsmedizinerin werden, weil die Toten niemanden haben, der sich für sie starkmacht, sich für ihre Rechte einsetzt. Ich habe begriffen, dass mir das niemand anderes abnehmen wird.» Sie atmete tief durch. «Ich werde den Ball des Grafen Waidring besuchen. Ich biete ihm seine Kette im Austausch gegen Informationen an. Hinter dem Vorhang der normalen Welt ist etwas Seltsames im Gange, etwas Großes, von dem wir bisher nur einen kleinen Zipfel zu Gesicht bekommen haben. Ich muss es ans Licht holen und verhindern, dass noch mehr Leute sterben.»

«Fein», erwiderte Tilde. «Und ich bestelle mir einen Apfelstrudel, magst du auch einen?»

Fanny starrte sie einen Moment kopfschüttelnd an, dann lächelte sie. «Weißt du was, das ist eine hervorragende Idee.»

Es dauerte nicht lange, bis sie den Kuchen vor sich stehen hatten.

«Ach ja», sagte Tilde, während sie sich ein Stück Apfelstrudel in den Mund schob. «Hast du eine Einladung für diesen Ball?»

«Nein, der mörderische Graf hat vergessen, sie mir zuzusenden.»

«Wie unaufmerksam!» Tilde wandte sich wieder ihrem Kuchenteller zu.

Fanny zog die Stirn kraus. Der Graf hatte Madame Adoria gekannt. Bestimmt war sie oft bei ihm geladen gewesen. Vielleicht wusste er noch gar nicht von ihrem Tod – falls er ihn nicht selbst herbeigeführt hatte. «Was würdest du von einem kleinen Abenteuer halten?»

«Natürlich gehe ich mit dir dorthin», antwortete Tilde schulterzuckend. «Du hast gesagt, ich sehe aus wie diese Madame, so kommen wir da hinein, ganz klar.»

Fanny verschluckte sich beinahe an ihrem Apfelstrudel. Es war nicht das erste Mal, dass Tilde sie durch unerwartete Scharfsinnigkeit überrascht hatte.

«Aber ich weiß gar nicht, ob das klappt. Ich meine, du bist jünger als Madame Adoria. Und selbst wenn wir damit durchkommen: Ich hätte nicht mal ein passendes Kleid für so einen Anlass.»

«Ich leihe dir natürlich eines.»

«Das ist großzügig, aber erinnerst du dich nicht an unseren Maturaball? Das roséfarbene Seidenkleid, das du mir geliehen hast? Es hatte eine Schleppe, obwohl es keine haben sollte, und ich musste die Ärmel zweimal umkrempeln.»

Nicht, dass das damals etwas ausgemacht hätte. Sie hatte recht bald herausgefunden, dass Martin Weiss, ihr Tanzpartner, von Tante Agathe genötigt worden war, Fanny einzuladen. Sie schien ihn so eingeschüchtert zu haben, dass Fanny seine schwitzigen Finger selbst durch die Tanzhandschuhe hindurch gespürt hatte. «Bitte, sag deiner werten Tante, dass es dir gefallen hat», hatte er immer wieder gemurmelt.

Sie tippte sich ans Kinn, als brüte sie gerade über einer vertrackten Obduktion.

Apropos, Tante Agathe.

«Ich glaube, ich weiß vielleicht, wer uns weiterhelfen kann», sagte sie lächelnd. Zumindest etwas, worauf sie sich freute. Ein längst überfälliges Wiedersehen.

Am nächsten Tag setzte Fanny alles daran, das Institut schon früh am Nachmittag verlassen zu können, und es schien, als hätte sie Glück. Ein ausgesprochen ruhiger Tag. Es waren keine neuen Leichen eingetroffen. Leider lag Madame Adoria noch immer bei ihnen im Leichenraum. Ihre Eltern weilten derzeit in Genf und hatten ersucht, ihre Tochter erst am nächsten Tag abholen zu dürfen. Es wurde höchste Zeit. Nicht nur, weil Fanny nicht erwarten konnte, dass ihr Leichnam unter die Erde kam, sondern auch wegen des Verwesungsgeruchs, der mit jeder Stunde penetranter wurde.

Valdéry arbeitete in aller Ruhe an seinen Gebissen. Franz färbte ein paar Lungenschnitte und würdigte Fanny dabei keines Blicks. Vermutlich trug er ihr die Scherereien mit dem Professor nach. Sie hätte ihn gern gefragt, ob er eine Methylenblaufärbung probierte, mit der man Tuberkuloseerreger im Gewebe sichtbar machen konnte. Doch so neugierig sie auch war, heute war es wohl klüger, ihn in Ruhe zu lassen.

Gert, der andere Prosekturgehilfe, schwadronierte von seinen Erlebnissen am Schlachthof in St. Marx, wo ihnen in der letzten Woche ein Stier, ein besonders schöner Ennstaler Bergschecke, entlaufen war. Offenbar hatte das Tier einen Polizisten auf die Hörner genommen, der versucht hatte, es wieder einzufangen.

Fanny hatte gelernt, einfach weiterzuarbeiten, wenn Gert zu erzählen begann. Wenn man ihn ermutigte, hörte er nicht wieder auf, also tat sie so, als würde sie Instrumente polieren, obwohl sie allesamt sauber genug waren. Der Professor war den ganzen Tag nirgends zu sehen. Fanny fragte sich oft genug, was er in seinem Studierzimmer so trieb. Offensichtlich schien ein großer Teil seiner Arbeit darin zu bestehen, die Obduktionsberichte seiner Untergebenen zu lesen und daraus alles Relevante für sein großes Projekt zu extrahieren. Albin Kudernas *Lehrbuch der Forensischen Medizin*. Angeblich sollte es im kommenden Jahr erscheinen.

Fanny wollte nur noch die Bücher in der Bibliothek sortieren, dann würde sie sich aus dem Staub machen. Vom Fenster der Bibliothek sah man direkt zum Narrenturm empor. Ein Gebäude, das wegen seiner vielen Geheimnisse immer schon einen Reiz auf Fanny ausgeübt hatte. Früher war es die erste Irrenklinik überhaupt gewesen. Heute beherbergte der Narrenturm die wichtigste pathologische Sammlung des Landes. Fanny liebte es, dorthin zu gehen und sich die Präparate anzusehen.

«Wenn du schon dabei bist, ich kann den Braunemann nicht finden, das Toxikologie-Buch. Ich wollt heute was nachschlagen.» Franz war im Eingang des kleinen Archivs aufgetaucht und lehnte sich gegen den Türrahmen.

Fanny schob ihre Brille zurecht und fuhr mit dem Zeigefinger die Buchrücken entlang. «Du hast recht, es ist nicht da», stellte sie fest.

«Danke, sehr hilfreich», erwiderte Franz mit hochgezogenen Augenbrauen.

«Wenn ich wetten müsste, würde ich den Professor fragen.» Fanny stieg von der hölzernen Standleiter herunter und drückte sich an Franz vorbei.

«Du gehst schon?», fragte er, als er sie in Richtung ihrer Umkleidekammer abbiegen sah.

Fanny nickte. «Mhm.»

«Du gehst *nie* früher.»

«Wahrscheinlich ist genau das mein Problem.» Sie schenkte ihm ein flüchtiges Lächeln und verschwand in der Umkleide. «Alle glauben, ich gehöre zum Inventar.»

Fanny fand es schön, das Institut ausnahmsweise bei Tageslicht zu verlassen, und blinzelte in die Sonne. Tilde erwartete sie bereits hinter der nächsten Ecke an der Tramstation Sensengasse.

Sie stiegen in die elektrische Tram Nummer 41 und kauften zwei Tickets beim Schaffner. Die Straßenbahn rumpelte die Währinger Straße hinunter in Richtung Innenstadt. Fanny gefiel, dass die Fahrer vor dem Wagen auf einer Freiluftplattform standen, als würden sie eine der alten Pferdetrams lenken, die sie noch aus Kindertagen kannte.

Eine der brandneuen Standuhren an der Ringstraße, von den Wienern wegen ihrer Form liebevoll Würfeluhren genannt, zeigte drei Uhr.

Eigentlich müsste er um diese Zeit schon arbeiten, wirklich wissen tat sie es aber nicht. Fanny hatte gestern nach dem Kaffeehausbesuch mit Tilde den Telefonautomaten am *Café Central* aufgesucht und gegen einen Münzeinwurf von zwanzig Hellern im Burgtheater angerufen, um ihren Besuch anzukündigen. Dort hatte sie aber nur eine äußerst nervöse Sekretärin an den Apparat bekommen und war nicht sicher, ob ihre Grüße ausgerichtet worden waren.

Tilde hängte sich bei Fanny ein, und gemeinsam schlängelten sie sich durch das Gewimmel von Kutschen und vereinzelten Automobilen auf der Ringstraße. Auf den breiten Trottoirs hatten sie wegen der vielen Menschen Mühe nebeneinanderzugehen, allerdings öffnete sich zu ihrer Linken schon nach wenigen Schritten ein Platz, über den ihnen die helle Front des k. u. k. Burgtheaters entgegenstrahlte.

«Jedes Mal, wenn mich jemand hierher einlädt, stelle ich mir vor, dass ein römischer Kaiser darin residiert», meinte Tilde.

«Nur, wenn sie Julius Cäsar spielen», erwiderte Fanny. «Also heute wohl nicht.» Sie zeigte auf das Transparent über der Säulenfront des Theaters. *Die Räuber, von Friedrich Schiller.*

Die Haupttore des Theaters waren geschlossen, als Fanny daran rüttelte.

«Die Abendkassen öffnen doch nicht so früh», kommentierte Tilde überflüssigerweise.

«Und wie sollen wir dann hineinkommen? Ohne seine Hilfe können wir die ganze Sache vergessen.»

Tilde lächelte entspannt. «Wir gehen einfach durch das Vestibül, da, wo normalerweise die Herzöge zur Vorstellung hineinfahren.»

«Warte, heißt das, du bist einmal mit einem …»

«Komm, da hinten ist es!» Tilde war schon ein paar Schritte vorausgelaufen, bis sie den linken Flügel des Gebäudes umrundet hatten. Sie drückte die Klinke einer kleinen Holztür hinunter, die in ein wesentlich größeres Tor eingelassen war – und zu Fannys Überraschung schwang diese nach innen.

«Du verblüffst mich immer wieder.»

Sie betraten einen breiten Flur, in dem während der Premiere wohl Kutschen oder Automobile parkten.

«Wir sind unter der Feststiege», erklärte Tilde. «Wenn wir geradeaus durch die Tür gehen, sollten wir irgendwann in den Bereich der Künstlergarderoben kommen.»

Fanny hatte noch nicht geantwortet, da hatte Tilde sie schon durch die Tür in einen kleinen Gang gezogen, von dem wiederum einige Holztüren in alle Richtungen abzweigten.

«Ein richtiges Labyrinth hier», murmelte Tilde. Sie öffnete eine beliebige Tür, von der eine Treppe in die Dunkelheit hinunter zu einem verwittert aussehenden Tor führte. «Hmh, ich glaub, das ist nicht die richtige …»

Fanny runzelte die Stirn. «Was dort unten wohl sein mag?»

Sie gingen weiter. Tilde bog mit Fanny zweimal rechts und einmal links ab, ehe sie plötzlich eine scheinbar endlos hohe Halle mit prachtvollen Deckenmalereien betraten.

«Dacht ich's mir doch», sagte Tilde.

Vor ihnen ragte eine riesige, hölzerne Kulisse auf. Die Bühne selbst war mit täuschend echt wirkenden Eichenbäumen bestückt, zwischen denen heute Abend die Räuber ihr Unwesen treiben würden. Für einen Moment roch es sogar so harzig wie in einem richtigen Wald.

Tilde zog die völlig faszinierte Fanny in den Raum hinter der Bühne. Plötzlich befanden sie sich inmitten umherhastender Bühnenarbeiter und Schauspieler, die teils kostümiert Stimmübungen durchführten.

«Also, wo finden wir ihn?», fragte Tilde neugierig.

Fanny sah sich zwischen den übenden Schauspielern um.

«P-T-K!», skandierte einer von ihnen am laufenden Band und stieß bei jedem Buchstaben eine Spuckewolke aus.

Ein anderer Mime, ein älterer Herr, dessen Gesicht weiß geschminkt war, stolzierte auf und ab, während er mit dramatischen Gesten deklamierte: «Wenn edel steht der Redner, friedlich ist sie, schließlich sinnlich, sprach langsam, zaghaft Alma an ...»

E, dann I, dann A, dachte Fanny. Musste der Schauspieler etwa alle Laute noch mal üben, bevor er sie auf der Bühne sprach? Wie seltsam ... «Entschuldigen Sie, aber kennen Sie meinen Cousin Schlomo?», sprach sie ihn an.

Der Mann hob den Kopf und sah sie an. «Dulden musst du, Brutus' Schuld!»

Und jetzt noch das U.

«War das ein Ja oder ein Nein?», fragte Tilde, während Fanny sie weiterzog.

Sie ließ ihren Blick über die Menge schweifen, bis er an einer Schauspielerin haften blieb, deren Frisur an einen roten Igel erinnert.

Jetzt ist sie Kunst! Die Worte hallten deutlich in ihrer Erinnerung wider.

«Verzeihung, kennen Sie Schlomo, Schlomo Goldmann?»

Die Schauspielerin schaute Fanny verwirrt an.

«Der, der Ihnen diese Frisur gemacht hat ...» Ihr fielen mit einem Mal Tante Agathes Worte ein. «François!»

«Ah, der Maître, dort hinten.» Die Frau wies auf eine der vielen Holztüren.

Fanny und Tilde bedankten sich und schlüpften zwischen ein paar Bühnenarbeitern mit Farbtöpfen hindurch.

Fanny klopfte vorsichtig und schob die Tür auf.

Eine Duftwolke aus Parfüm, Schminke und Cremes schlug ihnen entgegen. In dem Raum waren mehrere Spiegel angebracht, vor denen Stühle standen.

Eine feiste Dame in einem überbordenden Kleid, das an eine Rosenblüte erinnerte, saß auf einem der Stühle und hatte sich zu einem schlanken Mann in einem grellvioletten Rock umgewandt.

«Ach, lieber Maître, gewiss kann ich mich bald wieder in Eure kundigen Hände begeben.»

Ihre Tubastimme schien den ganzen Raum zu durchdringen, als stünde sie gerade auf einer Bühne.

Der Mann verschränkte die Arme. «Aber *gewiss*, meine Teure.»

Die Dame wandte sich zufrieden ihrem Spiegelbild zu, während der Mann verstohlen die Augen rollte.

«Niemand hat auf dieser Bühne größere Erfolge gefeiert als ich. Ich bin sicher, der Franz Joseph ... Verzeihung, seine kaiserliche Hoheit, wird sehr bald schon intervenieren und meine Rückkehr arrangieren.» Sie wandte sich um und ergriff den Maître an seinem Gehrock. «Niemand brachte mich so zum Strahlen wie Sie. Die Gunst des Publikums wird mir wieder zufliegen, ich spüre es!»

«Gewiss, gewiss, und in der *kurzen* Pause genießen Sie doch einfach die Zeit mit ihren wunderbaren Viecherln.»

Die Dame nickte zufrieden. «Sieben Papageien unterhalte ich neuerdings, einen gelben, drei rote und drei blaue. Der Lärm wird dem kleinen Afferl, der Lisa, manchmal so zu viel, dass sie zu kreischen beginnt und wild durch die Räume springt.»

Der Mann lachte und legte der Dame die Hand auf die Schulter. «Nein, wie drollig. Na, bestimmt vermissen sie Sie schon.»

«In der Tat!» Das Kleid der Dame raschelte, während sie sich erhob. «Auf bald, Maître!» Sie streckte ihm in einer dramatischen Geste die Hand hin, die er zurückhaltend küsste. Dann wandte sie sich ruckartig ab und rauschte in Richtung Tür davon, so schnell, dass Fanny und Tilde sich gerade noch an die Wand drücken konnten, um sie vorbeizulassen.

Der junge Mann seufzte und rieb sich die Stirn.

«War das etwa ...», fragte Fanny vorsichtig.

Er sah auf und schien die beiden Frauen erst jetzt zu bemerken. Er nickte. «Katharina Schratt, die Geliebte des Kaisers höchstpersönlich. Wobei man sich wundert. Seit die Kaiserin Sisi ermordet wurde, hat sich das Verhältnis merklich abgekühlt. Es scheint, die Kaiserin war sehr daran interessiert, ihren Mann beschäftigt zu halten. Jedenfalls kann sich die gute Madame Schratt nicht mit ihrer Pensionierung abfinden und raubt mir meine wertvolle Zeit.»

«Wieso darf sie denn nicht mehr auftreten?», fragte Tilde teilnahmsvoll.

Der junge Mann lächelte. «Wenn die ganze Welt bereits munkelt, man wäre die Geliebte des Kaisers, gibt es ein paar Regeln, an die man sich halten sollte. Eine davon lautet, man sollte nicht die große Kaiserin Maria Theresia auf der Bühne verkörpern. Ein unvergleichlicher Skandal. Karl Kraus hat die Schratt in der Luft zerrissen. Dabei habe ich aus ihr eine

Maria Theresia gemacht, die überzeugender war als das Original. Jedenfalls war's das. Der Kaiser hat ihrer Karriere ein Ende bereitet.»

«Die Arme», wisperte Tilde betroffen.

«Sie tröstet sich mit ihrem Palais am Kärntner Ring ... *und* der Villa in Schönbrunn *und* der Villa in Bad Ischl. Kleine Aufmerksamkeiten für besondere Dienste.» Er zwinkerte ihnen zu, dann schien er sich mit einem Mal zu besinnen, und eine steile Falte erschien auf seiner Stirn.

«Wer sind Sie überhaupt?» Er betrachtete Tilde und Fanny eingehend. «Schneeweißchen und Rosen...», sein Blick blieb an Fannys taubenblauem Kleid haften. Er hob eine Augenbraue «*...puttel*?»

«Entschuldige», sagte Fanny. «Du bist ... doch Schlomo, Schlomo Goldmann, nicht wahr?»

Der Maître verschränkte die Arme. «Wer will das wissen?», fragte er leise.

«Ich bin deine Cousine Fanny. Wir haben zusammen gespielt, als ich noch klein war und ...»

Er schnitt ihr das Wort mit einer dramatischen Handbewegung ab. «Ich bin betrübt zu vermelden, dass Schlomo Goldmann *tot* ist», zischte er. «Für seinen Vater, der nicht mehr mit ihm spricht, und die Familie, die sich seiner schämt, des *mouton noir,* des schwarzen Schafs der Verwandtschaft.»

«Ich *mag* ihn!», flüsterte Tilde ihr zu.

«Hier gibt es nur noch *den Maître,* hier gibt es nur noch *François.*»

«Nun gut, *François*», murmelte Fanny. «Von einem schwarzen Schaf zum anderen ... wir brauchen deine Hilfe.»

Schlomo lachte. «Liebe Cousine, begib dich nicht auf mein Niveau herab. Es steht dir nicht.» Er kam auf sie zu und strich ihr eine rebellische Strähne aus dem Gesicht. «Oder verbirgt sich hinter dieser biederen Fassade etwa ein verruchter Lebenswandel, der mich interessieren könnte?»

Fanny zuckte mit den Schultern. «Ich bin ledig und forensische Medizinerin, das heißt, ich schneide Leichen auf, um herauszufinden, wie sie gestorben sind und ... wer sie ermordet hat.»

Er hob die Augenbrauen. «Nun, das klingt zwar nicht verrucht ... aber faszinierend.»

Er lächelte breit, und zum ersten Mal erkannte Fanny etwas Vertrautes an ihm. Das Lächeln des Jungen, der verkündet hatte, dass sie jetzt Kunst sei.

Er wandte sich ab und begann, ein paar Schminksachen in eine Schublade zu räumen. «Ich mochte deine Mutter», sagte er, ohne sie anzusehen. «Was kann ich für euch tun?»

«Nur eine Kleinigkeit», erwiderte Fanny. «Wir versuchen, zwei Morde aufzuklären. Dazu müssen Tilde und ich uns in einen exquisiten Ball einschleichen. Wir müssen aussehen, als würden wir dazugehören.»

Schlomo schnaubte. «*Dazugehören.* Wenn ihr meine Hilfe in Anspruch nehmt, werdet ihr nicht aussehen, als würdet ihr *dazugehören.*» Er senkte die Stimme zu einem bedeutungsschwangeren Flüstern. «Ihr werdet wirken, als würde euch dieser Laden *gehören.*»

Er wandte sich um und betrachtete Fanny noch einmal prüfend. «Nun, bei dir, Schatzerl, vielleicht doch nur *dazugehören.*»

9. KAPITEL

HORSD'ŒUVRES

Es war ein ständiges Gezupfe, Gepikse und Geschmiere an ihr, das ihr höchst unangenehm war.

Schlomo ... *François* schnalzte immer wieder missbilligend mit der Zunge – sei es beim Anblick ihrer Bluse oder als er mit den Fingerkuppen über ihre Nägel strich.

Natürlich hätte sie all ihr Erspartes zur Hand nehmen können und bei einer Schneiderei vielleicht ein passendes Kleid gefunden, aber das allein reichte nicht, wenn sie überzeugen wollte. Sie vertraute darauf, dass ihr Cousin sie absolut glaubwürdig verwandelte. Auf dem Ball heute Abend durfte sie nichts anderes sein als eine geheimnisvolle Dame, die unbemerkt einen zwielichtigen Handel über die Bühne brachte.

Die Goldkette mit dem Onyx gegen die Information, wo sich der Stern befand. Und am besten dazu ein Geständnis.

Fanny riskierte einen Seitenblick auf Tilde, die auf dem Stuhl neben ihr saß und deren Haare von einem jungen Eleven in eine Frisur gelegt wurden, die der der verstorbenen Madame Adoria ähnelte. Vor ihr auf dem Tisch lag die Skizze, die Fanny während ihrer Obduktion vom Gesicht der Toten angefertigt hatte. Tilde wirkte so entspannt, als sei es das Natürlichste der Welt, dass sie sich gleich in die Höhle des

Löwen begeben würden. Fanny wünschte, sie wäre ebenso gelassen, während Schlomo gerade die Spangen aus ihrem hochgesteckten Haar löste und eine Handvoll erdbeerfarbener Strähnen prüfend in die Höhe hielt.

«So widerspenstig!», murmelte er. «Da braucht es ja ein Wunder. *Chou Chouuuuu!*», rief er.

Eine rundgesichtige Dame mit einem freundlichen Lächeln auf den Lippen betrat die Garderobe.

«Was darf's sein, Maître?»

«Ein Wunder, Chou Chou, wir brauchen ein Wunder!» Er wies auf Fannys Haar. «Bitte einmal verstaubte Kaiserin Mutter gegen etwas tauschen, dass», Schlomo schnippte mit den Fingern, «etwas Modernes, ein Willkommen an das zwanzigste Jahrhundert, Emilie Flöge oder Alma Mahler.»

«Ich denke, ich verstehe die Vorgabe.»

«Ach ja?» Er wirkte überrascht. «Ich bin mir nicht sicher, ob *ich* sie verstehe. Die Frau ist wirklich gut!» Er klopfte Fanny auf die Schulter. «Ich suche derweil das passende Kleid heraus.»

Alles schien eine Ewigkeit zu dauern. Fanny fragte sich, wie spät es wohl war, ob sich das Burgtheater nicht bereits mit Gästen füllte und – am wichtigsten – ob sie den Ball des Grafen einfach verpassen würden, weil sie zu lange dafür brauchten, sich in Schale zu werfen.

Irgendwann zog Schlomo sie zu einem Paravent in einem kleinen Nebenraum, wo sie sich ein ungewöhnlich leichtes Kleid überstreifte, das zu ihrer Verwunderung keine geschnürte Taille besaß, wie sie es bei anderen Kleidern gesehen hatte.

Er betrachtete sie eingehend und besserte an der ein oder anderen Stelle mit Sicherheitsnadeln nach.

Nach einer halben Ewigkeit führte er sie zurück in die Garderobe und schminkte noch ein wenig in ihrem Gesicht herum. Dann spürte sie, wie er etwas auf ihre Stirn setzte.

«Jetzt», flüsterte Schlomo. «Steh auf, sieh dich an ... und sag mir, dass es nicht gut ist, ein schwarzes Schaf zu sein.»

Fanny erhob sich vorsichtig und hob den Blick.

Von irgendwo hinter sich konnte sie hören, wie Tilde überrascht die Luft einsog.

Im Spiegel sah sie ein zufriedenes Lächeln auf Schlomos spitzem Gesicht. Chou Chou hatte einer eleganten Frau die Hände auf die Schultern gelegt, die ...

Nein, nicht die, ich!

Die Frau im Spiegel schien etwas sagen zu wollen.

Ihr Haar war halb über ihre Stirn gelegt und schraubte sich in eleganten Wellen zu einer Frisur, wie Fanny sie noch nie gesehen hatte. Sie hob die Hand, um sie zu berühren, aber François klopfte ihr auf die Finger.

Ein silberner Reif zierte ihre Stirn und schien die Haare in Form zu halten. Und ihr Gesicht. Ihre Augen leuchteten geradezu dramatisch unter dem dunklen Lidschatten hervor. Und das Kleid aus schimmerndem waldgrünem Samt mit Chiffon an den kleinen Ärmeln und am Ausschnitt. Geschmeidig umfloss es ihren Körper. Keine Puffärmel mit Spitzensaum, keine geschnürte Taille. Die Eleganz dieses Kleides lag an nichts anderem als seiner Schlichtheit.

«Du siehst aus wie aus einer fernen Zukunft», wisperte Tilde.

Als Fanny sich nach ihr umwandte, hielt sie sich kurz die Hand vor den Mund, so überzeugend war die Ähnlichkeit mit Madame Adoria auf den ersten Blick.

Tilde trug ein schwarzes Kleid, das eine ähnliche Form hatte wie Fannys. Eine Farbe, die Tilde sich selbst nie ausgesucht hätte. Handschuhe aus schwarzem Samt reichten bis an ihre Ellenbogen. Ein Hut mit schwarzem Spitzenschleier half der Illusion auf die Sprünge.

Ein Hauch von Angst überkam Fanny, doch sie beschloss, ihn sich für später aufzuheben.

«François, ich weiß nicht, wie ich dir danken soll.»

Schlomo neigte seinen länglichen Kopf. «Nichts zu danken, Cousine. Für einen Moment habe ich mich an etwas Schönes erinnert ... Viel Glück!»

Sie wusste nicht, ob es angemessen war, aber sie konnte nicht anders. Sie trat auf ihn zu und umarmte ihn fest. «Ich komme dich wieder besuchen», flüsterte sie.

Sofern ich das hier überlebe.

Das Palais Coburg verdiente seinen Namen. Mit seiner strahlend weißen Fassade und der Säulenfront hätte es der Palast eines Kaisers sein können. Es thronte erhöht auf den Überbleibseln einer alten Wehrbastei, die man im Zuge der Stadterweiterung mit dem ganzen Rest der Stadtmauer geschleift hatte, und schien auf Besucher, die sich von der Ringstraße her näherten, herabzublicken.

Fanny hatte mit dem Wiener Adel nichts im Sinn, denn sie interessierte sich nicht besonders für Menschen, die ihren Wert aus ihrem Namen und nicht ihrer Leistung bezogen. Aber dass das Coburg den Fürsten von Sachsen-Coburg und Gotha gehörte, wusste sogar sie und wunderte sich daher, warum Graf Waidring dort einen Ball abhalten konnte.

Die Antwort lag nahe. Ein solch gewaltiges Palais musste auch gewaltig teuer zu unterhalten sein. Vielleicht vermieteten die Herrschaften zu Sachsen-Coburg und Gotha es einfach, wenn sie es nicht gerade selbst brauchten.

Die Kutsche hielt vor dem Eingang.

Tilde hatte nach ihrem Besuch im Burgtheater vorgeschlagen, zum Michaelerplatz zu laufen, wo es neuerdings einen Standplatz für sogenannte Automobilfiaker gab. Es funktionierte im Grunde wie bei einer Kutsche. Man sagte, wo man hinwollte, zahlte und wurde dorthin gefahren.

Trotzdem hatten sie am Ende doch lieber einen normalen Fiaker genommen. Eine Pferdekutsche erregte wahrscheinlich weniger Aufsehen.

Fanny bezahlte den Kutscher, und sie stiegen aus.

Vor dem Palais und der geschwungenen Prachttreppe, die zum Eingang hinaufführte, befand sich ein kleiner Garten mit Oliven- und Zitronenbäumchen, die im Winter wohl besonders gehegt werden mussten. Fanny schien es, als könne sie den Duft der aufblühenden Zierkirschen im nahen Stadtpark bis hierher riechen.

Sie rümpfte die Nase. Der Blütenduft erinnerte sie irgendwie an den Urin von Zuckerkranken.

«Also noch mal, wie heißt du?», flüsterte sie Tilde zu, während sie die Eingangstreppe hinaufstiegen. Nur die obere Etage des Palais war beleuchtet, und Fanny war, als würde sie von weitem Stimmen und Lachen vernehmen.

Tilde räusperte sich. «Madame Adoria! Wie ist eigentlich mein Vorname?»

Fanny verharrte erschrocken. «Ich hab's vergessen. Wie konnte ich das vergessen?»

«Keine Sorge!» Tilde ergriff ihre Hand und zog sie weiter die Treppe hinauf. «Ich denk mir einfach einen aus, wie wär's mit Elli?»

«Was? *Nein!*»

«Wie ist eigentlich dein Tarnname?»

«Oh Gott, keine Ahnung ...»

Am Eingang des Palais stand ein Diener in einer schwarzgoldenen Livree.

«Guten Abend, die gnädigen Damen», sagte er und verbeugte sich. «Wen darf ich anmelden?»

Fanny drückte Tildes Hand. «Madame Adoria», erklärte diese selbstbewusst. «Und meine liebe Freundin. Die Freiin von ... Rosenthal.»

«Ah!» Ein Lächeln erschien auf der Miene des Dieners. «Madame Adoria, bitte untertänigst um Verzeihung, dass ich Sie unter dem Schleier nicht erkannt habe.»

Gut, wenigstens der Diener hatte vom Tod der Madame Adoria noch nichts gehört. Sonst wäre das hier ein reichlich kurzes Vergnügen geworden.

Er wandte sich Fanny zu und maß sie mit einem langen Blick. «Madame Adoria, Sie wissen, unser Gastgeber lädt explizit nur die Gäste seiner Liste. Begleitung ist nicht vorgesehen.»

Tilde hob ihr Kinn ein wenig. «Ich habe es natürlich vorab mit ihm besprochen. Aber fragen Sie unseren werten Gastgeber doch einfach, ich bin sicher, er wird es bestätigen.»

Fanny warf ihr einen erschrockenen Blick zu.

Der Diener schien den Vorschlag einen Moment zu überdenken. «Wissen Sie was ... das ist eine hervorragende Idee!»

Fanny erstarrte. Wenn er wirklich ginge, um den Grafen zu holen, dann müssten sie umgehend verschwinden.

Der Mann tat ein paar Schritte, dann blieb er stehen und wandte sich um. «Wenn ich es recht bedenke, ich glaube, Sie haben recht. Er wird ja nicht gern gestört.»

Täuschte Fanny sich, oder klang da das gleiche Unbehagen durch, das sie auch in Blaumeises Stimme gehört hatte?

Der Diener trat zur Seite und ließ sie herein.

Fanny hatte sich kaum in der riesigen Eingangshalle orientiert, als zwei Lakaien an sie herantraten und ihnen die Mäntel abnahmen. Als einer der beiden Tildes Hut mit dem Schleier nehmen wollte, winkte diese ab. So hatten sie es besprochen. Es mochte exzentrisch wirken, aber besser exzentrisch als aufgeflogen.

«Erster Stock, bitte sehr.»

Sie stiegen die Treppen zur Beletage empor. Tanzmusik drang an ihr Ohr.

«Also», sagte Fanny, «du bleibst am Rand der Gesellschaft, sprichst mit niemandem oder nur das Nötigste. Ich suche den Grafen, wickele die Übergabe ab und versuche, etwas über die beiden Morde herauszufinden. Das alles möglichst rasch, kein Tanzen und kein Flirten, so schnell wie möglich hinein und wieder hinaus!»

«Oh, wie schade», schmollte Tilde. «Und wenn ich nur ...»

«Nein!», zischte Fanny. «Du musst auf dich achtgeben, ich könnte mir nie verzeihen, wenn ... tu einfach, was ich dir gesagt habe.»

Vorbei an eindrucksvollen Porträts derer von Sachsen-Coburg und Gotha schritten Fanny und Tilde mit klopfendem Herzen den Gang entlang. Zu ihrer Rechten befand sich ein größerer Saal, aus dem Musik, Stimmen und Gelächter zu hören waren. Ein Herr in Frack und mit Schnauzbart erwartete sie am Eingang.

«Guten Abend, die Damen, Musik und Tanz finden Sie gleich durch die Tür im Ballsaal, die Horsd'œuvres werden im Salon Marie-Antoinette zu ihrer Linken serviert. Privatkonferenzen finden im Blauen Salon, unmittelbar gegenüber, statt.»

«Vielen Dank!», erwiderte Tilde. «Das klingt, als würde es Essen geben. Ich *liebe* Essen.»

Fanny atmete tief durch, als sie den Ballsaal betraten.

Ein Orchester spielte gerade den Walzer *Gold und Silber* von Franz Léhar, während Damen in fließenden Roben und Herren im Frack über das Parkett wirbelten.

«Du bleibst hier und verhältst dich möglichst unauffällig», flüsterte sie Tilde zu. Sie machte drei Schritte in den Raum hinein, dann lief sie noch einmal zurück und drückte Tilde, ehe sie wirklich losging.

Fanny bewegte sich am Rand des Saals entlang, um nicht zwischen die Walzer tanzenden Paare zu geraten.

Auf den ersten Blick schien an diesem Fest nichts ungewöhnlich zu sein. Keine Messer wetzenden Räuber oder Giftflaschen schwenkende Hexen weit und breit, aber hatte sie das wirklich erwartet? Die Tanzenden wirkten, als würden sie sich amüsieren, wie jede andere Gesellschaft es auch getan hätte.

Das Einzige, das sie irritierte, waren die vielen Herren, die ihr hinterherblickten. Vielleicht stimmte ja etwas nicht mit ihr, vielleicht gab es eine Art Code, an denen die Eingeladenen die Eingeschlichenen erkannten.

Sie zwang sich, ruhig zu bleiben. Wäre das der Fall, hätte man sie doch nicht eingelassen. Sie musste sich darauf konzentrieren, den Grafen zu finden. Ein heikles Unterfangen. Was, wenn sie jemanden fragte, und es wäre der Graf selbst?

Wenn, dann muss ich eine Frau ansprechen.

Wenn sie der Graf wäre, dann würde sie nicht allzu viel tanzen, sondern eher im Salon Marie-Antoinette mit den Gästen plaudern und sehen, ob sie sich gut unterhielten, oder im Blauen Salon die eine oder andere geschäftliche Unterredung führen.

Sie reckte das Kinn und ließ den Blick über die Tanzfläche

schweifen. Nach was für einer Art Mann suchte sie eigentlich?

In Gedanken ordnete sie den vorübertanzenden Herren Wahrscheinlichkeiten zu. Hohe Chancen räumte sie einem etwas kühl wirkendem Mann mit schwarzem Haar und eisgrauen Augen ein. Nein, falsch, sie suchte ja nicht nach Blaumeise.

Die Musik endete, die Paare applaudierten einander, und auf der Tanzfläche entstand ein Durcheinander, als sich die Frauen und Männer nach neuen Partnern umsahen.

Fanny begriff einen Moment zu spät, was das für sie bedeutete – schließlich wurde sie ansonsten nie für irgendetwas ausgewählt –, als jemand plötzlich nach ihrer Hand griff und diese küsste.

«Darf ich Sie um den nächsten Tanz bitten, gnädiges Fräulein?»

Fanny zuckte zusammen. «Ich tanze nicht», antwortete sie reflexartig.

Der Mann ließ ihre Hand nicht los und sah sie aus grünen Augen an.

«Oh, ich bin sicher, jede Dame auf dieser Gesellschaft tanzt.» Er richtete sich auf. «Wenn man ihr den richtigen Grund nennt.»

Fanny wollte ihm gerade die Hand entziehen, als er sie mit dosiertem Schwung zu sich auf die Tanzfläche zog.

«Bitte, lassen Sie mich!»

«Geben Sie mir eine Chance.»

«Glauben Sie, Sie *wollen* nicht, dass ich tanze!»

«Oh doch, das will ich!», erklärte er. Ein kühles Lächeln erschien auf seinem bartlosen Gesicht. «Und gewöhnlich bekomme, was ich will.»

Fanny erschrak über die kühne und gleichzeitig einschüchternde Art, die dieser Mann an den Tag legte. Mit einem Mal war sie sicher, in den Armen des Grafen Waidring gelandet zu sein. Aber wenn sie Erfolg haben wollte, musste sie mitspielen.

«Wenn Sie darauf be…»

«Verzeihen Sie!»

Ein weiterer Herr war hinter ihnen aufgetaucht. In den grünen Augen des Grafen blitzte es verärgert, bevor er sich umwandte.

«Die Dame möchte nicht mit Ihnen tanzen.»

Der Störenfried wirkte wie der Gegenentwurf zu ihrem Tanzpartner, dunklerer Teint, ein Bart, in den sich an manchen Stellen Grau mischte. Seine freundlichen Knopfaugen sahen zu dem Grafen empor, der ihn um einen halben Kopf überragte.

«Doch …», Fanny hob die Hand, «ich will!»

«Oh, wir beide wissen, dass das eine Lüge ist, meine Teure», meinte der andere Herr freundlich. «Und deshalb», er wandte sich noch immer lächelnd an den Grafen, «tanzt sie jetzt mit mir.»

Er wartete dessen Antwort nicht ab, nahm Fannys Hand und zog sie von ihm weg.

«Moment, aber ich muss …»

«Ich habe Ihnen gerade einen Gefallen getan, glauben Sie mir», flüsterte er ihr zu, während der Graf sie aus der Ferne mit einem wütenden Blick bedachte und sich dann abwandte.

«S-sie haben ihn verärgert. Das war gewiss ein Fehler.»

«Mit dieser Gefahr lebe ich gern», erwiderte der Fremde. «Also hoffe ich, dass Sie mir zur Belohnung diesen Tanz schenken.»

«Aber ich …», Fanny wollte sich davonstehlen.

«Nur einen Tanz», sagte er lächelnd. «Er ist doch ohnehin schon zornig, was schadet es also.»

Harfenklänge tönten zu ihnen herüber, als das Orchester eine neue Weise anstimmte.

«Ah, *Wiener Blut*!», flüsterte er. Er legte seine Hand auf ihre Hüfte, und bevor Fanny etwas erwidern konnte, tanzte er im schwungvollen Linkswalzer los ... oder versuchte es zumindest.

Fanny hatte das Gefühl, seinen engen Drehungen immer einige Schritte hinterherzustolpern. Furchtbare Erinnerungen an ihren ersten Abend in der Tanzschule stiegen in ihr auf, in der es sie ganze drei Male auf das Parkett gelegt hatte. Danach hatte sie sich standhaft geweigert, je wieder hinzugehen.

Ihr neuer Tanzpartner musterte sie verwundert, dann zog er sie ein wenig näher an sich und führte etwas stärker, was auf magische Weise dazu beitrug, dass sie nicht mehr so sehr mit ihren Walzerschritten in Verzug geriet.

Nach einer Weile wechselte er mit ihr zu einem gemütlicheren Hin-und-her-Schunkeln, und Fannys Panik ebbte ein wenig ab.

«Es ist seltsam», sagte er. «Ich dachte, ich würde jeden Gast dieses Salons kennen, aber die junge Dame, die die meisten Blicke auf sich zieht, ist mir völlig unbekannt.»

Fanny drehte sich ein wenig, um nach der Frau Ausschau zu halten, die er meinte.

Er lachte. «Sie machen mich neugierig. Das kann gefährlich werden. Verraten Sie mir Ihren Namen.»

«Ich ...» Verflixt, wie hatte Tilde sie noch mal angemeldet? In Fannys Kopf wirbelte gerade alles durcheinander.

«Elli ...»

«Elli?» Er hob eine Augenbraue.

«...sabeth von Rosenthal.»

«Tatsächlich habe ich noch nie von Ihnen gehört, wie überaus faszinierend.»

«Ja, vielen Dank, aber ...» Sie zögerte. Immerhin war er freundlich zu ihr gewesen. So ganz ohne Hilfe würde sie hier wohl nicht ans Ziel kommen. Sie sah ihm fest in die Augen. «Ich bin hier, um mit dem Grafen zu sprechen.»

In seinen schwarzen Augen blitzte es neugierig. «Soso, mit welchem denn? Ich schätze, jeder dritte Herr in diesem Raum ist ein Graf – oder wäre es zumindest gern.»

«Mit *dem* Grafen», zischte sie. «Der, von dem sie mich weggeholt haben.»

«Der? Glauben Sie mir, nicht mit ihm zu sprechen, ist kein Versäumnis.»

Fanny neigte den Kopf. «Das mag sein. Graf Waidring scheint ein gefährlicher Mann zu sein.»

«Das ist er allerdings.» Ihr Tanzpartner drehte sie, und Fanny vermied gerade so eine Kollision mit einem benachbarten Paar.

«Könnten Sie ... wären Sie so freundlich, mich ihm nach diesem Tanz vorzustellen? Sie schienen ihn zu kennen.»

«Den Grafen Waidring ... Oh, wertes Fräulein ich weiß nicht, ob ich sie dieser Gefahr aussetzen sollte. Mein guter Ruf hängt davon ab.»

«Ich appelliere an ihre Großherzigkeit!», erwiderte Fanny.

«Nun, vielleicht lasse ich mich erweichen.» Er zog sie etwas näher zu sich heran. «Vielleicht erzählen Sie mir dafür, wie sie zu diesem Ball geladen wurden?»

Fanny wich seinem forschenden Blick aus.

«Ich ... ich bin eine Freundin der Madame Adoria.»

Sein Blick wurde starr. Fanny fühlte, wie er ihre Hand etwas stärker drückte als zuvor.

«Ist Ihnen zu Ohren gekommen … dass sie kürzlich verstorben ist?», fragte er.

Von einem Moment zum nächsten fühlte es sich an, als befände sie sich im freien Fall, ohne irgendetwas, das ihr Halt geben könnte. *Atmen!* Weiteratmen, alles andere würde sich danach finden, vielleicht zumindest.

«Es ist mir bekannt», stieß sie keuchend hervor.

Tilde. Wenn es hier Leute gab, die vom Tod Madame Adorias wussten, dann schwebte sie in großer Gefahr. Fannys Blick flog zum Saaleingang. Zu ihrem Schrecken entdeckte sie dort keine Spur ihrer Freundin.

Panisch glitten ihre Augen durch den Tanzsaal, und dann sah sie sie, lachend und von drei Herren umringt. Zu Fannys Erleichterung trug sie wenigstens noch ihren Hut. Einen Moment später verschwanden sie durch die prachtvolle Tür im Salon Marie-Antoinette, indem die Horsd'œuvres serviert wurden.

«Nein, nein, nein, komm wieder zurück!», flüsterte Fanny.

«Wie war das?»

«Ich meinte, meine teure Freundin … sie kehrt nie wieder zurück.» Fanny hielt den Kopf gesenkt, damit sie sich nicht verriet.

«In der Tat.»

Die Musik verklang. Der Mann verbeugte sich vor Fanny, während sie ihm halbherzig applaudierte, wie sie es sich bei den anderen Damen abgeschaut hatte.

«Nun denn, ich werde sehen, was ich für Sie tun kann.» Er zog Fanny mit sich auf den Grafen zu, der sich gegen die Wand des Tanzsaals gelehnt hatte und dabei war, sich eine Zigarette zu drehen.

Als sie sich näherten, sah er verwirrt auf. Diese Arroganz in seinem Blick. Wieso war es manchen Leuten nur so klar ins Gesicht geschrieben, welch geschniegelte Schnösel sie waren.

Fannys Tanzpartner ging zu ihm hin und flüsterte ihm etwas ins Ohr. Der Graf schien sie die ganze Zeit nicht aus den Augen zu lassen, dann nickte er kaum merklich.

«Er trifft Sie im Blauen Salon», erklärte er. «Ich begleite Sie, wenn Sie erlauben.»

10. KAPITEL
IM BLAUEN SALON

Fanny und ihr Tanzpartner folgten dem Grafen in einen kleineren, dafür umso prunkvolleren Raum mit blauen Wänden, riesigen Spiegeln und großen goldgerahmten Gemälden. Ein Kronleuchter tauchte eine gemütlich aussehende Sitzgruppe in ein warmes Licht. Auf einem Tisch standen eine Flasche Champagner, zwei Gläser und ein Aschenbecher aus Marmor, den vier Elefanten trugen.

«Wir sollten Platz nehmen», sagte Fannys Tanzpartner und wies auf eine nachtblaue Chaiselongue.

«Vielen Dank», erwiderte Fanny und setzte sich. «Ich denke aber, Sie können jetzt gehen.»

Er lächelte sie an, dann wandte er sich dem Grafen zu, der reglos zu ihnen herüberstarrte «Schließen Sie die Tür!»

Der Graf starrte Fanny einen Moment reglos an, dann wandte er sich um und schloss langsam die Flügeltüren.

«Nun provozieren Sie ihn doch nicht!», zischte sie.

Ihr Tanzpartner lachte und ließ sich in einen Fauteuil ihr gegenüber sinken. «Ich provoziere ihn nicht», erklärte er und lehnte sich zurück. «Ich beherrsche ihn.» Er griff nach der Champagnerflasche und schenkte Fanny und sich ein Glas ein.

Sie runzelte verwirrt die Stirn.

«Herr Graf», sagte er beiläufig, «mir fehlt ein Hocker.»

Fanny sah zu dem Grafen hinüber. Hinter seiner Stirn schien es zu arbeiten, dann kam er näher und sah sich suchend um.

Sie sah sich ebenfalls um. In der ganzen Sitzgruppe gab es Fauteuils und die Chaiselongue, auf der sie saß, aber nirgends einen Hocker.

Ihr Tanzpartner hob die Hand, hielt sie eine Weile hoch, dann schnippte er mit den Fingern.

Die Gestalt des Grafen schien sich zu versteifen. Er sah ihn aus großen Augen an. Dann, mit sichtlichem Widerwillen, ging er in die Knie und kroch vor ihrem Tanzpartner auf alle viere. Dieser hob die Beine und bettete sie schwungvoll auf den lebenden Hocker. Fanny konnte sehen, wie sich die Miene des Grafen kurz verkrampfte.

«Verzeihen Sie die Unhöflichkeit», sagte der Mann ihr gegenüber und strich sich über den Bart. «Aber im Zweifel geht bei mir Bequemlichkeit über Etikette.»

Fanny spürte, wie ihr das Blut aus den Wangen wich. «Sie ...», flüsterte sie. «*Sie* sind Waidring.»

Graf Waidring prostete ihr zu und nahm einen Schluck. «Trinken Sie!» Er nickte ihr auffordernd zu.

«Danke, aber ...»

«Ich bitte Sie nicht noch einmal.»

Fanny war verblüfft, wie er es schaffte, ihr im freundlichsten Ton zu drohen. Sie nippte an ihrem Glas und stellte es wieder hin. Sie hätte wissen müssen, dass Blaumeise nicht umsonst gezögert hatte, den Grafen zu treffen.

«Die Frage ist gar nicht, wer *ich* bin», der Graf betrachtete sie eingehend, «sondern wer *Sie* sind. Wer ist diese tollpatschige Nymphe, die sich auf meinem Ball eingeschlichen hat?»

Ich bin keine Nymphe, ich bin Medizinerin, hätte Fanny am liebsten erwidert.

«Ich kann Ihnen sagen, was Sie nicht sind. Eine von Lenores Freundinnen. Sie wären mir längst aufgefallen.»

Lenore. Das war der Vorname von Madame Adoria.

Wieder setzte er das Glas an die Lippen. Fanny hörte ein leises Stöhnen. Die Arme des Mannes, der den Hocker mimte, begannen leicht zu zittern.

«Lassen Sie ihn doch gehen», sagte sie.

«Ignorieren Sie den werten Grafen Oginski einfach. So wie die meisten, die heute hier sind, ist er mir mit Haut und Haaren verpflichtet.» Er maß Fanny mit einem langen Blick. «Und mein Gefühl sagt mir, dass auch Sie bald diesem Kreis angehören werden.»

«Ich tauge nicht zum Hocker.»

«Oh, mir kam da etwas ganz anderes in den Sinn.»

Fanny spürte, wie sie rot wurde. Waidring, dieses Zimmer, dieses bizarre Gespräch, das alles behagte ihr überhaupt nicht.

Er ließ das Schweigen eine Weile wirken, ohne sie aus den Augen zu lassen, dann trank er erneut. «Oginski?», fragte er gedehnt.

«Ja, Exzellenz?», erwiderte der lebende Hocker.

Waidring wartete überflüssig lange, ehe er antwortete. «Du kannst verschwinden.»

Graf Oginski robbte sich ächzend unter Waidrings Beinen hervor und richtete sich mit hochrotem Kopf auf. Er versuchte, seinen Frack zurechtzuzupfen, um ein Quäntchen Würde zurückzugewinnen, dann nickte er Waidring kurz zu und verließ den Blauen Salon raschen Schrittes, ohne sich noch einmal nach Fanny umgesehen zu haben.

Nachdem sich die Flügeltüren geschlossen hatten, erhob

sich Waidring und kam langsam auf Fanny zu, umrundete die Chaiselongue und strich dabei mit den Fingern über den Samt auf der Rückenlehne. Dann ließ er sich neben Fanny nieder.

Ihr Puls raste.

Er sah sie lange an. «Mit wem habe ich also das Vergnügen?»

«I-ich muss mit Ihnen sprechen», stieß Fanny gepresst hervor.

«Das ist keine Antwort. Zieren Sie sich nicht so, meine Liebe, ich würde es sehr bereuen, grob werden zu müssen.» Das Lächeln und sein Blick straften seine Worte Lügen.

Fanny überlegte fieberhaft. Ihr Tarnname war keinen Heller mehr wert, und sie konnte dem Grafen unmöglich sagen, wer sie wirklich war.

Es gab nur noch eine Möglichkeit. Sie öffnete ihr Handtäschchen, fasste hinein, zog die kleine Johann-Strauss-Figur hervor und zeigte sie ihm.

Sein Blick saugte sich an dem goldenen Walzerkönig fest. Dann sah er wieder Fanny an – und brach in ein schallendes Lachen aus. «Wo haben Sie das gefunden?»

«Es gehört ... mir?» Fanny stellte kläglich fest, dass es sich mehr wie eine Frage als eine Feststellung angehört hatte.

Graf Waidring rückte etwas näher. «Sie sind *niemals* der Walzerkönig.»

Fanny hob den Kopf. Wenn er sich so sicher war, dann wusste er vielleicht, dass der echte Walzerkönig tot war ... weil er ihn ermordet hatte.

«Und warum nicht?», fragte sie in dem erbärmlichen Versuch, kokett zu wirken.

«Weil ich in dem Inneren eines Menschen lesen kann wie in einem Buch.»

«Klingt nach einer Obduktion», murmelte Fanny.

«Wie war das?»

Fanny schrak zusammen, als sie merkte, dass er wieder etwas näher gerückt war, während sie sich kurz abgewandt hatte.

«Und was lesen Sie in mir?» Sie versuchte, ihn mit ihrem Blick auf Abstand zu halten.

Waidrings Lächeln wurde noch etwas tiefer. «Dass Sie sich die Maske eines Betrügers übergestülpt haben wie einen schlecht sitzenden Anzug. Jede Bewegung, ja, jeder Blick lässt erkennen, dass es nicht die Ihre ist. Sie sind aus einem anderen Grund hier, und auch dieser wird sich mir bald erschließen.»

Die Antwort verwirrte Fanny noch mehr. Ihre Intuition sagte ihr, dass sie den Mörder gefunden hatte.

«Sie mögen sich täuschen. Ich bin wegen eines Handels hergekommen.»

«Tatsächlich?» Waidring zückte ein silbernes Etui, holte eine Zigarre hervor und zündete sie an. Er nahm einen tiefen Zug. «Ich sollte so fair sein, Sie zu warnen. Wer mit mir handelt, hat nie das bessere Ende für sich.»

«U-umso besser, wenn wir beide gut aussteigen.»

«Also ... woran denken Sie?»

«Die Farbe Ihrer Lungen.» Die Antwort war ihr entfleucht wie ein aufsässiges Tier, das auf den richtigen Zeitpunkt zur Flucht gewartet hatte.

«Sie strapazieren meine Langmut», entgegnete er mit unbewegter Miene und legte die glimmende Zigarre in den massiven Marmoraschenbecher. «Welchen Handel haben Sie mir anzubieten, Fräulein Walzerkönig?»

Fanny zögerte ein wenig. «Ich will wissen, wo ... der Stern ist.»

Er schwieg lange, schien einen Moment nachzudenken, dann wandte er sich ihr zu. «Vielleicht sind Sie ja doch, was Sie zu sein vorgeben. Lenore hat es Ihnen nicht verraten, nicht wahr? Dieses Geheimnis könnte es wert sein, dafür zu sterben.»

«Oder zu töten», erwiderte Fanny. «Töten Sie, um Ihre Geheimnisse zu bewahren, Graf Waidring?»

Er schnaubte und neigte den Kopf. «Die einzige Frage, die zählt, ist, ob einem jemand lebendig mehr nützt als tot.»

Fanny lief ein Schauder über den Rücken.

«Nun stecken wir in einer Zwickmühle. Denn Sie haben nichts anzubieten, das dieses Geheimnis wert ist.»

Fanny biss sich auf die Lippen, dann steckte sie die Strauss-Statuette zurück in ihre Tasche. Kurz zog sie die Goldkette mit dem gefassten Onyx daraus hervor, ließ sie jedoch gleich wieder hineingleiten.

Zum ersten Mal bekam Waidrings freundliche Fassade Risse. «Woher haben Sie das, woher wissen Sie ...?», zischte er.

Immerhin, es war ihr gelungen, ihn aus der Fassung zu bringen. «Erzählen Sie mir von dem Stern, dann werden Sie es erfahren», erwiderte sie.

Für einen Moment hatte Fanny Angst, er würde sich auf sie stürzen.

«Wie Sie wollen», meinte er schließlich und musterte sie mit einem Lächeln.

Dann verschränkte Waidring die Hände und lehnte sich vor. Für einen Moment schien sein Blick in die Ferne gerichtet. «Erinnern Sie sich an den Tag, an dem die Kaiserin starb?»

Fanny zögerte, dann nickte sie.

Was für eine Frage. Jeder, der diesen Tag erlebt hatte,

musste sich erinnern. Fanny hatte die Monarchie immer schon antiquiert gefunden, selbst damals als Schulmädchen war es ihr insgeheim absurd vorgekommen, dass jemand aufgrund seiner Geburt ein Land regierte und nicht, weil er besonders geeignet dafür war. Trotzdem war die kollektive Trauer, die das ganze Reich erfasst hatte, geradezu greifbar gewesen. Wie eine Ozeanwelle, die über die Menschen hinwegschwappte und niemanden unberührt ließ. Kaiserin Elisabeth war beim Volk nie so beliebt gewesen wie der alte Kaiser Franz Joseph. Geradezu überirdisch schön war sie in ihrer Jugend gewesen, aber das einzige Mal, dass Fanny sie als Kind auf dem Heldenplatz mit dem Kaiser auf dem Balkon hatte stehen sehen, war sie ihr nur kühl und unnahbar vorgekommen. Als wolle sie nicht auf diesem Planeten leben. In den letzten Jahren war sie kaum noch in Wien gewesen. *Auf Reisen*, hatte es immer geheißen. Und auf Reisen hatte sie auch der Tod ereilt. Hunderttausende waren später ihrem Sarg durch die Stadt gefolgt.

«Sie weilte in Genf und spazierte mit ihrer Hofdame am Ufer des Sees entlang.» Er sah auf. «Sie plante, dort ein Schiff zu besteigen.»

Fanny fragte sich, was der Tod der Kaiserin mit dem Stern zu tun haben konnte, beschloss aber, den Grafen nicht zu unterbrechen.

«Sie trug ihn an jenem Morgen», flüsterte er. «Dann kam er. Ihr Mörder. Lucheni. Die Verkörperung menschlichen Abschaums. Er erschien wie aus dem Nichts, als wüsste er, dass sie dort sein würde, und rammte ihr eine Feile in die Brust. Lucheni wurde niedergerungen, während die Kaiserin gar nicht zu begreifen schien, dass sie gerade tödlich verwundet worden war. Sie bedankte sich noch bei den beherzten Passanten für die Hilfe und bestieg dann ihren Dampfer. Als dieser losfuhr, brach sie zusammen. *Aber was ist denn mit mir geschehen?* Das waren ihre letzten Worte.»

Fanny erinnerte sich. Sie hatte den Obduktionsbericht von Hippolyte Gosse von der Genfer Gerichtsmedizin gelesen, aber das konnte sie dem Grafen natürlich nicht erklären. Wie auch bei Madame Adoria hatte es nur eine Genehmigung zu einer Teilautopsie gegeben. Es musste eine seltsame Obduktion gewesen sein, mit mehreren österreich-ungarischen Offiziellen und einer Hofdame, die dabei zusahen.

Die Feile hatte eine Rippe gebrochen und die linke Lunge und die darunterliegende linke Herzkammer durchbohrt. Kein Zufallstreffer, nach Fannys Ansicht. Lucheni musste sich zuvor genau überlegt haben, wie er zustechen würde.

Was Fanny ebenfalls in Erinnerung geblieben war: Man hatte Ödeme an der Kaiserin entdeckt, wässrige Schwellungen, die man sonst nur bei Hungerleidenden fand. Wenn eine Kaiserin hungerte, dann musste sie sich das freiwillig angetan haben.

«Sie haben noch nicht erwähnt, was mit dem Stern passiert ist.» So, wie der Graf ihn beschrieb, musste es sich um eine Art Schmuckstück handeln, doch sie war sich nicht sicher. Sie hatte sich nie sonderlich für die Kaiserin interessiert, erst recht nicht für deren Schmuck.

«Weil niemand es weiß», erklärte er lächelnd. «Niemand außer mir ... und Lenore, die wusste es auch.» Seine Stimme klang mit einem Mal heiser.

«Haben Sie sie getötet?»

Wieder Worte, von denen sie fürchtete, was sie anrichten würden. Aber das war der Grund, warum sie hier war. Sie wollte herausfinden, wer Madame Adoria und den Walzerkönig umgebracht hatte. Der Stern war dafür Mittel zum Zweck. Und wenn sie nicht alles täuschte, dann saß der Mörder gerade neben ihr und sann bereits darüber nach, was er mit ihr anstellen würde.

«Sie bezahlen nur für eine Information, und selbst für die reicht nicht, was Sie anzubieten haben.»

«Dann vergessen Sie den Stern, erzählen Sie mir von dem Mord.»

«Lenore ist nicht verkäuflich, ihr Tod ist nicht verkäuflich», sagte er scharf. «Diese Geschichte geht nur mich etwas an, *nur* mich.»

Fanny wagte nicht, ihm zu widersprechen. Noch hatte er sie nicht mit Morphin vergiftet oder ihr ein Messer in die Brust gerammt, aber beides schien jederzeit im Bereich des Möglichen zu liegen.

«Wollen Sie nun das erfahren, weshalb Sie gekommen sind, oder möchten wir dieses Gespräch beenden?»

«Erzählen Sie es mir», flüsterte Fanny.

Der Graf presste die Lippen aufeinander. «Niemand wusste, dass ich dort war, als es passiert ist», sagte er schließlich. «Und niemand achtete auf das, was geschah, *bevor* die Kaiserin erstochen wurde.» Er schüttelte den Kopf. «Ich konnte ihn in ihrem Haar sehen, den Stern. Er glitzerte in der Sonne. Lucheni wollte nur den Tod der Kaiserin, deshalb begreife ich bis heute nicht, was ich gesehen habe. Lucheni rannte von hinten auf sie zu. *‹Hoheit?›*, fragte er in seinem gebrochenen Deutsch. Für einen Moment dachte ich, er wäre einer dieser lächerlichen Untertanen, die ihr huldigen wollten. Sie drehte sich um. Ich sehe noch vor mir, wie ihre Miene in der Morgensonne aussah. Gealtert, ja ... aber da war immer noch der Abglanz ihrer einstigen Schönheit. Sie wirkte verwundert, vielleicht dachte sie das Gleiche wie ich. Lucheni fasste nach dem Stern und riss ihn ihr aus dem Haar. Bevor sie schrie, bevor irgendjemand etwas merkte, rammte er ihr die Feile in die Brust.»

Waidring schlug sich mit der Faust auf die Handfläche, was Fanny zusammenzucken ließ.

«Was geschah dann?», flüsterte sie.

«Ich verschwand, ich wollte nicht gesehen werden.»

Fanny sparte sich die Frage nach dem Warum. «Aber ich verstehe es nicht», sagte sie leise. «Wo ist der Stern jetzt?»

Der abwesende Ausdruck wich von der Miene des Grafen, und er wandte sich wieder Fanny zu. «Der Dieb», flüsterte er, «hat ihn immer noch.»

«Lucheni? Aber, das ist unmöglich, er sitzt ...»

«... im Gefängnis, ich weiß. Aber, glauben Sie mir, ich habe meine Quellen. Das Schmuckstück wurde ihm nicht abgenommen, und er hat ihn nicht zurückgelassen. Hätte einer der Polizisten, der Wärter oder der Häftlinge den Stern gefunden, ich wüsste es.»

Fanny blieb stumm. Sie hatte das Gefühl, sie hätte an einem funkelnden Dorn im Boden zu graben begonnen und herausgefunden, dass es das Horn auf der Maulspitze eines Lindwurms war.

«Und nun, meine wertes Fräulein Walzerkönig, ist die Zeit gekommen zu bezahlen», sagte der Graf.

«Natürlich», erwiderte Fanny. Sie griff in ihre Tasche und schloss die Finger um die Kette.

Waidring lachte.

«Was amüsiert Sie so?»

«Sie.» Er packte ihre Hand. «Weil es so reizend naiv ist, dass Sie glauben, ich würde Sie gehen lassen.»

Fanny hatte das Gefühl, sie würde gleich ohnmächtig. *Er wird Sie verschwinden lassen,* hatte Blaumeise gesagt. Sie wollte ihm die Hand entziehen, aber er hielt sie fest. «Wir haben doch eine Vereinbarung.»

«So ist es!» Er beugte sich über sie. Fanny wollte zurückweichen, aber er hielt ihr Handgelenk so eisern, dass es schmerzte. «Der Stern gegen die Kette. Aber Sie ... Sie aufmüpfiges Ding. Sie nehme ich mir ganz ohne Vereinbarung. Einfach, weil ich es kann. Weil Sie längst mir gehören.»

Ehe Fanny etwas erwidern konnte, zog er sie ruckartig an sich und presste sie mit den Rücken auf die Chaiselongue und schob sich auf sie.

«Weg!», stieß Fanny gepresst hervor.

Er drückte ihre Handgelenke links und rechts auf das Polster und lachte. «So ist das eben zwischen Männern und Frauen», flüsterte er, während er ihr Gesicht, ihren Hals und ihr Dekolleté mit Küssen bedeckte. «Den Starken ... und den Schwachen. Er biss sie in den Halsansatz, sodass sie panisch aufkeuchte.

Fanny bemühte sich nach Kräften, ihren klaren Verstand zu bewahren. Der Graf war viel schwerer und kräftiger als sie. Er würde sich nehmen, was er wollte, und dann ...

Die einzige Frage, die zählt, ist, ob einem jemand lebendig mehr nützt als tot.

Wahrscheinlich würde man sie gar nicht finden. Oder sie würde irgendwann als aufgedunsener Leichnam auf Franz' Tisch auftauchen, mit einem stummen Schrei auf den Lippen. Was würde er sagen?

Waidring versuchte, sie zu küssen, aber Fanny riss den Kopf beiseite.

«Was für ein unartiges Mädchen!» Er ließ eines ihrer Handgelenke los und griff nach seiner glimmenden Zigarre. Ein teuflisches Grinsen erschien auf seinem Gesicht, dann presste er die glühende Spitze auf Fannys Handrücken.

Sie schrie auf. Wand sich. Sie musste sich verteidigen, irgendwie. Sie reckte sich in panischem Entsetzen. Dieser Mann war ein Monster. Ihre Finger schlossen sich um einen der marmornen Elefanten, eine der Säulen des Aschenbechers.

Mit aller Kraft, die sie aufbringen konnte, schleuderte sie ihn gegen die Schläfe des Grafen.

Für einen winzigen Moment schienen seine Augen wütend aufzublitzen, dann fasste er sich mit einem tiefen Stöhnen an den Kopf. Sein Griff erschlaffte. Waidring glitt von Fanny herunter und fiel zu Boden.

Fanny setzte sich auf. Eine kleine Brandwunde auf der Hand, ein wenig derangiert, aber sie war heil geblieben. Warum konnte sie nicht aufhören zu zittern?

Für einen Moment starrte sie heftig atmend auf ihn herab.

Ein Rinnsal aus Blut lief über seine Schläfe, verfing sich in seinem Bart und tropfte von seinem Kinn auf den blütenweißen Hemdkragen.

Er atmete.

Leider.

Ausnahmsweise schämte sie sich nicht für den Gedanken.

«Ihnen gehört *niemand*!», stieß sie aus, dann stand sie auf und marschierte Richtung Ausgang. In der Tür hielt sie inne, ging zurück und trat dem stöhnenden Waidring in den Unterleib.

«Und Ihre Lungen sind schwarz!», zischte sie noch, dann stürmte sie aus dem Blauen Salon hinaus.

Das Lachen und die heitere Musik des Ballsaals umfingen sie, als wäre sie in einen Traum gestolpert oder aus einem Albtraum heraus.

Graf Oginski stand neben der Tür und starrte sie ungläubig an.

«Sie sind mehr als ein Sitzmöbel!», sagte Fanny, dann wandte sie sich ab und zum Eingang des Salons Marie-Antoinette.

Tilde. Ich muss Tilde finden.

Sie gestattete sich nicht, darüber nachzudenken, was passiert sein konnte. Es musste ihr gutgehen, das musste es einfach.

Sie betrat den Salon, in dem Weiß und Gold die beherrschenden Farben waren, aber dafür hatte Fanny keinen Blick.

Überall standen die Gäste in kleineren Gruppen zusammen, unterhielten sich, lachten und nahmen von den kleinen Häppchen, die ihnen auf Silbertabletts gereicht wurden. Ob sie die Gesellschaft auch so genießen würden, wenn der Graf wieder einmal einen Hocker brauchte?

Tilde. Wo ist Tilde?

«Aber nein, meine Herren, heute tun wir so, als entspräche es dem guten Stil, als sei es das Motto des heutigen Abends!»

Das war Tilde. Ihre Stimme.

Fanny erblickte sie in der Mitte des Raumes, um sie herum eine Traube junger Männer.

«Aber jetzt seien Sie doch nicht so, lüften Sie Ihren Schleier», rief ein Jüngling und hob sein Glas in ihre Richtung.

«Dafür müssten Sie mir schon etwas bieten, mein lieber Baron Czerny! Ihr Charme allein ist mir solch eine Belohnung nicht wert.»

Ein kollektives *«Uhh!»* wurde bei den anderen Herren laut.

«Also», fragte Tilde in die Runde. «Wie kann er sich den Anblick meines Gesichts verdienen?»

«Er soll brüllen wie ein Löwe», rief einer.

«Viel zu einfach», meinte Tilde und winkte ab. Die Männer lachten.

«Sie hat den Verstand verloren», murmelte Fanny vor sich hin.

«Er soll gackern, gackern wie ein Huhn», rief ein anderer.

Tildes Zeigefinger schnellte nach vorn und wies auf den Herrn, der das gesagt hatte. «Eine hervorragende Idee, geschätzter Herr Sassnitz. Mein lieber Czerny, bitte überzeugen Sie uns mit Ihrer Darbietung!»

Fanny riss erstaunt die Augen auf, als der junge Baron die Ellenbogen anwinkelte, mit dem Fuß scharrte und ein gekrächztes *«Bogooock!»* ausstieß.

Alle lachten und applaudierten, während Czerny sich vor der Runde verbeugte. Wie seltsam. Das Spiel, das Tilde trieb, erinnerte Fanny an Waidring. Doch während dieser zu erniedrigen suchte, schien Tilde nur zu wollen, dass sich die Menschen um sie herum wohlfühlten und sich amüsierten.

«Das haben Sie wunderbar gemacht», rief Fannys Freundin und applaudierte ihm ebenfalls. «Und nun? Hat er sich eine Belohnung verdient?»

Die Herren hoben ihre Gläser.

«Nun denn!»

Tilde griff betont gemächlich nach ihrem Schleier und lüftete ihn, im selben Moment, als Fanny sich zwischen den Umstehenden hindurchdrängte, sie am Arm packte und Richtung Ausgang zog.

«Oh, da bist du ja, Fanny!», meinte Tilde und stolperte hinter ihr her. Fanny konnte einen Hauch von Alkohol an ihr riechen, während hinter ihnen enttäuschtes Murren zu vernehmen war.

«Das war aber ein kurzes Vergnügen für meinen Einsatz!», rief Czerny ihnen hinterher.

«Auf Wiedersehen!» Tilde winkte ihnen und wäre beinahe gestürzt, weil Fanny sie unerbittlich weiterzog.

«Die Madame Adoria, sie ist's», hauchte jemand neben ihnen, als sie sich durch den Tanzsaal schlängelten.

«Den Schleier, Tilde, zieh ihn runter!», zischte Fanny.

«Aber was hast du denn?»

«Wir müssen hier raus, *sofort*!» Sie zerrte sie aus dem Salon und die Treppe hinunter.

«Aber es ist so schön hier!»

Fanny stieß ein klägliches Lachen aus.

Kaum hatten sie den Treppenabsatz erreicht, hastete ein Diener zu ihnen hin, brachte ihre Mäntel und half ihnen hinein.

Sie näherten sich der Tür, wo der Portier mit der schwarzgoldenen Livree wartete, der sie auch hereingelassen hatte. «Die Damen wünschen?» Fannys derangiertes Äußeres minderte seine Höflichkeit kein bisschen.

«Wir möchten gern gehen», hauchte Fanny.

«Sehr wohl, wenn die Damen mir nur die Genehmigungen zeigen würden?»

«Genehmigungen?»

«Ach, die Madame Adoria hat es Ihnen wohl nicht mitgeteilt. Niemand verlässt den Ball ohne die Erlaubnis Graf Waidrings. Die *schriftliche* Erlaubnis.»

Tilde lachte. «Mein Lieber, das habe ich alles längst mit dem Grafen für uns geklärt.» Sie berührte den Portier an der Schulter. «Ich soll Ihnen ausrichten, er wartet jetzt oben auf Sie. Er hat den Verdacht, Sie hätten jemanden hereingelassen, den er nicht eingeladen hat.»

«Wie bitte?» Der Portier wurde blass. «Aber, er muss doch wissen, dass ich nie ...»

«Das habe ich ihm auch gesagt, aber er war außer sich ...»

«Nun ...» Hastig zog der Lakai seine Livree zurecht. «Dann werde ich wohl ... Sie warten doch hier?»

«Aber natürlich», erwiderte Tilde mit fester Stimme.

Er lief eilig an ihnen vorbei. Auf dem Treppenabsatz wandte er sich noch einmal nach ihnen um, wie um sich zu vergewissern, dass sie noch da waren. Sie lächelten ihm unschuldig zu. Tilde winkte sogar.

Er erwiderte ihr Lächeln, dann machte er kehrt und stürmte die Treppen hinauf.

Fanny drückte die Klinke herunter und stemmte sich gegen das Eingangstor.

«Ich krieg's nicht auf. Bin zu leicht!»

Tilde presste sich ebenfalls gegen das Tor, das sich mit einem Quietschen öffnete.

Sobald der Spalt weit genug war, zwängten sie sich hindurch und stolperten in die kühle Frühlingsnacht hinaus.

11. KAPITEL
MAX

Du bist großartig, ein bisschen verrückt, aber großartig», flüsterte Fanny.

«Nein, nur beschwipst.» Tilde kicherte.

Für einen Moment glaubten sie, ihre Flucht wäre unbemerkt geblieben, doch dann hörten sie hinter dem gerade zufallenden Eingangstor die Stimme des Portiers. «Was tun Sie da? Bleiben Sie stehen!»

«Lauf!», zischte Fanny.

Sie mussten erst die Treppe, die zum Eingang des Palais Coburg führte, hinunter, was mit ihren Ballschuhen nur quälend langsam ging.

«Zieh dir die Schuhe aus», rief Fanny und tat das Gleiche.

«Sollen wir sie fortwerfen, wie Aschenputtel?»

«Bloß nicht, von denen soll uns niemand finden!»

Der Stein unter ihren nackten Füßen war eiskalt, aber als die Silhouetten zweier Männer über ihnen auftauchten, waren sie bereits am Fuß der Treppen angelangt.

«Wohin jetzt?», fragte Tilde.

Eine gute Frage. Sie mussten die schmale Zufahrtsstraße hinunter, die von der alten Bastei zur Ringstraße führte, und auf dem Weg würde man sie sofort einholen.

Plötzlich leuchteten vor ihnen zwei Scheinwerfer auf. Der

Motor eines Automobils wurde angeworfen. Jemand stieg aus, aber gegen das Licht der Scheinwerfer konnte Fanny nur seine Umrisse erkennen.

«Einsteigen, *schnell!*»

Fanny kniff die Augen zusammen. Ihre Verfolger waren bereits die halbe Treppe hinuntergelaufen.

«Komm!»

Sie zog Tilde auf das Automobil zu. Es war wuchtig und schwarz. Die Tür zu den Rücksitzen war offen.

Sie schlüpften hinein. Fanny zog die Tür zu, und gerade als die beiden Männer aus dem Palais auf sie zugerannt kamen, dröhnte der Motor des Automobils auf, und es setzte sich auf der abschüssigen Straße rasch in Bewegung.

Irgendjemand klopfte an das Heck des Wagens, aber sie hatten schon zu viel Geschwindigkeit aufgenommen, als dass man sie einholen hätte können.

«Du hast einen Automobilfiaker bestellt», meinte Tilde erfreut.

Fanny schüttelte nur den Kopf und wartete angespannt, bis sie auf die nächtliche Ringstraße hinausbogen und rasch davonbrausten.

Sie atmete erleichtert aus. «Woher wussten Sie, dass ich dort sein würde?»

«Ich habe Ihnen von dem Ball erzählt, schon vergessen?» Blaumeises Stimme klang rau. «Allerdings hätte ich nicht gedacht, dass Sie wieder herauskommen würden.»

Fanny fuhr sich abwesend über die Brandwunde auf ihrem Handrücken. Der Schmerz trieb ihr die Tränen in die Augen.

«Wären wir beinahe auch nicht.»

«Der Stern?»

«Es geht uns gut, danke», schnappte Fanny.

«Verzeihung, hätten die Damen vielleicht gern ein Tässchen Tee?», knurrte Blaumeise.

«Oh ja, bitte», sagte Tilde. «Mit Milch und dazu ein Kipferl.»

«Tilde, das ist *er*!», zischte Fanny zwischen geschlossenen Zähnen.

«Wer?»

«Na, *er*, Blaumeise.»

«Oh, freut mich, Sie kennenzulernen.»

«Sind Sie verrückt?», fragte er.

«Nein, nur beschwipst.»

«Da vorn, neben der Börse, da ist ein Fiakerstand, halten Sie dort», sagte Fanny. Am liebsten hätte sie Blaumeise gebeten, sie nach Hause zu fahren. Sie wollte nur noch heim, sich in ihrem Kabinett verkriechen, wo es sicher war, und nie wieder herauskommen.

«Schön!»

Blaumeise fuhr an den Straßenrand und brachte das ratternde Automobil zum Stehen.

Es wurde ungewohnt ruhig, als er den Motor abstellte.

Fanny drückte Tildes Hand. «Such uns bitte schon mal eine Kutsche, die uns heimbringt. Ich muss hier noch etwas klären.»

Tilde nickte und stieg aus.

Fannys Blick fiel auf das eiserne Armaturenbrett. Darin war das Symbol eines Doppeladlers eingegossen, darunter stand der Schriftzug *k. k. Sicherheitswache.*

«Sie haben einen Polizeiwagen gestohlen.» Fanny schüttelte ungläubig den Kopf.

Blaumeise drehte sich zu ihr um. «Und?»

«Nichts. Ist wohl Ihre Sache, wen Sie alles bestechen und beklauen.»

Blaumeise maß sie mit einem langen Blick.

«Sie hätten mich vor ihm warnen müssen», platzte Fanny heraus.

«Ich denke nicht, dass ich mich unklar ausgedrückt habe.»

«Aber er war noch viel schlimmer als das.»

Blaumeise blies die Luft durch die Nase aus und wandte sich für einen Moment ab. «Ich weiß. Deshalb habe ich immer versucht … Spielt keine Rolle! Hat er Ihnen weh getan?»

«Wesentlich weniger als ich ihm.»

Blaumeise runzelte kurz die Stirn. Für einen kurzen Moment stahl sich ein Lächeln auf seine Lippen. «Sie haben mich überrascht, so viel ist sicher. Hat er … hat er von dem Stern erzählt?»

Fanny nickte. «Am Tag, als die Kaiserin ermordet wurde, vor zehn Jahren. Er hat gesehen, wie Lucheni ihr den Stern raubte. Und er ist sich sicher, dass der ihn noch hat.»

«Lucheni?» Blaumeise stöhnte und ließ sich tiefer in den Fahrersitz sinken. «Das ist eine Katastrophe. Es ist *unmöglich*! Er sitzt in Genf im Gefängnis. Wie soll ich darankommen?»

Fanny griff in ihre Handtasche und zog Waidrings Onyxkette daraus hervor. «Die habe ich nicht gebraucht …»

«Wieso wollte er sie nicht zurück?», flüsterte Blaumeise mit einem Mal alarmiert und nahm die Kette verwirrt entgegen.

«Zuerst schon, aber als er sich dann an mir vergehen und mich vermutlich auch ermorden wollte, musste ich ihn bewusstlos schlagen. Danach war er weniger fordernd.»

Es war beinahe komisch anzusehen, wie sich der Schrecken in Blaumeises Miene ausbreitete. «Er wird Sie umbringen!»

«Er weiß nicht, wer ich bin.»

Blaumeise schien mit sich zu ringen. «Hören Sie … ich kann Sie beschützen.»

«Danke, ich möchte mich nicht von einem Verbrecher vor einem anderen beschützen lassen.»

Blaumeise senkte kurz den Blick.

«Was hat es mit dieser Kette eigentlich auf sich? Warum ist sie Waidring wichtig? Haben Sie sie im Palais Equitable gestohlen?»

«Es ist besser, wenn Sie das nicht wissen», meinte er. «Aber sollte ich den Stern finden … bekommen Sie Ihren Anteil, das verspreche ich.»

Fanny nickte, zog sich ihre Schuhe wieder an und stieg aus dem Wagen. Draußen verharrte sie noch einen Moment. Es war eine dumme Idee, eine himmelschreiend dumme Idee. Aber er schien wirklich nicht zu wissen, worauf er sich einließ.

«Hören Sie, ich habe das nicht wegen des Sterns getan. Zwei Menschen, die mit dieser Sache zu tun hatten, wurden ermordet. Lassen Sie es einfach bleiben, sonst fürchte ich, Sie werden der Nächste sein.»

«*Zwei* sagen Sie?» Blaumeise verengte die Augen. Vielleicht hatte er ja vom Tod der Madame Adoria gehört. «Dazu müssen Sie wissen, mein Fräulein, dass …»

«Nennen Sie mich Fanny, wenn Sie mögen. Ich glaube ohnedies nicht, dass wir uns wiedersehen.» Sie ging in Richtung der Kutsche, vor der Tilde auf sie wartete.

«Fräulein? *Fanny!*»

Sie wandte sich nach ihm um.

Er sah sie aus dem Wagen heraus an. «Max.» Er warf den Motor an und brauste in die Nacht hinaus.

Sie konnte sich keiner Nacht entsinnen, in der sie schlechter geschlafen hatte. Obwohl sie todmüde war, wurde sie, wenn sie einschlief, sogleich von Albträumen heimgesucht. Albträumen, in denen sie sich durch leere Gassen laufend wiederfand, von Männern verfolgt, die nach ihr griffen. Immer wieder versuchte sie im Traum, hellere Orte zu finden, Menschenmassen, in denen sie Zuflucht finden konnte, aber jedes Mal, wenn sie sich umwandte, sah sie das Gesicht des Grafen Waidring in der Menge. Lächelnd.

Niemand kann sich vor mir verstecken.

Fanny war beinahe erleichtert, als sie zeitig in der Früh die Augen öffnete. Doch dann ließen das Kleid über dem Stuhl in ihrem Kabinett, die Brandwunde auf ihrer Hand und ihr hämmernder Schädel die Realität über sie hereinbrechen. Eine Realität, in der sie kaum sicherer war als in ihren Albträumen.

Er weiß nicht, wer ich bin.

Sie sagte sich den Satz immer und immer wieder vor. Waidring würde toben, sobald es ihm besserging. Er würde vielleicht auch nach ihr suchen lassen. Aber weder vom Namen noch vom Aussehen her hatte die echte Fanny viel mit der Person gemein, die gestern Waidrings Ball besucht hatte.

Und sie plante auch nicht, so etwas je zu wiederholen – schließlich hatte sie Todesangst verspürt. Im Rückblick konnte sie gar nicht glauben, was sie in dem Palais alles erlebt hatte und wie sie dort wieder herausgekommen war. Sie wünschte nur, sie hätte mehr über die beiden Morde erfahren können. Aber sie hatte mehr getan, als sie konnte, weit mehr. Hier endete diese Reise. Sie konnte von Glück reden, wenn sie das alles schadlos überstand.

Noch im Halbschlaf heizte sie den Herd in der Küche an und braute für sich und ihren Vater einen Kaffee.

Normalerweise versuchte sie, ihr gemeinsames Samstagsfrühstück etwas liebevoller zu gestalten. Er hatte diesbezüglich nie etwas gesagt. Aber früher musste es für ihn der Sabbat gewesen sein. Bevor er konvertiert war, um Fannys Mutter zu heiraten, und damit einen Keil zwischen sich und seine Familie getrieben hatte.

Heute konnte sie sich kaum zu etwas aufraffen, gerade, sich eine weiße Bluse und einen braunen Rock anzuziehen und ihnen beim Bäcker an der Ecke zwei Nusskipferl zu kaufen.

Als sie zurückkam, fand sie ihren Vater am Esstisch sitzend vor. Und er war nicht allein.

«Ah, Fanny!», trompetete Tante Agathe. «Danke für den Kaffee, Kind!» Sie hielt Fanny ihre eigene dampfende Tasse entgegen.

«Ein Kipferl dazu?», fragte Fanny resigniert und hielt die Papiertüte des Bäckers hoch. Sie legte das Gebäck auf den Tisch und setzte sich zu den beiden.

«Mo... morgen», presste ihr Vater hervor.

«Und?», fragte Tante Agathe, die sich bereits ein Kipferl genommen hatte und die Spitze in ihren Kaffee tunkte. «Freust du dich schon auf heute Nachmittag, auf das Geburtstagsfest deines Onkels Frederik?»

«Wie bitte?» Fanny kam es noch immer vor, als sei sie nicht richtig wach.

«Na, die Einladung», nuschelte Tante Agathe mit vollem Mund und wies mit dem abgebissenen Kipferl auf Fanny. «Riesiges Gartenfest. Gott und die Welt wird da sein. Dein Vater hat dir sicher erzählt, dass ich für euch bereits zugesagt habe.»

«Papa?» Fanny kniff die Augen zusammen und wandte sich langsam nach ihrem Vater um.

Er lächelte und zuckte entschuldigend mit den Schultern. Ganz klar, was hier vor sich gegangen war. Er hatte sich von Tante Agathe überreden lassen und dann nicht den Mut gehabt, es Fanny zu erzählen.

«Ich ... ich fühle mich heute nicht wohl», stotterte Fanny. «Bitte entschuldige mich auf der Feier.»

«Ach papperlapapp, du siehst pumperlgsund aus! Na ja, sagen wir, zumindest so wie sonst auch.»

Fanny hob die Augenbrauen.

«Ihr zwei gehört immer noch zur Familie, egal, was gewesen ist. Und Kind, du *kommst* heute mit auf die Feier, selbst wenn ich dich eigenhändig dorthin schleifen muss.»

«Ich sehe, die Sache ist ausgemacht», erklärte Fanny mit einem vernichtenden Seitenblick auf ihren Vater.

«Was wirst du denn anziehen?», fragte Tante Agathe unschuldig, während sie sich den Rest des Kipferls in den Mund schob.

Fanny stand auf, wies auf Bluse und Rock und setzte sich wieder.

Ihr Vater stieß ein leises Glucksen aus.

«Ganz sicher nicht!», erklärte Tante Agathe. «Ich will, dass sich auf der Feier heute alle fragen, wer denn dieses hübsche Fräulein ist. Es werden sogar ein paar *ledige Anwälte* dort sein, was sagst du jetzt?»

«Äh ...»

«Weißt du, was?» Sie erhob sich so schnell, wie Fanny es ihr bei ihrer Leibesfülle gar nicht zugetraut hätte. «Wir sehen uns mal an, was du so in deinem Schrank hast, und dann suchen wir etwas aus!»

«Was? *Nein!*»

Aber es war zu spät. Die Tante war rasant an ihr vorbeigewatschelt und verschwand in ihrem Kabinett.

Fanny erbleichte. Dort lag doch noch ... Sie eilte ihr nach und kam gerade rechtzeitig, um zu sehen, wie Agathe das grüne Ballkleid, das sie gestern getragen hatte, von der Stuhllehne nahm.

«Aber was ist denn *das*?», fragte ihre Tante fassungslos. Sie schüttelte das Kleid ein wenig aus und hielt es ins Licht. «Das ist ja … Das ist ja …» Sie schüttelte den Kopf und wandte sich Fanny zu. «Woher hast du das?»

Fanny überlegte, aber ihr fiel nichts Besseres ein als die Wahrheit. «Von Schlomo. Er hat es mir geliehen, aus dem Fundus des Theaters. Und ich muss es heute zurückgeben.»

Sie griff nach dem Kleid, aber Tante Agathe drehte sich weg, damit es außer Reichweite blieb.

«Untersteh dich!» Sie wandte sich wieder dem Kleid zu. Fanny wartete auf eine Moralpredigt, stattdessen wurde Agathes Gesichtsausdruck beinahe liebevoll. «Das ist ja … *bezaubernd.*» Sie drückte sich an Fanny vorbei zurück in den Salon. «Leopold», rief sie mit bewegter Stimme. «Leopold, schau, was für ein schönes Kleid deine Tochter getragen hat, ist das nicht ein Wunder? Es gibt noch Hoffnung!»

Fanny folgte ihr und sah, wie ihr Vater das Kleid mit großen Augen musterte.

«Wenn man genau schaut, ist da sogar so ein zartgoldenes Muster auf dem Grün, siehst du?», erklärte Agathe ihm, während sie über den Stoff strich.

Ihr Vater wandte sich ruckartig zu ihr um. «D-deins?»

«Nein», erwiderte Fanny.

«Da an der Schulter hat es einen Riss … den näh ich dir noch schnell. Ansonsten ist es perfekt», befand ihre Tante. Ihre Miene wirkte so zufrieden, wie Fanny sie lange nicht gesehen hatte.

Fanny lächelte resigniert. Warum eigentlich nicht? Sie nahm doch stark an, dass Graf Waidring nicht auf der Gästeliste ihres Onkels stand.

12. KAPITEL
TENNIS UND TÖRTCHEN

Das Fest fand in dem von Tante Agathe so geliebten Cottageviertel in Währing statt. Es war vor einigen Jahren in dieser grünen, ehemaligen Vorstadt gegründet worden, und betuchte Bürger hatten sich hier Villen errichten lassen, von denen manche an verwunschene Schlösschen erinnerten.

Eine dieser Villen war die von Onkel Frederik. Der Bruder ihres Vaters und damit auch Schlomos Vater besaß die gutgehende Konservenfabrik Goldmann draußen in Simmering und war so in der Lage gewesen, die anmutige Backsteinvilla mit dem schmucken Türmchen zu erwerben.

Fanny war das letzte Mal hier gewesen, als sie noch ein Kind war, um mit Schlomo zu spielen.

Nachdem sie ihrem Vater aus der Kutsche geholfen hatte, ließ sie den Blick über das Anwesen schweifen. Sie hatte erwartet, dass es nun kleiner auf sie wirken würde, doch das war nicht der Fall. Ihre Mutter hatte Fanny damals erzählt, dass dort oben im Turm Rapunzel wohne. Daraufhin war Fanny Tante Amalie, Onkel Frederiks Frau, lange mit Misstrauen begegnet, da sie sie immer für Mutter Gothel, die böse Hexe, gehalten hatte. Ganz sicher war sie sich da immer noch nicht, als Tante Amalie sie am Gartentor begrüßte.

«Ach, Leopold, was für eine Freude!» Sie umarmte ihren Schwager stürmisch, sodass dieser Mühe hatte, auf seinem Stock das Gleichgewicht zu halten. Sie hatte Schlomos Fuchsgesicht und versteckte ihr Haar unter einem breitkrempigen, weißen Hut. «Und Fanny, nein, bist du es wirklich?» Sie schüttelte ungläubig den Kopf und legte die Hand auf Fannys Schulter. «Das letzte Mal, als wir uns gesehen haben, warst du noch so klein, und sieh uns jetzt an, wie zwei Schwestern!» Sie lachte und wandte sich dann Tante Agathe zu, die sich gerade aus der Kutsche zwängte.

Fanny warf ihrem Vater einen verschmitzten Blick zu, den dieser erwiderte. Er trug seinen grauen Sonntagsanzug. Das Haar war gescheitelt und mit Pomade frisiert, und er hatte die Spitzen seines Schnauzers mit Bartwichse gezwirbelt. Fanny roch sogar einen Hauch von Kölnischwasser. Er sah beinahe wieder aus wie früher, nur ein wenig ausgezehrter.

Sie bot ihm ihren Arm an, doch er winkte ab und humpelte, auf seinen Stock gestützt, in den Vorgarten der Villa.

«Mein lieber Fred ist hinten im Garten», rief Amalie ihnen hinterher. «Gott sei Dank haben wir ja Glück mit dem Wetter.»

Das konnte Fanny nicht bestreiten. Die Sonne schien ihr sanft ins Gesicht. Es roch nach Veilchen und Hyazinthen, die überall aus der Wiese zu brechen schienen. Amseln flöteten in den Ästen, und Spechte jagten wild schimpfend zwischen den Bäumen umher.

Sie durchquerten das Foyer, vorbei an vielen hin und her hastenden Küchenmädeln, und traten in den weitläufigen Garten hinaus.

Fanny riss überrascht die Augen auf.

Onkel Frederik hatte sich für seinen Geburtstag nicht lumpen lassen.

Zwei Dutzend Tische mit weißen Tischtüchern waren aufgestellt. Den auf den vielen Gartenstühlen sitzenden Gästen wurden von drei Kellnern kleine Köstlichkeiten und Getränke auf Silbertabletts serviert. Ein Streichquartett spielte angenehme Musik.

Sogar einen Tennisplatz hatte man improvisiert, wo sich die jüngeren Gäste vergnügten. Die Männer trugen lange Flanellhosen, Baumwollhemden und Käppchen, während die Frauen in derselben Kleidung spielten, in der sie wohl auch sonst herumliefen – knöchellange Röcke, Korsetts und langärmelige Blusen.

«Da ist Onkel Frederik», sagte Fanny und zeigte auf einen Mann, der ihrem Vater auf den ersten Blick ähnelte, auf den zweiten allerdings überhaupt nicht.

Frederik Goldmann stand mit einem Glas Wein in der Hand umringt von einer Gruppe bärtiger Männer in teuer aussehenden Anzügen. Während in den Augen ihres Vaters gern einmal der Schalk blitzte, schienen die seines Bruders nur entschlossen, nach vorn zu spähen. Mit aufeinandergepressten Kiefern nickte er zu dem Kommentar eines seiner Gäste.

Ihr Vater seufzte leise.

«Komm», meinte Fanny. «Wir begrüßen ihn.»

Und gehen ihm dann aus dem Weg. Fanny war sicher, dass der Vater auch den stummen Teil ihres Vorschlags verstanden hatte.

«... und die neue Maschine erhitzt mehr als die doppelte Menge Konserven in der gleichen Zeit», erklärte ihr Onkel soeben den umstehenden Männern. «Sie sehen also, es handelt sich um eine Investition, die sich alsbald rentiert. Wir werden ...» Er hielt inne, als er Fanny und ihren Vater erblickte. «Verzeihung, ich bin gleich wieder bei Ihnen ... Familienpflichten.» Er zuckte übertrieben mit den Schultern, was die

Umstehenden mit höflichem Gelächter quittierten. Er kam zu ihnen und nickte seinem Bruder zu. «Ah, Leopold, dass du auch mal wieder hier bist!»

«G-grüß dich. Al... Alles G...»

«Ich sehe, das geht noch immer nicht besser», unterbrach ihn Frederik und wandte sich Fanny zu.

«Und du, grüß dich ...» Er runzelte die Stirn.

«Fanny.»

«Ah, ja.»

«Alles Gute zum Geburtstag, Onkel Frederik.»

«Ja, ja, danke!» Er klatschte in die Hände. «Ihr könnt euch die Zeit vertreiben, wie immer ihr mögt.» Er wollte sich schon wieder abwenden.

«Onkel Frederik? Weißt du, ich habe Schlomo getroffen.»

«Wen?»

«Deinen Sohn. Er ist ein richtiger Künstler. Im Burgtheater nennen sie ihn nur den *Maître*, weil er sein Handwerk so gut versteht. Und mir hat er ...»

«Darüber muss man kein Wort mehr verlieren. Besonders nicht heute!» Er warf Fanny einen warnenden Blick zu, dann wandte er sich ab und stapfte zu seinen Geschäftsfreunden zurück.

Fanny sah ihm finster hinterher. Schlomos Worte geisterten wie ein Nachhall durch ihre Gedanken. *Schlomo Goldmann ist tot, für seinen Vater, der nicht mehr mit ihm spricht, und die Familie, die sich seiner schämt.*

Ein leises Schlucken riss sie aus ihren Gedanken. Sie wandte sich zu ihrem Vater um, der seinem Bruder mit tränenfeuchten Augen nachsah.

«Aber nicht doch», sagte sie sanft. «Er hat gar nicht zugehört. Erinnerst du dich? Vor einem Jahr konntest du noch gar nichts sagen. Du wirst immer besser!»

«Ah, da seid ihr ja!» Tante Agathe kam an ihre Seite gedackelt mit Tante Amalie im Schlepptau, die sich redlich bemühte, graziöser als ihre Schwägerin zu wirken.

«Der Frederik war bestimmt ganz aus dem Häuschen, dass du gekommen bist, Poiderl.» Tante Agathe legte Fannys Vater die Hand auf die Schulter. Zumindest schien sie sich langsam abzugewöhnen, überlaut und langsam mit ihm zu sprechen.

«Weißt du übrigens was, Amalie?», fragte Tante Agathe. «*Dein* Schlomo hat die Fanny heute so fabelhaft ausstaffiert. Sieht sie nicht umwerfend aus?»

Fanny lächelte. Manchmal, nicht besonders oft, konnte man ihre Tante richtig gernhaben.

Tante Amalie lächelte kühl. «Man würde sich wünschen, er wäre in anderen Belangen ähnlich gut, wie Frauen Kleider auszusuchen.» Sie nahm ein Glas Schaumwein von einem vorbeikommenden Kellner und trank einen Schluck. «Mein Gott», flüsterte sie. «Das ist doch nicht möglich!» Sie sah in Richtung des Eingangs ihres Anwesens. «Seit Jahren lade ich sie ein und nie … Wenn sie kommt, ist das der Ritterschlag für jede Gesellschaft.» Sie drückte ihrer verdutzten Schwägerin ihr Glas in die Hand. «Leontine! Meine Liebe!», rief sie schrill und stöckelte ein paar Schritte von ihnen weg.

Fanny wandte sich um und riss überrascht die Augen auf.

Aus dem Haus war eine hochgewachsene Gestalt in den Garten getreten. Und wie sonst auch, wenn sie kam, *erschien* sie.

Leontine Kuderna trug ein locker fallendes, schwarz-weiß gestreiftes Kleid, ohne jegliche Taille und mit weiten Ärmeln. Auf ihren schwarzen Locken saß ein Hut mit Schachbrettmuster. Eine silberne Halskette, fast so hoch wie ihr Hals, glitzerte in der Sonne.

Sie beugte sich zu Tante Amalie hinunter und deutete zwei Wangenküsse an.

«Wer ist *das*?», fragte Tante Agathe, die sich an dem unförmigen Kleid von Madame Kuderna zu stoßen schien.

«Die Gattin meines Vorgesetzten», murmelte Fanny fassungslos.

Bevor ihre Tante reagierte, hob Madame Kuderna den Kopf, erblickte Fanny ... und winkte ihr zu.

Tante Amalie schien nicht zu begreifen, wen ihr Ehrengast zu meinen schien, zumindest nicht, bis Madame Kuderna losmarschierte und sie einfach stehen ließ.

«Fanny, was für eine wunderbare Überraschung!»

Schon war sie über ihr, und Fanny bekam zwei echte Wangenküsse aufgedrückt.

«Guten Tag», murmelte Fanny, die spürte, wie sie unter den Blicken der Umstehenden rot anlief.

«Jetzt begreife ich es», sagte Madame Kuderna und legte ihren Zeigefinger auf die Unterlippe. «*Goldmann.* Ich hätte wissen müssen, dass Sie zur Verwandtschaft der Industriellenfamilie gehören.»

Tante Amalie war ebenfalls herangekommen und sah verwirrt zwischen Fanny und Madame Kuderna hin und her.

«Verzeihung», murmelte Fanny. Tilde hatte recht. Wieso entschuldigte sie sich eigentlich immer, wenn sie zu sprechen begann. «Mein Vater, Leopold Goldmann, und meine Tante, Frau Agathe Weiss.»

«Leontine Kuderna, hocherfreut.»

Ihrem Vater gelang ein perfekter Handkuss.

«Sie müssen sehr stolz auf Ihre Tochter sein, sie ist eine Pionierin, ein mutiges Vorbild für alle Frauen.»

Wenn sie sprach, klang jedes Wort so exquisit, dass man es begierig aufsaugen wollte. Allein wie sie den Buchstaben *s* betonte, wie eine schwingende Gitarrensaite. Selbst Tante Agathe schien von ihrer Art eingenommen und widersprach ausnahmsweise nicht.

«Liebe Leontine!» Tante Amalie stieß ein schrilles Lachen aus. «Ich bin verwirrt, woher kennt ihr euch denn?»

«Die liebe Fanny arbeitet für meinen Mann als Medizinerin.» Das klang gut, heillos übertrieben, aber gut. «Und wer weiß, in welche Bereiche der Medizin sie noch vorstoßen wird.» Madame Kuderna blinzelte.

«Kommt der Professor denn auch?», fragte Tante Amalie hoffnungsvoll.

«Nein, leider, der arme Albin lässt sich entschuldigen. Seine Migräne plagt ihn, und dann verträgt er nicht mal das Licht einer Kerze oder das Rascheln der Vorhänge.»

«Zu schade», erwiderte Tante Amalie, auch wenn Fanny den Eindruck hatte, sie sei ohnedies mehr am Erscheinen seiner Frau interessiert. «Aber du *musst* mir erzählen, woher du dieses Kleid hast, es ist so ... es ist so ...»

«Praktisch?», erwiderte Madame Kuderna lächelnd. «Es stammt von meiner guten Freundin Emilie Flöge. Sie ist Modeschöpferin. Sie nennt es ein *Reformkleid*. Emilie glaubt, dass es Kleider braucht, in denen Frauen mehr Bewegungsfreiheit haben. Das Muster hat Gustav Klimt entworfen.»

«Wie interessant.» Tante Amalie lächelte höflich.

Ein Kellner erschien, und Madame Kuderna nahm sich ein Glas vom Tablett. «Oh, dort hinten wird Tennis gespielt, ich bin entzückt.» Sie schenkte Tante Amalie ein anerkennendes Nicken, was diese um eine Handbreit wachsen ließ. «Was meinen Sie, Fanny, sehen wir ein wenig zu?»

«Ja ... ja gern!»

Fanny folgte ihr über den Rasen in Richtung Tennisplatz und wagte nicht, sich nach den anderen umzudrehen.

Madame Kuderna seufzte erleichtert auf. «Es ist *wirklich* eine angenehme Überraschung, hier eine Frau von Geist anzutreffen. Wir werden jedes Jahr eingeladen, und ich habe so oft abgesagt, dass es einem Affront gleichgekommen wäre, sich nicht sehen zu lassen.»

«Woher kennen Sie meine Tante und meinen Onkel?»

Sie stellten sich an den Rand des Tennisplatzes und sahen zu, wie unter höflichem Applaus der Zuschauer ein gemischtes Doppel gespielt wurde.

«Albin», antwortete Madame Kuderna. «Die Kudernas gehören zu den reichsten Industriellenfamilien im Land. Albin ist als Mediziner zwar ganz aus der Art geschlagen, aber er wird einmal einen saftigen Anteil des Imperiums seiner Familie erben.»

«Das wusste ich nicht», erwiderte Fanny.

«Und das zeichnet Sie aus. Wir Frauen sollten uns mehr auf das besinnen, was wir aufgrund unserer eigenen Fähigkeit erreichen können, anstatt uns nur eine gute Partie zu suchen.»

Fanny lächelte. Genauso hatte sie es auch immer gesehen und sich mit dieser Ansicht furchtbar allein gefühlt.

«Aber sehen Sie mich an.» Madame Kuderna lehnte sich über die provisorisch errichtete Holzbegrenzung des Tennisplatzes. «Ach, ich predige Wasser und trinke Wein.» Sie leerte ihr Glas in einem Zug. «Wissen Sie, dass ich vor meiner Heirat dem Adel angehört habe?»

Fanny sah sie erstaunt an.

«Doch, doch, es stimmt. Nur, dass man sich von einem Titel allein nichts kaufen kann. Mein Vater hatte durch jahrelange Misswirtschaft unser Vermögen durchgebracht. Ich hätte damals gern einen Beruf erlernt, genau wie Sie ... aber das wäre ein Skandal gewesen. Einerseits ist es eine Welt voller Privilegien, und dennoch ist jede Näherin auf gewisse Weise freier.»

Sie wandte sich Fanny mit einem verschwörerischen Lächeln zu. «Wissen Sie, was ich damals heimlich gelesen habe? Anna Fischer-Dückelmanns …»

«Das goldene Frauenbuch: Die Frau als Hausärztin», fiel ihr Fanny überrascht ins Wort. «Das ist … ich *liebe* dieses Buch.»

Das war sogar noch untertrieben. Dieses Buch, von einer Wiener Ärztin verfasst, hatte ihr geholfen, den Mut zu fassen, auf die Universität zu gehen. Es war ein wahres Sammelwerk modernen medizinischen Wissens, aber auch eine Art Lebensratgeber. Von einer Anleitung zur Herzmassage bis zu Verhütungstipps fand sich alles darin.

«Ich meinte eigentlich ihr anderes Buch: *Das Geschlechtsleben des Weibes.*» Sie beugte sich zu Fanny herunter. «Sie sollten es lesen, glauben Sie mir, es lohnt sich.»

Fanny spürte, wie sie rot anlief.

«Bei mir blieb es jedenfalls beim Träumen», fuhr Madame Kuderna fort. «Meine Eltern waren glücklich, mich Albin zur Frau zu geben. Die Kudernas waren so reich, dass man über ihren Mangel an Stand hinwegsehen konnte.»

«Reich zu sein ist an sich nichts Verwerfliches», meinte Fanny, die das Gefühl hatte, irgendetwas Freundliches sagen zu sollen.

«Bitte, Fanny.» Madame Kuderna fasste sie bei den Schultern. «Nenn mich Leontine. Ich wäre gern Ihre Freundin. *Deine*, wenn du erlaubst.»

Fanny lächelte und schüttelte den Kopf. «Unglaublich gern, nur der Professor …»

«… ist ein *Kretin*, ein … ein Hanswurst, ein lächerliches Männlein, das Frauen herabwürdigt, damit sie ihm nicht den Rang ablaufen.» Leontine atmete tief durch und legte den Kopf in den Nacken. «So, jetzt hab ich es endlich ausgesprochen. Was für eine Erleichterung!»

Fanny musste lachen.

«Vielleicht finde ich ja eines Tages den Mut, mich von ihm zu trennen», meinte Leontine nachdenklich. «Wir hatten nie ein gemeinsames Leben, allenfalls in den ersten Wochen unserer Ehe. Und er ...» Sie sprach nicht weiter. «Als Frau, die nicht arbeitet, steht man nach so einem Schritt vor dem Nichts. Und Albin könnte einfach weitermachen wie bisher. Wahrscheinlich würde er es gar nicht merken.» Sie musterte Fanny von der Seite. «Du *musst* in meinen Salon kommen. Ich will endlich auch einen Beitrag leisten. Eine Stimme haben. Für etwas einstehen, das ich wichtig finde. Es ist vielleicht ein Tropfen auf den heißen Stein, aber zumindest ein kleiner Beitrag, damit es für Frauen in diesem Land einfacher wird.»

In Fannys Innerem krampfte sich bei dem Wort *Salon* etwas zusammen.

«Gerade du gehörst zu den Frauen, die ich aus dem Schatten holen will, die sich trotz ihrer großen Fähigkeiten täglich unter Wert verkaufen müssen.»

«Ich glaube, Sie ... du siehst mehr in mir, als ich bin.»

«Ganz und gar nicht, ich meine, schau dich an. Du siehst heute aus wie eine Ikone. Dieses Kleid ist ein Traum, und doch nimmt es dir nichts von deiner kompetenten Ausstrahlung.»

Ich muss Schlomo unbedingt ein kleines Geschenk besorgen, dachte Fanny. Sie wünschte, sie wüsste, worüber er sich freuen würde.

«Der Salon findet jedenfalls im Mai statt, ich lasse dir die Einladung zukommen.»

«Ich käme sehr gern», räumte Fanny ein. «Ich fürchte nur, es wird dem Professor nicht gefallen, wenn ich ...»

Leontine schnalzte mit der Zunge. «Er braucht es ja nicht zu erfahren. Und überhaupt, eigentlich sollte es dir egal sein, was Albin denkt.»

«Er ist der Institutsleiter», murmelte Fanny.

«Du bist aber nicht an ihn gebunden, meine Liebe, und nicht an dieses Fach. Ich selbst kenne zwei, drei Professoren im ärztlichen Bereich. Einer davon arbeitet in der Geburtshilfe. Sie scheinen mir viel aufgeschlossener, würden dich vielleicht sogar fördern. Gewiss könntest du Anstrengungen um eine Assistentenstelle unternehmen. Meine Unterstützung hättest du jedenfalls.»

Fanny lächelte. «Das ist sehr großzügig. Aber ich bin nicht in der forensischen Medizin *gelandet*, ich *wollte* dorthin. Immer schon.»

«Aber erscheinen dir die anderen Disziplinen nicht auch reizvoll?»

Fanny schüttelte den Kopf. «Nicht auf diese Art. Ich weiß nicht, wie ich es erklären soll.» Für einen Moment sah sie sich am Bett ihrer toten Mutter stehen, noch immer ihre Hand haltend. Wie lange hatte sie damals dort gestanden, ehe man sie weggeholt hatte? «Die Toten haben keine Stimme mehr. Sie brauchen jemanden, der für sie einsteht, der ihre Geschichte erzählt, weil sie es selbst nicht mehr können. Dieser jemand will ich sein.»

Leontine runzelte die Stirn, aber dann nickte sie. «Das respektiere ich. Ich verstehe, was es bedeutet, eine Sache so leidenschaftlich zu verfolgen. Sollte Albin dich doch irgendwann in den Wahnsinn treiben, helfe ich gern, wenn ich kann.»

Sie wandten sich wieder dem Tennisplatz zu. Gerade standen die gegnerischen Teams am Netz und schüttelten sich die Hände.

«Sieht nach einem Schichtwechsel aus. Was meinst du, wollen wir es probieren?»

«Aber ich weiß gar nicht, wie man spielt. Und das Kleid ...»

«Einfach Ball über das Netz ins Feld des Gegners! Und wir werden *fabelhaft* dabei aussehen.» Leontine lachte und zog Fanny mit sich auf den Platz.

Eine der jungen Damen, die vor ihr gespielt hatten, überreichte Fanny einen langen Holzschläger, auf dessen lackiertem Griff sie noch den Schweiß ihrer Handflächen spürte. Zwei weitere Frauen traten aus den Reihen der Zuschauer vor. Auch sie trugen keine besondere Sportkleidung. Leontine warf Fanny einen der weißen Tennisbälle zu.

«Was soll ich denn damit?», zischte Fanny.

Leontine zuckte mit den Schultern. «Irgendwie auf die andere Seite!»

Fanny warf den Ball in die Luft, wie sie es bei ihren Vorgängern gesehen hatte, und schlug ein paar Mal vergeblich danach, bis Leontine und sie so lachen mussten, dass sie nicht mehr konnten. Nach ein paar Versuchen warf Fanny den Ball einfach mit der Hand über das Netz, und ihre Gegnerinnen, die genauso wenig Erfahrung mit dem Spiel zu haben schienen wie sie selbst, hechteten gleichzeitig danach, sodass sie beinahe zusammenstießen.

Trotz ihres Unvermögens gelang es den Frauen allmählich, den Ball ein paar Mal hin und her zu schlagen. Leontine stellte sich dabei wesentlich geschickter an als Fanny. Mit ihrem schwarz-weißen Kleid rauschte sie über das Spielfeld, streckte ihre langen Arme aus und erwischte so manchen Ball, den Fanny schon verloren geglaubt hatte. Niemand zählte Punkte. Alle schienen sich zu amüsieren, und auch Fanny stellte fest, dass sie Freude daran hatte.

Nach einiger Zeit, als sie schon sehr undamenhaft zu schwitzen begonnen hatte, räumten sie das Feld wieder, da am Rand des Platzes schon ein paar versiertere Spieler ungeduldig auf ihren Einsatz warteten.

Keuchend lehnten sich Leontine und Fanny über die Holzabgrenzung.

«Ich weiß nicht, ich glaube, ich hatte schon lange nicht mehr so viel Spaß.» Leontine fächelte sich mit beiden Händen Luft zu.

Fanny kicherte und rang nach Atem. Sie musste zugeben, dass sie während des Spiels komplett den Schrecken der vergangenen Nacht vergessen hatte.

«Leontine, meine Liebe, da bist du ja.»

Um Eleganz bemüht, kam die hagere Gestalt von Tante Amalie zu ihnen hin marschiert und ergriff Leontines Hand. «Komm doch zu uns an den Tisch der Ehefrauen, mich haben gewiss schon drei oder vier gefragt, wann du dich zu uns gesellst. Und gleich wird die Geburtstagstorte serviert, ein Meisterwerk von der Hofkonditorei Demel.»

«Mit dem größten Vergnügen, meine Teure. Geh nur vor, ich muss mich noch ein wenig adjustieren.»

Die Dramatik in ihrer Stimme, die großen Gesten. Sie gehörten zu ihrer Persönlichkeit, aber Fanny hatte einen kleinen Blick auf eine andere Seite der Madame ... Leontines bekommen. Einen Blick auf eine Frau, die sich endlich traute, das zu tun, wofür sie brannte.

«Selbstverständlich!» Tante Amalie entfernte sich drei Schritte, blieb stehen und drehte sich nach Leontine um.

«Ich fürchte, es gibt wohl kein Entrinnen», erklärte diese an Fanny gewandt, während sie so tat, als würde sie ihr Kleid und ihren Hut zurechtzupfen. Dann griff sie sich kurz in den Schritt.

Fanny wunderte sich über diese wenig damenhafte Geste, aber Leontine war eben unkonventionell.

«Ich danke dir, für diese unverhofft fröhliche Zeit, Fanny», sagte sie.

Fanny drückte ihre Hand. «Mir hat es auch Spaß gemacht!»

Leontine erwiderte den Händedruck, dann rauschte sie Tante Amalie hinterher und ließ Fanny am Rand des Tennisplatzes zurück.

Immerhin, sie hatte die Feier schon jetzt viel mehr genossen, als sie zu Beginn erwartet hatte. Sie würde sich einfach entspannen und sehen, was der Tag noch für sie bereithielt. Sie reckte sich ein wenig und hielt nach ihrem Vater und Tante Agathe Ausschau. Diese hatten sich inzwischen an einem kleineren Tisch am Rand der Gesellschaft niedergelassen und sich die Teller mit den kleinen Köstlichkeiten beladen, die die Kellner den Gästen servierten.

Fanny sah den Tennisspielern noch eine Weile zu, dann schlenderte sie zu ihnen hinüber.

«Ah, da bist du ja», sagte Tante Agathe. «Da siehst du *einmal* manierlich aus und machst gleich alles zunichte, indem du einem kleinen Ball hinterherhetzt.»

Ihr Vater bedachte seine Schwester mit einem missbilligenden Knurren, sah Fanny an und klatschte zweimal in die Hände.

«Danke, Papa.» Fanny machte einen angedeuteten Knicks und schenkte ihrer Tante ein verschmitztes Lächeln. Sie setzte sich zu ihnen und wartete, bis sich einer der Kellner zu ihnen verirrte.

«Möchten Sie von den Horsd'œuvres, gnädiges Fräulein?»

Horsd'œuvres. Ein Wunder, dass Tilde nicht gleich um die Ecke geschossen kam.

«Gern!» Sie nahm sich ein Pastetchen mit einer Preiselbeere, eine eingelegte Artischocke und eine winzig kleine Frikadelle, alles auf Spießchen angerichtet.

«Wie soll man davon denn satt werden?», brummte Tante Agathe.

Fanny aß entspannt, als plötzlich zwei Bäckergesellen aus der Villa kamen und eine riesige Dobostorte, eine ungarische Spezialität, auf einer Trage herausbrachten.

Für einen Moment erinnerte Fanny das Bild an Kaltenecker und Slanec, wie sie ihre Leichen in den Sektionssaal trugen, nur schien die Torte nicht ganz so schwer wie eine Leiche zu sein.

«Hoch soll er leben! Hoch soll er leben!», sangen Onkel Frederiks Geschäftspartner, ehe die ganze Gesellschaft mit einstimmte. Bei der Zeile *«Drei mal hoch!»* hoben sie ihn mitsamt seinem Stuhl dreimal rasch in die Luft. Fannys Onkel lächelte und klatschte zwar, aber sie konnte sehen, dass ihm das schnelle Hoch und Runter nicht besonders bekam – und freute sich diebisch darüber. Wie konnte man nur Gott und die Welt zu seinem Geburtstag einladen, nicht aber seinen eigenen Sohn.

Ein wenig später wurden ihnen Teller mit einem Stück Dobostorte serviert und dazu eine Tasse dampfender Kaffee. Fanny bewunderte die unzähligen schmalen Biskuit- und Cremeschichten sowie den karamellisierten Deckel. Die Schichtung wirkte beinahe *organisch*, wie bei einem mikroskopischen Schnitt der Darmschleimhaut.

«Verzeihung, Leopold? Leopold Goldmann?»

Ihr Vater sah verwundert von seiner Torte auf. Eine ältere Dame in einem schlichten Kleid stand vor ihrem Tisch und sah ihn neugierig an.

«Kennst du mich noch? Maria Meisel. Wir sind gemeinsam in die Schule gegangen.»

«Ah!» Fannys Vater wies gönnerhaft auf einen der beiden freien Plätze am Tisch.

«Setzen Sie sich doch zu uns! Ich bin Fanny, seine Tochter!»

«Das ist ja eine Freude!» Die Dame schüttelte Fanny und Tante Agathe die Hand und nahm Platz. «Wie geht es dir, lieber Leopold? Ich habe von deiner Erkrankung gehört ...?»

Fannys Vater winkte ab.

«Papa übt gerade wieder das Sprechen und macht große Fortschritte», erklärte Fanny.

«Vielleicht kommt ihr uns mal besuchen, mich und meinen Sohn, wir wohnen zwei Häuser weiter.

«Sohn? Zwei Häuser weiter?» Tante Agathe warf Fanny einen bedeutungsschwangeren Blick zu.

«Genau. Daher kennen wir auch die Goldmanns, ich meine, deinen Bruder und seine Frau. Mein Mann war gut mit ihnen ...» Sie brach ab und plötzlich glitzerten ihr Augen. «Es tut mir leid ... es ist noch zu frisch, und er fehlt mir so. Er ist im letzten Jahr verstorben, und seither war es alles andere als einfach. Mein Sohn müht sich ab, wie er kann, aber ... wenn nicht ein Wunder geschieht, werden wir das Haus nicht halten können.»

«Oh», sagte Tante Agathe und gab Fanny mit einem Kopfschütteln zu verstehen, dass sie sich nicht weiter anzustrengen brauche.

Frau Meisel betupfte sich die Augen mit einem Seidentaschentuch. «Es würde mich jedenfalls freuen, wenn ihr uns demnächst einmal besuchen kommt, Leopold. Wäre es nicht schön, mal wieder über die alten Zeiten zu plaudern und ein bisschen zu lachen?»

Fannys Vater streckte seine gute Hand aus und drückte die ihre.

«Wir würden uns auch sehr freuen», murmelte Fanny und nahm ein kleines Stück Dobostorte auf ihre Gabel.

«Du könntest dich mit meinem Sohn unterhalten. Vielleicht habt ihr ja gemeinsame Interessen, auch wenn er manchmal ein bisschen wortkarg ist, davon darf man sich nicht einschüchtern lassen. Ah, da ist er ja auch schon, wenn man von der Sonne spricht ...» Sie wandte sich um.

Fanny hob den Kopf – und ließ ihre Gabel auf den Teller fallen.

13. KAPITEL
DER STERN DER KAISERIN

Gestatten, Maximilian Meisel», stellte sich Blaumeise vor, küsste Tante Agathe die Hand und schüttelte die von Fannys Vater. Dann fiel sein Blick auf Fanny, die ihn mit offenem Mund anschaute, und er erstarrte.

Als die Stille ein wenig zu lange dauerte, sah Frau Meisel verwirrt zwischen den beiden hin und her. «Aber was ist denn? Kennt ihr euch etwa?»

«Nicht wirklich», antworteten die beiden gleichzeitig und wichen dem Blick des jeweils anderen aus.

Fanny ballte die Fäuste. Warum war sie bloß auf dieses dumme Fest gegangen? Es war wirklich *Gott und die Welt* hier, wie Tante Agathe prophezeit hatte.

«Setz dich doch zu uns, Max.»

Mit deutlichem Widerwillen ließ er sich Fanny gegenüber nieder und fixierte sie dabei, als wäre sie eine Raubkatze, die ihn jederzeit anspringen könnte. Er trug ähnliche Kleidung wie die anderen jungen Männer, die zuvor Tennis gespielt hatten – Baumwollhemd, Flanellhose und eine Schirmkappe.

«Wie gesagt, er ist etwas wortkarg», meinte Frau Meisel entschuldigend. «Aber er ist mein ganzer Stolz. Ich glaube, ohne Max wären wir am Tag nach Livius' Tod schon auf die

Straße gesetzt worden. Er hat Tag und Nacht gearbeitet, Extraschichten angenommen und uns so seither über Wasser gehalten.»

Extraschichten. Ob Frau Meisel ahnte, was ihr Sohn für krumme Geschäfte betrieb?

«Was machen Sie denn beruflich, Max?», fragte Fanny und nippte an ihrem Kaffee. Mit einem Mal erinnerte sie sich vergnügt daran, wie sie ihm ihre Melange im *Café Korb* ins Gesicht geschüttet hatte. Wie gern würde sie das wiederholen.

Max starrte sie einen Moment reglos an. «Ich bin Polizist», erwiderte er mit rauer Stimme.

«Wie bitte?» Fanny war aufgesprungen.

«Fanny!», rief Tante Agathe und schluckte ein großes Stück Dobostorte hinunter. «Was für ein Benehmen!»

Fanny merkte, dass alle außer Max sie stirnrunzelnd ansahen, und setzte sich wieder. «Verzeihung», sagte sie. «Ich finde bloß, das ist so ein *aufregender* Beruf. Und es geht um Tugenden, die heutzutage die meisten Menschen leider vermissen lassen. Ehrlichkeit, Gesetzestreue, Respekt vor dem Eigentum anderer.» Sie seufzte. «Ach, ich könnte ewig so weitermachen. Sie haben meine Bewunderung, Max.»

Er saß ihr gegenüber, hatte die Hände übereinandergelegt und trommelte mit den Fingern auf den Tisch.

«Und Sie, Fräulein ...»

«Goldmann.»

«Wie vertreibt sich eine Tochter aus wohlhabendem Hause so die Zeit. Stricken und nähen Sie gern?»

«Der *wohlhabende* Goldmann ist mein Onkel», erwiderte Fanny. «Und ich nähe sogar *sehr* gern, mit getrockneten Tierdärmen.»

«Ärztin», presste ihr Vater hervor und lachte unsicher, um

die offensichtlich angespannte Situation aufzulockern, aber niemand schien darauf eingehen zu wollen.

«So!», zischte Max. «Was für interessante Begegnungen man auf so einem Fest haben kann.»

«Nun sei doch ein bisschen freundlicher», tadelte ihn seine Mutter. «Man verkennt ihn leicht wegen seiner ruppigen Art», sagte sie in die Runde. «Aber ich wüsste wirklich nicht, was ich ohne ihn machen sollte.» Sie beugte sich zu ihm und küsste ihn auf die Wange.

Für einen Moment unterbrach er die vernichtenden Blicke, die er Fanny zuwarf, und schenkte seiner Mutter ein fast zärtliches Lächeln. Als er sich Fanny wieder zuwandte, lächelte er noch immer, aber nun wirkte es so falsch, dass sie ein Prusten unterdrücken musste.

«Fräulein Goldmann, hinten im Garten hat man einen wunderschönen Ausblick auf die Sternwarte. Wollen wir uns das vielleicht gemeinsam ansehen?»

«Nein ...»

«Fanny, sei höflich!», zischte Tante Agathe und beugte sich hinter dem Rücken ihres Vaters zu ihr. «Halt ihn dir noch ein bisschen warm, du weißt ja nicht, ob ein Besserer kommt.»

Fanny atmete tief durch. «Ich meinte natürlich, *nein, was für eine wunderbare Idee,* ehe meine Tante mich unterbrochen hat!»

Max kam um den Tisch. Sie stand auf und bemerkte, dass ihr Vater sie stirnrunzelnd beäugte.

Max bot ihr seinen Arm an, und sie flanierten gemächlich ... ja, wohin eigentlich? Fanny glaubte nicht, dass die nahe Sternwarte von irgendeiner Stelle des Gartens aus zu sehen war.

«Polizist?», fragte sie, als sie außer Hörweite der Gesellschaft waren. «*Polizist?* Wie lange tischen Sie Ihrer Mutter diese Lüge schon auf?»

«Was?», knurrte er. «Es ist keine Lüge!»

Fanny schüttelte den Kopf. «Wenn das stimmt, ist es ja noch schlimmer. Dann sind Sie ein *korrupter* Polizist!»

Max schnaubte. «Und Sie eine *betrügerische* Ärztin! Aber lassen Sie mich raten, Sie sind gar nicht der Walzerkönig. Ich wusste doch von Anfang an, dass da etwas nicht stimmt. Woher haben Sie seine Figur? Und woher wussten Sie, wo ich ihn treffen wollte?»

«Von seiner Leiche!»

«Was für eine ...»

«Er wurde vergiftet, und sein Mörder hat es aussehen lassen, als wäre er ein Obdachloser. Ich bin Gerichtsmedizinerin, das heißt ...», sie senkte den Blick, «ich arbeite als Gehilfin auf der Gerichtsmedizin.»

«Und wieso haben Sie sich für ihn ausgegeben?»

«Niemand außer mir weiß von dem Mord. Ich habe den Mann heimlich obduziert und bin zum Treffpunkt gekommen, weil ich herausfinden wollte, wer es getan hat.»

«Was für ein idiotischer Plan!»

«Vielleicht. Aber ich habe wenigstens *versucht*, das Richtige zu tun. Wie steht's mit Ihnen?»

«Das habe ich auch!»

Fanny lachte. «Wirklich?»

«Sie wissen gar nichts!», fuhr er sie an.

Ein junges Paar, das in ihrer Nähe spazieren ging, kam auf sie zu.

«He, ihr beiden, wir möchten nachher gern eine Partie Krocket spielen», sagte der junge Mann.

«Wollt ihr mitmachen?», fragte das Mädchen.

«Verschwindet und turtelt woanders!», erwiderte Max barsch und durchbohrte das Paar mit einem abweisenden Blick.

Die beiden murmelten ein paar Beleidigungen, dann trollten sie sich.

«Sie haben bestimmt nicht viele Freunde», murmelte Fanny.

Für einen winzigen Moment wirkte er verletzt. «Sie denn?»

Fanny schüttelte den Kopf und rieb sich die Stirn. «In Ordnung, können wir uns auf eine Waffenruhe einigen? Erzählen Sie mir, wie ... warum Sie das alles tun. Dann erzähle ich Ihnen von meinen Obduktionen.»

Vielleicht gab es dann wenigstens einen Polizisten, der ihr glaubte oder zumindest zuhörte.

«Du würdest es nicht verstehen», sagte er und stutzte, als er bemerkte, dass er unvermittelt zum Du übergegangen war. Verlegen sah er Fanny an.

Sie lächelte. «Hören würde ich es trotzdem gern ... von dir.» Sie wandte sich noch einmal zu der Gesellschaft und dem Tennisplatz um. Sie konnte sehen, dass Tante Agathe verstohlen zu ihnen herüberspähte. Bei einer anderen Gruppe erkannte sie Leontine an ihrem Hut. Sie saß an einem langgezogenen Tisch, und die Hüte der anderen Damen schienen wie Magnete auf sie zuzustreben.

Eine Weile schlenderten sie schweigend nebeneinanderher durch den weitläufigen Garten.

«Und?», fragte Fanny schließlich, die eine kribbelnde Neugier empfand.

«Es ist so ...» Er schien nach den richtigen Worten zu suchen. «Ich liebe meine Arbeit. Ich bin es mit Leib und Seele, Polizist, meine ich. Das ...»

Fanny runzelte die Stirn.

«Ich muss anders anfangen.» Max räusperte sich. «Mein Vater, Livius Meisel, war ein erfolgreicher Advokat, er leitete die Abteilung für Rechtsangelegenheiten einer bedeutenden Versicherung.»

«Lass mich raten, die ein großes Palais in der Innenstadt erbauen ließ.»

Max gab ihr die kleinste Andeutung eines Nickens. «Mein Vater arbeitete hart und verdiente gut. So konnten wir in diese teure Gegend ziehen, als ich noch klein war.» Er kickte mit seinem Schuh sanft gegen eine Pusteblume. «Er hatte so große Pläne für mich ...» Wieder brach er ab.

Fanny sah ihn von der Seite an. «Aber?»

«Aber leider war sein einziger Sohn in der Schule ein Versager. Wann immer ich schrieb, wirbelten Silben und Zahlen in meinem Kopf wie wild durcheinander. Es war schnell klar, dass ich nie eine Universität besuchen würde. Dass ich nie ein Advokat oder ein Arzt werden würde. Aber», er lächelte, «das machte mir nichts aus.»

«Und so bist du Polizist geworden?», fragte Fanny, als er nicht weitersprach.

Er schwieg eine Weile. «Ich bin der Sicherheitswache beigetreten», sagte er dann, «und habe meine Ausbildung in der Landstraßer Kaserne begonnen.»

Obwohl sie nicht eng beieinander gingen, spürte Fanny die Anspannung in seinem Körper. Widerstreitende Emotionen, die einen auseinanderreißen konnten, wenn man nicht aufpasste. Der Wunsch, sich zu verwirklichen, der Wunsch, den Erwartungen zu entsprechen. Fanny verstand, was es bedeutete, dem nicht gerecht zu werden. Sich selbst als Enttäuschung zu sehen.

«Muss schwer gewesen sein.»

Zu ihrer Überraschung lachte Max.

«Ganz im Gegenteil. Dort brillierte ich plötzlich in allem, was ich tat. Es ... es fühlte sich an wie ein Wunder. Meine Eltern waren sehr stolz auf mich.»

«Wie schön», murmelte Fanny. «Die Umstände unserer Begegnung lassen mich aber vermuten, dass das nicht das Ende der Geschichte ist.»

Seine Kiefern mahlten. «Nein … Natürlich nicht. Jahrzehnte zuvor besaßen zwei von Vaters besten Freunden, Ferdinand Ginsel und Wenzel Ender, eine kleine Privatbank. Ginsel & Ender. Die Wirtschaft lag damals am Boden. Die Gründerkrise zwang eine Bank nach der anderen in die Insolvenz. Es fehlte an liquiden Großkunden, und auch Ginsel und Ender standen vor dem Bankrott. Mein Vater wollte ihnen helfen. Er vertraute ihnen und legte beinahe unser ganzes Geld in ihrer Bank an. Die Bank überstand die Krise und expandierte sogar.»

«Und dann?»

«Alles wunderbar!» Max setzte ein schmerzverzerrtes Lächeln auf. «Die beiden schenkten mir sogar eine goldene Taschenuhr zur Firmung. Was für wunderbare Freunde … Solange, bis mein Vater im letzten Jahr verstarb. Er war Anteilseigner der Bank und verfügte über Konten, in denen mehrere hunderttausend Kronen eingelagert waren. Die Zertifikate bewahrte er, wie er mir immer wieder einschärfte, in seinem Tresor im Palais Equitable auf. Mir hatte er einen Schlüssel dazu hinterlassen.» Er blieb stehen und ballte die Fäuste. «Ich war im Dienst, als ich von seinem Tod hörte, und suchte kurz darauf sein Arbeitszimmer im Palais auf. Ich werde nie vergessen, wie es aussah. Alles durchwühlt. Der Tresor nicht einfach aufgebrochen, sondern feinsäuberlich aufgeschweißt, als hätten die Einbrecher alle Zeit der Welt gehabt. Die Zertifikate waren verschwunden.»

«Hatte dein Vater keine Kopien angefertigt?»

Max schüttelte den Kopf. «Für ihn war ein Wort ein Wort und ein Handschlag ein Handschlag. Das ganze Konzept einer Sicherheitskopie passte nicht in seine Welt.»

«Hast du die Freunde deines Vaters nicht zur Rede gestellt? Die hatten da doch bestimmt ihre Finger drin.»

«Hab ich. Ich habe mich mit Ginsel und Ender getroffen. Sie haben so schlecht gelogen, dass mir übel wurde. Und dann dieses süffisante Lächeln! Was immer ich geglaubt hätte, es täte ihnen leid, mir mitzuteilen, dass mein Vater lediglich ein Konto mit eintausend Kronen bei ihnen besessen hätte. Ich nannte ihnen Beträge, ich erzählte ihnen von den Anteilen an der Bank. Es schien ihnen schwerzufallen, während des ganzen Gesprächs ein trauriges Gesicht zu machen.»

Fanny schüttelte den Kopf. Es klang so ungerecht, dass sich selbst in ihr Wut zu regen begann. «Hast du den Diebstahl angezeigt?»

«Den Einbruch in das Büro meines Vaters? Natürlich. Für alles andere fehlte jeder Beweis, und unsere Ermittlungen verliefen im Sand.» Er sah zu Boden, als hätte die herumgaukelnde Hummel vor ihm in der Wiese die Antworten, die er so dringend suchte. «Meiner Mutter und mir ging es immer schlechter. Mein Sold reicht nicht, um die laufenden Kosten des Hauses zu decken. Ich glaube an Gesetze, an unser Rechtssystem, aber in diesem Fall begriff ich, dass ich mir meine Gerechtigkeit selbst verschaffen musste.»

«Ich verstehe.» Fanny nickte nachdenklich. Medizinische Fachbegriffe stammten entweder aus dem Lateinischen oder dem Griechischen, überlegte sie. Wenn man einen Bluterguss oder blauen Fleck beschrieb, sprach man von *color lividus.* «Livius Meisel ... *Blaumeise*», rief sie triumphierend.

Max lächelte. «Mein Vater hat die antiken Autoren sehr verehrt. Einmal hat er mir erklärt, was es mit seinem ungewöhnlichen Vornamen auf sich hat. Livius ist ein römischer Familienname, der sich wohl von *lividus* ableitete, was unter anderem blau heißt.»

«Und jetzt tust du all das, um das Vermögen deines Vaters zurückzubekommen.»

«Zunächst habe ich bei meinen Einbrüchen nach Beweisen gesucht, aber die haben die beiden wohl vernichten lassen. Also setzte ich Nadelstiche, stieg nachts abwechselnd in ihre Häuser ein, suchte anderes belastendes Material und nahm kleinere Bargeldbeträge oder Wertgegenstände mit, die meine Mutter und mich eine Weile über Wasser hielten.»

«Wieso bist du nicht in die Bank eingebrochen?»

«Eine Bank ist kein Marktstand, wo man sich mitnimmt, was man will. Das Geld lagert in einbruchsicheren Stahlkammern. Es ging darum, nicht bemerkt zu werden. Ich wollte herausfinden, wie ich wieder an unser Geld kommen konnte.»

«Und warum suchst du dann jetzt nach dem Stern der Kaiserin?»

Max grub seine Finger in die Seite seines Halses und massierte einen Muskelstrang, als hätte er Schmerzen. «Weil ich nichts Belastendes finden konnte, beschloss ich, ihnen einen Köder anzubieten, der so verlockend war, dass sie sich einfach dafür interessieren mussten. Die beiden sind Sammler, das hatte ich in ihren Häusern gesehen. Und sie sind gierig. Zufällig war ich in meiner Arbeit auf dem Revier gerade einem Betrüger auf der Spur, der unter falschem Namen den Adel um sein Geld brachte.»

Fanny zählte eins und eins zusammen. «Dem Walzerkönig.»

Max stieß die Luft aus und nickte. «Bei meinen Ermittlungen bin ich auf Kleinkriminelle gestoßen, die behaupteten, dieser Betrüger biete Informationen. Informationen über den Verbleib des Sterns der Kaiserin Elisabeth. Und dann habe ich etwas getan, für das ich mich bis heute schäme.»

Fanny begriff. «Anstatt ihn zu jagen, hast du dich mit ihm verbündet.»

«Er war sehr vorsichtig. Wir haben nur über Mittelsmänner kommuniziert. Die Informationen für mich wurden immer im *Café Korb* hinterlegt. Gleichzeitig habe ich den Bankiers Informationen zugespielt, ohne dass sie wussten, dass sie von mir kamen. Der Stern wäre zu haben, ich nannte ihnen einen Preis, der in etwa dem entsprach, was sie mir schuldeten. Der Stern ist unendlich viel mehr wert als das. Ginsel und Ender wissen das, und sie haben angebissen.»

Fanny schüttelte den Kopf. Es war, als würden ein paar lose Fäden in ihrem Kopf sich endlich verknüpfen, aber sie war noch weit davon entfernt, das ganze Muster zu erkennen.

Langsam wurde es Abend. Der Tennisplatz wurde abgebaut, und die Dienstboten hängten Lampions an den frisch austreibenden Ästen der Bäume auf. Lautes Gelächter drang von der Gesellschaft zu ihnen herüber. Sie gingen an einem Tulpenbeet entlang, die orangeroten Blüten leuchteten in der Abendsonne.

«Ich verstehe dich nicht. Diese Leute haben deine Familie nach Strich und Faden betrogen, und du riskierst dein Leben, um ihnen ein lukratives Geschäft zu ermöglichen?»

Max lachte leise. «Oh nein! Ich glaube, du verstehst nicht, was der Stern bedeutet.»

«Ein Schmuckstück. Etwas, das die Kaiserin im Haar getragen hat.»

Max rollte mit den Augen. «Ich dachte, Frauen würden so etwas wissen. Kennst du das Winterhalter-Porträt der Kaiserin?»

Zugegebenermaßen hatte sie sich abgesehen von ihrer Obduktion nicht besonders für die Kaiserin interessiert.

«Darauf trägt sie mehrere Sterne im Haar. Sie sind mit

Brillanten besetzt, mit einer Perle in der Mitte. Sie waren das Markenzeichen der Kaiserin, ihr liebster Schmuck. Die Sterne gehörten zu ihr wie der Backenbart zu unserem Kaiser.»

Fanny schmunzelte. «Nur vielleicht ein wenig wertvoller als der Bart.»

Sein rechter Mundwinkel verzog sich zu einem Grinsen. «Wer weiß, was für Arten von Sammlern es gibt. Jedenfalls wurden die Sterne über die Jahre immer weniger. Die Kaiserin verschenkte ein paar der kleineren an ihre Günstlinge. Aber den größten von ihnen hat sie bis zuletzt gehütet. Er war ihr kostbarstes Kleinod. Und nach ihrem Tod ... war er auf mysteriöse Weise verschwunden. Selbst der Kaiser ließ danach suchen. Erfolglos. Seine Enkelin bekam zur Hochzeit die verbliebenen kleineren Sterne, aber nicht ...»

«Den einen», flüsterte Fanny.

Max blieb stehen und betrachtete sie eindringlich. «Wer diesen Stern hat», sagte er, «besitzt mehr als nur ein exquisites Schmuckstück. Ihm gehört das Andenken der Kaiserin Elisabeth. Und dieses ist kaum mit Geld aufzuwiegen.»

«Und wenn du ihn hast, verscherbelst du ihn an diese beiden Betrüger?»

«Sie werden nie wissen, dass ich es bin», entgegnete Max grimmig. «Und wenn ich mein Geld habe, werde ich sie anzeigen, sie filzen lassen. Ich werde den Stern bei ihnen finden, und dann werden sie zur Rechenschaft gezogen.» Max hieb die Faust in seine geöffnete Handfläche.

«Ja, aber ...», Fanny druckste herum. Sie verstand, was die Sache für Max bedeutete. Genugtuung. Heilsalbe auf seine entzündete Seele. «Für das falsche Verbrechen. Eines, zu dem du sie ermutigt hast.»

«Ich zwinge sie nicht, den Stern von einer zwielichtigen Gestalt zu kaufen.» Max wandte sich um und sah auf die plaudernde und lachende Gesellschaft der Geburtstagsgäste. «Du solltest kein Mitgefühl mit denen haben. Sieh sie dir an! Du bist ihr bester Freund, wenn du den richtigen Namen hast und in der richtigen Gegend wohnst. In Wahrheit sind sie aber alle wie die beiden Bankiers. Sie saugen andere aus, als wäre es ihr gottgegebenes Vorrecht. Hast du auch nur die leiseste Ahnung, wie es den Arbeitern bei Goldmann Konserven ergeht? Den Leuten, die diese schicke Gartenparty möglich machen? Sie arbeiten sich krumm und dämlich und kommen kaum über die Runden. Die meisten sind *Bettgeher*, schon mal gehört? Das sind Arbeiter, die so arm sind, dass sie sich ein Bett nur für ein paar Stunden mieten können, während der Besitzer außer Haus ist. Leute wie dein Onkel und seine Freunde bereichern sich am Elend anderer. Und mein Vater hat den Fehler begangen, an ihre Anständigkeit zu glauben.»

Fanny konnte sich kaum vorstellen, wie er sich fühlen musste. Vielleicht würde sie, wenn sie mutiger wäre, an seiner Stelle dasselbe tun. «Dein Plan ist gefährlich. Am Ende hat deine Mutter vielleicht niemanden mehr.»

Er wandte sich ab. «Ich kann nicht tatenlos zusehen, wie alles den Bach runtergeht, verstehst du?»

Fanny nickte.

«So, aber nun zu dir.» Er stellte sich vor sie hin und verschränkte die Arme. «Jetzt möchte ich wissen, wie du in diese Geschichte hineingeraten bist, und zwar von Anfang an.»

Sie erzählte ihm von der geheimen Obduktion der beiden Leichen, der Marquis-Probe und wie der Mörder beide Male versucht hatte, eine falsche Fährte zu legen.

«Verdammt», Max rieb sich die Stirn. «Das bedeutet …»

«Noch jemand ist hinter dem Stern her.» Fanny nickte. «Und es bedeutet, du könntest der Nächste auf seiner Liste sein.»

Max hob die Augenbrauen und betrachtete sie eingehend. «Oder du.»

Fanny winkte ab. «Für mich ist das alles erledigt.» Sie grinste. «Immerhin habe ich vor einem Polizisten ausgesagt.»

«Erledigt?» Max schenkte ihr ein amüsiertes Lächeln. «Du hast zwei illegale Sektionen durchgeführt, wirst wegen Hausfriedensbruch von der Polizei gesucht und hast den vielleicht gefährlichsten Mann Wiens niedergeschlagen. Ist dir die Sache etwa zu langweilig geworden?»

«Eher im Gegenteil. Übrigens, hast du dem Polizisten im Kaffeehaus wirklich gesagt, ich wäre eine Dirne?»

Max lachte. «Ich habe ihm mein Dienstabzeichen gezeigt und erklärt, dass dein Vater nicht will, dass wir uns sehen.»

Fanny machte eine geistige Notiz, künftig immer einen Kaffee dabeizuhaben, um ihn ihm ins Gesicht zu schütten.

«Ich hab dich übrigens beobachtet, wie du einen deiner Kollegen bestochen hast.»

«Besto... *Oh!*» Er griff sich an die Stirn. «Das. Verdammt, ich wusste, doch, dass da jemand war. *Bestochen.* Ich hab dem Kerl zehn Kronen gegeben, damit er sich krankschreiben lässt und mit mir den Dienst tauscht, damit ich am Abend von Waidrings Salon den Wagen haben konnte.»

«Dafür die ganze Heimlichtuerei?»

Max zuckte mit den Schultern. «Der Leutnant Bräuning sieht's nicht gern, wenn wir Dienste tauschen. Hat's bei Strafe verboten.»

«Gott, du bist so ein gesetzestreuer Dieb!» Als sie sich bewusst wurde, was sie gesagt hatte, musste sie plötzlich lachen, und zu ihrer Überraschung stimmte Max mit ein. Sein Lachen klang rau, wie das Krächzen einer Krähe, aber nicht unangenehm.

Er schüttelte den Kopf. «Ich weiß nicht mehr, wann ich

zuletzt so …» Er sah sie an. Das Licht der Abendsonne ließ seine Züge weicher wirken. Er machte einen Schritt auf sie zu und nahm ihre Hand. Es fühlte sich nicht so an wie in dem Kaffeehaus, als er die Polizisten täuschen wollte. Das hier war echt.

«Danke dafür!»

Fanny wich seinem Blick aus, damit er nicht merkte, wie rot sie wurde. Bei ihrem hellen Teint sah man das so deutlich wie einen Blutstropfen auf einem Blatt Papier. Warum schnellte ihr Puls derart in die Höhe?

«Was wirst du als Nächstes tun?» Fanny bereute sofort, dass sie gefragt hatte.

Max presste die Lippen aufeinander. «Herausfinden, wo Lucheni ist.» Er ließ ihre Hand los.

«Ich dachte, er sitzt in Genf im Gefängnis.»

«Alle sollen das glauben. Aber wo immer Lucheni sich gerade aufhält, in Genf ist er nicht.»

Sie waren der Gesellschaft zu lange ferngeblieben, als dass ihr Gespräch als unschuldige Plauderei hätte durchgehen können. So mussten sie nach ihrer Rückkehr Tante Agathes neugierige Bemerkungen über sich ergehen lassen.

«Ein schöner Sonnenuntergang war das, nicht wahr? Sieht Fanny nicht bezaubernd aus? Was meinen Sie, Maximilian?»

Fanny reckte den Hals, um zu sehen, ob Leontine noch da war, aber sie schien das Fest bereits verlassen zu haben. Als die Nacht hereinbrach und ihr Vater müde wurde, verabschiedeten sie sich von Max und Frau Meisel.

«Ihr kommt doch bald, nicht wahr?», fragte Max' Mutter, während sie Fannys Vater die Hand drückte. Dieser nickte lächelnd. «Das freut mich, besonders jetzt, da Fanny und Max sich ja auch angefreundet haben.»

«Gewiss», sagte Fanny und hätte schwören können, dass sie im Licht der Lampions ein Lächeln auf Max' Lippen erspähte.

Sobald sie in die Kutsche gestiegen waren und das Pferd lostrabte, schienen sie fast gleichzeitig aufzuatmen, selbst Tante Agathe.

«Leopold», meinte sie nachdenklich, «manchmal scheint mir, unser Bruder ist nicht die netteste Person.»

Eine Weile herrschte Stille in der dunklen Kutsche. Dann prusteten Fanny und ihr Vater los.

«Was ist?» Tante Agathe versuchte, streng zu klingen, aber ein verdächtiges Glucksen mischte sich in ihre Worte.

«W-wirklich?», kicherte Fannys Vater, und dann konnte auch ihre Tante sich nicht mehr halten und lachte los.

«Ihr seid so albern!»

Fannys Bauch begann schon zu schmerzen, als sie endlich aufhören konnte. Angenehme Ruhe breitete sich in ihr aus, und sie ertappte sich dabei, wie sie hoffte, dass sie bald bei Meisels eingeladen würden, bei Max.

In der Nacht hatte Fanny wieder einen Albtraum, in dem Graf Waidring sie verfolgte. Sie flüchtete sich in den Sektionssaal des Instituts, wo die kürzlich obduzierten Leichen – der Schneider Brocker mit seiner Schere im Hals, der Walzerkönig, Madame Adoria und die verkohlten Brandopfer – sich alle von ihren Tischen erhoben, ihre schwarz angelaufenen Finger nach ihr ausstreckten und sie festhielten, bis Waidring sie erwischte. Aber zumindest waren in dieser Nacht auch schöne

Träume darunter. Närrisch schöne, in denen sie mit Max auf einem fliegenden Schiff durch den Abendhimmel segelte. Die Art von Traum, bei der man enttäuscht war aufzuwachen.

Am nächsten Tag hatte Fanny sich mit Tilde an einem ihrer Lieblingstreffpunkte verabredet. Im Volksgarten, der eingebettet zwischen Burgtheater und Hofburg lag. Zwischen den Prunkbauten der Ringstraße war er eine richtige Oase, ein blühender Garten, in dem sich später im Frühling Hunderte Rosenstöcke unterschiedlichster Farbe zu übertrumpfen versuchten.

Fanny beobachtete, wie die Gärtner die Jutesäcke von den Rosen entfernten. Die meisten hatten darunter schon grüne Triebe angesetzt.

Es waren viele Spaziergänger unterwegs, was Fanny ein wenig nervös machte. Vielleicht hätten sie sich lieber an einem anderen Ort treffen sollen. Draußen in den Hügeln des Wienerwalds, wo ihnen gewiss niemand von Waidrings Gesellschaft über den Weg laufen würde.

Tilde konnte indes nicht aufhören, von ihrem Abend im Palais Coburg zu erzählen. «Ich habe so viele interessante Bekanntschaften gemacht. Schade, dass wir nicht Adressen austauschen konnten.»

Irgendwann musste selbst Tilde Luft holen, und Fanny nutzte die Zeit, um ihr genau zu berichten, was sich im Blauen Salon zugetragen hatte. Am Abend war das wegen Max' Anwesenheit nicht möglich gewesen.

«Was für ein niederträchtiger Kerl!» Tilde sah sie betroffen an. «Ich hoffe, es geht dir gut.»

«Es ist ja nichts passiert.» Fanny versuchte, abgebrüht zu

klingen, aber ganz ließ sich das Zittern nicht aus ihrer Stimme verbannen.

«Deine *lieben Bekanntschaften* hätten uns an ihn ausgeliefert, wenn der Graf nur mit den Fingern geschnippt hätte.»

«Das glaub ich nicht.» Tilde schüttelte entschieden den Kopf. «Diese armen Leute, du weißt ja nicht, wie er ihnen mitspielt. Jeder von ihnen hat sich in einer Notsituation an den Grafen gewandt.»

«Und einen Handel mit dem Beelzebub geschlossen», seufzte Fanny. «Wie kann man sein Schicksal nur in die Hand so eines Menschen legen?»

«Wenn man verzweifelt genug ist ... Jedenfalls, egal, was sie für ihn tun, er entlässt sie nicht aus ihrer Schuld.»

«Hmh», murmelte Fanny, während sie zwischen den Rosenbüschen hindurchspazierten. «Ich wünschte, ich hätte einen Beweis, dass er der Mörder ist. Dann könnte ich ihn ... *Tilde*?»

Sie wandte sich um und sah, dass Tilde bei ein paar ungarischen Straßenmusikern stehen geblieben war. Ihre bunten Trachten leuchteten in der Sonne. Mit Ziehharmonika und Geige stimmten sie gerade eine rasante Melodie an. Tilde begann, zum Takt der Musik zu tanzen, wirbelte so heftig im Kreis, dass sich einige goldene Locken aus ihrer Frisur lösten.

«Komm, du musst mitmachen!» Sie packte die völlig verdutzte Fanny an den Händen und begann, sich mit ihr zu drehen, schneller und immer schneller.

Tilde legte den Kopf in den Nacken und lachte, während ein paar der Musiker im Takt dazu klatschten.

«Nicht noch schneller, mir wird schlecht!», gluckste Fanny.

Als die Musik endete, ließen sie sich taumelnd los. Ein paar Kinder klatschten begeistert, während die Eltern ihnen missbilligende Blicke zu warfen.

«Das habe ich gerade gebraucht», keuchte Tilde und stützte

sich an Fannys Schulter ab, die noch darauf wartete, dass der Rosengarten aufhörte, sich zu drehen. Tilde löste sich von ihr und warf ein paar Münzen in die Mützen der Musiker.

«Das war wunderbar!» Sie knickste und hängte sich dann bei Fanny ein. «Ich muss mich hinsetzen», hauchte sie und fächelte sich Luft zu.

«Beim Denkmal!», keuchte Fanny.

Seltsam. Gerade hatte sie noch über dunklen Erinnerungen gebrütet, jetzt fühlte sie sich federleicht. *Tildemagie.* Ein besseres Wort fiel ihr dafür nicht ein.

Sie flanierten zu ihrem Lieblingsplatz im hinteren Teil des Parks, zum Denkmal der Kaiserin Elisabeth.

Ein mediterran bepflanzter Garten mit Zypressen und bunten Blumen säumte die weiße Statue. Auf ihrem Marmorthron sitzend, schien die Kaiserin auf Tilde und Fanny herabzusehen. Zwei Brunnen plätscherten in ein Becken mit Seerosen.

«Ah!» Tilde ließ sich auf eine der vielen Steinbänke sinken.

Fanny setzte sich zu ihr und horchte nur auf das Plätschern des Wassers. «Ich werde Schlomo schreiben», sagte sie dann. «Wir müssen ihm die Kleider zurückbringen, und ich würde gern einen Kaffee mit ihm trinken, was meinst du?»

«Klingt gut. Er ist großartig.»

«Glaub mir, wenn du seine Eltern kennen würdest, müsstest du ihn noch mehr mögen.» Fanny berichtete ihr von Onkel Frederiks abweisendem Verhalten – und von dem Zusammentreffen mit Max.

«Ein Polizist also», meinte Tilde versonnen und beobachtete ein paar Enten, die gerade nach Froschlaich gründelten. «Ich *liebe* Uniformen, vor allem, wenn Orden dran baumeln, die scheppern so lustig, wenn ... Na ja, auf jeden Fall fand ich höchst liebenswürdig, dass er uns beim Coburg abgeholt hat.»

«Tilde, er ...» Sie spürte, wie sie rot anlief. «Irgendwie ist er wirklich großartig.» Fanny räusperte sich. «So großartig, wie ein Inspector der Polizei auf der schiefen Bahn eben sein kann.»

«Ich hoffe, ihr seht euch wieder.»

Fanny legte ihre Hände auf das gusseiserne Geländer, das den Seerosenteich umspannte, und ließ sich die Sonne ins Gesicht scheinen. «Ich freue mich jedenfalls darauf, morgen endlich wieder zu arbeiten. Hoffentlich gibt's ein paar spannende Leichen, das wäre nach den ganzen Strapazen genau das Richtige.»

Tilde musste grinsen.

Fanny grinste zurück. «Ich meine, verzeih, ich hoffe natürlich *nicht*, dass viele ... Sagen wir, ich hätte morgen gern etwas Interessantes zu tun. Besser, oder?»

«Besser!»

Fanny runzelte die Stirn.

«Ist was?», erkundigte sich Tilde.

Fanny schüttelte den Kopf. «Für einen Moment hab ich geglaubt, ich würde jemanden schreien hören.»

«Wirklich? Ich höre nichts.»

«Nur wie ein Echo.» Fanny schloss die Augen. Jetzt begannen die Strapazen der letzten Zeit schon, ihre Wahrnehmung zu beeinflussen. Es wurde Zeit, dass endlich wieder ein bisschen Normalität einkehrte, damit sie sich wieder auf ihr eigentliches Ziel konzentrieren konnte. Leontine irrte sich. Sie würde auch unter der Fuchtel ihres despotischen Manns reüssieren und so gut werden, dass nicht einmal er es übersehen konnte.

14. KAPITEL
KNALLEFFEKT

Wieso so müde?», fragte Fanny, als Franz sich um ein Haar mit dem blutigen Handschuh sein Gähnen bedeckt hätte.

«Die Großmama.»

«Tut mir leid. Ich dachte, *ein Schluckerl und glücklich* würde funktionieren.»

«Die Gute hat so viele Haare auf den Zähnen, dadrin verfängt sich das ganze Morphin.» Er warf Fanny einen vielsagenden Blick zu. «Von irgendwem muss ich meinen Charme ja haben.»

Er schüttelte den Kopf und wandte sich wieder der Leiche vor ihm zu. «Fass mir die äußere Besichtigung noch mal zusammen, ich fürcht, ich hab grad nicht aufgepasst.»

Fanny rückte ihre Lesebrille zurecht. «Männlich.»

«Das seh ich!»

«Alter, geschätzt zwanzig, Ernährungszustand gut. Totenflecken an Rücken und Schenkelunterseite. Einsetzender Rigor mortis an Armen und Beinen festgestellt. Massives Genu valgum ...»

Franz wedelte ungeduldig mit der Hand. «Dass der Bursch X-Beine hat, ist mir egal. Wahrscheinlich hat er als Kind Rachitis gehabt. Komm zum Punkt!»

«Senkrechte Narbe unter dem rechten Auge, abgeheilt, etwa fünf Zentimeter lang. Gezacktes Loch im mittleren Abdomen, Durchmesser etwa sieben Zentimeter. Verdacht auf ballistisches Trauma.»

«So schön wie du hat noch niemand einen erschossenen Burschenschaftler beschrieben. Depperter Bub. Sicher ein Duell.» Franz schüttelte den Kopf. «Und was meinst? Wie ist er erschossen worden?»

Fanny beugte sich stirnrunzelnd über die Leiche. «Keine Schmauch- oder Pulverspuren am Wundrand. An der Kleidung waren auch keine. Dafür klar begrenzte, schwarze Wundränder.» Sie sah auf. «Fernschuss würde ich sagen.»

Franz nickte.

«Keine Austrittswunde. Ein Steckschuss. Die Kugel ist noch irgendwo dadrin. Da sind ein paar Knochensplitter. Eine Schussfraktur. Kann sich nur um Teile der Lendenwirbel handeln.»

«Gar nicht mal so schlecht», meinte Franz schulterzuckend. «Was sagt die Anordnung? Irgendwelche Einschränkungen bei der Autopsie?»

Fanny überflog das Schreiben der Polizei. «Nichts. Wir können uns alles ansehen. Soll ich den Professor holen?»

«Ach!» Franz winkte ab. «Den interessieren gerade nur die Neuerwerbungen für seine Südamerikasammlung.»

«Was soll das denn sein?»

«Sag bloß, du kennst die große Leidenschaft vom alten Kuderna noch nicht? Angeblich steckt seine halbe Villa voll mit Urwaldkrempel. Federschmuck, Speere, ausgestopfte Paradiesvögel, Pfeifen ... Lässt sich seine neuen Stücke immer hierher liefern, wahrscheinlich, weil ihm die Madame sonst den Marsch bläst.»

«Klingt sogar interessant», meinte Fanny.

«Ja, nur ist ihm dann seine eigentliche Arbeit ganz egal. Klopf mal bei ihm an, wenn du willst. Hängt schon den ganzen Vormittag am Institutstelefon und spricht mit irgendeinem Museum. Dabei sollte die Leitung frei bleiben, für die anderen Kliniken oder die Polizei.»

«Wenigstens lässt er uns in Ruhe.»

«Was das Beste an dieser ganzen Sache ist.» Franz klatschte in die Hände. «Also, dann schauen wir uns doch mal an, was die Kugel im Bauch angestellt hat.»

Fanny beobachtete, wie Franz ein Messer nahm und einen einfachen Längsschnitt vom Brustbein abwärts durchführte.

«Gibt's eine dümmere Art, sein Leben zu verschwenden?», murmelte er kopfschüttelnd. «Ich mein, um was kann's denn bei dem Duell schon gegangen sein? Um ein Mädel, das der eine dem anderen weggefischt hat? Ja, tut weh, aber geht vorbei. Da habt ihr Frauen uns was voraus. Ihr zerstört einander viel subtiler – mit Gerüchten, fehlenden Einladungen und verführten Ehemännern.»

«Woher die hohe Meinung von uns?»

«Das war ein Ausdruck ehrlicher Bewunderung», erklärte Franz und beugte sich mit konzentriertem Blick über die Leiche. «Eure Art des Duellierens überleben meist beide, physisch zumindest.» Nach zwei Querschnitten klappte er die Bauchwand nach außen.

Etwas Blut schwappte über, rann über den Tisch und tropfte auf den hellen Fliesenboden des Sektionssaals.

Franz schnaubte. «Hätte mir denken können, dass da drin alles schwimmt.» Er verschränkte die Arme. «Komm, hilf mir. Sonst sehen wir genau gar nichts.»

Gemeinsam wälzten sie den Duellanten auf die Seite. Eine Welle Blut ergoss sich aus seinem Bauch und klatschte auf den Boden, sodass es Fanny die Schürze vollspritzte.

«Holla», rief Valdéry erschrocken, der gerade im hinteren Bereich des Sektionssaals mit einer Pinzette Organstückchen in ein Glas mit Formalin füllte, um sie darin haltbar zu machen.

«Keine Sorge, wirst eh nicht schmutzig, Clemens.»

Sie legten die Leiche wieder auf den Rücken.

Franz betrachtete die wild aussehende Szenerie, dann räusperte er sich. *«Wiener Blut, Wiener Blut! Eig'ner Saft, voller Kraft, voller Glut»,* sang er, während von allen Seiten des Tisches Blut auf den Boden tropfte.

Valdéry kicherte, und auch Fanny konnte sich das Grinsen nicht verkneifen. Sie versuchte ja, sich zu beherrschen, aber Franz' Gesang war einfach zu komisch – und dann stimmte auch noch Valdéry mit ein.

Fanny lachte auf, und dann sang sie selbst mit, nicht zu laut, damit man nicht merkte, wie falsch es klang. *«Wiener Blut, selt'nes Gut, du erhebst, du belebst unser'n Mut!»*

«Bühnenreif!», rief Valdéry, während Fanny applaudierte. Franz verbeugte sich tief und drehte sich dann wieder zu ihrem Seziertisch um.

Fanny trat neben ihn. «Findest du das nicht seltsam? Dass Blut für uns auf der einen Seite der Inbegriff des Lebens ist, flüssige Leidenschaft, Liebe – und dass die meisten Leute davor zurückschrecken und sich ekeln, wenn sie es wirklich zu Gesicht bekommen?»

Franz wandte sich ihr zu und musterte sie aus seinen braunen Augen. «Vielleicht, weil uns dann all die schönen Dinge, die das Leben ausmachen, durch die Finger rinnen.» Für einen Moment sah er sie einfach nur an, dann nahm er eine große Pinzette zur Hand und widmete seine Aufmerksamkeit wieder dem toten Duellanten. «Besser, würd ich sagen!» Franz blickte in den Bauchraum. Vorsichtig begann er, mit der Pinzette die zerfetzten Organe zu durchforsten.

«Und Franz, kannst' dadrin noch irgendwas abgrenzen?», rief Valdéry.

«Nicht mehr viel! Da! Die Kugel steckt in der Rückenmuskulatur.» Franz zog sie mit einem Ruck heraus und legte sie in eine Schale.

«Magen und Zwölffingerdarm sind komplett zerrissen», murmelte Fanny. «Ich glaube, das war mal die Milz ...» Sie streckte die Hand aus und zeigte auf das zerstörte Organ.

«Was ist das?», fragte Franz mit einem Mal alarmiert.

«Ich sagte doch, die ...»

«Nein, das auf deiner Hand.» Er nickte in Richtung der Brandwunde auf ihrem Handrücken. Sie war zwar schön verkrustet, aber gerade deshalb noch deutlicher zu sehen.

«Nichts», erwiderte Fanny hastig.

«Schaut nicht aus wie nichts.» Franz verengte die Augen. «Wer war das?»

«Niemand. Ich hab mich verbrannt, als ich für meinen Papa Kaffee gebraut habe.»

Franz betrachtete die Wunde und dann wieder Fanny. «Mit einer Zigarre?»

Fanny setzte an, etwas zu sagen, als plötzlich ein Quaken ertönte.

Franz runzelte verwirrt die Stirn. Offenbar hatte er es auch gehört.

Das Quaken wiederholte sich.

«Ich hätt echt länger schlafen sollen», flüsterte Franz.

Fanny kniff die Augen zusammen und drehte sich um. Wenn sie sich nicht täuschte, kam es aus Richtung der Regale.

Sie lief nach hinten und lauschte, bis sich das Quaken erneut meldete.

Fanny riss das letzte Regal vor dem Leichenraum auf und sah einem ausgewachsenen Laubfrosch in die kupferfarbenen Augen. Ungläubig schüttelte sie den Kopf. Der Frosch hockte in einem Glaskolben und glotzte sie seelenruhig an.

Fanny wandte sich zu Franz um. «Wie kommt der denn hier rein?»

«Äh», mischte sich Valdéry ein und sah von seinen Formalingläsern auf. «Das hat Sie gar nicht zu interessieren. Es handelt sich um *medizinische Forschung*. Davon verstehen Sie nichts.»

Franz stöhnte. «Spuck's aus, Clemens, was hast denn mit dem Froscherl vor?»

«Ich weiß nicht, ob dich das interessiert. Die Thematik ist *hochkomplex*. Ich untersuche die Aufhebung der Wirkung von Curare», erklärte Valdéry mit erhobenem Kinn.

«Pfeilgift?», wisperte Fanny überrascht. Curare war eine Substanz, die man aus Dschungelpflanzen gewann. Mehr wusste sie auch nicht darüber.

«Die Aufhebung der Wirkung von Curare hat der Professor Pál von der Pathologie schon vor ein paar Monaten beschrieben», sagte Franz lächelnd und verschränkte die Arme.

«Aber vielleicht fallen mir eben noch ein paar Ergänzungen auf. Deshalb hab ich mir den Frosch und die Substanzen von der Pathologie geliehen.»

Franz warf Fanny einen vielsagenden Blick zu. «Verstehe. *Ergänzungen*. Vor allem deinen Namen willst auf dem Artikel vom Professor Pál *ergänzen*.»

«Und wenn schon», erwiderte Valdéry und schüttelte sein Haar zurück.

«Na, dann hab dich nicht so und zeig uns den Versuch wenigstens.»

«Ich weiß nicht ...»

«Ich würde es, ehrlich gesagt, auch gern sehen ...», meinte Fanny.

Valdéry seufzte. «Na, wenn man mich so nett bittet!» Er nickte Fanny zu. «Bringen S' mir den Frosch zum Tisch und die beiden Flaschen, wo *Curare* und *Physostigmin* draufsteht. Und zwei Spritzen.»

Fanny folgte seinen Anweisungen.

Valdéry räusperte sich und strich sich mit dem Ellenbogen eine glänzende Haarlocke aus dem Gesicht. Dann zog er mit nervösen Fingern eine Spritze mit dem eher zähflüssigen Curare, die zweite mit dem gelblichen Physostigmin auf.

Franz kam ebenfalls zu Valdérys Tisch und beobachtete die Geschehnisse mit amüsiertem Interesse.

«So», sagte Valdéry, dann drehte er den Kolben um und klopfte auf den Glasboden, bis der Laubfrosch auf den Sektionstisch purzelte. Ehe er davonhüpfen konnte, hatte Valdéry ihn schon geschnappt. «Zuerst das Curare!» Er hielt den Frosch fest, spritzte ihm eine kleine Menge von dem Gift unter die Haut auf seinem Rücken, dann ließ er den Frosch los.

Doch dieser machte seltsamerweise keine Anstalten davonzuhüpfen. Sein kräftiges Grün hob sich deutlich von der metallenen Oberfläche des Sektionstisches ab.

«Die Ureinwohner am Amazonas jagen damit», erklärte Valdéry. «Deshalb muss es unglaublich schnell wirken.»

Erst jetzt fiel Fanny die seltsame Körperhaltung des Froschs auf. Seine Körperspannung schien allmählich von ihm zu weichen, und anstatt mit angewinkelten Beinen dazuhocken, lag er mit abgespreizten Gliedmaßen auf dem Tisch.

Franz runzelte die Stirn.

«Ist er tot?», fragte Fanny betroffen. Sie fühlte sich mit einem Mal schuldig, Valdéry zu dem Experiment überredet zu haben. Und dumm, weil sie den beiden Gerichtsmedizinern gerade gezeigt hatte, wie zartbesaitet sie war.

«Nein, nein!» Valdéry schüttelte den Kopf. «Curare blockiert direkt die neuromuskuläre Synapse, das ist die Stelle, wo die Nervenenden ihren Stimulus an den Muskel abgeben. Daher ist der ganze Körper gelähmt.»

«Aber dann ist er doch tot», bemerkte Fanny. «Das bedeutet auch Herzstillstand.»

«Nun, das können Sie natürlich nicht so genau wissen», erklärte Valdéry wichtigtuerisch, «aber der Herzmuskel besteht aus *anderem* Muskelgewebe als die Muskulatur der Gliedmaßen, auch sitzen im Herz ganz eigene Erregungszentren, die es schlagen lassen.»

Fanny spürte, wie sie rot anlief. Für wie blöd hielt er sie eigentlich?

«Ohne Sauerstoff schlägt das Herz auch nicht ewig», bemerkte Franz mit Blick auf den Frosch.

Das stimmte, die Atemmuskulatur zwischen den Rippen und das Zwerchfell war nun ebenfalls gelähmt. Der Frosch erstickte, während sie hier sprachen!

«Dann antagonisieren Sie das Curare, bitte», sagte Fanny hastig. «Geben Sie ihm das Gegengift!»

«Immer mit der Ruhe.» Valdéry schüttelte den Kopf. «Das Physostigmin ist genauso giftig wie das Curare, wenn man zu viel erwischt.»

Er nahm die Spritze mit der gelblichen Flüssigkeit und injizierte dem Frosch ein wenig davon unter die Haut.

Nichts passierte. Der Frosch lag noch immer wie tot auf der Platte.

«Oh», sagte Valdéry. «Vielleicht zu wenig.» Er spritzte noch etwas nach, doch der Frosch blieb reglos liegen. Valdéry stöhnte. «Na, vielen Dank auch. Jetzt ist mir wegen euch mein Versuchsobjekt verreckt.» Er bedachte Fanny mit einem scharfen Blick. «So was passiert immer, wenn Frauen sich in die Wissenschaft einmischen.»

«Oder Idioten», brummte Franz, aber Valdéry schien ihn gar nicht zu hören.

«Räumen S' das weg, Fräulein, ich muss mich um meine Organproben kümmern.» Er stapfte nach hinten zu seinen Formalingläsern, in denen blasse Organstückchen schwammen. Er wandte sich noch einmal nach den beiden um. «Und ich verbitte mir weitere Störungen», erklärte er mit erhobenem Zeigefinger.

Fanny spürte, wie Franz sie am Ärmel zupfte und auf den Tisch deutete. Der Frosch zog gerade seine Beine zum Körper, richtete sich auf und sah mit wackelnder Kehle zu ihnen empor. Fanny lächelte erleichtert, während Franz ihn vorsichtig zurück in seinen Glaskolben schob.

«Meine Großmama hat einen Gartenteich mit Seerosen», flüsterte er ihr zu und verbarg den Kolben hinter seinen Rücken. Er verschwand kurz aus dem Saal, um den Frosch zu verstecken, dann wandten sie sich wieder ihrem toten Duellanten zu.

«So, wo waren wir», sagte Franz. «Ah, ja, die Milz, richtig? Du hast recht, die wurde von der Kugel völlig zer...»

Er kam nicht dazu, fertig zu sprechen, da in diesem Moment draußen auf dem Gang laute Stimmen ertönten.

Einen Moment später stürmte Professor Kuderna in den Sektionssaal, dicht gefolgt von einem bärtigen Mann in einem Anzug, der sofort erbleichte, sobald er die eröffnete Leiche und den Blutsee darunter erblickte.

«Alle sofort aufhören», rief Kuderna.

Fanny fragte sich, ob er überhaupt nur noch in den Sektionssaal kam, um sie von einer Autopsie abzuhalten.

«Was haben Sie denn? Bei dem hat eh alles seine Ordnung.» Franz trat von dem Duellopfer zurück.

«Um den geht's doch gar nicht.» Kuderna nestelte mit seinen Fingern in seinem Rauschebart herum. «Es gibt ein Problem!» Seine Stimme klang gepresst.

Für einen Moment versuchte Fanny, sich vorzustellen, wie er und Leontine sich im Alltag begegneten, doch sie konnte es nicht. Die beiden schienen auf unterschiedlichen Planeten zu leben.

«Schwester Goldmann», rief er.

«Ja, Herr Professor?», erwiderte Fanny leise.

«Dr. Wilder!»

«Mhm», brummte Franz.

«Das ist Herr Doktor Ziehr, einer der Juristen der universitären Rechtsabteilung. Herr Doktor, sagen Sie uns, warum Sie hier sind.»

Der Jurist räusperte sich und rümpfte die Nase. Vermutlich war er noch nie in einem pathologischen Sektionssaal gewesen. Sein Teint hatte jedenfalls einen grünlicheren Stich angenommen, seit er hereingekommen war.

«Letzte Woche», er räusperte sich erneut, «wurde das Mordopfer Lenore Adoria in die gerichtliche Medizin eingeliefert.»

Oh nein! Fanny spürte, wie ihre Hände zu zittern begannen.

«Ist es korrekt, dass von Professor Kudernas Seite mit größtmöglichem Nachdruck darauf hingewiesen wurde, dass an ihrer Leiche nur eine äußere Inspektion durchzuführen ist, äh, Dr. Wilder?»

Professor Kuderna nickte eifrig.

Franz betrachtete den Professor und schnaubte.

«Ist Ihnen auch bekannt, dass das Kleid der Madame Adoria später mit chirurgischem Nahtmaterial zusammengenäht wurde, um zu verbergen, dass eine teilweise Eröffnung ihres Bauches sowie eine Perforation des Magens stattgefunden hat?»

«Davon weiß ich nichts. Vielleicht waren die Kollegen im städtischen Leichenhaus neugierig.»

«Kollege Wilder, ich schwör's Ihnen, Sie fliegen hier hochkant raus, wenn Sie sich nicht zusammenreißen», zischte Kuderna.

«Das sag ich ihm auch immer, Herr Professor», bemerkte Valdéry kopfschüttelnd.

«Ich weiß nicht, was Sie von mir wollen», erklärte Franz. «Wir haben sie nur inspiziert, das war's. Sie wissen's doch Professor, Sie waren ja dabei. Was soll also das Verhör?»

«War irgendjemand von Ihnen danach noch an der Leiche?», insistierte der Jurist.

«Nein! Und jetzt lassen Sie uns bitte weitermachen. Dort am Tisch liegt einer, wo man uns zur Abwechslung arbeiten lässt.» Dr. Ziehr vermied, die Leiche anzusehen, was Franz zu amüsieren schien. Er nahm die Pinzette. «Schauen Sie! Faszinierend, wie viel Zerstörung so ein Kugerl im Körper anrichten kann.»

Dr. Ziehr schluckte. Fanny konnte sehen, wie kleine Schweißperlen auf seiner Stirn glänzten.

«Aber was haben Sie denn?», fragte Franz unschuldig.

«Die Verstümmelung der Leiche», fuhr der Jurist gepresst fort, «wurde offenkundig, als die Bestatter die Leiche direkt nach ihrer Ankunft entkleidet haben.»

Franz legte die Pinzette zurück in die Schale und hielt seinen Blick auf den toten Duellanten gerichtet. «Was wollen Sie andeuten?»

«Das wissen Sie ganz genau», erwiderte Kuderna. «Sie beide wollten die Leiche unbedingt obduzieren. Dann haben

Sie das nächtens trotz meines Verbots nachgeholt. Und nun haben wir die Scherereien. Die Familie Adoria erwägt rechtliche Schritte gegen das Institut und die Person, die diese illegale Autopsie durchgeführt hat.»

Fanny bemühte sich, möglichst unverdächtig zu wirken, und glitt halb hinter den Seziertisch zurück.

«Und zu allem Überfluss», erklärte der Jurist, «gab es einen Zeugen.»

Fannys Finger krampften sich um den Rand des Tisches. Das war unmöglich. Ja, während sie den Walzerkönig obduziert hatte, war jemand anderes im Gebäude gewesen, aber nicht bei der Madame Adoria, da war sie sich sicher.

«Und was hat *der Zeuge* gesehen?», fragte Franz, noch immer, ohne den Professor anzusehen.

«Der Zeuge sah jemanden zu nächtlicher Stunde aus dem Institut hasten, als wäre der Teufel hinter ihm her.»

Fanny schloss die Augen. Da war eine Kutsche gewesen. Sie wäre fast in sie hineingelaufen.

«Und zwar *Sie*, Schwester Goldmann», ergänzte der Professor.

Er hätte es nicht mehr zu sagen brauchen.

Dr. Ziehr und der Professor starrten sie an. Franz hob den Blick, wandte sich ihr zu und betrachtete sie forschend.

Sie wollte etwas sagen, aber Franz kam ihr zuvor. «Du ungeschicktes Ding! Ich hab dir immer wieder gesagt, wenn du mir zusehen willst, sollst du achtgeben, dass dich niemand sieht.»

«Franz, nein!», wisperte Fanny. Sie konnte sehen, dass sein Gesicht deutlich an Farbe verloren hatte.

Der Professor riss die Augen auf. «Sie? Dabei sind Sie doch der Erste, der die Instrumente weglegt, wenn's spät wird.»

Franz zuckte mit den Schultern. «Wissen Sie ... 's war halt

ein interessanter Fall. Anordnung hin oder her, man hätt sich das genauer anschauen müssen.»

«Aha!» Der Professor presste die Lippen zusammen. «Und warum dann die gezielte Eröffnung des Abdomens, Kollege Wilder? Das Messer steckte in ihrem Brustkorb.»

Franz hob die Augenbrauen. «Sie kennen ja den alten Spruch, Professor, man kann auch Flöhe *und* Läuse haben.»

«Aber man stirbt nicht an zwei unterschiedlichen Dingen!», fuhr Kuderna ihn an.

«Richtig, Herr Professor!» Valdéry schüttelte missbilligend den Kopf.

«Und? War's das wert? Was haben Sie gefunden? Lassen Sie mich raten – nichts.»

«Es war eben ein Versuch.» Franz zuckte mit den Schultern.

«Gut», erwiderte Kuderna und nickte. «Gut. Das war's für Sie, Wilder. Sie haben sich einer direkten Dienstanweisung widersetzt. Das unterschreiben Sie dem Herrn Doktor noch, und dann raus mit Ihnen, Sie sind nämlich ...»

«Nein!», rief Fanny und kam hinter dem Tisch hervor. «Nein. So war's nicht.» Sie berührte Franz flüchtig am Oberarm, dann wandte sie sich dem Professor zu. «Er war nicht dabei, und er wusste nichts davon. *Ich* bin in der Nacht noch einmal ans Institut zurückgekehrt. Ich hatte den Verdacht, dass die Madame Adoria gar nicht an dem Messerstich gestorben ist, sondern davor. Dass der Mörder es nur so aussehen lassen wollte, als ob.»

«Schwester Goldmann.» Professor Kudernas Stimme war leise geworden. «Sie sind *Prosekturgehilfin*. Sie haben keinen Verdacht zu haben oder überhaupt irgendetwas an einer Leiche ...»

«Ich hatte recht!», unterbrach ihn Fanny. «Hören Sie mir zu, Professor. Ich habe ihren Mageninhalt mit einer Marquis-Reaktion untersucht, und die war positiv. Madame Adoria hatte genug Morphin zu sich genommen, um einen Atemstillstand zu erleiden. Daran ist sie gestorben und nicht …»

«Schweigen Sie!», brüllte der Professor, sodass Dr. Ziehr neben ihm zusammenzuckte. «Was fällt Ihnen ein? Sie bringen das ganze Institut in die Bredouille, wegen Ihrer idiotischen, dilettantischen *Weibertheorien*!»

«Es ist wahr», beharrte Fanny und fixierte den Boden vor ihren Füßen. «Ich habe es protokolliert und …»

«Das interessiert mich einen Dreck, was Sie irgendwo hingekritzelt haben. Dass ich Ihnen überhaupt erlaubt habe, hier zu arbeiten, war ein Fehler. Ich habe mich erweichen lassen, dachte, dass Sie selber dahinterkommen würden, dass das hier nichts für eine Frau ist – und gehen.»

«Sie hat doppelt so viel gearbeitet wie der Gert, und das, obwohl Sie ihr nur die Hälfte zahlen», brummte Franz.

«Sie», der Professor zeigte mit zitterndem Finger auf Franz, «halten sich da raus, mit Ihnen rede ich später. Nun, Schwester Goldmann …»

«Ich bin *Medizinerin*», erwiderte Fanny ruhig. «Und das wissen Sie auch.»

«Oh?», meinte Dr. Ziehr. «Das war mir gar nicht bewusst, warum ist sie dann …»

«Verschwinden Sie!», knurrte Professor Kuderna leise. «Sie sind per sofort entlassen. Und Sie unterschreiben dem Doktor, dass Sie gegen meine Anweisungen gehandelt haben.»

Fanny verschränkte ihre Finger und spürte, wie ihr die Tränen in die Augen schossen. Aber sie würde nicht weinen, nicht vor ihm, nicht, weil sie etwas getan hatte, das sie immer noch richtig fand.

«Ja, Herr Professor.»

Sie schloss die Augen, wodurch sich eine Träne aus ihrem

rechten Auge löste und über ihre Wange rann. Verdammt. Und alle sahen sie an. Wieso drehten sich diese Idioten nicht weg? Noch eine Träne, und noch eine.

Kuderna löste den Blick von ihr und ließ ihn über Franz und Valdéry schweifen. «Nichts als Scherereien hat man mit euch! Eine *Schande* für unser Fach!»

«Wieso *ich* denn, bitte?», protestierte Valdéry.

Kuderna wandte sich Fanny zu. «Sie sind weg, wenn ich wiederkomme. Und hören Sie auf zu heulen, in Gottes Namen! Sie siffen mir ja noch die Leiche voll.»

«Ist das Ihr Ernst?», fragte Franz. «In dem ist doch eh alles gehäckselt.»

Dr. Ziehr schluckte. Bei Franz' Worten war er noch einen Tick grüner geworden. «Entschuldigen Sie mich», presste er hervor und stürmte aus dem Sektionssaal. Wie von weit her hörten sie, wie er sich auf dem Klosett übergab.

Kuderna bedachte Fannys tränenüberströmtes Gesicht noch mit einem flüchtigen Blick. «Da sehen Sie ja selbst, dass Sie viel zu zartbesaitet für den Posten sind.» Er wandte sich ab und stelzte auf seinen seltsam dünnen Beinen hinaus.

Fanny blieb stehen. Jetzt hatte sie den Lohn für ihren Übermut. Alles, was sie sich gewünscht hatte, hatte sich in Nebel aufgelöst, als sie versucht hatte, es zu greifen. Die Tränen verschleierten ihr die Sicht und ließen den Seziersaal zerfließen wie ein Gemälde im Regen.

«Bleiben Sie jetzt einfach da stehen?», fragte Valdéry. «Sie haben hier doch gar nix mehr verloren.»

«Bitte, Clemens, halt einfach dein blödes Maul!», fuhr Franz ihn an.

«Ich mein ja nur.» Valdéry zuckte mit den Schultern. «Hast ja gehört, was sie gemacht hat.»

Fanny hörte Franz tief durchatmen. «Wieso hast du das

getan, wieso hast geglaubt, dass sie vergiftet worden ist? Aber nicht nur wegen des Einstichwinkels, oder?»

Sie schüttelte den Kopf.

«Warum dann?»

Sie konnte sich nicht erinnern, dass Franz je so sanft mit ihr geredet hatte, aber im Augenblick machte es gerade das nur noch schlimmer für sie. Wenn er ruppig war, fiel es ihr auch leichter, ruppig zu wirken. Und sie war lieber ruppig als ein Häufchen Elend.

«Hör mal, ich kenn dich, du machst das nicht einfach so, da muss es ... Sag mir, was los ist!» Er stand so nah bei ihr, dass sie beim Sprechen seinen Atemhauch auf ihrer Wange spürte.

Fanny trat einen Schritt zurück, dann stürmte sie aus dem Sektionssaal hinaus.

«He, so wart doch!», rief Franz ihr nach, aber Fanny blieb nicht stehen. Auf dem Gang hörte sie das Würgen von Dr. Ziehr, den Wisch, den sie unterschreiben sollte, musste er ihr dann wohl nach Hause schicken. Sie wollte nur fort, fort von dem einzigen Ort, an den sie gehört hatte, wo sie sich nicht verstellen musste.

Vorbei.

Vorbei ...

Die nächsten Tage durchlebte Fanny in dem Gefühl zu schlafen. Es war einerlei geworden, ob es nun Dienstag oder Sonntag war. Sie hatte ihrem Vater noch halbwegs gefasst von ihrer Entlassung berichtet und dann in ihr Zimmer laufen wollen. Aber er hatte sie mit seiner guten Hand festgehalten und sie in die Arme genommen. Sie hatte bitterlich geweint, wie damals, als man den Leichnam ihrer Mutter fortgebracht hatte. Und seither fühlte sich alles an, wie wenn sie in einem seltsamen Zwischenreich gefangen wäre, aus dem es kein Vor und kein Zurück gab, in dem sich alles glich, ohne eine Perspektive auf Änderung.

Nur eine Person schien der ganzen Sache etwas Positives abgewinnen zu können.

«Endlich, Kind!», hatte Tante Agathe gerufen und in die Hände geklatscht. Fanny hatte es teilnahmslos über sich ergehen lassen.

Tilde kam sie so gut wie jeden Tag besuchen und versuchte, sie zu überreden, mit ihr spazieren zu gehen, Kaffee zu trinken oder ein Theater zu besuchen. «Ich würde so viel lieber mit dir gehen als mit irgendeinem Verehrer.»

Aber Fanny fand es zunehmend schwerer, in irgendeiner dieser Aktivitäten Sinn zu erkennen.

Zumindest zu dem gemeinsamen Kaffee mit Schlomo hatte sie sich aufgerafft. Dass sie ihm ihre Dankbarkeit zeigte, dass sie ihn wissen ließ, dass er ihr in der ganzen Verwandtschaft der Liebste war – das zweite schwarze Schaf –, bedeutete ihr unter Schwaden dumpfer Gleichgültigkeit noch etwas. Tilde kümmerte sich um alles und reservierte ihnen einen Tisch im *Café Landtmann*, wo sie sich an einem gewittrigen Nachmittag trafen.

«Und?», fragte Schlomo ungewohnt unsicher, nachdem Fanny Tilde und ihm von der Geburtstagsfeier seines Vaters erzählt hatte. «Wie geht es ihnen?»

«Sie kommen wohl zurecht», erwiderte Fanny.

Schlomo nahm seine Teetasse mit Daumen und Zeigefinger, trank einen kleinen Schluck und sah auf die geschäftige Ringstraße hinaus. «Was für eine Ironie, dass einem jemand etwas bedeuten kann, dem man ganz und gar gleichgültig ist.» Er besann sich. «Doch nun, meine Damen, will ich alles von dem Abenteuer um Leben und Tod erfahren, das ihr erlebt hat. Und, ach ja, die Chou Chou lässt euch lieb grüßen.»

Glücklicherweise übernahm Tilde das Erzählen. Sie tat es frei von der Leber weg und nicht immer ganz richtig, sodass es für Fanny viel heiterer klang, als sie es erlebt hatte. Immerhin hatte Waidring, den Tilde gar nicht gesehen hatte, in ihrer Erzählung *rötliche Augen und einen Spitzbart*, und aus dem Mund der toten Madame Adoria wären nach Druck auf ihre Brust *grüne Rauchschwaden entstiegen*, durch die Fanny erst gemerkt hatte, dass es sich um Gift handeln müsste.

«Eine großartige Geschichte, du gehörst ans Theater, Schatzerl», meinte Schlomo, an Tilde gewandt. «Und du ...» Er sah Fanny an und schien nach den richtigen Worten zu suchen. «Ich weiß, wie es dir geht.» Er seufzte. «In manchen Situationen hilft es, wenn man aufsteht, dem Schicksal ins Auge sieht und aus voller Brust deklamiert ...» Er sprang so ruckartig auf, dass sich die Leute an den anderen Tischen nach ihm umdrehten. Sein violetter Gehrock leuchtete im plötzlich einfallenden Sonnenlicht. «Ich lasse mich von dir nicht ruinieren! Es ist mein Leben, und ich lebe es, wie ich will!»

Er setzte sich, während die anderen Gäste ihn schockiert anstarrten. Tilde applaudierte.

«Jetzt du. Es wird dir bessergehen, glaub mir.»

Fanny schüttelte den Kopf. «Was würden die Leute denken», murmelte sie.

Schlomo seufzte. «Da sind *immer* Leute, Schatzerl, das muss dir egal sein.»

Auch wenn es eine schöne Abwechslung gewesen war, freute sich Fanny, wieder nach Hause zu kommen. Sie würde sich in ihr Kabinett verkriechen und etwas lesen. Zuerst dachte sie an *Die Hausfrau als Hausärztin*, verwarf den Gedanken aber gleich wieder. Lieber einen seichten Roman, bloß kein Fachbuch.

Ihr Vater musterte sie mit einem besorgten Blick, als sie hereinkam. Es roch verführerisch nach der Rindsuppe, die Grete gerade kochte. Fanny wollte schon in ihr Kabinett flitzen, als er sie mit einer energischen Geste zu sich an den Esstisch winkte. «S-setz dich!»

Fanny gehorchte widerwillig. Für einen Tag hatte sie schon genug Konversation betrieben.

Ihr Vater legte vor sich einen Zettel auf das gehäkelte Tischtuch und strich ihn sorgsam glatt.

Fanny erkannte ein paar krakelige Wörter darauf. Sie erinnerte sich, wie seine Schrift früher ausgesehen hatte, wie mit Lineal und Winkelmaß gezogen. Sie hatte sich immer gewundert, wie die Schrift eines Menschen so makellos aussehen konnte.

Er presste die Lippen zusammen, dann atmete er tief durch. «M-manchmal ... ist ... alles ... furchtbar.»

Fanny nickte. «Ich weiß.»

Er streckte die Hand aus und wies auf das Gemälde ihrer Mutter, die auf die beiden herablächelte.

«Mutters Tod?»

Er nickte heftig, dann tippte er langsam auf seine Schläfe und presste die Lippen zusammen.

Sie wollte es nicht aussprechen. Der Tag, vor etwa einem Jahr, hatte als der schönste ihres Lebens begonnen. Sie hatte das Josephinum nahe dem Allgemeinen Krankenhaus besucht und sich von dem verschlafenen Beamten bestätigen lassen, dass all ihre Zeugnisse unterzeichnet und mit dem Siegel der jeweiligen Kliniken versehen waren. Dass alles vollständig war und sie nichts anderes mehr zu tun brauchte, als auf ihre Promotionsfeier zu warten.

Auf dem Heimweg hatte sie sich so beschwingt gefühlt, dass sie den Eindruck hatte zu schweben. Fliederduft hatte in der Luft gelegen, und die Mauersegler hatten über ihr im Himmel gejauchzt.

Sie hatte ihn damit überraschen wollen. Er hatte sie in den Monaten davor schon so oft gefragt, ob sie nun schon alles beisammenhätte. Sie wollte nichts verraten, bis er sie wieder fragte – und dann ganz schlicht *ja* sagen.

Sie war in den Salon gekommen, wo er auf seinem Fauteuil neben dem Ofen gesessen hatte. Zuerst war Fanny nur der brandige Geruch aufgefallen. Die Pfeife lag in dem Pfeifenhalter und direkt darüber die *Neue Freie Presse*, die ihr Vater gern las. Die Pfeife hatte bereits ein Loch hineingebrannt. Fanny hatte ihren Vater angeschrien und die Zeitung rasch in einen Eimer Wasser gestopft.

Erst nachdem sie die Fenster aufgerissen hatte, war ihr sein Zustand aufgefallen. Er hatte in dem Fauteuil gelehnt und seine zitternde Hand angestarrt.

«Ich kann sie nicht heben», hatte er gelallt. Für einen kurzen Moment hatte sie gedacht, er hätte zu viel getrunken, aber dann hatte sie sein Gesicht gesehen. Die linke Hälfte hatte schlaff heruntergehangen.

«Papa, was ist mit dir?»

Er schien zu versuchen, ihr zu antworten, aber er konnte nicht mehr.

«Papa?», hatte sie geflüstert. «Papa!»

Sie hatte ihn mit dem Rettungsdienst ins Spital bringen lassen, dem diensthabenden Arzt klarmachen wollen, dass sie an einen Schlaganfall dachte, aber die Schwestern hatten sie hinausgedrängt.

Fanny blinzelte. Die Angst von damals stieg wieder in ihr hoch. Die Angst, ihn auch noch zu verlieren.

Manchmal ist alles furchtbar. Und wie. Jetzt zum Beispiel.

«Aber ... nicht ... immer!», stieß ihr Vater hervor und sah sie fest an. «*Nicht* immer! Ich hab *dich.*» Er nahm ihre beiden Hände. «Wir schaffen das!»

«Papa», Fanny schüttelte den Kopf, «so schön hast du nicht mehr gesprochen seit ... Das ist wunderbar!»

Er lachte leise. «Ja», hauchte er, nickte und hob seinen Zeigefinger. Dann holte er aus seinem Sakko ein weiteres Blatt Papier hervor. «Schau!» Er schob es ihr über den Tisch hinüber.

Fanny betrachtete die fein geschwungenen Buchstaben. Eine Einladung zum Kaffee, für morgen. «Frau Meisel lädt uns ein», wisperte sie.

Ihr Vater zwinkerte ihr zu.

«Schon gut, ich komme mit, aber nur, wenn du aufhörst, mich so verschwörerisch anzusehen!»

Max. Etwas wie Vorfreude regte sich in ihrem Inneren. Aber was sollte er denn jetzt mit ihr anfangen, jetzt wo nichts mehr an ihr interessant war, wo sie nicht mehr im Geheimen irgendeinem Mörder nachstellte oder zumindest einen interessanten Beruf ausübte. Es war nur ein paar Wochen her, dass sie sich gesehen hatten, aber es fühlte sich an, als wäre sie damals alles gewesen und jetzt nichts.

Schlomo und Tilde hatten recht. Ihr Vater hatte recht. Sie musste aufstehen und wieder zu leben beginnen. Wenn sie doch nur gewusst hätte, wie.

15. KAPITEL
HERZFLIMMERN

Auch wenn Livius Meisel vermögend gewesen war, im Vergleich zu Onkel Frederiks Villa wirkte die der Meisels geradezu bescheiden. Ein zweistöckiges Häuschen mit weißer Fassade im französischen Stil erbaut, in der Front ein Zierbalkon mit gusseisernem Geländer.

«Mein lieber Leopold», rief Frau Meisel, als Fanny ihrem Vater aus dem Fiaker half. «Und Fanny, wie schön, dass du mitgekommen bist.»

Ihr Vater küsste Maria Meisel die Hand, während Fanny ihr die Hand schüttelte.

«Kommt doch bitte rein, ich habe auf der Terrasse für uns gedeckt.»

Max erwartete sie am Eingang. Er trug einen schwarzen Anzug mit einer grauen Weste. Seine Haare glänzten wie eine Pfütze Heizöl. Offenbar hatte er sich besondere Mühe mit seinem Aussehen gegeben und war dabei etwas übers Ziel hinausgeschossen. «Grüß dich», sagte er mit einem angedeuteten Lächeln. «Du siehst reizend aus.»

Fanny suchte vergeblich nach einer Spur von Ironie und fühlte, wie ihr Mut etwas stieg. Sie selbst war nicht sonderlich überzeugt von der dunkelblauen, hochgeschlossenen Bluse mit Spitzenbesatz und dem braunen Rock gewesen.

In dem dämmrigen Flur erkannte Fanny ein paar Büsten und in gedämpften Farben gehaltene Landschaftsbilder. Eines zeigte ein helles Schlösschen mit einem prachtvollen Garten.

«Das Gemälde stammt aus dem achtzehnten Jahrhundert», bemerkte Max. «Als der Wienerwald noch bis hierher reichte, stand an dieser Stelle ein Adelsschlösschen. Die letzte Besitzerin verlor angeblich den Verstand und kam zur Behandlung in den Narrenturm. Nach ihrem Tod war es lange unbewohnt, bevor es abgerissen wurde.»

«Irgendwie schade.» Fanny wusste nicht genau, warum, aber sie fühlte sich allein dadurch besser, dass sie mit Max sprach.

«Komm», sagte er und führte sie in den Salon.

Sonnenlicht fiel durch die gläsernen Terrassentüren in den Raum und ließ ihn freundlich wirken. Alle Sitzmöbel waren mit hellen Stoffen bezogen, auf denen sich Gold gestielte Blumen in alle Richtungen verzweigten.

«Das ist Jugendstil, nicht wahr?», rief Fanny erfreut aus.

«Vater hatte ein Faible für moderne Möbel.»

Er öffnete die Terrassentür und wies auf einen kleinen Kaffeetisch, der unter einem blühenden Kirschbaum stand. Der Tisch war hübsch gedeckt, mit einem angezuckerten Gugelhupf in der Mitte. Für einen Moment schob sich eine Schönwetterwolke vor die Sonne und ließ einen Schatten über die Terrasse ziehen.

Fannys Vater kam hinter Frau Meisel in den Garten gehumpelt, und alle nahmen am Tisch Platz. Eine ältere Haushälterin servierte ihnen Kaffee und goss ihn in achteckige Tassen.

Wind fuhr durch den blühenden Kirschbaum, und Fanny musste mehr als einmal Blütenblätter aus ihrer Tasse fischen.

«Wie geht es dir denn, Fanny?», fragte Frau Meisel. «Ich

hörte ja, du arbeitest auf einem Institut der medizinischen Universität. Das klingt herausfordernd für eine junge Frau.»

«Ich arbeite nicht mehr dort.» Sie erstickte ihr Genuschel in einem Schluck Kaffee. «Im Moment arbeite ich gar nicht, um ehrlich zu sein.»

Max starrte sie mit undeutbarer Miene an. Auf seinen Schultern lagen Kirschblütenblätter. Sie fühlte, wie sich das Rot in ihren Wangen auf Expansionskurs begab, und wandte sich ab.

«Na ja, du musst ja nicht, denke ich», erwiderte Frau Meisel lächelnd.

«Ihr Garten ist paradiesisch schön», sagte Fanny, um das Thema zu wechseln.

«Nicht wahr?» Max' Mutter hob den Kopf und blinzelte in die Sonne. «Livius hat das Grundstück wegen des Gartens ausgewählt, damals, als Max noch klein war. Und wer weiß, jetzt sitzen wir vielleicht zum letzten Mal hier in Gesellschaft ...» Sie griff nach ihrer Serviette und vergrub für einen Moment das Gesicht darin.

«Mama», sagte Max sanft, «noch sind wir hier.»

«Du hast recht!» Sie lächelte und wischte sich über den Augenwinkel. «Und gute Gesellschaft ist schließlich gute Gesellschaft, egal, wo man sich trifft.»

Großartig. Fanny biss sich auf die Lippen. Jetzt mussten sie nur noch ein schmerzhaftes Thema für ihren Vater finden, und schwupps, hätte die ganze Tischrunde Salz in ihre Wunden gestreut bekommen. Sie zerteilte ihr Stück Gugelhupf mit der Gabel.

«Hält dich die Polizeiarbeit auf Trab, Max?»

«Es gibt viel zu tun», erwiderte er unverbindlich. «Das Übel im Menschen ist wie Unkraut, reißt man es an einer Stelle heraus, wächst es an anderer Stelle nach.»

«Der Herr Oberleutnant, sein Kommandant, hat ihn im letzten Monat ausgezeichnet, weil er eine Schmugglerbande gefasst hat. Und vor drei Jahren, als er im Winter diese Diebe bis zur Donau …»

«Zu viel des Lobes, Mama», fiel ihr Max scharf ins Wort.

Fanny zog verwundert die Augenbrauen hoch, als er seine Mutter unterbrach. Womöglich eine unangenehme Erinnerung …

«Herr Goldmann», fragte Max. «Sie waren doch mit Mama in der gleichen Schule. Wie war sie denn so, als kleines Mädchen?»

Fannys Vater lachte. «G-goldblonde Zöpfe.»

«Stimmt!» Frau Meisel klatschte in die Hände. Ihr Haar war ergraut, aber wenn die Sonne darauf fiel, war noch immer ein Hauch von Gold zu erkennen. «Sie reichten mir fast bis zum Po. Meine Tanten wollten sie ständig anfassen. Ich hasste das. Und als ich sechzehn war, habe ich eine Schere genommen und sie mir abgeschnitten. Meine Mutter war außer sich, aber es fühlte sich großartig an, wie federleicht mein Kopf plötzlich war.»

Max schmunzelte, während er an einem Stück Kuchen kaute.

«Und der alte H-Hofkranzer.»

Frau Meisel grinste und hob mahnend den Zeigefinger: «Goldmann», zitierte sie den Lehrer mit tiefer Stimme. «So falsch, wie Sie die Kaiserhymne singen, grenzt das an Majestätsbeleidigung.»

Fannys Vater lachte.

Fanny lehnte sich ein wenig zurück. Sie nieste, da es so stark nach Blüten roch, dass es sie in der Nase kitzelte. Max sah sie immer wieder von der Seite an, was ihr jedes Mal einen Schauer wohliger Aufregung bescherte.

«Wir haben weiter hinten ein Vogelhäuschen. Dort herrscht gerade Hochbetrieb. Max, würdest du es Fanny zeigen?»

«Gewiss!»

Fanny war nicht sicher, ob Frau Meisel ihnen die Gelegenheit geben wollte, sich allein zu unterhalten, oder ob sie nur selbst ungestört mit ihrem alten Schulfreund sein wollte. Vielleicht beides.

Max führte sie in einen sonnigen Winkel des Gartens, wo das Murmeln von Wasser an Fannys Ohr drang. Das mit Gänseblümchen gesprenkelte Gras bog sich unter seinen Schritten. Aus dem Füllhorn eines Engels plätscherte Wasser in ein steinernes Becken, in dem ein paar Seerosen wuchsen. Daneben stand auf vier Pflöcken ein Vogelhaus mit einer breiten Landefläche, auf der reger Verkehr herrschte.

«Wir sollten hier stehen bleiben», sagte Max, sobald sie den Schatten einer Linde erreicht hatten. Er zeigte auf das ständige Kommen und Gehen beim Vogelhaus, wo ein paar Kohlmeisen und ein Gimpel saßen, während ein Rotkehlchen im Füllhorn des Engels badete.

«Ein zauberhafter Ort», meinte Fanny. «Und ich habe gerade eine Blaumeise vorbeiflitzen sehen.»

Max wandte sich ihr zu. «Warum hat man dich entlassen, Fanny?»

«Die Obduktion der Madame Adoria.» Die Erinnerung schien sich wie ein Walross auf ihr Herz zu wälzen. «Es ist herausgekommen.»

«Du hast versucht, ein Verbrechen aufzuklären, und dafür hast du meinen Respekt.»

Fanny sah zu Boden.

«Ich wünschte, ich könnte etwas tun», sagte er leise. «Aber solange der Mörder sich nicht stellt, sehe ich keine Möglichkeit.»

«Hast du etwas über Lucheni herausgefunden?»

«Nur eine Kleinigkeit, aber sie hilft mir nicht weiter.»

«Was ist es?»

«Nun, Lucheni hatte keine Familie, aber es gibt jemanden, den könnte man als seinen Freund bezeichnen. Er saß mit ihm in Genf ein, und vielleicht hat er mitbekommen, wohin man ihn gebracht hat. Mittlerweile wurde er freigelassen, und ihm gehört ein Luxusbordell in der Stadt. Sein Name ist Kaschinsky.»

«Du könntest ihn doch befragen.»

Max schüttelte den Kopf. «Nein. Kaschinsky traut mir nicht. Ich habe seinen Laden zu oft gefilzt und ihm immer wieder mit dem Zuchthaus gedroht. Ich bin die letzte Person, der er den Aufenthaltsort seines Freundes preisgeben würde. Damit endet diese Geschichte wohl.» Er senkte den Blick und schloss die Augen.

Ihn so gebrochen zu sehen, versetzte Fanny einen schmerzhaften Stich. Sie legte ihm leicht die Hand auf den Arm. «Es tut mir leid», sagte sie leise. «Ich wünschte, ich könnte irgendwas für dich tun.»

Max hob den Kopf. Hinter seiner Stirn schien es zu arbeiten.

«Woran denkst du?», fragte Fanny.

«Ich dachte nur, wenn wir den Stern wirklich hätten, könnte es uns beiden helfen. Ich würde ihnen erzählen, dass du dich mit dem, was du bei deinen Obduktionen entdeckt hast, an mich, einen befreundeten Polizisten, gewandt hättest. Dass ich dir Stillschweigen verordnet hätte und nur durch deine Hilfe dem Stern auf die Spur gekommen wäre.»

Fanny biss sich auf die Lippen. «Aber wir haben den Stern nicht, Max.»

Und ohne das Schmuckstück oder einen geständigen Mörder könnte sie ihre Geschichte nie beweisen.

«Richtig.»

Der Gedanke wäre auch zu schön gewesen. Rehabilitiert zu sein, ihren Traum weiterverfolgen zu können. Aber das würde niemals geschehen.

Nicht von selbst.

«Und wenn *ich* es versuche? Mit Kaschinsky zu reden, meine ich.»

Max hob die Augenbrauen. «*Du* willst dich in ein Bordell einschleichen und dessen Besitzer verhören?»

«Also ich ... ja!»

Max' Miene wirkte noch ernster als zuvor. «Ich könnte dich dadrin nicht beschützen, Fanny.»

«Was kann schon passieren?»

Ein ungläubiges Lachen entrang sich Max' Kehle. *«Alles!»* Er betrachtete Fanny kopfschüttelnd. «Die einzigen Frauen in einem Bordell sind Dirnen. Und die sind dort, *damit* etwas passiert.»

Fanny lächelte schüchtern. «Bei unserem ersten Treffen hast du selbst gesagt, ich wäre als Dirne nicht erfolgreich. Die Kerle werden mich gar nicht bemerken.»

«Fanny, ich bin Polizist. Ich sollte dich beschützen, nicht in Gefahr bringen.»

«Lass es uns versuchen!» Es klang entschlossener, als sie sich fühlte. Aber die Aussicht, selbst etwas tun zu können, um aus dieser Hoffnungslosigkeit auszubrechen, hatte etwas Belebendes.

«Ich ...» Er seufzte und schloss für einen Moment die Augen.

Fanny grinste. «Dann sind wir uns ja einig.»

Max erwiderte ihr Grinsen. «Offensichtlich.»

«Jetzt brauchen wir nur noch einen guten Grund, warum Kaschinsky mir verraten sollte, wo Lucheni ist.»

«Oh!» Max' Miene wirkte auf einmal fast heiter. «Da weiß ich genau das Richtige.»

Ehe Fanny fragen konnte, worum es sich handelte, streckte er die Hand nach ihr aus. «Komm, ich zeige dir unsere Rosen, die ersten öffnen sich gerade.»

Es mochte sich um eine tollkühne Unternehmung handeln, sie würde sich noch tiefer in diese Geschichte verstricken, die sie eigentlich ein für alle Mal hatte abhaken wollen. Aber es fühlte sich einfach gut an, wieder ein Ziel zu haben, etwas, für das es sich lohnte, vor elf Uhr aufzustehen.

Fanny hatte sich die letzten Tage im *Café Korb* mit Max getroffen. Gemeinsam baldowerten sie aus, wie sie vorgehen würden. Max würde als Freier getarnt in das Bordell gehen. Fanny würde ihm kurz darauf folgen und sich unter die Damen des leichten Gewerbes mischen, die dort die Aufgabe hatten, sich zu den Freiern an den Tisch zu setzen, um dann mit ihnen in eines der Zimmer zu verschwinden.

Max sah sie ernst an. «Du umschiffst die Freier, als wären sie Minen, ist das klar?»

«Was sind Minen?»

«Modernes Kriegsgerät. Etwas, dem du nicht nahe kommen willst.»

Fanny nickte. «Tante Agathes Zehennägel.»

Max warf ihr einen strengen Blick zu. «Du siehst sie nicht an, du grüßt sie nicht, du antwortest auf keine Fragen. All das würden sie als Einladung verstehen.»

Fanny nickte und aß ein Stückchen Apfelstrudel. «Morgen treffe ich mich mit Schlomo und Tilde im Burgtheater. Im Theaterfundus wird es bestimmt Kleidung geben, in der ich möglichst, ähm …», sie rückte ihre Lesebrille zurecht, «*dirnenhaft* aussehe.»

«Für meinen Geschmack bist du auffällig genug.» Max blieb ernst, und Fanny fragte sich, ob er ihr gerade ein Kompliment gemacht hatte. Er räusperte sich. «Hinter der Ausschank, den Tischen und der Bühne kommst du in den Bereich mit den Zimmern. Dort sieht es aus wie im Gang eines Hotels. Das *Le Rouge Un* ist ein weitläufiges Bordell. Um Kaschinskys Büro zu erreichen, musst du zweimal rechts und einmal links, in den Stock hinauf und dann wieder links, es ist die zweite Tür rechts!»

«Warte, das geht mir zu schnell.»

«Schreib's dir auf, wenn du es dir nicht merken kannst», sagte Max ungeduldig.

«Ich kann es mir merken, vielen Dank.»

«Wirklich? Wie war der Weg?»

Fanny atmete tief durch. «Zweimal rechts, einmal links, Stock hinauf, links, dritte Tür links.»

«Die zweite Tür», erwiderte Max mit hochgezogenen Augenbrauen. «Wenn du Kaschinsky triffst, sagst du ihm … was?»

«Herr Kaschinsky, ich habe Ihnen ein Angebot zu unterbreiten.»

«Und dann?»

«Wenn er wissen will, was es ist, zeige ich ihm den Köder.»

«Richtig.»

«Meinst du, sie werden mich mit dieser Art von Gepäck überhaupt reinlassen?»

«Wenn du dich geschickt anstellst, schon.»

«Und du weißt mit Bestimmtheit, dass *das* seinen Vorlieben entspricht.»

«Ja», erwiderte Max grimmig. «Jeder, der ihn kennt, weiß davon.»

«Gut», Fanny nickte und ging alles im Kopf noch einmal durch.

«Bist du dir *wirklich* sicher, dass du das tun willst?»

Fanny schmunzelte. «Nein, aber ich kann mich nicht mehr erinnern, wann ich das zuletzt war.»

«Fanny, dann ...»

«Ich kriege das hin.» Wenn sie Waidring überstanden hatte, dann würde das hier wohl auch gutgehen. Sie zuckte mit einer Schulter. «Vielleicht macht es ja sogar Spaß.»

Auch wenn die Angst überwog, Fanny war von einem Kribbeln erfüllt, das sie sich nicht erklären konnte. Gewiss hing es auch mit Max' Gegenwart zusammen, aber irgendwie erinnerte es sie auch an das Gefühl bei ihren heimlichen Obduktionen. *Abenteuerlust.*

«Dann treffen wir uns um zwanzig Uhr, Ecke Kärntnerstraße und Kupferschmiedgasse.» Max seufzte. «Sobald du den hinteren Bereich betrittst, bist du auf dich allein gestellt.»

«Ich weiß.» Sie lächelte. «Ich passe auf mich auf.»

«Das hoffe ich.» Er legte seine Hand auf ihre, und sie ließ es geschehen. «Wirklich!»

16. KAPITEL
ZITRONENMONDE

Auf dem Nachhauseweg hatte Fanny immer noch an Max, den Plan, das Bordell gedacht ... und dann immer wieder an Max.

Als sie die Tür aufgesperrt hatte, stieß sie einen Schrei aus, weil ihr Vater direkt dahinter stand.

«Entschuldige, ich war in Gedanken und ...»

Ihr Vater hob die Hand, um sie zum Schweigen zu bringen. «Besuch!», sagte er mit eindringlichem Blick.

«Ah, wer ist es denn?»

Vielleicht war Tilde auf einen Überraschungsbesuch hereingeschneit. Tante Agathe konnte es nicht sein, sie war am Morgen schon hier gewesen.

«Tilde? Du hättest mir gern sagen können, dass du ...» Fanny erstarrte am Eingang zum Salon.

Es war nicht Tilde, die am Esstisch saß und ihr lächelnd entgegenblickte.

«Leontine!», hauchte Fanny.

Sofort schoss ihr das Blut ins Gesicht. Sie fühlte sich plötzlich wie eine Bäuerin, bei der der Kaiser auf einen Kaffee vorbeischaute. Am liebsten hätte sie sich in Luft aufgelöst, dabei schien Leontine so entspannt, als träfe sie sich gerade mit ihren Freundinnen in einem Palais.

Sie saß seitlich am Tisch mit übereinandergeschlagenen Beinen, einem indigofarbenen Kleid mit goldenen Spiralen. Gegen das Licht fiel es Fanny schwer, ihre Miene zu erkennen, aber sie schien zu lächeln. Grete, die schon dabei war, das Abendessen zu kochen, hatte ihr einen Tee und ein Stück Nusstorte serviert, das Leontine noch nicht angerührt hatte. Außerdem stand eine hübsche Gebäckschachtel auf dem Tisch.

«Fanny!» Leontine erhob sich. Ihr Kleid floss an ihr herab wie ein Wasserfall, dann war sie heran und drückte Fanny an sich. Fanny spürte den zarten Stoff ihres Kleides, den Kuss auf ihrer Wange, während ihr leichter Bergamottenduft in die Nase stieg.

«Verzeih, dass ich uneingeladen hereingeplatzt bin in dein Zuhause.»

Für ihre Verhältnisse wirkte Leontine aufgelöst, was sich nur daran zeigte, dass sie keine Schminke trug und nicht jede schwarze Locke an ihrem Platz saß. Auf gewisse Weise ließ sie das nur noch schöner wirken. Eine moderne Königin der Nacht.

«Und verzeih ebenso, dass ich es erst jetzt tue. Du musst wissen, Albin hat es mir nicht erzählt, erst heute, als ich ihn am Institut besucht und dich nicht angetroffen habe, erst da hat er Farbe bekannt.»

Als Leontine das Institut erwähnte, krampfte sich Fannys Inneres zusammen. Sie fragte sich, welche Organe in ihrem Bauch es waren, die dieses Gefühl verursachten. Genau genommen besaß doch nur der Magen-Darm-Trakt Muskulatur, die sich verkrampfen konnte … Sie musste wirklich aufhören, ständig ihre Körperfunktionen zu analysieren.

«Wie konnte er das nur tun! Ich wusste ja, dass Albin schwierig ist, aber wie boshaft und rückgratlos, das wurde mir erst heute bewusst. Ich denke ernsthaft über eine Trennung nach, Fanny.»

«Aber bitte nicht wegen mir», murmelte Fanny und bat sie, sich wieder zu setzen.

Leontine wies beinahe hilflos auf den Karton auf dem Tisch. «Für deinen Papa, ich habe ihn wohl ziemlich überfallen. Zitronenmonde vom kaiserlichen Hoflieferanten Demel.»

Fanny wollte sich für das edle Geschenk bedanken, brachte aber nur ein Nicken zustande.

Leontine schloss ihre Hände um die dampfende Teetasse. Für einen seltsamen Moment hatte Fanny das Gefühl, Leontine wäre in Wahrheit diejenige, die getröstet werden musste.

«Es war meine Schuld», erklärte Fanny, nachdem Grete ihr auch einen Tee gebracht hatte und ihr Vater sich in sein Zimmer zurückgezogen hatte. «Es stimmt, der Professor hatte es mir verboten.»

«Aber wie ...» Leontine machte eine hilflose Geste. «Wie kann er die wahre Essenz der Wissenschaft, die Neugier, den Durst nach Erkenntnis so bestrafen?»

Fanny lächelte. «So edel hätte ich meine Motive gar nicht beschreiben können.»

«Ich habe den Adorias geschrieben – sie weilen die meiste Zeit in Genf –, und ich denke nicht, dass sie rechtlich gegen dich vorgehen werden. Immerhin darf man doch niemandem vorwerfen, die Ermordung der eigenen Tochter möglichst genau untersuchen zu wollen.»

«Danke. Wie ... wie läuft es denn am Institut?»

«Ach», Leontine winkte ab. «Ich war zu sehr damit beschäftigt, Albin anzuschreien, um etwas mitzubekommen.» Sie seufzte und sah auf. Fanny hatte das Gefühl, in ihren Augen zu versinken wie in zwei dunklen Teichen. «Was wirst du jetzt machen?»

«Das weiß ich noch nicht.» Fanny nahm einen Schluck Tee und versuchte, nicht daran zu denken, was Leontine wohl über ihr bescheidenes Zuhause dachte. Wenn der Professor wirklich einer reichen Industriellenfamilie entstammte, dann musste diese ganze Wohnung ihr kaum größer als ein Wintergarten erscheinen.

«Ich hoffe, du planst, wieder zu arbeiten?»

«Natürlich, aber dafür ist es noch ein wenig zu früh.»

Leontine neigte den Kopf, und eine weitere Locke löste sich aus ihrer Frisur. «Bitte, meine Liebe, gib jetzt nicht auf», erwiderte sie. «Lass dich nicht aus Bequemlichkeit in eine Existenz drängen, die dir angeblich *entspricht.* Wiederhole nicht meine Fehler.» Ein kleines Lächeln flog über ihr Gesicht, als sie Fanny ein breites Kuvert hinschob.

Fanny blinzelte verwirrt, dann öffnete sie es. *Einladung*, las sie auf dem elfenbeinfarbenen Papier, *zum Frühlingssalon der besonderen Frauen im Kursalon Hübner.*

«Klapp die Karte auf!» Leontine beugte sich über den Tisch und stützte sich auf ihre Ellenbogen.

Es unterhält Sie das Ensemble Printemps
mit Liedern von Alma Mahler.

Als Hauptrednerin erwartet Sie
Dr. med. Fanny Goldmann,
die mit uns in Diskurs über die Stellung der Frau
in der modernen Medizin treten wird.

Fanny sah auf. «Diskurs? Über die Stellung der ... Dafür bin ich nicht die Richtige.»

«Oh doch, und wie. Die einzig Richtige sogar, meine ich.»

«Was sollte ich zu diesem Thema erzählen? Ich bin doch

nur … *war* nur Handlangerin. Und jetzt bin ich gar nichts mehr.»

«Das sehe ich anders.» Leontine schnitt mit ihrer Gabel ein gerades Stück von ihrer Nusstorte ab. «Und ich bin heute nicht nur hier, um dich zu meinem Salon einzuladen, auf dem du *selbstverständlich* zu den Rednerinnen gehören wirst.» Sie verkündete das mit einer so natürlichen Autorität, dass Fanny nicht widersprach. «Reden wir über deine Zukunft.» Leontine schluckte den Kuchenbissen herunter und betrachtete Fanny eingehend. «Was hast du als Erstes vor?»

«Nun, ich …» Natürlich konnte Fanny ihr nicht die Details von Max' und ihrem Plan enthüllen, aber gleichzeitig wollte sie, dass Leontine begriff, dass sie nicht aufgab. «Zuerst möchte ich meinen Ruf wiederherstellen», erklärte sie. «Ich möchte klarstellen, dass ich die Leiche von Madame Adoria nicht einfach so verletzt habe, sondern einem begründeten Verdacht nachgegangen bin.»

«Aber wie willst du Albin davon überzeugen, er …»

«Ich stehe mit einem Polizisten in Verbindung, der mir glaubt. Wenn sich sein Verdacht beweisen lässt, bin ich rehabilitiert.»

Leontines Augen weiteten sich neugierig. «Das ist gut! Du *solltest* deinen Namen reinwaschen, wenn es möglich ist. Aber wie soll dir das helfen, eine neue Stelle zu finden?»

«Nun ja, ich dachte, wenn alles geklärt ist, könnte ich wieder …»

«An der Gerichtsmedizin arbeiten?» Leontine schüttelte leicht den Kopf. «Selbst wenn der Papst deine Unschuld bestätigte. Was glaubst du, schert das Albin?»

Ihre Worte senkten sich wie ein schweres Joch auf Fannys Schultern.

Leontine lehnte sich weit über den Tisch und suchte Fannys

Blick. «Meine Liebe, Unschuld hin oder her, du wirst nie wieder dort arbeiten.» Sie legte ihre Hand tröstend auf Fannys Wange.

Fanny fühlte geradezu, wie sich ihre Tränendrüsen kontrahierten und ihren Inhalt in ihr Auge pumpten. Leontines Berührung machte es noch schlimmer, besonders, weil sie recht hatte. Sie hatte sich bisher nicht gestattet, darüber nachzudenken, aber es war so wahr, dass es schmerzte: Recht oder Unrecht, Professor Kuderna konnte als Institutsleiter anstellen, wen er wollte. Und es war klar, wen er definitiv nicht wollte.

«Ich weiß, du möchtest am liebsten als Gerichtsmedizinerin arbeiten. Vielleicht könnte ich meine Kontakte ins Ausland nutzen, und ...»

Und Papa sich selbst überlassen?

«Das geht nicht.»

Leontine zog sich wieder auf ihren Stuhl zurück. «Vielleicht gibt es noch eine andere Möglichkeit. Wie du weißt, bin ich bei Albin auf Granit gestoßen, aber eine Sache konnte er mir doch nicht abschlagen.»

«Aha?»

Leontine richtete sich kerzengerade auf und hob das Kinn. «Er wird dir ein wohlwollendes Zeugnis ausstellen.»

Ein Lachen platzte aus Fanny hervor, ehe sie es schaffte, sich die Hand vor den Mund zu halten. «Verzeih, aber das kann ich mir nun wirklich nicht vorstellen.»

Sie erinnerte sich an die Geringschätzung in seinem Blick. Die Verachtung in seiner Stimme. Lieber würde er sich bei lebendigem Leibe von Franz obduzieren lassen, als ein gutes Wort über Fanny zu verlieren. Unwillkürlich erschien ein Bild vor ihrem inneren Auge. Der schmächtige Brustkorb und dann das überbordende Fett über seinem Bauch. Sie schüttelte sich.

Leontine schlug die Augen nieder, biss sich auf die Lippen und sah dann wieder auf. «Es gibt auch eine Bedingung.»

«Und die wäre?»

«Du musst dieser Tage zu ihm aufs Institut gehen und dich bei ihm für dein ... *Fehlverhalten* entschuldigen.»

«Aber er hätte uns die Autopsie nicht verbieten dürfen. Ich hatte recht, sie ist nicht an dem Messerstich gestorben!»

Leontine runzelte die Stirn. «Aber woran denn sonst?»

Fanny atmete tief durch. «Das würde zu weit führen ... Ich habe jedenfalls nichts falsch gemacht, gar nichts.»

«Ich weiß. Ich *weiß*. Aber manchmal im Leben müssen wir für einen kleinen Moment unseren Stolz vergessen, wenn wir überleben wollen. Ich kann dir helfen, eine neue Stelle als Medizinerin zu finden. Nein, ich *werde* dir helfen. Aber ohne Albins Wohlwollen wird es nicht gelingen, nicht einmal durch meine Beziehungen.»

Fanny sah zur Decke, dem ein wenig staubigen Kronleuchter, dann flüchtig zu dem Porträt ihrer Mutter. Ihr Leben schien so viel weniger kompliziert als Fannys gewesen zu sein. Was hätte sie ihr in dieser Sache geraten? Fanny musste sich eingestehen, dass sie es nicht wusste – und das schmerzte.

«Und wenn ich noch etwas abwarte? Wenn selbst die Polizei bestätigt, dass ich einen Grund hatte ...»

«Liebes, ich möchte dich durchaus ermutigen, weitere Klarheit in die Sache zu bringen, wirklich. Aber lass es nicht das einzige Pferd sein, auf das du setzt. Geh trotzdem zu Albin und tu, was nötig ist, um ein neues Kapitel aufzuschlagen.» Leontine atmete tief durch die Nase ein, und ihr Busen hob sich. «Wir dürfen uns nicht darauf verlassen, dass irgendein Mann uns retten wird.» Ihre Stimme klang mit einem Mal rau. «Es passiert nicht, auch wenn man das noch so gern glauben mag. Der Polizist, der sich für dich einsetzt. Gewiss hat er auch eine eigene Agenda, und vielleicht bist du mehr Mittel zu seinem Zweck als er zu deinem.» Sie vergrub das Gesicht in ihren Händen. «Verzeih, aber in gewisser Weise verstehe ich dich besser, als mir lieb ist. Ich weiß nicht, was aus mir werden soll. Wer ich wirklich sein will.»

Fanny schaffte es, ein aufmunterndes Lächeln auf ihre Lippen zu zaubern. «Aber du bist doch bereits großartig. Mit oder ohne Ehemann, was auch werden mag. Daran ändert sich nichts.»

Es kam von Herzen, wenn es auch nicht ganz zutraf, das wussten sie beide. Kudernas Geld. Im Falle einer Scheidung würde Leontine ihre Ansprüche wohl zurückschrauben müssen.

«Ich wünschte wirklich, ich wäre ein großartiger Mensch. Großartige Menschen bewirken etwas. Vielleicht schaffe ich mit meinem Salon einen Schritt in die richtige Richtung.»

«Und ich werde kommen und, so gut ich eben kann, mit den anderen Damen *Diskurs* halten», versprach Fanny.

Leontine lachte laut auf, und Fanny hörte, wie in der Küche ein Topf schepperte, weil Grete sich erschreckt haben musste.

«Ich werde zu Professor Kuderna gehen, auch wenn mich der Gedanke daran nicht unbedingt Luftsprünge vollführen lässt. Weißt du, wann es bei ihm günstig ist?»

«Ach», Leontine winkte ab. «Immer eigentlich, er *lässt* ja ohnehin arbeiten, hab ich recht?»

Fanny hob Daumen und Zeigefinger. «Ein kleines bisschen vielleicht.»

«Dann schau nächste Woche vorbei. Nachmittags. Wenn er gegessen hat, ist er immer milder gestimmt.» Leontine tippte mit dem Zeigefinger gegen ihr Jochbein und schien nachzudenken. «Das Beste ist, ich schreibe dir und schicke dir einen Termin.» Sie trank ihren Tee mit einem Zug aus und erhob sich. «Ich fürchte, ich habe die Zeit vergessen. Ein paar andere Damen harren noch ihrer persönlichen Einladung. Der Kursalon liegt ja mitten im Stadtpark. Wir werden uns dort Ende Mai auf der Terrasse der Musik und dem Duft der Rosen erfreuen. Ein Gebäude im Stil eines Renaissancepalastes, gewiss warst du noch nie drinnen ...» Sie zupfte ihr Kleid zurecht und rieb sich kurz zwischen den Beinen. «Ich hoffe, ich habe dich nicht zu lange aufgehalten.»

«Ich muss ja nirgends hin.» Fanny erhob sich ebenfalls. «Es hat mich jedenfalls gefreut, dich zu sehen, sehr sogar. Und ... danke.»

«Dank mir nicht, meine Liebe. Ich habe in meinem Leben oft die falsche Entscheidung getroffen. Meist, weil ich glaubte, keine Wahl zu haben. Aber diese hier ist keine davon.»

Fanny führte sie in den Flur, wo sich die beiden noch einmal umarmten.

«Auf bald», sagte Leontine lächelnd, dann verschwand sie im Treppenhaus.

Fanny schloss die Tür. Der Duft des Bergamottenparfüms hing noch im Raum. Eine Freundin wie Leontine zu haben, fühlte sich gut an. Es war, als würden sich ihr in ihrer Gegenwart ganz neue Horizonte eröffnen, als wäre das Undenkbare mit einem Mal selbstverständlich.

Vor sich hin summend, ging sie in ihr Kabinett und öffnete das kleine Fenster. Das *Goldene Frauenbuch* lag auf ihrem Nachttischchen. Später würde sie vielleicht wieder ein wenig darin lesen, vielleicht den Part über erste medizinische Maßnahmen im Notfall oder das über Krankheiten des Intimbereichs.

Ein Frühlingsschauer ging über dem Innenhof nieder. Fanny konnte das Schnauben eines Pferdes aus einem benachbarten Stall hören. Eine Amsel trotzte dem Regen mit ihrem Lied. Fanny atmete den Geruch nach Feuchtigkeit, Pflastersteinen und aufblühenden Kastanien ein, nun, auch ein bisschen Pferdemist war dabei, doch das störte nicht. Lag es an dem, was ihr morgen bevorstand? Einem weiteren Abenteuer mit Tilde, Schlomo und Max natürlich oder an den Möglichkeiten, die Leontine ihr gerade eröffnet hatte? Ganz gleich, Fanny fühlte sich getragen, als könnte sie aus ihrem kleinen Fenster schlüpfen und durch den Regen davonschweben. Oder einfach nur hier stehen bleiben, sich auf das Fensterbrett stützen und seinem Prasseln eine Weile zu lauschen, mit einem Lächeln auf den Lippen.

17. KAPITEL
ALS SATYR LÄCHELTE

Sie sah die Kaiserin mit ihrer Hofdame am Seeufer entlangspazieren. In ihrem Haar über der Stirn funkelte der Stern, aber es war kein gewöhnliches Schmuckstück mehr. Er verströmte sein eigenes, kühles Licht, als hätte sie ihn aus dem Nachthimmel gestohlen. Ein Mann lief auf sie zu. Alles schien verlangsamt abzulaufen. Fanny wollte die Kaiserin warnen, doch er riss ihr den Stern aus dem Haar und rammte ihr die Feile ins Herz. Sie stürzte, starb, während ihre Hofdame ihr zur Seite eilte.

Etwas störte Fanny an dieser Szenerie. Etwas, das ihr nicht einleuchten wollte. Die Frage schien im Raum zu schweben, ohne dass sie sie greifen konnte.

Sie starrte den Mörder an, aber der stand nur da und betrachtete das leuchtende Kleinod in seiner Hand. Nach einer Weile sah er auf und fixierte Fanny. Es war nicht Lucheni. Es war Waidring.

Fanny fuhr herum und rannte davon. Als sie sich umwandte, sah sie das lächelnde Gesicht des Grafen in der Menge, die um ihn herumzuströmen schien wie Wasser um einen Felsen.

Und dann war er bei ihr, so nah, dass sie nicht fortkonnte. «Niemand kann sich ewig vor mir verstecken», flüsterte er.

Sie versuchte, ihm zu entfliehen, aber er hielt sie fest. Dichte

Nebelschwaden umwogten sie mit einem Mal. Gestalten schälten sich daraus hervor und starrten sie an. Ausdruckslos, traurig. Da waren ihr Vater, Tante Agathe, Leontine, Tilde, Schlomo, Max, sogar Franz tauchte aus den Schwaden auf.

«So helft mir doch!», schrie Fanny, aber sie schauten sie nur an, ohne dass sich ihre Mienen bewegten.

«Bitte!», schluchzte Fanny und streckte den Arm nach ihnen aus.

«Sieh her!», flüsterte Waidring ihr ins Ohr. Er hob seine Hand. «Mit einem einfachen Schnippen kann ich sie verschwinden lassen.»

Er schnippte. Schlomo schien etwas sagen zu wollen, ehe seine Gestalt sich in Luft auflöste.

Fanny krächzte, doch Waidring schnippte erneut.

Ihr Vater hob seine gute Hand zum Mund.

«Nein, nicht Papa!», schrie sie, aber er hatte sich bereits aufgelöst.

«Was denkst du, wie oft ich das noch tun kann? Sooft ich möchte, sooft ich will. Und sie, sie hat es besonders verdient.» Er sah in Tildes Richtung.

«Nein, nicht!», rief Fanny und sah in Tildes traurige Augen. «Ich tue alles, aber lassen Sie das! Lassen Sie sie zufrieden!»

Sein letztes Schnippen ließ sie erwachen. Für ein paar Momente lag sie einfach nur da. Das Nachthemd klebte ihr feucht am Körper. Irgendwie schien sie schwerer Luft zu bekommen als sonst. Von draußen drang das Licht des Morgengrauens in ihr Kabinett, und die ersten Vögel hatten bereits zu zwitschern begonnen. Der Traum war noch immer so präsent, dass es sich anfühlte, als stünde Waidring neben ihr.

Aber er hatte sie nicht gefunden, und er würde sie auch

nicht finden. Fanny sagte es sich immer wieder vor, ehe sie die Beine über den Bettrand schwang und aufstand.

Sie musste diese Ängste vergessen. Heute Mittag würde sie sich mit Tilde treffen, und sie würden gemeinsam zum Burgtheater zu Schlomo fahren. Sie hatte ihm schon letzte Woche geschrieben, was sie plante. Seine Antwort hatte gelautet, dass er sich freue, ihnen zu helfen, und dass sie Näheres vor Ort besprechen würden.

Sie sah in den kleinen Wandspiegel. Ihr Gesicht war blass. Ein paar rote Strähnen blitzten unter ihrer Schlafhaube hervor.

«Nur ein Traum! Alles wird glattgehen», redete sie sich ein.

Sie wusch sich, kleidete sich an und nahm ein kleines Frühstück mit ihrem Vater ein, der recht gut gelaunt wirkte.

«Hast du wieder in Schnitzlers *Reigen* gelesen?», fragte Fanny mit hochgezogenen Augenbrauen, doch er hatte nur ein Blatt Papier in der Hand, das er rasch unter dem Tisch versteckte, sobald er sie kommen sah.

«Hast du Pläne?»

Fanny lächelte. Vom Tempo hatte das fast schon normal geklungen. Dass er sich so anstrengte, wieder richtig sprechen zu lernen, machte sie unglaublich stolz.

«Jede Menge, das kannst du mir glauben. Und du?»

Er zuckte langsam mit den Schultern und schlug seine Zeitung auf, nicht ohne Fanny einen verstohlenen Seitenblick zuzuwerfen.

Draußen zogen noch immer dunkle Wolken über den Himmel, die einen wunderbaren Kontrast mit dem frischen Grün der Bäume bildeten. Auf den Straßen war wenig los, nur ein einsamer Rappe, der vor einen Holzkarren gespannt war, trottete stadteinwärts. Heute war Karfreitag, deshalb würde sie im *Le Rouge Un* vermutlich ein leeres Haus vorfinden, denn an einem so strengen Fasttag blieben die Leute in der Regel daheim. Umso besser. Dann konnte sie mit diesem Kaschinsky wenigstens in aller Ruhe plaudern.

«Fanny!» Tilde winkte ihr von der Tramstation zu. Sie trug ein geblümtes Kleid mit Spitzensaum und einen schwarzen Hut, der die helle Farbe ihres Haars unterstrich. Trotz ihres karamellfarbenen Teints konnte Fanny erkennen, dass ihre Wangen merklich gerötet waren.

Nicht die geringste Ähnlichkeit zu der tieftraurigen Tilde aus ihrem Traum. Sie musste dieses Bild vergessen.

Tilde wippte aufgeregt auf den Fersen auf und ab, nachdem sie sich begrüßt hatten. «Endlich wieder ins Burgtheater. Was, glaubst du, wird Schlomo dir aussuchen? Ich hätte selbst so viele Ideen und ...»

«Beruhige dich», erwiderte Fanny lachend. «Darum geht es nicht wirklich. Ich muss mich darauf konzentrieren herauszufinden, wo Lucheni ist.»

Tilde legte den Kopf schräg. «Aber das ist doch kein Grund, warum es nicht auch Spaß machen darf?»

«Nein, aber es ist eben auch nicht ungefährlich.»

«Darf ich mitkommen? Ich würde so gern mal ein Bordell von innen sehen.»

Fanny stellte sich vor, wie Tilde als Dirne verkleidet ein Bordell voller lüsterner Männer betrat. Sie würde nur einmal mit den Wimpern zu klimpern brauchen, und sie würden sich auf sie stürzen wie die wilden Tiere.

«Nein!»

Tilde betrachtete sie von der Seite. «Aber ich könnte vielleicht wenigstens ...»

«*Nei-en*, Tilde. *Nein* zu der Idee, mich zu begleiten. *Nein* zu deinen anderen Plänen, und *nein* zu denen, die dir heute noch einfallen.»

«Oh …» Tilde schlug die Augen nieder, während die Straßenbahn heranratterte.

«Versteh doch! Einer solchen Gefahr wie im Palais Coburg darf ich dich nie wieder aussetzen. Mich plagen deswegen noch immer …»

Ihre restlichen Worte gingen im Rumpeln der Tram unter, die vor ihnen hielt. Sie stiegen ein, und Fanny war sicher, in Tildes Augen ein Glitzern gesehen zu haben.

Die Tram war so vollgestopft, dass sie kein Wort miteinander wechseln konnten, und auch auf dem Weg zum Burgtheater war Tilde ungewohnt schweigsam.

Diesmal erwartete Schlomo sie im Foyer und ließ sie beim Haupteingang hinein.

«Ein Wunder, dass ihr das letzte Mal zu mir gefunden habt. In diesem Gewirr an Gängen verlaufe selbst ich mich manchmal. Und dort gibt's eine Tür, die immer verschlossen ist. Keiner weiß, wo die hinführt. Kommt mal mit!»

Er führte sie über eine Treppe in den Zuschauerraum und ließ Fanny und Tilde Zeit, die Bühne zu betrachten. Für einen Moment ließen sie die riesenhaften Dimensionen des Saals auf sich wirken.

«Es riecht nach Blumen», stellte Fanny fest und schnupperte.

«Hier drin ist sogar die Luft edel», erwiderte Schlomo. «Ein Lüftungsschacht versorgt den Saal mit frischem Blütenduft aus dem Volksgarten.»

Tildes Stimmung hellte sich rasch auf. Sie kletterte auf die Bühne, auf der inzwischen die Kulisse einer Kathedrale aufgebaut war.

«Seht mich an!» Sie breitete die Arme aus. «Wie eine richtige Burgtheatermimin!»

Fanny schmunzelte.

«Nein, Schatzerl, dir fehlen noch die Allüren!», kommentierte Schlomo, schwang sich auf die Bühne und half Fanny ebenfalls herauf. Sie starrte in den riesigen Zuschauerraum hinunter. Unwillkürlich stellte sie ihn sich voller feiner Herrschaften vor – und flüchtete hinter Tilde und Schlomo in den Raum hinter der Bühne. Dort war es ruhiger als das letzte Mal. Vielleicht hatten die Schauspieler einfach noch nicht begonnen, sich auf ihren Auftritt vorzubereiten.

«Also, meine Lieben», sagte Schlomo, sobald sie seine Künstlergarderobe oder, wie er es nannte, sein *Atelier* erreichten. Er nahm ihnen die Mäntel ab. «Ich habe eine gute und eine schlechte Nachricht. Du willst ja, dass ich dich zu einer Dirne werden lasse, Cousinchen», er breitete in einer dramatischen Geste die Arme aus, «einer Dirne, wie die Welt sie noch nicht gesehen hat!»

«Ja, genau», rief Fanny begeistert.

«Nun, daraus wird leider nichts.»

«Bitte?»

«Im Theater an der Wien spielen sie Offenbachs *Orpheus in der Unterwelt*, in der Inszenierung trägt so gut wie jeder ein Dirnenkostüm, sogar die griechischen Götter.» Er rieb sich das Kinn. «Wenn ich es recht bedenke, ich sollte mir das Stück ansehen ... Wie auch immer, wir haben ausgeholfen, und ich habe nichts Passendes mehr hier. Nicht – ein einziges – kesses – Kostümchen.»

«Oh», flüsterte Fanny enttäuscht.

«Aber du hast gesagt, du hättest auch eine gute Nachricht», warf Tilde ein.

«Aber ja», meinte Schlomo und verschränkte die Arme. «Allerdings nur, damit ihr nicht gleich die Hoffnung verliert, wenn ich euch die schlechte Nachricht überbringe.»

«Oh, nein, Max wartet, was ... was sollen wir bloß tun?»

«Nun, jemanden billig aussehen zu lassen, das ist leichter, als du denkst, Cousinchen. Was trägst du für Unterwäsche?»

Fanny schlang die Arme um sich und warf Schlomo einen misstrauischen Blick zu.

«Hmh, ist ja gut. Dann erzähl mir jetzt mal, warum ich dich überhaupt in eine Dirne verwandeln soll.»

«Sie soll sich in ein Bordell einschleichen, sich mit dem zwielichtigen Besitzer treffen und herausfinden, wo der Mörder der Kaiserin steckt.»

«Wieso habt ihr das nicht eher gesagt!» Schlomo wirkte so unbeeindruckt, als würde er täglich von solchen Plänen hören.

Tilde und Fanny sahen sich fragend an.

«Oh bitte, jetzt schaut mich doch nicht so an wie», er fixierte Tilde, «Rotkäppchen und ...», sein Blick wanderte zu Fanny, «das hässliche Entlein. Ich habe eine bessere Idee.»

«Besser?»

Schlomo grinste. «Oh ja.» Er räusperte sich. «Chou Chouuu!»

Es dauerte ein wenig länger als beim letzten Mal, und Fanny wagte während der ganzen Zeit nicht, aufzusehen und in den Spiegel zu blicken. Chou Chou zog und zupfte an ihrem Kopf herum, während Schlomo sie ansah und mit seinem Schminkrepertoire hie und da vorsichtig einen Akzent setzte.

«Wie wär's mit hier?» Tilde hatte sich zu ihm gesellt und zeigte auf eine Stelle in Fannys Gesicht. «Da noch ein bisschen von dem.»

Schlomo runzelte die Stirn. «Oh ja!» Er bewegte einen kleinen Pinsel an die Stelle, die Tilde genannt hatte. «Oh ja, du bist gut, Schatzerl.» Er lächelte.

Fanny geriet immer mehr ins Schwitzen, aber irgendwann hörte das Geziepe und Gezerre an ihr endlich auf.

Schlomo, Tilde und Chou Chou standen vor ihr und musterten sie skeptisch.

Schlomo trommelte nervös mit den Fingern auf seinen Schminktisch. «Was meint ihr?»

Tilde lächelte. «Einfach fabelhaft. Ich liebe es, wie sie aussieht.»

Schlomo schnalzte mit der Zunge. «Na ja, mein Geschmack wäre es nicht. Diese winzigen Hände, vertrau mir, Schatzerl, es verheißt nichts Gutes. Immer eine Enttäuschung.»

«Fanny», erklärte Tilde feierlich. «Du bist so weit.»

Sie war zu spät dran. Aber sie hätte wissen müssen, dass Schlomo keine halben Sachen machte, wenn er richtig loslegte.

Es fühlte sich so ungewohnt an, sich in diesen Sachen zu bewegen. Auf der einen Seite waren sie bequem, auf der anderen Seite auch furchtbar unangenehm, vor allem um den Hals.

Die Nacht war bereits hereingebrochen, und bestimmt wartete Max schon und fragte sich, wo sie blieb. Starrten die Passanten auf der Straße sie an oder bildete sie sich das nur ein, weil sie sich so verkleidet fühlte? Sicherheitshalber senkte sie den Kopf und drängte sich eilig zwischen den Menschenmassen am Stephansplatz hindurch. Während sie vorbeihastete, streifte sie das Palais Equitable mit einem Blick und bog dann in die Kärntnerstraße. Schon von weitem sah sie ihn. Ganz ruhig stand er an der verabredeten Ecke, in schwarzem

Mantel und Hut, und ließ den Blick über die Menge schweifen. Vermutlich hielt er nach ihr Ausschau, schien sie aber nicht zu erkennen.

«Hallo», keuchte sie außer Atem, als sie ihn erreicht hatte.

Max streifte sie mit einem verwirrten Blick und sah sich dann weiter um.

«Max!»

Er schaute wieder auf sie herab. Diesmal wirkte er verärgert. «Woher kennen Sie meinen ... *oh mein Gott*!» Fassungslosigkeit machte sich auf seiner Miene breit.

«Das hier wird funktionieren, vielleicht sogar besser.»

«Verdammt, Fanny!» Max sah sich misstrauisch um. «Ich *hasse* plötzliche Planänderungen.» Er musterte sie erneut. «Aber immerhin ist es nicht schlecht gemacht. Auch wenn du ziemlich schmächtig bist.»

Sie erinnerte sich an den Schrecken, als sie in Schlomos Atelier in den Spiegel gesehen hatte und sie ein bebrillter Mann mit Schnauzer und Melone angestarrt hatte. Chou Chou hatte ihr Haar mit Spangen dicht an den Kopf gepresst und ihr darüber eine hellbraune Kurzhaarperücke gezogen. Der braune Anzug schlotterte ein wenig, passte aber im Großen und Ganzen.

«Wenn man die Aufmerksamkeit der Freier vermeiden will, dann geht man doch nicht als Dirne in ein Bordell», hatte Schlomo gemeint. Und Fanny hatte einräumen müssen, dass er damit recht hatte.

«Gut.» Max rieb sich nervös die Hände. «Gut. Hier ...» Er hängte ihr eine breite Stofftasche über die Schulter. «Der Köder.»

Fanny rückte die Tasche vorsichtig zurecht. Wenn sie die Hand auf die Ausbuchtung darin legte, fühlte sie einen Hauch von Wärme.

«Der Eingang ist da drüben», sagte Max und wies auf den schnörkeligen Schriftzug an einem eleganten Stadthaus.

Le Rouge Un.

Neben der Tür hingen Plakate von tanzenden Damen in roten Kleidern.

«Der Plan bleibt derselbe. Ich folge dir etwas später.» Er bückte sich und hob den Zeigefinger. «Weißt du noch, wo du hinmusst?»

«Natürlich», erwiderte Fanny.

«Dann los!»

18. KAPITEL

KARFREITAGSSOIREE

Fanny verschwendete keine Zeit mit Nachdenken, sondern lief über die belebte Kärntnerstraße, wich einem Pferdefuhrwerk aus und schlängelte sich zwischen den Passanten hindurch.

Am Eingang des *Le Rouge Un* pochte sie dreimal mit dem Türklopfer. Ein kleines Guckloch öffnete sich. Ein Augenpaar suchte zuerst weiter oben nach ihr, fokussierte sich dann aber auf ihr Gesicht. Die Tür wurde einen Spalt breit aufgeschoben. Ein Schwall von Klaviermusik drang an Fannys Ohr, gemischt mit dem Lachen und Grölen von Männerstimmen.

Ein Mann mit einer Zigarre im Mund sah auf sie herab.

«Verzeihen Sie bitte die Störung. Guten Abend.»

Der Mann runzelte die Stirn. Wieso hatte sie sich schon wieder entschuldigt?

Reiß dich zusammen, Fanny!

«Darf ich jetzt rein oder was?», brummte sie mit der tiefsten Stimme, die sie herausbrachte.

Der Mann knurrte unwirsch und öffnete ihr die Tür.

Sie tauchte ein in einen warmen Dunst aus Alkohol, Zigaretten und Schweißgeruch.

Der Mann schlug ihr auf die Schulter, was sie erschrocken zusammenfahren ließ.

«Die Mädel haben alle eine Nummer am Kleiderl. Wenn S' eine wollen, der Herr, sagen S' dem Kellner einfach die Nummer. Kann ein bisserl dauern. Wir haben heut die *Karfreitagssoiree*, da ist's besonders voll. Da gibt's zweimal zum Preis für einmal.»

Er schob Fanny weiter, mitten in das Gedränge der Männer hinein. Sie versuchte nur, die Tasche zu schützen. Zwischen all den größeren Männern fiel es ihr schwer, sich zu orientieren. Sie konnte eine Stehbar erkennen, an der Frauen in knappen Kleidchen und zu viel Schminke im Gesicht lehnten. Manche hatten einen Zigarettenhalter in der Hand, an dem sie hin und wieder zogen.

Eine der Damen, eine üppige Blondine mit einer Pfauenfeder im Haar, schien sie zwischen den anderen Herren ausgemacht zu haben und warf ihr mit ihrem Spitzenhandschuh einen Luftkuss zu. Dann deutete sie auf die Nummer sechs, die auf ihrem viel zu kurzen Röckchen prangte.

Fanny wurde rot und drängte sich weiter. Neben der Bar befand sich ein weitläufiger Bereich mit Tischen, an denen elegant gekleidete Männer saßen, rauchten und tranken. Manche hatten bereits eine Dirne auf dem Schoß. Kellner flitzten zwischen den Tischen umher und nahmen Bestellungen der einen … und wohl auch der anderen Art entgegen. Die Tische waren um eine Bühne angeordnet, auf der gerade ein Pianist anfing, eine heitere Melodie zu spielen, die ganz langsam begann und immer schneller wurde. Franz Liszt, wenn Fanny nicht irrte.

Die Zuschauer klatschten und johlten in freudiger Erwartung, als einige Tänzerinnen in ungarischer Volkstracht die Bühne betraten und begannen, ihre Röcke zu schwingen. Begeisterte Bravorufe wurden laut, während der Pianist immer schneller spielte und die Mädchen ebenfalls schneller tanzten.

«Konzentrier dich», murmelte sich Fanny zu. Irgendwo

hinter der Bühne musste der Eingang zu den Zimmern und damit zu Kaschinsky liegen. Sie kniff die Augen zusammen. Dummerweise konnte sie in den Rauchschwaden kaum etwas erkennen. Vorsichtig bewegte sie sich zwischen den Tischen hindurch.

«Kann ich Ihnen behilflich sein, der Herr?» Ein Kellner war hinter ihr aufgetaucht und hatte ihr die Hand auf die Schulter gelegt.

«Nein, danke, ich möchte gern ... in den hinteren Bereich, äh, Sie verstehen?» Sie bemühte sich, ihr bestes, ein lüsternes Grinsen aufzusetzen.

Der Kellner hob eine Augenbraue. «Erst, wenn Sie *bestellt* haben.»

«Danke, aber ich möchte gar nichts trinken.»

Der Kellner drückte sie mit sanfter Bestimmtheit in einen Stuhl und rollte mit den Augen. «Suchen S' Ihnen eine aus.» Er wies in Richtung der Damen an der Bar. «Nach hinten geht's nur in Begleitung.»

«Oh, Sie meinen ...»

Verdammt, verdammt, verdammt.

«Na ja, dann», Fanny sah die Damen der Reihe nach an. «Äh, Nummer sechs?»

«Ah, die *Walfisch-Marie*, da haben S' Glück, die ist eh unsere Ladenhüterin.» Er wandte sich ab und verschwand in der Menge.

Fanny fing an zu zittern. Was sollte sie jetzt bloß tun? Sie konnte doch nicht mit dieser Marie auf ein Zimmer gehen, um zu ...

Was für ein Schlamassel! Sie wäre besser als Dirne hierhergekommen ... Allerdings hätte man ihr dann vielleicht auch eine Nummer ans Gesäß geheftet. Eine wenig erbauliche Vorstellung.

Der Tanz auf der Bühne schien seinem Höhepunkt entgegenzustreben. Die ungarischen Tänzerinnen wirbelten im Kreis, bogen sich nach hinten und schwangen zur Begeisterung des Publikums ihre Röcke. Sobald das Tempo des Klavierspiels geradezu unmöglich schnell wurde, brach der Pianist abrupt ab. Die Tänzerinnen erstarrten, als wären sie mitten in ihren wilden Bewegungen eingefroren. Dann begann er, das Thema wieder ganz langsam anzuspielen. Unter dem Gelächter des Publikums bewegten sich die Tänzerinnen wieder, wie Puppen, die man aufgezogen hatte.

Wann wohl ihre Dirne käme? Vielleicht konnte sie sie zu Max weiterschicken, sollte sie ihn irgendwo erspähen.

In diesem Moment teilte sich die Menge am Eingang des Bordells. Ein breitschultriger Mann pflügte durch die Männer und schuf damit einen Korridor für ...

Mit einem Mal war es Fanny, als würde ihr ein elektrischer Schlag durch den Körper fahren.

Das kann nicht sein!

Doch diesmal war es kein Traum. Mit gemessenem Schritt, als gehöre ihm der Laden – und vielleicht war das ja auch so –, kam er durch den für ihn geschaffenen Korridor, ohne die sich drängenden Männer zu seinen Seiten auch nur mit einem Blick zu streifen.

Waidring.

Fanny krallte sich am Rand der hölzernen Tischplatte fest.

Am Rand des Sitzbereichs verharrte der Graf und ließ seinen Blick über die Gäste und das Spektakel auf der Bühne schweifen.

Fanny senkte hastig den Kopf.

Er wird mich erkennen! Er wird mich finden, egal, wo ich mich verstecke.

Fanny versuchte, die panischen Gedanken in ihrem Inneren zum Schweigen zu bringen. Es fühlte sich an, als wäre sie in einen ihrer Albträume gestolpert. Vorsichtig riskierte sie einen Blick. Wenn sie nicht alles täuschte, dann sah er sich in aller Seelenruhe um. Konnte es sein, dass er jemanden suchte?

Dich, Fanny, er sucht dich!

Der Mann, der Waidring den Weg gebahnt hatte, schritt jetzt zwischen den Tischen hindurch und öffnete ein Türchen zu einer Loge, die unmittelbar vor der Bühne lag und mit einer Balustrade von den anderen Tischen abgegrenzt war.

Waidring folgte ihm langsam. Und sein Weg führte ihn direkt an Fannys Tisch vorbei.

Fanny duckte sich so weit wie möglich. Wenn sie ihn ansah, würde er sie trotz ihrer Verkleidung erkennen, da war sie ganz sicher.

Waidrings Gehilfe war damit beschäftigt, die samtbezogenen Stühle neu anzuordnen und den Staub von ihrer Oberfläche zu klopfen.

Neben ihr sog jemand tief den Atem ein. Über die diversen Dünste des Bordells hinweg konnte sie einen Hauch seines harzigen Parfüms riechen. Und mit einem Mal war sie wieder dort, saß neben ihm im Blauen Salon des Palais Coburg, als ihr gedämmert hatte, was für ein Mensch sich hinter seiner freundlichen Maske verbarg.

Sie wandte den Kopf und sah seine Finger auf ihren Tisch klopfen. An seinem Ringfinger trug er einen Siegelring – zwei aufgebäumte Hirsche neben einem Ritterhelm.

Hatte er sie erkannt? Oder wartete er einfach, bis seine Loge für ihn vorbereitet war?

Fanny konnte nicht anders. Mit gesenktem Kopf spähte sie aus dem Augenwinkel nach oben. Der Graf ließ seinen Blick über die Gäste des Bordells schweifen. Bildete sie es sich nur ein oder duckten sich die meisten, wenn seine Augen sie fixierten?

An seiner Schläfe entdeckte sie die Reste eines flächigen Hämatoms, nicht mehr blauschwarz, sondern eher orange. Immer wenn er in den Spiegel sah, musste er an sie gedacht haben. Und wahrscheinlich hatte er sich dabei jedes Mal ausgemalt, was er ihr alles antun würde.

Unter Fannys Tisch raschelte etwas. Sie wollte gerade nachsehen, was es war, als Waidring auf sie hinunterschaute. Hätte Medusa einen Bruder gehabt, dann hätte sie diesem gerade in die Augen gesehen. Doch zu ihrer Überraschung las sie in Waidrings Miene nur Desinteresse. Was kümmerte ihn schon irgendein schmächtiges Männlein in einem Bordell. *Solange dieses nicht in Verzweiflung angekrochen kommt, um einen Handel mit ihm einzugehen.*

In diesem Moment bemerkte sie, dass der Blick des Grafen auf ihren Handrücken fiel. Die Stelle, wo er sie mit seiner Zigarre verbrannt hatte, war noch immer nicht ganz verheilt. Rasch schob sie die Hand unter den Tisch.

«Sagen Sie mir bitte», fragte er höflich, «woher haben Sie diese …»

«Ach, Schatzerl, verzeih, dass ich so lang zu dir gebraucht hab», übertönte ihn eine schrille Stimme. «Aber wir sind heut so voll, man könnt meinen, es gäb alles umsonst.»

Ein Lachen erscholl. Dann wurde Fanny plötzlich gegen ein mit Veilchenparfüm beduftetes Dekolleté gedrückt und erhielt kurz darauf einen Schmatzer auf die Wange.

Dirne Nummer sechs, die Walfisch-Marie, ließ sich auf dem Stuhl Fanny gegenüber nieder und schlug die Beine übereinander.

Von irgendwoher konnte Fanny ein Schnauben vernehmen.

Als sie einen kurzen Blick riskierte, sah sie, dass der Graf weiter zu seiner Loge gegangen war.

«Aber, aber!» Die Dirne drehte Fannys Kopf mit dem Zeigefinger in ihre Richtung. «Kein Grund, so verschämt wegzuschauen.» Sie beugte sich nach vorn, damit Fanny besser in ihren Ausschnitt sehen konnte.

Fanny wurde rot. Marie war die fleischgewordene Weiblichkeit und damit fast das Doppelte von Fanny. Ihr knappes Kleidchen, die prallen Lippen und die unechten Goldlocken mochten bei einem Mann Begehrlichkeiten wecken, Fanny bekam jedoch eher Angst.

«Oh!» Marie griff nach Fannys Hand. «Herren mit so zierlichen Handerln sind mir die liebsten. Sind die allerbesten Liebhaber.»

Fanny runzelte die Stirn. Da hätten Schlomo und die Walfisch-Marie wohl Diskussionsbedarf.

«So *zärtlich*», hauchte Marie. Sie legte Fannys Hand auf ihren Busen und drückte ihn dagegen.

Fanny fühlte den Spitzensaum ihres Kleides und darüber ihre schwitzige Haut. Mit einem entschuldigenden Lächeln zog sie ihre Hand zurück, während vor ihnen auf der Bühne gerade der *Cancan* von Offenbach dargeboten wurde.

Verdammt, wo war Max, wenn man ihn brauchte? Sie musste diese Frau irgendwie loswerden. Andererseits, was hatte der Kellner gesagt? Nach hinten nur in Begleitung. Vielleicht war die Walfisch-Marie ihre Eintrittskarte in den hinteren Bereich des Bordells.

«Können wir …» Fanny räusperte sich. Die Musik mit ihrer künstlich tiefen Stimme zu übertönen, war gar nicht so einfach, aber die Dirne tat ihr den Gefallen und beugte sich zu ihr, sodass ihr Mund direkt neben ihrem Ohr war. «Können wir … äh, nach hinten gehen?»

«Oh!» Marie drückte Fannys Gesicht erneut an ihren Busen und lachte. «Aber sicher, du süßer, kleiner Welpe. Was immer dir gefällt.»

Fanny hielt die Luft an, während die Walfisch-Marie sie in die Höhe zog. Sie ergriff Fanny am Handgelenk und führte sie vom Tisch fort, sodass es Fanny gerade noch gelang, nach ihrer Tasche mit dem Köder zu greifen.

Sie folgte der Dirne zwischen den Tischen hindurch, während Applaus eine neue Gruppe von Tänzerinnen begleitete, die noch leichter bekleidet waren als die letzte. Die Feder auf Maries Haupt wippte bei jedem Schritt. Fanny sah sich noch einmal vergeblich nach Max um, konnte ihn aber in dem Gedränge anderer Männer nicht ausmachen.

Ihr Blick saugte sich an Waidring fest, der inzwischen in der Loge Platz genommen hatte und mit abwesender Miene das Treiben auf der Bühne beobachtete. Was tat er hier? Wenn es stimmte, was Tilde ihr erzählt hatte, dann waren ihm so viele Leute verpflichtet, dass er für das, was man hier suchte, gewiss nicht bezahlen musste. Aber wer wusste schon, was man im *Le Rouge Un* so alles *bestellen* konnte ...

Die Walfisch-Marie führte sie zu einer mit rotem Stoff tapezierten Tür hinter der Bühne, griff nach einem Messingschlüssel, der an ihrem Gürtel baumelte, und steckte ihn ins Schloss.

Vielen Dank, Max, dass du mir gesagt hast, dass man einen Schlüssel braucht.

Sie würden ein langes Gespräch führen, wenn das hier vorbei war.

Marie schob sie in den Raum und schloss die Tür hinter ihnen. Zumindest mit dieser Sache hatte Max recht gehabt. Der hintere Teil des Bordells erinnerte an ein gewöhnliches Hotel mit hölzernen Türen und Zimmernummern. Die Musik von draußen und das Grölen der Männer drangen nur noch gedämpft an Fannys Ohr.

Sie musste sich konzentrieren. Max hatte es ihr ganz genau eingeschärft. Rechts, links, Stiege, links. Zweite rechts ... glaubte sie zumindest.

Zu dumm, dass die Walfisch-Marie sie gerade nach links zog.

«Moment!», rief Fanny und befreite sich aus dem Griff der Dirne. «Ich suche gar nicht das, was Sie glauben, ich meine, ich bin nicht ...»

«Schhh!» Die Walfisch Marie legte ihr den Finger auf die Lippen. «Keine Angst!» Sie lächelte verschwörerisch. «Ich kenn doch dein kleines Geheimnis. Ich weiß, was du hier suchst.»

«Ah ja?», entfuhr es Fanny. Verdammt, sie musste wirklich daran denken, ihre Stimme zu verstellen.

«Natürlich», erwiderte die Dirne. «So was ist gar nicht so selten. Kein Grund, sich zu schämen!»

«Was ich sagen will, ist, ...»

«Dass sich hinter diesem Bart eine Frau verbirgt.»

Fanny hüstelte. «Aber nein, Madame, ich ...» Sie brach ab, sobald sie die spöttische Miene der Dirne bemerkte.

Fanny atmete tief durch. Genau genommen vereinfachte das alles. «Gut, ich geb's zu. Aber ich habe eine Erklärung, ich muss ...»

«Nein.» Die Walfisch-Marie schüttelte den Kopf. «Du musst dich nicht schämen. Du bist nicht die Erste und nicht die Einzige. Und lieber als mit den ungehobelten Klötzen da unten, verbring ich die Nacht mit dir.»

«Nun, das ist ... sehr großzügig von Ihnen, aber ich habe mich eingeschlichen, weil ich Kaschinsky sehen muss.»

Marie stieß ein spöttisches Lachen aus. «Kaschinsky? Du meinst, *der* interessiert sich für dich?»

Irrte sich Fanny oder klang ihre Stimme mit einem Mal etwas verletzt?

Sie hob die Tasche in ihrer Hand. «Sie haben sicher recht, aber ich habe etwas, das ihn interessieren wird.»

«Ah ja?» Die Walfisch-Marie wandte sich ab, öffnete einen Fächer und wedelte sich hastig Luft zu.

Fanny biss sich auf die Lippen. Dann kramte sie ein paar Kronennoten aus ihrem Sakko, die sie sicherheitshalber eingesteckt hatte.

«Du warst die hübscheste Frau im Raum, deshalb hab ich dich ausgesucht», sagte Fanny und wollte der Walfisch-Marie das Geld in die Hand drücken.

«Ach, lass gut sein», die Dirne winkte ab und lächelte. «Heb's dir für den Abend auf, an dem du bereit bist, Schwester, dann wart ich hier auf dich.» Sie zwinkerte Fanny zu, dann nickte sie den Gang hinunter.

«Danke», wisperte Fanny und lief los.

Rechts, links, dann die Stufen ... Sie bog um die Ecke. Hinter den Türen drangen die seltsamsten Geräusche an ihr Ohr, Stöhnen war so gut wie immer dabei, manchmal auch Schreie nach Jesus, Gott, der heiligen Mutter ... oder nur der Mutter. Einmal war Fanny sicher, das Blöken eines Schafs gehört zu haben, doch vielleicht waren ja auch Männer dieser Laute fähig.

Dort, die Treppe. Hastig stapfte sie die mit Teppich bezogenen Stufen hinauf und verharrte.

Welche Richtung noch mal? Sie verfluchte sich, dass sie Max' Anweisung nicht aufgeschrieben hatte.

«Treppe, dann rechts, zweite Tür links», murmelte sie. Sie nickte und lief los.

Die Tür, die sie suchte, sah nicht anders aus als die anderen Zimmertüren und trug die Nummer dreiundzwanzig. Max hatte allerdings auch nicht behauptet, die Tür sähe besonders aus. Fanny fasste sich ein Herz und klopfte.

Nichts.

Sie nahm die Messingklinke in die Hand und schob die Tür auf.

Ihr Blick erfasste eine holzvertäfelte Kammer mit roten Samtvorhängen. In der Mitte befand sich ein großes Bett, in dem ...

Oh Gott!

Fanny wollte wegsehen, aber sie konnte nicht.

Ein Mann, der eine Lokführermütze trug, *nur* eine Lokführermütze, hockte auf einer nackten Frau und wippte auf und ab, während er die Geräusche einer fahrenden Dampflok imitierte: *«Tsch! Tsch! Tsch! Tsch!»*

Fanny schüttelte ungläubig den Kopf.

«Tuuut! Tuuut!», rief der Mann plötzlich, ehe er die Stirn runzelte und sich seiner Dirne zuwandte. «Nun, sag's endlich», zischte er mit hochrotem Kopf.

«Zug fährt ein», erwiderte sie gelangweilt.

Fanny schloss hastig die Tür.

Wie konnte das sein? Sie hatte doch richtig gezählt. Sie wischte sich den Schweiß von der Stirn und sah zurück zur Treppe.

Ah! Sie hatte eine kleinere Tür übersehen, die wohl zu einer Art Abstellkammer führte. Max hatte sie wahrscheinlich mitgezählt, deshalb war sie eine Tür zu weit gelaufen.

Fanny atmete tief durch. Alles kein Problem, solange sie Kaschinsky nur bald fand.

Sie lief zur nächsten Tür zurück und klopfte leise.

Wieder nichts ...

Fanny fasste sich ein Herz und schob die Tür auf.

Leise Musik drang an ihr Ohr. Diese Kammer war etwas

größer als die letzte, und das hatte offenbar auch einen Grund.

Fanny blinzelte. Sie musste in einen Traum abgedriftet sein, einen schrägen Traum, bei dem man nach dem Erwachen herzlich über seine Absurdität lachte. Aber jetzt, wo das alles der Wirklichkeit entsprach, war ihr absolut nicht zum Lachen zumute.

Sie hatte sich das Blöken nicht eingebildet. Mitten auf dem Teppichboden des Zimmers stand ein langwolliges Schaf mit Hängeohren und schwarzer Zeichnung um die Augen. Wofür auch immer das Schaf vorgesehen war, geschah Gott sei Dank nicht gerade in diesem Moment. Es betrachtete Fanny entspannt, während es in aller Ruhe wiederkäute. Aber es war nicht das Schaf, das Fanny am meisten irritierte.

Auf einem Bett lag eine Dirne in einem knappen Wollkostüm. Ihre Locken waren weiß angepudert, während der Bereich um ihre Augen dunkel geschminkt war und an die Fellzeichnung des Schafs erinnerte. In ihrer Hand lag eine silberne Kette. Die Kette endete an einem silbernen Halsring, und diesen trug ein Mann, der splitterfasernackt vor dem Bett stand.

«Oh!» Professor Kuderna wandte sich Fanny zu. Die Wangen über seinem Rauschebart waren gerötet, und seine Augen glänzten mit einer Begeisterung, mit der er sie noch nie angesehen hatte.

Fanny versuchte, nicht zu genau hinzusehen, aber seine Stelzen, die schmalen Schultern, die Breite seines Leibs um die Mitte und ... Oh Gott, jetzt hatte sie doch hingesehen. Wieder etwas, das sie in ihren Träumen verfolgen würde.

Sie schüttelte den Kopf und schloss kurz die Augen.

«Freund, du musst der Widder sein!» Professor Kuderna

leckte sich erwartungsvoll über die Lippen. Fanny erkannte seltsame rote Flecken auf seinem Bauch, als würde Wachs auf seiner Haut kleben, mit dem man ihn zuvor beträufelt hatte.

«Wie bitte?», flüsterte Fanny.

«Ich war ein wirklich unartiges Hündchen», erklärte er begeistert. «Ich könnt einen festen Stoß von hinten vertragen.»

«Falsche Tür», piepste Fanny und zog sie hastig zu.

Sie presste sich gegen die Wand und wartete, bis sich ihr Atem beruhigte und die Bilder, die sie gerade gesehen hatte, aus ihrem Kopf verschwanden.

«Was will er bloß mit dem Schaf?», flüsterte sie vor sich hin.

Arme Leontine. Sie hatte diesen Kerl wirklich nicht verdient. Aber wieso war sie schon wieder nicht in Kaschinskys Arbeitszimmer gelandet? Sie musste sich etwas falsch eingeprägt haben. Sie hätte die Walfisch-Marie einfach nach dem Weg fragen sollen.

Jetzt nachdenken! Bis zu den Stufen musste es gestimmt haben. *Treppe rechts, zweite Tür links ...*

Fanny schlug sich gegen die Stirn. Was hatte Max ihr über seine Schulzeit erzählt? Dass beim Lernen gewisse Dinge in seinem Kopf durcheinanderkamen? Vielleicht *hatte* sie es sich richtig gemerkt, aber Max hatte es verwechselt. Vielleicht war es stattdessen so: nach der Treppe *links* und zweite Tür *rechts.*

Nun, sie konnte sowieso nichts anderes tun, als es zu versuchen. Etwas Schlimmeres als gerade eben würde sie kaum vorfinden. Sie lief zurück in Richtung der Treppen. Auf halbem Weg kam ihr ein bildschöner, leicht bekleideter Jüngling entgegen, der auf dem Kopf einen Stirnreif mit goldenen Widderhörnern trug. Wahrscheinlich der, auf den Kuderna wartete.

Fanny hielt ihn kurz am Arm fest.

«Glaub mir, du hast etwas Besseres verdient!»

Sie nickte ihm eindringlich zu, dann hastete sie weiter. An der diesmal hoffentlich richtigen Tür angekommen, klopfte sie und trat ein, ohne eine Antwort abzuwarten.

19. KAPITEL
EIN KÖDER FÜR KASCHINSKY

Immerhin, dieses Zimmer sah anders aus als die anderen beiden, das war schon mal gut. Keine nackten Menschen. Fanny seufzte erleichtert auf. Tatsächlich wirkte der Raum wie ein stilvolles Arbeitszimmer. Eine Stehlampe verbreitete warmes Licht, ein kleines Sofa stand auf einem orientalisch anmutenden Teppich, und ein Schreibtisch aus dunklem Holz thronte mitten im Raum. Ein Hauch von Rosenduft stieg Fanny in die Nase. Für einen Moment vergaß sie beinahe, dass sie sich noch immer in einem Bordell befand.

Hinter dem Schreibtisch saß ein Mann, der sein blondes Haar mit Seitenscheitel trug. Er beugte sich über eine Liste, aus der er etwas in ein Buch kopierte.

Gedämpftes Stöhnen drang durch die Wände.

«Man fragt sich, warum der Mensch nicht *leise* kopulieren kann», seufzte der Mann. «Bernhard, erinnern Sie mich daran, die Nummer achtundzwanzig künftig nicht mehr zu vergeben.»

Fanny rührte sich nicht.

Er sah auf und fixierte sie. «Sie sind nicht Bernhard.»

Fanny schüttelte den Kopf.

«Ich *hasse* es, wenn ich von einem Freier gestört werde.»

«Ich wollte zu Ihnen.» Sie ging davon aus, dass es sich bei diesem Herrn um Kaschinsky handelte.

«Schmeichelhaft.» Er neigte den Kopf. «Ich stehe aber nicht zur Verfügung. Oder sehen Sie eine Nummer auf meinem Gesäß?»

«Na ja, Sie sitzen ja ...» Fanny schüttelte den Kopf. «Herr Kaschinsky, ich bin hier, weil ich Ihnen ein Angebot unterbreiten möchte.»

Kaschinsky schob seinen Sessel ein wenig zurück und verschränkte die Arme. «So?»

Über seinem Hemd trug er einen Gehrock aus weinrotem Samt mit schwarzen Rändern. Sein Gesicht war so glatt rasiert, als betrachte er jedes Haar als Affront. Fanny versuchte, sein Alter zu schätzen, kam aber zu keinem überzeugenden Ergebnis.

«Wer etwas anzubieten hat, will in der Regel auch etwas dafür. Ich spare mir die Frage, wie Sie hier hereingekommen sind. Es beweist zumindest, dass es Ihnen mit Ihrer Sache halbwegs ernst ist. Nun?»

Fanny räusperte sich. «Vor Jahren saßen Sie mit einem Mann namens Lucheni in Genf im Gefängnis. Es heißt, er war Ihr Freund.»

Kaschinskys Miene versteinerte. «Wer sind Sie?», flüsterte er.

«J-jemand, der wissen will, wo Lucheni jetzt ist», erwiderte Fanny.

«Diese Information steht nicht zum Verkauf», sagte Kaschinsky und stand ruckartig auf. «Ich habe Ihnen das bereits geschrieben. Und jetzt gehen Sie, bevor ich Sie hinauswerfen lasse.»

«Aber ich verstehe nicht. Was meinen Sie damit, *Sie haben es mir geschrieben.*»

Kaschinskys Augen blitzten. Er musterte Fanny, wie um einzuschätzen, ob sie die Wahrheit sagte. Ohne sie aus den

Augen zu lassen, ließ er sich wieder nieder. «Möglicherweise suchen nicht nur Sie gerade nach Lucheni. Ich frage mich, warum?»

Fanny zögerte. Sie hätte sich ein paar gute Ausreden zurechtlegen sollen. Sie konnte Max' Stimme förmlich hören. *Unter keinen ... unter gar keinen Umständen darfst du ihm von dem Stern erzählen.*

Kaschinsky seufzte und legte sein Kinn auf die aufgestützten Hände. «Wenn Sie mich seinen Freund nennen, wieso glauben Sie, ich würde Ihnen sagen, wo er ist? Oder ist es tatsächlich sein Wohlergehen, das Ihnen am Herzen liegt?»

Fanny wusste, dass sie sich auf den Handel fokussieren sollte, aber Kaschinskys Bemerkung ging ihr nicht aus dem Kopf. Jemand anderes suchte noch nach Lucheni und hatte Kaschinsky offenbar deshalb geschrieben.

Der Mörder.

Es musste so sein. Nachdem er eine Weile stillgehalten hatte, kroch er jetzt wieder aus dem Schatten.

«Wer war der Absender des Briefes?»

«Ein anonymes Schreiben», erwiderte Kaschinsky. «Man hat mir Geld angeboten ... Ich habe es ignoriert!»

Immerhin, der Mörder wusste zumindest auch nicht, wo Lucheni sich aufhielt. Seltsamerweise beruhigte sie das nicht.

«Genauso, wie ich Ihr Angebot ignorieren werde», fügte Kaschinsky hinzu.

Fanny atmete tief durch. Ohne zumindest einen Zipfel Wahrheit würde sie nicht weiterkommen. «Es geht nicht darum, Lucheni zu schaden. Wo immer er ist, er trägt etwas bei sich. Und wegen diesem Etwas werden Menschen ermordet.»

Kaschinsky hob die Augenbrauen. «Luigi hat nie irgendetwas besessen. Ich weiß nicht, ob ich wirklich sein Freund war ... aber ich hatte Mitleid mit ihm, trotz allem, was er getan hat. Alle reden von einem Monster. Einem gewissenlosen Mörder. Aber niemand redet von seiner gequälten Seele und der Welt, die dieses Monster erschaffen hat.» Kaschinsky goss sich aus einer Karaffe ein goldbraunes Getränk in sein Glas und nahm einen Schluck. «Wieso sehen Sie mich so an?», fragte er.

«Sind Sie sicher, dass Sie der Besitzer dieses Bordells sind?»

Kaschinsky lachte. «Sagen Sie es doch rund heraus. Weil ich den Damen in meinem Etablissement Nummern anstecke und den Freiern ihre tiefsten Wünsche erfülle, egal, wie *ausgefallen* diese sein mögen, sehen Sie einen Widerspruch zu meinem Mitgefühl mit einem Mörder.»

Fanny hob Daumen und Zeigefinger. «Nun ja, einen kleinen.»

Ein süffisantes Lächeln breitete sich auf seinen Lippen aus. Er wies auf die Couch. «Setzen Sie sich!»

Fanny überlegte, ob das eine Falle war. Auch Waidring war freundlich gewesen, als er sie gebeten hatte, auf dem Sofa Platz zu nehmen, und dann ...

Aber sie war verkleidet. Ein Mann, der aussah wie ein Vertreter.

«Trinken Sie etwas?»

Fanny schüttelte den Kopf.

«Ich glaube schon», erwiderte er, goss ein zweites Glas ein und trug es zu Fanny. «Natürlich bin ich vor allem anderen Geschäftsmann», erklärte er und reichte ihr das Getränk. «Und ich lasse keine Gelegenheit aus, Profit zu machen. Selbst heute Nacht habe ich noch eine geschäftliche Verabredung.»

Zu ihrem Schrecken ließ er sich neben ihr auf der Couch nieder, allerdings in gebührendem Abstand. Erst jetzt sah sie, dass er eine ebenso weinrote Seidenhose trug und an den Füßen ein paar glänzend polierte Budapester.

Der Rosengeruch intensivierte sich, schien von ihm auszugehen.

«Zu wissen, was Menschen brauchen, ist der Kern meines Geschäfts, und würde ich sie nicht verstehen, könnte ich ihnen nicht bieten, was sie suchen.»

«Aber Lucheni war wohl nicht auf der Suche nach ...»

«Sie meinen Abartigkeiten, wie ich sie hier anbiete?»

«Das wollte ich nicht sagen.»

Kaschinsky hob sein Glas und wartete, bis Fanny das Gleiche tat.

«Bevor Sie weiter urteilen, stellen Sie sich einmal eine Welt ohne Scham vor, nur für einen winzigen Moment. Und sagen Sie mir, es wäre nicht das gottverdammte Paradies.»

Fanny neigte den Kopf. Wie oft hatte sie in ihrem Leben schon Zeit damit verschwendet, sich zu schämen? Über ihr Aussehen, ihren Beruf, ihre Unangepasstheit. Was, wenn sie all diese Momente wiederhaben und sie mit etwas anderem füllen könnte?

«Vielleicht haben Sie recht.» Sie nahm ein Schlückchen des Getränks, das gleichzeitig süß und harzig schmeckte. «Hat Lucheni denn bei Ihnen ein verständnisvolles Ohr gesucht?»

Kaschinsky betrachtete sie forschend. «Ich weiß nichts über Luchenis Vorlieben in dieser Hinsicht. Wir waren Zellennachbarn, und diesbezüglich blieb uns höchstens die eigene Phantasie. Natürlich haben wir miteinander geredet. Es gab ja nichts, das wir sonst hätten tun können. Wir waren jung damals, doch mit so unterschiedlichen Perspektiven ...»

«Wie meinen Sie das?», fragte Fanny.

«Ich habe damals nur ein paar Monate wegen Schmuggels eingesessen, Lucheni dagegen sollte nie wieder das Tageslicht sehen. Trotzdem schien er nicht unglücklich zu sein. Der Mord an der Kaiserin hatte seinem Leben Bedeutung gegeben, und das Gefängnis war nicht mal der schlimmste Ort, an dem er gelebt hatte.» Gedankenverloren nippte er an seinem Glas.

Fanny warf ihm von der Seite einen Blick zu. Aufmunternd, wie sie hoffte, damit er weitererzählte und ihr verriet, wo sich Lucheni aufhielt.

«Schon mit sechzehn musste er Bahnschwellen schleppen», fuhr Kaschinsky fort. «Das Geld dafür kassierten seine Pflegeeltern. Sein Leben lang musste er ums blanke Überleben kämpfen. Einmal ist er barfuß über die Schweizer Alpen, um auf der anderen Seite Arbeit zu finden. Er lebte im Gefängnis, im Krieg und auf der Straße.» Wieder schien er sich in seinen Erinnerungen zu verlieren. Fanny biss sich auf die Lippen. Ihre einzige Chance, an die gewünschte Information zu gelangen, war, ihn zum Weitererzählen zu bringen.

«Aber warum hat er die Kaiserin getötet?», fragte Fanny, der Luchenis bedauerliche Lebensgeschichte auch tatsächlich naheging.

«Er hat Elisabeth gar nicht besonders gehasst, nur Leute wie sie. Die herrschenden Klassen, die Menschen wie ihn bis auf den letzten Blutstropfen aussaugten. Wissen Sie, wieso er es mit einer Feile getan hat? Ein recht unübliches Mordwerkzeug, zumindest, wenn man eine Kaiserin ermorden will, nicht wahr? Aber ein Dolch oder eine Pistole waren schlichtweg zu kostspielig für ihn.» Er leerte sein Glas in einem einzigen Zug. «Und nun will ich wissen, wer Sie wirklich sind, warum Sie sich verkleidet haben und warum in Gottes Namen Sie diesem armen Teufel nachstellen. Ansonsten endet unsere Unterhaltung hier.»

Fanny atmete tief durch. Endstation. Wenn sie Erfolg haben wollte, musste sie wohl etwas riskieren. «Ich heiße Fanny Goldmann. Ich bin Medizinerin. Vor einigen Wochen habe ich zwei Leichen obduziert und herausgefunden, dass beide ermordet worden waren. Und die Toten hatten eine Verbindung zu Lucheni ... und ...» Max' warnende Stimme drang überlaut in ihre Gedanken. «... und dem, was er der Kaiserin angeblich geraubt hat.»

«Den Stern», flüsterte Kaschinsky.

Fanny zuckte zusammen und musste sich räuspern. «Hat er ihn jemals erwähnt?»

Kaschinsky schüttelte leicht den Kopf. «Nur einmal, vielleicht ... ich weiß es nicht mehr. Er hat gesagt, ihr Kleinod strahle jetzt im Schatten. Aber er hat viel vor sich hingemurmelt, den Tag über.»

«Ich muss Lucheni finden und den Stern. Nur dann kann ich verhindern, dass noch mehr Menschen sterben! Ich denke, der Mörder wird Lucheni töten, wenn er ihn findet. Aber nicht, wenn ich zuerst dort bin, dann hat er keinen Grund mehr.»

«Fanny Goldmann.» Er kniff die Augen zusammen, als könne er so hinter ihre Verkleidung blicken.

«Ich habe mich verkleidet, um hier reinzukommen, zu Ihnen.»

Kaschinsky nickte langsam. «Ein zartes Nymphlein mit rötlichem Haar.»

«Wie bitte?»

«Könnten Sie damit gemeint sein?»

Fannys Gedanken überschlugen sich. «Gewiss nicht!»

«Oh, ich glaube doch. Ein guter Freund von mir, der Graf Waidring, sandte kürzlich die Kunde aus, ihm sei ein sehr wertvoller Schatz abhandengekommen. Ein zartes Nymphlein mit rötlichem Haar und ...», Kaschinskys Blick fixierte Fannys Handrücken, «einem kleinen Brandmal auf der Hand.»

Fanny schob erschrocken ihre Hand in den Rücken.

«Ob er wohl weiß, dass sein gesuchtes Nymphlein eine Ärztin ist?», sinnierte Kaschinsky. «Wir könnten ihn fragen. Er ist heute hier in diesem Haus. Und er bietet für Sie, meine Liebe, eine geradezu unanständig hohe Summe. Der Graf muss Sie tief ins Herz geschlossen haben.»

«Sie irren sich», wisperte Fanny. «Ich kenne diesen Grafen nicht.»

«Oh, bitte!», Kaschinsky klatschte seine perfekt manikürten Hände auf seine Oberschenkel. «Gerade, als sie angefangen haben, ehrlich mit mir zu sein. Aber sei es, wie es ist ...» Sein Blick fiel auf Fannys Tasche, die sie an sich gedrückt hielt. «Sie sagten, Sie wären wegen eines Handels hier. Bisher haben Sie nicht erwähnt, was Sie anzubieten haben. Ich sehe keinen Grund, warum ich das Angebot des Grafen nicht annehmen sollte.»

«Weil er ein verabscheuungswürdiger Mensch ist?», erwiderte Fanny vorsichtig.

«Aber einer, der gut zahlt», meinte Kaschinsky schulterzuckend. «Außerdem bin ich das auch, an meinen Migränetagen.»

«H-haben Sie denn gerade Migräne?»

«Was haben Sie mir mitgebracht?»

Fanny hielt seinem Blick einen Moment lang stand. Dann fuhr sie sich über die Lippen und den falschen Bart und griff vorsichtig in die Stofftasche, die sie von Max bekommen hatte. Ein Wunder eigentlich, dass das so lange gutgegangen war. Vielleicht lag es daran, dass Max die Tasche wie ein kleines Bettchen ausgepolstert hatte und Fannys Körperwärme ihn beruhigt hatte. Nur unter dem Tisch, als Waidring neben ihr gestanden hatte, da hatte er kurz gemuckst.

Vorsichtig hob sie einen weißen Fellball aus der Tasche. Der Hundewelpe blinzelte schläfrig und sah sich neugierig um, während seine Schnauze aufgeregt schnüffelte.

Kaschinsky riss die Augen auf. «Was soll das?»

«Ein B... Bichon.» Max hatte es ihr sogar aufgeschrieben, aber nun in der ganzen Aufregung wollte es ihr nicht einfallen.

«Ein Bichon Frisé», flüsterte Kaschinsky hingerissen. «Das ist unmöglich, in ganz Österreich-Ungarn gibt es keine Züchter, das weiß ich.»

Mit seinem buschigen Fell sah der weiße kleine Hund aus wie ein lebender Schneeball. Er winselte leise und wedelte mit dem Schwanz, als Kaschinsky die Hand ausstreckte und ihn am Kopf kraulte.

Kaschinsky räusperte sich und ließ die Hand wieder sinken. «Sie meinen also, irgendein Hundewelpe könnte Ihnen die Haut retten und verhindern, dass ich Sie Waidring ausliefere?»

Fanny zuckte vorsichtig mit den Schultern.

Kaschinsky atmete tief durch. «Sie haben ein *Riesenglück*! Ich verabscheue den Grafen so sehr, dass ich sogar auf ein Vermögen verzichten würde, um ihm eins auszuwischen. Wenn Sie wüssten, was er mit einem meiner Mädchen *und* dem Jungen gemacht hat ... Sie waren hernach ganz verstört.» Er presste die Lippen aufeinander und verschränkte seine Finger so fest, dass die Knöchel Fanny weiß entgegenleuchteten. «Ich würde diesem Drecksack Hausverbot erteilen, wenn er nicht so gefährlich wäre.»

Fanny seufzte erleichtert auf, als Kaschinskys Miene beim Anblick des Welpen wieder weicher wurde.

«Darf ich ...?» Er nahm ihn ihr ab und bettete ihn auf seinen Schoß. Sogleich begann das Hündchen, an seinen Fingern zu lecken. «Ich hatte eine kleine Zucht, während meiner Pariser Zeit, ehe man mir den Laden zumachte. Seit damals wollte ich mir immer wieder einen Bichon besorgen, aber es hat sich nie ergeben.» Er kraulte den kleinen Hund hinter den Ohren, sah zärtlich auf ihn hinunter und schwieg eine Weile.

Fanny wartete gespannt.

«Was ich Ihnen sagen kann», fuhr Kaschinsky mit einem zärtlichen Blick auf das weiße Fellbündel fort, «wird Ihnen nicht viel nutzen ... Es sei denn, Sie sind auf der Suche nach einem schnellen Tod.» Er sah sie an. «Aber vielleicht sind Sie das ja auch, Fanny Goldmann.» Er wandte sich wieder dem Welpen zu. «Die Sache ist Jahre her. Ich stand kurz vor der Entlassung. Luigi hatte mir bereits mehrmals erzählt, der Kaiser würde niemals zulassen, dass er in Genf, außerhalb seiner Reichweite, bliebe. Er war überzeugt, Franz Joseph würde ihn holen lassen. Eines Nachts kamen sie dann. Ich schreckte hoch, weil Luigi niemals ruhig irgendwohin mitging. Er brüllte und randalierte, egal, wohin man ihn brachte. Es waren Männer mit schwarzen k. u. k. Uniformen, die ihn holten. Luigi beschimpfte sie wüst, während man ihn fortschleppte. Die Männer wussten nicht, dass ich lauschte. Einer zog Lucheni eins über und sagte: *Mal sehen, ob der auf der Fahrt noch mal wach wird. 's scheint keine Sonne hin, in das Gewölb, in das der kommt. Der Kaiser hat ihm seinen ganz persönlichen Kerker bauen lassen unter ihrem ewigen Thron.* Das war das Letzte, was ich je von Lucheni gesehen oder gehört habe.»

«Unter ihrem ewigen Thron?», murmelte Fanny. «Was bedeutet das?»

Soweit sie wusste, ruhten alle Habsburger in der Kapuzinergruft, doch darin befanden sich nur die Särge, nicht aber der Thron der Kaiserin.

Kaschinsky hob die Augenbrauen. «Es ist recht einfach, wenn man darüber nachdenkt. In Wien gibt es nur einen Ort, der gemeint sein konnte.»

«Das Elisabeth-Denkmal im Volksgarten», wisperte Fanny. Tilde und sie hatten sich erst kürzlich dort getroffen. «Aber dort ist nur ein stiller Garten, kein Gewölbe, kein Kerker.»

«Können Sie denn sehen, was unter der Erde liegt?», fragte Kaschinsky und lächelte.

Für einen Moment erinnerte Fanny sich an ihren letzten Besuch beim Denkmal. Den Eindruck, jemanden von weit her schreien zu hören …

«Denken Sie nach, schauen Sie genau, dann werden Sie wissen, wo der Eingang liegen muss. Und wenn Sie sich dort in die tiefe Dunkelheit hineinwagen, werden Sie Lucheni finden … wenn er denn noch lebt.»

Aus dem *Le Rouge Un* hinauszukommen, war erheblich einfacher als hinein, weil Kaschinsky sie zu dem bewachten Hintereingang des Gebäudes führte und persönlich hinausließ.

«Geben Sie auf sich acht, Fanny Goldmann», sagte er und streichelte den Bichon-Frisé-Welpen auf seinem Arm.

«Sie auch», murmelte sie und schüttelte ihm die freie Hand.

Sie befand sich in einem Innenhof, von dem man direkt zurück auf die Kärntnerstraße gelangte.

Fanny begab sich rasch zurück ins Getümmel des nächtlichen Wiens. Nur rasch weg von hier, damit sie ja nicht zufällig dem Grafen Waidring in die Arme lief.

Ein wertvoller Schatz … Was für ein Schwein! Vielleicht kam ja eine rachsüchtige Dirne auf die Idee, *ihm* eine Feile in die Brust zu stoßen. Wäre es Fannys Obduktion, sie würde in den Bericht schreiben, dass es nach Selbstmord aussähe.

Der Gedanke bereitete ihr großes Unbehagen. Sie musste

sich eingestehen, dass sie es nicht über sich bringen würde, einen Bericht derart zu fälschen, nicht mal bei einem Mann wie Waidring.

Sie hatte ihren Hut so tief ins Gesicht gezogen, dass sie mit jemandem zusammenstieß, doch anstatt sie wegzustoßen und zu beschimpfen, schlossen sich die Arme des Fremden fest um ihre Schulter.

«Wo zum Teufel bist du so lange gewesen?»

Fanny sah verwirrt nach oben und erkannte Max' Gesicht. Er zitterte, ob aus Wut oder Sorge, konnte sie nicht mit Sicherheit sagen.

«Du bist nach hinten verschwunden und kamst nicht wieder, ich wollte gerade zum Hintereingang rein. Waidring ist dadrin!»

«Ich weiß!» Fanny ließ ihren Blick ängstlich über das Getümmel schweifen. «Lass uns verschwinden!»

Max nickte kurz, reichte ihr seinen Arm und führte sie rasch die Straße hinunter. Ein paar Spaziergänger warfen ihnen finstere Blicke zu oder murmelten hinter ihrem Rücken Beschimpfungen. Erst da fiel ihr wieder ein, dass sie ja immer noch als Mann verkleidet war. Der Anblick von zwei Arm in Arm einherschlendernden Männern schien manche Passanten zu brüskieren.

«Und?», fragte Max, nachdem sie ausreichend Distanz zwischen sich und das Bordell gebracht hatten und die Ringstraße entlanggingen.

«Ich weiß, wo Lucheni ist», murmelte Fanny.

Max blieb abrupt stehen. «Meinst du das ernst?»

Fanny nickte. «Er ist in Wien!»

Max legte die Hände um ihre Hüften und wirbelte sie einmal im Kreis. «Du bist ...», er schüttelte ungläubig den Kopf, «du bist einfach unglaublich!»

Er drückte ihr einen Kuss auf den Mund, zuckte aber zurück, als er Fannys falschen Bart spürte.

Ein paar Passanten waren stehen geblieben und starrten sie mit offenen Mündern an.

«Vielleicht ... vielleicht sollten wir zuerst ...», Fanny senkte ihren Blick, da ihr schon wieder die Hitze ins Gesicht stieg.

«Alles, was Sie wollen, mein Fräulein», erwiderte Max heiter. «Alles, was Sie wollen.»

Sie konnte in diesem Aufzug nicht nach Hause zu ihrem Vater, deshalb fuhren sie zu Tildes Stadthaus, wo sie ungestört sein würden. Tilde hatte ihre Sachen vorsorglich vom Burgtheater mitgenommen, damit Fanny sich bei ihr umkleiden konnte, ehe sie heimfuhr.

Sie erwartete sie bereits und öffnete ihnen persönlich die Tür. «Ich hab dem Personal übers Wochenende freigegeben, wir sind allein», stieß sie aufgeregt hervor. Sie ließ Max im großen Salon des Hauses Platz nehmen, während sie Fanny in ihr eigenes Zimmer führte, wo sie ihr beim Umziehen half.

Tildes und Fannys Zimmer hätten kaum unterschiedlicher sein können. Tildes war so weitläufig, dass das Himmelbett darin fast verloren wirkte. In einem Nebenraum hatte es eine gesonderte Garderobe, aus der Fanny Tildes Kleider entgegenleuchteten. Auf ihrem Nachttischchen erkannte sie einen Stapel mit diversen Theaterstücken sowie eine gerahmte Fotografie, die Tilde und sie in hellen Kleidern und Sonnenschirmen am Tag ihres Schulabschlusses zeigte. Ein Gefühl heftiger Zuneigung flammte in ihr auf.

«Und ... *ratsch*!» Tilde hatte ihr den falschen Schnurrbart von der Oberlippe gerissen. Es brannte kurz, war aber nicht weiter schlimm.

Nachdem Fanny sich umgezogen und die Perücke abgenommen hatte, entfernte Tilde ihr die vielen kleinen Spangen aus dem Haar. Sie wollte schon wieder hinunter zu Max, als Tilde sie festhielt.

«Kleines Momentchen», flötete sie und bürstete Fanny ein paar Mal durch das Haar, bis es ihr in seidigen Wellen über die Schultern fiel. Normalerweise trug sie ihr Haar nie offen. Aber Leichenteile würden sich jetzt ohnedies keine darin verfangen.

Sie liefen die Stiegen hinunter in den großen Salon.

Unter einer hohen Decke mit einem mehrfach verzweigten Kronleuchter saß Max auf dem Sofa einer roten Sitzgarnitur und hatte beide Arme auf die Lehne gelegt.

Als Fanny und Tilde hinunterkamen, wandte er sich ihnen zu. Sein Mund öffnete sich leicht.

«Ich mache uns eine heiße Schokolade», erklärte Tilde und bog in Richtung der Küche ab.

«Weißt du denn, wie das geht?», rief Fanny ihr hinterher, während sie auf einem Fauteuil neben Max Platz nahm.

Eine Weile herrschte Stille.

«Nehmt ihr auch kalte Milch?», tönte Tildes Stimme aus der Küche.

Fanny schmunzelte. «Natürlich!»

«Ist sie immer so?», fragte Max.

«Oh ja», erwiderte Fanny.

Ein leises Schnurren ertönte. Max zuckte einen Moment zusammen, entspannte sich aber gleich wieder, als er sah, dass Prinzi, Tildes Perserkater, um seine Beine strich.

«Tilde meint, er kommt immer zu dem, der ihn gerade am meisten braucht», schmunzelte Fanny.

Max lächelte, strich ihm über das Fell und wandte sich wieder Fanny zu. «Ich schätze, ich bin noch etwas angespannt.» Bildete sie es sich ein oder hatte sein Gesicht gerade etwas an Farbe gewonnen? «Was du geschafft hast, ist ... überraschend.»

«Ich dachte *unglaublich*?», erwiderte Fanny.

Max schloss lächelnd die Augen, dann streckte er den Arm aus und nahm ihre Hand. «Allerdings.»

Fanny spürte ein angenehmes Kribbeln in ihrem Inneren, und dann legte er auch noch die zweite Hand auf ihre. Ein angedeutetes Lächeln lag auf seinen Lippen, das eigentlich so gar nicht zu seiner kratzbürstigen Art passte.

«Ich möchte gern ...»

«Hier ist eure Mi-ilch», flötete Tilde, während sie hereinschwebte und ihnen jeweils eine Porzellantasse ohne Unterteller hinstellte.

Für einen Moment sahen Fanny und Max einander noch an, dann ließ Max fast widerwillig ihre Hand los und lehnte sich mit verschränkten Armen zurück. «Erzähl uns doch, was passiert ist», sagte er.

Und Fanny erzählte. Während Tildes Lippen sich vor Begeisterung röteten und sie an manchen Stellen sogar lachte, schien Max' Miene immer ernster zu werden.

Als Fanny erwähnte, dass Waidring einen hohen Geldbetrag ausgesetzt hatte, um sie zu finden, blies er erschrocken die Luft aus. «Ich muss ihn dingfest machen!» Er schüttelte den Kopf. «Aber es ist, als wollte man eine Spinne in der Mitte eines Netzes fangen, ohne sich vorher darin zu verheddern. Er hat überall seine Leute, ich habe sogar den Verdacht, dass er die Sicherheitswache infiltriert hat.»

Nach einer kurzen Pause fuhr Fanny mit ihrem Bericht fort. Sobald sie geendet hatte, herrschte gespannte Stille.

«Ihr ewiger Thron.» Max starrte vor sich hin. Seine grauen Augen bewegten sich rasch hin und her. Nach einer Weile nickte er. «In Wien existiert ein wahres Netz unterirdischer

Gänge, manche noch aus der Zeit der Türkenbelagerungen. Man könnte gar von einer Unterstadt sprechen. Der Volksgarten mit dem Denkmal der Kaiserin liegt in unmittelbarer Nähe der Hofburg. Der Kaiser hat sich Lucheni ganz nah zur Brust geholt und lässt ihn unter der Erde darben.»

«Er ist außer Reichweite, da kommt niemand hin», sagte Fanny. «Es tut mir leid, Max.»

Max richtete sich auf, schien sich aus seiner Erstarrung zu lösen. «Nicht unbedingt.» Er nahm die drei Milchtassen und stellte sie in einer Reihe auf. «Burgtheater!» Er zeigte auf die erste Tasse. «Volksgarten!», die mittlere Tasse. «Hofburg», die letzte. «Ich habe schon öfter gehört, dass es früher einen Fluchttunnel gegeben haben soll, durch den das Kaiserpaar im Notfall aus dem Burgtheater direkt in die Hofburg zurückkehren konnte. Dieser Gang muss unter dem Volksgarten hindurchgeführt haben.»

«Wenn dieser Tunnel existiert, dann könnte man dort unten leicht einen Kerker einbauen», murmelte Fanny.

Max nickte mit finsterer Miene.

«Du denkst nicht etwa daran, dort hinunterzusteigen?»

«Ich könnte es versuchen.» Er sah auf. «Lucheni ist direkt vor meiner Nase. Fast, als müsste ich nur die Hand ausstrecken. Man müsste nur einen Eingang in die Unterstadt finden, der mit diesem Tunnel verbunden ist.»

«Oh!», rief Tilde. «Wir könnten Schl…»

«Nein», unterbrach sie Fanny und wandte sich wieder Max zu. «Wenn Lucheni noch lebt, hat der Kaiser mit Sicherheit eine Wache dort abgestellt oder mehrere.»

Max presste die Lippen zusammen.

«Versprich mir, dass du nichts unternimmst», bat ihn Fanny. «Du planst doch jeden deiner Schritte so genau, riskier jetzt nicht alles, ohne zu wissen, was dich da erwartet.»

«Und wie sollte ich das vorher herausfinden?», fragte er mit rauer Stimme.

«Ich ...» Fanny stockte. Der Kreis der Menschen, die von Luchenis Geheimnis wussten, musste so klein sein, dass es so gut wie unmöglich war herauszufinden, wie es in dem Tunnel aussah. «Versprich mir einfach, dass du es nicht versuchst», wiederholte sie.

«Ich stehe so kurz vor dem Ziel, ich lasse mich jetzt nicht mehr aufhalten», schnappte Max und sprang auf. «Ich hole mir den Stern und verschaffe uns Gerechtigkeit.»

«Aber du wirst sterben!»

«Das ist meine Angelegenheit!» Er tippte sich heftig auf die Brust. Seine Augen starrten sie so kühl an wie bei ihrer ersten Begegnung im Palais Equitable. *«Meine.»*

Mit einem Mal fühlte Fanny sich an Leontines Worte erinnert. *Gewiss hat er eine eigene Agenda, und vielleicht bist du mehr Mittel zu seinem Zweck als er zu deinem.*

Sie sah sich mit Max im Garten der Meisels stehen, als er ihr erzählt hatte, dass er in eine Sackgasse stecke, dass es nicht möglich wäre, Kaschinsky das Geheimnis Luchenis zu entlocken.

Fanny legte sich die Hand auf die Brust. «War es meine eigene Idee, dass ich zu Kaschinsky gehen könnte?»

Max runzelte die Stirn. «Wie bitte?»

«War es *meine* Idee?» Sie brachte es nicht über sich, ihn anzusehen. «Oder wolltest du nur, dass ich glaubte, es wäre so?»

Max schwieg.

«Der Brunnen, die Vöglein, deine Niedergeschlagenheit. War das geplant, damit ich mich freiwillig entschließe, dir zu helfen?»

Max zögerte eine Weile. «Das ist nicht ...» Er brach ab und sprach nicht weiter.

Fanny schloss die Augen und atmete durch die Nase aus. «War es dir überhaupt je wichtig, dass ich meine Arbeit wiederbekomme?» Sie nahm ihren Mut zusammen und sah ihm ins Gesicht.

Max erwiderte ihren Blick und schnaubte leise. «Du scheinst dir dein Urteil ja bereits gebildet zu haben», sagte er, dann marschierte er raschen Schritts aus dem Raum. Ein paar Momente später hörten sie, wie die Haustür zugeworfen wurde.

Fanny starrte vor sich auf den Boden. Sie fühlte sich unendlich dumm und betrogen. Er hatte sie nur so weit in seine Welt gelassen, wie sie ihm nützlich gewesen war.

Nach einer Weile spürte sie Tildes Umarmung und ihr weiches Haar auf ihrer Schulter.

«Er hat es nicht so gemeint, bestimmt nicht», wisperte Tilde und küsste sie auf die Wange.

Einen Moment später sprang Prinzi auf ihren Schoß und machte es sich schnurrend darauf bequem.

Fanny hätte Tilde so gern geglaubt, aber sie konnte es nicht.

Der Verrat an seinem Vater hatte Max von einem anständigen Menschen in einen Getriebenen verwandelt, den nichts und niemand mehr aufhalten konnte.

20. KAPITEL
EINE LEICHE ZUM ABSCHIED

Sie hatte die Nacht bei Tilde verbracht und war dann früh morgens nach Hause gefahren, damit ihr Vater sich keine Sorgen um sie machte. Es war Karsamstag, und umso überraschter war Fanny, einen Brief von Leontine in ihrem Briefkasten vorzufinden.

Liebe Fanny,

Ich hoffe, dieser Brief erreicht dich rechtzeitig. Da Albin sich meiner an diesem Osterwochenende offenbar um jeden Preis entziehen möchte, wird er Samstagnachmittag ans Institut kommen und ist geneigt, dich zu empfangen. Bitte, sieh es nicht als Niederlage, sondern als Neuanfang an, um weiterzukämpfen.
Bald schon werden wir über diese unsägliche Geschichte lachen.

In tiefer Verbundenheit,
Leontine

Fanny schluckte. Wenn sie heute ihren Bußgang antreten, zum Institut fahren und sich bei Professor Kuderna entschuldigen würde, durfte sie ihm dabei keinesfalls ins Gesicht sehen. Sie würde sich sofort daran erinnern, wobei sie ihn gestern erwischt hatte, und kein Wort mehr herausbringen.

Sollte sie Leontine davon erzählen? Als Freundin sollte sie es vielleicht ... aber wusste Leontine nicht ohnedies schon, mit was für einem Mann sie verheiratet war, und wäre durch so einen Bericht nur noch mehr verletzt?

Fanny wünschte, sie wüsste, was richtig war. Aber genau diese Gewissheit war ihr in letzter Zeit zunehmend abhandengekommen.

Sie seufzte.

«F-falscher Fuß?» Ihr Vater war bereits angezogen.

«Zwei falsche Füße, so wie es aussieht», erwiderte sie. «Gehst du aus?»

«Spazieren», erklärte er schulterzuckend.

Fanny kniff für einen Moment die Augen zusammen, dann schüttelte sie den Kopf. «Hab viel Spaß, ich bin später wohl noch einmal am Institut.»

Ihr Vater knurrte, als sie das Institut erwähnte.

«Keine Sorge.» Sie blinzelte ihm zu. «Es wird wohl das letzte Mal sein.»

Ihr Vater atmete tief durch. «Wenn d-du mich brauchst ...» Er zückte ein Notizbuch und blätterte etwas fahrig darin. Er runzelte die Stirn und nickte, dann riss er eine Seite heraus und reichte sie Fanny.

Fanny nahm sie zögernd entgegen. Auf dem Stück Papier stand in säuberlicher Schrift.

Maria Meisel
Sternwartestraße 68
Rufnummer: 43304

Sieh an, die Meisels hatten ein eigenes Telefon. Vielleicht wollte Max künftig einfach nicht auf Luxus wie diesen verzichten.

Fanny sah auf. «Du besuchst Frau Meisel?»

Ihr Vater trat von einem Fuß auf den anderen wie ein Junge, den man beim Äpfelklauen erwischt hatte. «Kaffee», murmelte er mit gesenktem Blick. «Und Ü-üben.» Er deutete auf seine Kehle.

«Papa», Fanny lief zu ihm hin und nahm ihn fest in den Arm, «ich bin sicher, Mama würde sich auch freuen.» Sie wedelte mit dem Zettel. «Brauchst du den gar nicht?»

Ihr Vater tippte sich an den Kopf.

Fanny lachte auf «Ich vergaß, ein Gedächtnis wie ein Elefant.»

Sie ging früher los, als es nötig gewesen wäre. Es war gegen Mittag, und Leontine hatte von Nachmittag geschrieben. Vielleicht lag es daran, dass sie ihren Abschiedsbesuch am Institut gern bis zum letzten Atemzug auskosten wollte.

Sie versuchte, sich die Zukunft auszumalen. Die Stelle, zu der Leontine ihr vielleicht verhelfen würde. Die Hektik einer Klinik, Menschen, die auf sie einredeten. Rasch zu treffende Entscheidungen. Patienten, für die jeder Stich, jeder Schnitt und jedes Pulver Schmerz und Unwohlsein bedeuten konnten.

Und dann musste sie an die feierliche Stille bei ihrer Arbeit in der Gerichtsmedizin denken. Die Geheimnisse, die sie hatte ergründen können. «Der Anwalt derer sein, die nicht mehr in der Lage sind, für sich selbst zu sprechen.»

Es dauerte einen Moment, ehe sie begriff, dass sie die Worte vor sich hin gemurmelt hatte.

Sie würde sich an ihre neuen Aufgaben gewöhnen. Schließlich könnte sie auch Näherin sein oder, viel schlimmer, in der Fabrik von Onkel Frederik schuften.

Das Institut lag friedlich da, als es zu ihrer Linken auftauchte, die helle Fassade blinkte im Sonnenlicht. Nur ein einziger Passant war außer ihr noch auf der Gasse. Als er an ihr vorüberging, schien er zu lächeln und zog sich seinen Hut noch tiefer ins Gesicht.

Das Einzige, was zu hören war, war das Tschilpen der Spatzen auf der Kastanie neben dem Eingang.

Vor der Tür blieb Fanny stehen und kramte in ihrem Handtäschchen nach dem Schlüssel, ehe ihr wieder bewusst wurde, dass sie keinen mehr besaß.

Sie sah sich um. Das Institut war am Wochenende versperrt. Sie musste sich weiter um die Ecke beim Portiershäuschen in der Sensengasse anmelden, oder sie läutete. Aber wenn, was anzunehmen war, niemand außer Professor Kuderna im Gebäude war, würde er sich wohl nicht gerade freuen herunterzukommen, um ihr zu öffnen.

Bevor sie zurückmarschierte, drückte sie sicherheitshalber einfach die Klinke herunter – und war überrascht, dass das Tor aufschwang.

Sie lauschte für einen Moment, aber im Inneren des Gebäudes war es ruhig. Langsam stieg sie die Treppen hinauf. Es fühlte sich nicht anders an, als würde sie an einem gewöhnlichen Tag zur Arbeit gehen. Heftige Wehmut überkam sie, aber Fanny drängte sie zurück.

Auch im oberen Stockwerk sah sie niemanden. Fanny ließ ihre Finger über die Holztür ihrer ehemaligen Umkleide streichen. Jetzt war es wieder eine Besenkammer. Sie schritt zur Eichentür von Professor Kudernas Arbeitszimmer hinüber, horchte einen Moment und klopfte dann.

Nichts. Sie versuchte, die Tür zu öffnen.

Verschlossen.

Professor Kuderna war wohl noch nicht hier.

Aber wer hatte dann das Institut aufgesperrt? Egal. Was kümmerte sie das noch?

Sie wollte sich nicht zu weit vom Büro entfernen, um Kuderna nicht zu reizen, wenn er kam. Den Seziersaal sollte sie lieber meiden, obwohl es sie so sehr juckte hineinzusehen. Die Bibliothek war ein guter Kompromiss. Wenn sie die Tür offen ließ, würde sie hören, wenn der Professor die Treppen hinaufstampfte.

Sie öffnete die Tür. Der Geruch nach Staub und alten Büchern kitzelte sie in der Nase. Sie strich über die Rücken der medizinischen Bücher.

Das Buch über forensische Toxikologie, das Franz gesucht hatte, stand wieder im Regal, wenn auch am falschen Platz.

Fanny verdrehte die Augen und stellte es zurück. Die thematische Ordnung der Titel, die sie eingeführt hatte, würde wohl nicht mehr lange bestehen bleiben.

Ein Lächeln huschte über ihr Gesicht.

Sie verließ die Bibliothek, schloss die Tür – und stieß einen spitzen Schrei aus, als sie sich plötzlich einer Gestalt gegenüber fand.

«Hätt mich heut Morgen wohl rasieren sollen», brummte Franz.

Fanny atmete erleichtert auf.

«Was machst du denn hier?», fragten die beiden synchron.

Franz schüttelte den Kopf und rang sich ein Lächeln ab.

«Ich bin mit Kuderna verabredet», erklärte Fanny.

«Also den würde ich mir nicht mehr antun, wenn ich nicht müsst.»

«Ich muss», erwiderte Fanny. «Ich brauche ein Zeugnis, wenn ich etwas Neues beginnen will.»

Franz atmete tief durch. «Der kommt frühestens in einer Stunde. Wenn er samstags reinkommt, schlägt er sich vorher immer bei irgendeinem Wirt den Wanst voll.»

«Woher weißt du das? Du sagst doch, du kommst samstags nie her.»

«Außer in Ausnahmefällen. So wie heute. Der Kaltenecker hat eine Leiche ...»

Jemand räusperte sich.

Franz und Fanny fuhren herum.

Seine Gestalt füllte beinahe den ganzen Eingang zum Sektionssaal aus. Fanny hörte ein metallisches Klirren, als er sich mit seinen schweren Stiefeln näherte. Sie konnte ein Schaudern nicht unterdrücken, als Kaltenecker auf sie zukam.

Er blieb so nah vor ihr stehen, dass Fanny unwillkürlich einen Schritt zurückwich. «Schau, schau, die abtrünnige Schwester!»

Fanny biss sich auf die Lippen. Sie war gekommen, um sich beim Professor zu entschuldigen, nicht, um sich mit Kaltenecker anzulegen.

«Wenn's nach mir ging, würd ich Sie gleich einkassieren», sagte er leise und starrte reglos zu ihr herab. «Hab eine gemütliche kleine Damenzelle bei mir am Revier, wo wir uns unterhalten können, da stört uns niemand.»

«Na, Gott sei Dank geht's nicht nach Ihnen», erwiderte Franz laut.

Kaltenecker würdigte ihn keines Blickes, sondern fixierte Fanny weiterhin. «Sie haben einmal Grenzen überschritten und sind glimpflich davongekommen», erklärte er. «Vergessen Sie das nicht!» Er stapfte an ihnen vorbei und rempelte dabei wie zufällig Franz' Schulter. Bevor er auf die Treppe abbog, wandte er sich noch einmal nach Fanny um. «Das

Glück is' ein Vogerl, Schwester. Erwarten Sie nicht, dass es bleibt.»

Sie warteten, bis seine schweren Schritte verklangen und das Eingangstor zugeworfen wurde.

«Immer, wenn ich glaub, der kann nicht mehr unsympathischer werden, belehrt er mich eines Besseren», sagte Franz kopfschüttelnd. «Dabei war er in letzter Zeit fast umgänglich.»

«Was für eine Leiche hat er bringen lassen? Doch keinen Sandler?»

Franz schüttelte den Kopf. «Den hab ich mir noch nicht so genau angeschaut, aber das könnt sich auszahlen.» Er maß Fanny mit einem langen Blick. «Wie schaut's aus? Ein letztes Mal?»

«Ich würde gern, aber es geht nicht. Wenn der Professor mich erwischt, wird er mir nie ein Zeugnis geben.»

«Ach, der!» Franz winkte ab. «Ich glaube, es würde ihn eher wütend machen, wenn ich dich hier allein herumschleichen lass. Institutsfremde Personen wollen beaufsichtigt werden.»

Fanny rieb sich das Gesicht. Die verstörende Begegnung mit Kaltenecker beschäftigte sie noch immer. «Warum nicht, wenn wir auf die Treppe horchen ...»

Sie folgte Franz in den Seziersaal. Das Gemisch aus Verwesungs- und Formalingeruch trieb ihr die Tränen in die Augen – weil sie ihn so vermisst hatte.

«Schnapp dir eine von den Schürzen.» Franz wies auf den Haken an der Wand, wo die gebrauchten Schürzen hingen.

Fanny nahm sich die am wenigsten fleckige und warf sie sich über.

«Na, komm her und schau dir den mal an», sagte Franz und wies auf die Leiche auf seinem Tisch.

Fanny lief rasch zu ihm hinüber.

Das Gesicht des Toten war noch mit einem Tuch abgedeckt. Franz tat das manchmal, wenn er mit der äußeren Inspektion fertig war.

Bin nicht wild drauf, dass die mich anschauen, während ich sie aufschneid, hatte er Fanny an ihrem ersten Arbeitstag anvertraut. Seltsamerweise hatte er es in den darauffolgenden Monaten immer wieder vergessen, als wären ihm seine Obduktionen nicht so unheimlich gewesen, wenn Fanny dabei war.

«Wo wurde er gefunden?», fragte Fanny und betrachtete die bereits entkleidete Leiche.

Franz nahm die Autopsieanforderung der Polizei zur Hand. «Der Kaltenecker war nicht besonders froh, den herzubringen, richtig grantig war er.»

«Ah ja?», fragte Fanny.

«Keine Ahnung, vielleicht wollte er samstags nicht arbeiten. Hat übrigens dezidiert nach dir gefragt, bevor er dich getroffen hat. Hat das Gfrast aufgeheitert, dass du nicht mehr hier arbeitest.»

«Wirklich.» Fanny tippte sich gegen das Kinn.

«Von unserm werten Gast hat er dafür nicht viel erzählt. Geschäftsbesitzer, angeblich.»

Fanny ließ ihren Blick über die Leiche gleiten. «Warum glaubt man nicht an einen natürlichen Tod?»

«Seine Mitarbeiter haben die Sicherheitswache gerufen. Sie sagen, er hätte in der Nacht jemanden getroffen, und als sie in der Früh nach ihm sahen, war er tot – und allein.»

Fanny konnte sich das Schmunzeln nicht verkneifen. «Und bei dieser Vorgeschichte glaubst gerade du an einen Mord?»

Franz zuckte mit den Schultern. «Wollt halt noch einmal zum Abschied mit dir obduzieren. Mit dir ist's manchmal unterhaltsamer als mit dem Gert.»

«Äh, danke! Hast du die äußere Inspektion schon abgeschlossen?»

«Prinzipiell ja, aber vielleicht willst du auch noch mal schauen?»

Fanny ließ ihren prüfenden Blick über den Körper des Mannes gleiten. Er wirkte sehr gepflegt, wenig behaart und roch noch nicht mal schlecht. Sie suchte nach Verletzungen oder Blutergüssen, konnte aber nichts finden. Selbst die Totenflecken begannen erst, sich am Rücken auszubreiten.

«Seine Muskelspannung ist kaum vorhanden», bemerkte Fanny und bewegte die Fingerspitzen des Toten ohne merklichen Widerstand. «Fast lockerer als bei einem Lebenden. Hast du ein Zeichen von Totenstarre an den Augenlidern entdeckt?»

«Kaum ausgeprägt.»

«Hmh. Sie haben ihn in der Früh gefunden. Selbst wenn er erst da gestorben ist, sollte man eigentlich schon was erkennen.» Sie arbeitete sich weiter vor und prüfte die Beweglichkeit des Handgelenks. «Oh, hast du das gesehen?» Fanny betrachtete die Handfläche des Toten.

«Die Christuswunde?», fragte Franz. «Hab ich notiert.»

Fanny beäugte sich die Wunde genauer. *Christuswunde* stimmte nicht ganz. Es war eine kleine Stichwunde in der Handfläche, aber das Messer hatte die Hand nicht durchbohrt.

«Eher eine Dornröschenwunde», murmelte sie. «An einer Spindel gestochen und tot.» Die Wunde schien frisch zu sein. Kein Zeichen von Entzündung, Eiter oder einsetzender Heilung.

«Also erstens, Dornröschen hat sich in den *Finger* gestochen, und zweitens hat sie nur geschlafen.»

Fanny sah auf. «Wusste nicht, dass du dich mit Märchen auskennst.»

Franz grinste. «Wenn du bei meinen Metaphern pingelig bist, darf ich das auch bei deinen!»

Fanny rückte ihre Brille zurecht und betrachtete den Körper noch einmal genau. «Sonst fällt mir nichts auf. An der Wunde ist er jedenfalls nicht gestorben.»

«War auch meine Conclusio. Würd sagen, wir fangen an!» Fanny nickte. Franz nahm ein Messer und wog es nachdenklich in der Hand. Dann drehte er es und streckte Fanny den Griff hin.

Fanny betrachtete es verwirrt. «Du ... du magst es doch nicht, wenn man dir *in die Leich' grapscht.*»

«Nein», erwiderte Franz. «Aber wenn ich dich ein bisserl mehr machen hätt lassen, hättest vielleicht nicht gedacht, du musst es in der Nacht heimlich tun.»

«Das ... das war nicht ...»

«Willst jetzt oder nicht?»

«Ja», erwiderte Fanny und riss ihm das Messer beinahe aus der Hand. «Ja, natürlich.»

«Na, dann.»

Fanny setzte die Spitze unter dem Schlüsselbein der Leiche an und warf Franz noch einmal einen fragenden Blick zu.

«Was? Möchtest warten, bis der Professor kommt?»

Franz beobachtete genau, wie sie ihren Ypsilon-Schnitt ausführte, korrigierte hier und da ihre Handhaltung oder die Schnitttiefe. Manchmal brummte er einfach nur und antwortete auf Fannys fragenden Blick mit einem «Passt schon».

Redseliger wurde er bei der Entnahme der Organe.

«Vorsichtig, wenn du den Schnitt so weit dorsal führst, verletzt du die große Hohlvene, siehst? Und dann schwimmt alles dadrin ...»

«Und die Bauchspeicheldrüse, wenn du beim Loslösen so fest an ihr ziehst, bleibt uns nur noch Matsch zum Beurteilen.

Ist ein bisschen die Operndiva unter den Organen. Macht unglaublichen Wind beim allerkleinsten Problem.»

«Die Nebennieren, du solltest *beide* finden, auch wenn sie klein sind.»

«Und wegen der Reihenfolge der Entnahme …»

Fanny senkte ihre Pinzette. «Ich nehme jeden Verbesserungsvorschlag von dir mit Freude an, aber *die Reihenfolge*?» Sie hob die Augenbrauen.

«Schon gut, schon gut», winkte Franz ab, da er sich seines eigenen *kreativen* Ansatzes bewusst wurde.

Die Außenwelt schien sich immer weiter zu dimmen. Nur noch Organe, Gefäße, Nerven und Knochen schienen zu existieren. Hellrotes Lungengewebe im Licht der Glühbirne, eine leicht verhärtete Leber. Eine auf Pflaumengröße angewachsene Prostata, allerdings in ihrer normalen Form erhalten, also vermutlich kein Tumor.

«Siehst du den Kallus? Eine schlecht verheilte Rippenfraktur. Vielleicht ist er früher mal verprügelt worden.»

Als sie das Herz eröffneten, führte Franz Fannys Hand.

«Wenn du's an dieser Stelle schön vorsichtig machst, bleibt alles erhalten.»

Fanny atmete begeistert auf, als sich die Kammern und Vorhöfe öffneten. «Sind das …» Sie fuhr mit dem Finger über ein paar eingesunkene, vernarbt wirkende Stellen im Herzmuskel. «Sind das Infarkte? Daran könnte er doch gestorben sein.»

Franz fuhr ebenfalls mit dem Finger über die verhärteten Stellen und schüttelte den Kopf. «Es sind alte Infarkte, und sie sind klein. Erkennt man, weil sich im Muskel Narbengewebe gebildet hat. Das würde ganz anders aussehen, wenn das heute Nacht passiert wäre.»

Fanny nickte. Sie überprüften die Gefäße nach Blutgerinnseln oder nach Anzeichen für innere Blutungen. Der Dünndarm war weitgehend leer, der Inhalt des Dickdarms unauffällig. Im Magen fanden sie nur alkoholisch riechende Flüssigkeit in geringer Menge ... und eine kleine Wunde in der Schleimhaut, an deren Rand sich dicke Wulste gebildet hatten.

«Das Geschwür wird ihn auch nimmer ärgern», meinte Franz kopfschüttelnd. «Wir sehen uns dann die Halsschlagadern an. Nachdem sonst alles so unauffällig war, wird's vielleicht ein Schlaganfall gewesen sein. Warte ...» Er zog das Tuch vom Kopf der Leiche.

Der blonde Mann trug seine Haare mit einem Seitenscheitel. Sein Gesicht war völlig glatt rasiert und ...

Das Messer fiel Fanny aus der Hand und fiel klirrend zu Boden.

«Was ist?»

Fanny begann am ganzen Körper zu zittern.

Kaschinsky.

Sie war doch erst letzte Nacht bei ihm gewesen. Und da hatte er noch gelebt.

Franz wandte sich zu Kaschinskys Gesicht um, das Fanny noch immer fixierte. «Sag mir nicht, dass du den kennst.»

Fanny schüttelte hastig den Kopf.

«Spuck's aus, was stimmt nicht?»

Fanny betrachtete Kaschinskys Miene. Sie wirkte nicht verkrampft, eher schlaff. Nur die Augen, die Augen waren weit aufgerissen und blutunterlaufen. Seine Haut hatte einen deutlich wahrnehmbaren zyanotischen Stich.

Fanny lief zu den Wandregalen, holte einen Erlenmeyerkolben, die Schwefelsäure und die Flasche mit dem Formalin heraus. «Franz, du musst was vom Mageninhalt retten, bitte!»

«Schon wieder ein Marquis-Reagenz? Nur weil du da mal angeblich was gesehen hast ...»

«Franz, *bitte*!»

Franz schlurfte zu den Wandschränken, kramte eine metallene Spritze hervor und schien zu versuchen, ein paar Reste der Flüssigkeit von der Magenschleimhaut aufzusaugen, während Fanny das Marquis-Reagenz anmischte.

Sie eilte wieder zum Tisch zurück und hielt Franz den Kolben hin.

Dieser hielt die Spritze hoch und schüttelte den Kopf. «Du irrst dich», erklärte er, dann tropfte er den Mageninhalt in das Reagenz.

Fanny hielt den Atem an.

«Und?», fragte Franz mit gerunzelter Stirn. «Wie beurteilst du das?»

«Negativ», wisperte Fanny überrascht und starrte in die Flüssigkeit. «Wobei ...» Sie erkannte eine einzige zartviolette Schliere in dem Reagenz, nichts im Vergleich zu der kräftigen Färbung, die es bei Madame Adoria und dem Walzerkönig angenommen hatte.

«Von mir aus, vielleicht hat er ein Tropferl Morphin intus gehabt, wenn überhaupt. Vielleicht zur Beruhigung. Umgebracht hat ihn das mit Sicherheit nicht.»

«Hast du auch wirklich Mageninhalt aufgesaugt?»

«Treib's nicht zu weit!»

«Entschuldige.»

Fanny starrte noch immer das Reagenz an und schüttelte den Kopf. Kaschinsky war nicht einfach so nach ihrem Besuch gestorben. Soweit sie das beurteilen konnte, war er wohlauf gewesen. Der Mörder musste nachgeholfen haben. Und was sie bis ins Mark erschreckte, war, dass er seine Spuren mit jedem weiteren Mord geschickter verbarg, fast, als wüsste er, dass Fanny das mit dem Morphin herausbekommen hatte. Als würde er sie kennen …

«Wir sollten weitermachen», meinte Franz vorsichtig, aber Fanny antwortete nicht. Wie hätte sie ihm das alles erklären sollen. Ein letzter Hauch von Kaschinskys Rosenparfüm stieg ihr in die Nase, gepaart mit Geruch nach Magensäure und Verwesung. Fanny hüstelte.

«Was ist, hast du jetzt einen Frosch im Hals?»

«Was hast du gesagt?»

«Nun, einen …»

«Frosch.»

Wie von fern erinnerte sie sich an das Quaken aus einem der Wandregale. Fanny starrte die kleine Stichwunde auf Kaschinskys Hand an. Es konnte sich dabei nicht um einen Unfall gehandelt haben. Jemand hatte ihm einen spitzen Gegenstand in die Hand gerammt. Nicht, um ihn damit zu töten. Sie sah förmlich vor sich, wie Valdéry den Frosch mit der Chemikalie von Professor Pál gestochen hatte. Wie die Glieder des Tieres fast augenblicklich erschlafft waren.

Curare.

Gewieft. Das Resultat war dem von Morphin nicht unähnlich. Erstickung durch Atemlähmung. Doch während Morphin den Atemreiz im Gehirn unterdrückte, verhinderte Curare, dass der Reiz den Muskel erreichte.

Curare war kein gebräuchliches Gift, da kaum jemand Zugang dazu hatte. Deshalb war zumindest nach Fannys Wissen noch kein toxikologischer Nachweis entwickelt worden.

«Was denkst du?», riss Franz sie aus ihren Gedanken.

«Dass ich unrecht hatte.»

Sie lief zu den Wandregalen und riss sie auf. Valdéry bewahrte seinen Kram meist im ganz rechten auf. Fanny fand einige fein säuberlich aufgeschichtete Gebisse, ein paar Reagenzien, die er wohl zur histologischen Färbung verwendete, und eine Flasche mit einer klaren Flüssigkeit.

Physostigmin. Das Gegengift.

Die zweite Flasche suchte sie vergeblich.

Er war hier. Er hat Valdérys Reagenz gestohlen und eingesetzt. Aber woher wusste er, was es verursacht?

Fanny wandte sich zu Franz um, der anscheinend endgültig an ihrem Verstand zweifelte.

«Franz», wisperte sie. «Das Buch, das du gesucht hast, die forensische Toxikologie, erinnerst du dich?»

Er nickte.

«Hast du's gefunden?»

Er runzelte die Stirn. «Natürlich nicht, hab noch mal bei mir daheim nachgesehen, aber da war's nicht. Hat sich wohl jemand von einer anderen Klinik ausgeliehen und dann behalten.»

Fanny stieß ein leises Wimmern aus. Der Mörder war ihr nicht nur einmal nahe gewesen, sondern ständig. Er hatte heimlich das Institut besucht, hatte gelernt, wie er morden konnte, und gleichzeitig beobachtet, was mit seinen Opfern passierte.

Der Walzerkönig ... Fanny wurde mit einem Mal schlecht. Damals, als sie sich hinten im Leichenraum versteckt hatte. Das war kein Nachtwächter gewesen. Was hätte ein Nachtwächter auch im Leichenraum gemacht? Sondern *er*. Es gab eine Verbindung zwischen ihm und der gerichtlichen Medizin. Wahrscheinlich war er gekommen, um sich zu vergewissern, dass sie die Leiche des Walzerkönigs nur aufbewahrten, nicht aber obduzierten.

Sie erinnerte sich an das scharfe Einatmen. Der Mörder hatte gesehen, dass jemand eine Obduktion an dem vermeintlichen Obdachlosen durchgeführt hatte. Seither wusste er, dass ihm jemand auf den Fersen war, dass er bei jedem seiner Morde raffinierter vorgehen musste.

Aber wer? Wer hatte eine Verbindung zu den drei Mordopfern? Wer konnte von dem Stern wissen und dass Max und sie danach suchten? Mit einem Mal war es, als würde ein Vorhang vor einem Gemälde weggezogen, das sie schon die längste Zeit angestarrt hatte.

«Du hast gesagt, Kaltenecker wollte die Leiche gar nicht abliefern.»

Er hatte alle drei Leichen eingeliefert. Er war Polizist, genau wie Max. Konnte man da ausschließen, dass er von Max' Plan, den Stern zu finden, Wind bekommen hatte? Wenn Kaltenecker das Schmuckstück der Kaiserin selbst fand, würde ihn das unsagbar reich machen. Vielleicht hatte er den Walzerkönig in eine Falle gelockt, bevor Max ihn treffen konnte, und hatte den Namen der Madame Adoria aus ihm herausgequetscht, bevor er ihn umbrachte. Vielleicht hatte der Walzerkönig ja gedacht, er hätte den echten Blaumeise vor sich. Von Madame Adoria hatte Kaltenecker von Luchenis Diebstahl erfahren, bevor er sich dann auch ihrer entledigte. Aber da gab es ein Problem. Er hatte gesehen, dass jemand nächtens den Walzerkönig obduziert hatte. Wahrscheinlich hatte er Fanny bereits in Verdacht gehabt. Sie erinnerte sich, wie amüsiert er dreingeschaut hatte, als Kuderna damals in den Seziersaal geeilt war, um die Obduktion der Madame zu unterbinden. Vermutlich hatte Kaltenecker ihn auf den Gedanken gebracht, dass eine gesamte Autopsie rechtlich heikel sein könnte. Später musste er im städtischen Leichenhaus angeordnet haben, dass man sich die Tote noch einmal ansah. Spätestens da musste ihm klargeworden sein, dass er Fanny loswerden musste ... und es war ihm auch gelungen.

Franz stöhnte. «Jetzt sag mal endlich, was für Hummeln du im Hintern hast, seit du das Gesicht von der Leich' gesehen hast, das gibt's ja nicht!»

Fanny wollte. Für einen Moment wollte sie nichts sehnlicher, als ihm die ganze Geschichte zu erzählen, aber mit einem Mal begriff sie, dass die Zeit drängte.

Kaschinsky war tot. So kurz, nachdem er ihr sein Geheimnis anvertraut hatte. Das musste bedeuten, Kaltenecker kannte Luchenis Aufenthaltsort ebenfalls.

Und er würde alles in seiner Macht Stehende tun, um zu verhindern, dass jemand außer ihm den Stern fand.

Max.

«Franz, ich muss in das Büro des Professors!»

«Was?»

«Bitte, es ist wichtig, *lebenswichtig.*»

«Du siehst doch Gespenster.»

«Vertrau mir!»

«Vertrauen?», rief Franz. «Warum? Du sagst mir kein Wort, aber bist so weiß im Gesicht, als wärst du dem Leibhaftigen begegnet.»

«Ich kann es gerade nicht erklären. Zu gefährlich. *Bitte!*»

Franz zuckte mit den Schultern. «Ich hab keinen Schlüssel.» Sein Blick glitt über die blutigen Instrumente am Tisch. «Aber vielleicht geht's auch ohne.»

❧

«Woher kannst du das?», fragte Fanny, während Franz ein sichelförmig geschwungenes Skalpell der Größe zwölf in den Spalt zwischen Tür und Türrahmen schob.

«Besser nicht fragen.»

Fanny neigte zustimmend den Kopf.

«Gut, dass das nur so ein einfaches Schloss ist», meinte er, «Einfach das gebogene Ende von links unten nach rechts oben und *hepp*. Als würde man ein Muttermal ausschneiden.» Ein leises Klicken war zu hören, und die Tür schwang auf. «Rein mit dir. Ich steh Schmiere. Beeil dich! Er muss jeden Moment kommen.»

Fanny flitzte hinein. Es roch nach einer Mischung aus Pfeifenrauch und dem Kölnischwasser des Professors. Sie lief schnurstracks zu dem Telefonapparat, der an der Wand angebracht war. Eigentlich war er dazu gedacht, um Telefonate zwischen den Kliniken zu führen, aber Franz hatte ihr berichtet, dass der Professor ihn auch extern nutzte, um mit einem Museum über seine Südamerikasammlung zu reden.

Sie nahm den trichterförmigen Hörer vom Apparat und horchte hinein.

«Fernsprechvermittlungszentrale?»

«Oh, Gott sei Dank», wisperte sie. «Ich möchte gerne mit Maria Meisel, Sternwartestraße 68 sprechen, die Rufnummer ist ...»

Am anderen Ende hörte sie bei jeder Ziffer, die sie nannte, ein Geräusch, das an das Einrasten eines Hebels erinnerte.

Dann war es plötzlich still. Fanny wartete ... und wartete. Dann hörte sie ein Krachen am anderen Ende.

«Grüß Gott!», hörte sie Frau Meisels Stimme zwischen knirschenden und krachenden Nebengeräuschen sagen.

«Frau Meisel, ich bin's, Fanny!»

«Oh, grüß dich, Kind, willst du mit deinem Vater ...»

«Nein, ich muss dringend mit Max sprechen!»

«Mit Max?»

«Ja, genau!» Fanny musste ihre ganze Kraft aufbringen, um sie nicht anzuschreien.

«Er ist leider nicht hier, Kind. Er ist gerade weg.»

Fanny ballte die Fäuste. Sie wäre am liebsten durch das Telefon gesprungen, um Frau Meisel zu schütteln.

«Ich hör was unten an der Tür!», zischte Franz.

«Hat er gesagt, wo er hingeht?»

«Er wollte sehen, ob im Volksgarten schon die Rosen blühen, wieso …»

Fanny hängte den Hörer auf und nahm dann erneut ab.

«Was tust du denn, er kommt!»

Fanny nannte der Fernsprechvermittlungszentrale eine weitere Nummer.

«Tilde!», rief Fanny in den Hörer, als diese sich mit einem verschlafenen «Guten Tag» meldete. «Ich brauch dich. Wir treffen uns in zwanzig Minuten am Burgtheater.»

Sie hängte auf und huschte aus der Tür, die Franz gerade noch schließen konnte, bevor der Professor um die Ecke bog.

Sein Blick verfinsterte sich, als er Fanny sah.

«Ah, Sie sind schon hier. Eigentlich eine Zumutung, dass ich Ihnen … wo, glauben S' denn, dass Sie hinrennen?»

Fanny hatte sich bereits an ihm vorbeigedrückt und war schon am Treppenabsatz angekommen. «Es tut mir leid, Herr Professor, es ist ein Notfall. Bitte, ich komme an jedem anderen Termin, wirklich …»

Kuderna schnitt ihr mit einer Handbewegung das Wort ab. «Damit wir uns richtig verstehen. Wenn Sie jetzt gehen, dann kriegt jeder neue Dienstgeber, der nach Ihnen fragt, die reine Wahrheit von mir zu hören. Nämlich, dass Sie ein untalentiertes und obendrein heimtückisches Weibsbild sind.»

Fannys Miene verfinsterte sich. «Es stimmt», wisperte sie. «Sie sind wirklich *ein ungezogenes Hündchen.*»

Sie stürmte die Treppen hinunter, ohne sich noch einmal umzusehen. Als sie auf den Platz vor dem Institut hinauslief, entfuhr ihr ein befreites Lachen, ehe wieder die Angst die

Oberhand gewann. Max mochte ein Idiot sein, aber bei dem Gedanken, dass ihm jemand etwas antun könnte, fühlte sie einen schmerzhaften Stich. Das Wissen um Luchenis geheimen Kerker zwang den Mörder zum Handeln, und nun ging es nur noch darum, wer schneller war, Fanny oder er.

21. KAPITEL
DIE FINSTERE UNTERSTADT

Kurz vor drei Uhr stand Fanny mit Tilde vor dem Burgtheater und berichtete ihr rasch , was sie am Institut erlebt hatte.

«Ach, der arme Herr Kaschinsky!», rief Tilde. «Was jetzt wohl aus seinem Hündchen wird?»

«Max ist wahrscheinlich schon dort unten. Bestimmt hat er einen Weg gefunden, wie er vom Volksgarten direkt in die Unterstadt kommt. Wenn ich nur wüsste, von wo aus ... er kann sich ja unmöglich unter dem Denkmal durchgraben.»

«Na, durch den Schacht mit dem Blütenduft natürlich», sagte Tilde.

«Wie bitte?»

«Als Schlomo uns durch den Zuschauerraum des Burgtheaters geführt hat, sagte er, es gebe einen Schacht, der den Zuschauerraum mit frischer Luft aus dem Volksgarten versorgt. Erinnerst du dich? Bestimmt mündet der auch in den Tunnel des Kaisers.»

«Tilde!» Fanny starrte sie aus großen Augen an. «Das ist dir einfach so eingefallen?»

Sie zuckte mit den Schultern. «Irgendwie schon. Außerdem hab ich mich immer schon gefragt, wozu dieses große grüne Rohr zwischen den Blumen steht. Das muss der Luftschacht sein.»

«W-wir müssen sofort dort hin. Ich muss da runter, so schnell es geht.»

«Kannst du denn einen Schacht hinunterklettern?», fragte Tilde beeindruckt.

Fanny sog die Luft ein. «Vermutlich nicht, ohne mir ein paar Knochen zu brechen. Ich muss es trotzdem versuchen.»

«Viel Glück!» Tilde drückte Fannys Hand. «Ist es in Ordnung für dich, wenn ich es über den anderen Weg versuche?»

«Was?»

«Nun ja, wenn der Kaiser vom Burgtheater in die Hofburg gehen kann, muss man ja auch von hier aus irgendwie Zugang haben oder nicht?»

«Aber wir wissen nicht, wo ...»

«Ich frage einfach Schlomo», erwiderte Tilde lächelnd. «Bestimmt ist er schon bei der Arbeit. Er meinte, dort unten wäre eine Tür, die ...»

«... immer versperrt ist», ergänzte Fanny. «Du bist ein Genie!»

«Na gut, wir sehen uns dann wahrscheinlich im Tunnel, pass auf dich auf!» Tilde wandte sich ab und spazierte in Richtung des Seiteneingangs, den sie bei ihrem ersten Besuch genommen hatten.

Fanny sah in Richtung Volksgarten, wo irgendwo ein großes Rohr in die Tiefe führte, dann rannte sie Tilde hinterher.

«Vielleicht sollten wir doch gemeinsam gehen!»

Da es schon Nachmittag war, trafen sie Schlomo in seinem Atelier an. Er bemalte gerade eine wüst aussehende Dämonenmaske für die demnächst startende Faust-Inszenierung.

«Schatzerln, wenn das so weitergeht, solltet ihr euch ein paar Matratzen mitbringen, damit ihr hier übernachten könnt», sagte er, während er dem Dämon ein Furunkel auf die Nase pinselte.

«Schlomo!», rief Fanny.

«François!», korrigierte er sie und sah auf.

«Wir müssen zu der Tür, die immer verschlossen ist. Sie führt in ein Geheimverlies, in dem der Mörder der Kaiserin einsitzt.»

Schlomo ließ seinen Blick von Fanny zu Tilde und wieder zurück wandern. «Ihr beide habt wirklich ein *sehr* aufregendes Leben!»

«Bitte», flehte Fanny. «Wir müssen uns beeilen.»

«Weil es um Leben und Tod geht?»

Fanny und Tilde nickten heftig.

«Schon gut. Die Sache ist nur, es gibt ein recht offensichtliches Problem mit *der Tür, die immer verschlossen ist.*»

«Welches?», fragte Tilde.

Schlomo rollte mit den Augen.

«Sie ist verschlossen», seufzte Fanny. «Schwere Ketten oder einfach nur versperrt?»

«Nur versperrt, denke ich.»

Fanny lächelte. «Hast du eine flache Klinge, die etwas gebogen ist?»

Sie hätte nicht mehr sagen können, durch wie viele Abzweigungen Schlomo sie tiefer in die Eingeweide des Theaters geführt hatte. Sie waren dabei durch vier oder fünf Holztüren gegangen. Die edlen stuckverzierten Wände des Theaters waren allmählich blanker Ziegelmauer gewichen.

«Hier ist sie», sagte Schlomo und wies eine schmale Treppe hinunter in die Dunkelheit.

Fanny keuchte. Sie waren hier gewesen. Bei ihrem ersten Burgtheaterbesuch. Fanny hatte sich damals schon gefragt, was wohl dort unten lag.

«Ziemlich ruhig, hier», meinte Schlomo. «Ich war kürzlich hier unten und habe sehr lange mit dem Götz-Darsteller unserer letzten Inszenierung ... *gesprochen.* Etwas rustikal, aber es stört einen niemand.»

Fanny musste unwillkürlich daran denken, dass sich jederzeit die Türe hätte öffnen können, und Kaiser Franz Joseph hätte Schlomo bei seinem *Gespräch* überrascht. Ob er bei diesem Anblick auch seine berühmte Lieblingsfloskel zum Besten gegeben hätte? *Es war sehr schön, es hat mich sehr gefreut.*

Schlomo rüttelte an der Tür. «Seht ihr?»

«Gibst du mir das Messer?»

Schlomo reichte ihr die geschwungene Klinge mit einem Holzgriff, mit der normalerweise Bühnenteile aus Ton bearbeitet wurden. «Versuch dein Glück!»

Fanny schob die Klinge in den Türspalt. Wie hatte Franz das vorhin noch mal gemacht? Von unten hineinfahren, als würde man ein Muttermal ausschneiden ...

Was für ein blöder Vergleich. Vielleicht lag es ja daran, dass Schlomos Klinge dicker war als ein Skalpell, aber sie hatte überhaupt keinen Bewegungsspielraum, um mit der Klinge hinter den Riegel zu kommen. So konnte man doch kein Muttermal ausschneiden. Man würde maximal die oberste Kappe abtrennen, aber die war in diesem Fall dummerweise aus Messing.

Sie fummelte eine Weile im Türschlitz herum, ehe sie sich mit einem frustrierten Knurren aufrichtete.

«Das war ziemlich armselig», kommentierte Schlomo.

«Schon irgendwie», ergänzte Tilde.

Fanny schlug mit der Faust gegen die Tür, was nur dazu führte, dass sie mit schmerzender Hand auf und ab sprang.

«Was machen wir bloß?», wimmerte sie. «Er wird Max umbringen!»

Schlomo seufzte und sah Tilde an. «Goldmarie?» Sein Blick wanderte zu Fanny, «Pechmarie? Tretet bitte zur Seite.» Er richtete sich auf, nahm die Schultern zurück und atmete tief durch die Nase ein. In seiner Miene passierte etwas. Seine dunklen Augen blitzten. «Ich brauche deine Anerkennung nicht!», rief er und trat mit voller Wucht gegen die Tür.

Holzsplitter flogen durch die Luft. Ein tiefer Riss erschien über dem Schloss.

«Und du ... wie kann man nur so lieblos sein?» Er trat noch einmal gegen die Tür, die mit einem lauten Krachen aufsprang.

Fanny starrte Schlomo an, der heftig atmend dastand.

«Geht es dir gut?», fragte Fanny nach einer Weile.

Schlomo wandte sich ihnen zu. Ein wehmütiges Lächeln erschien auf seinen Lippen. «Ja», hauchte er. «Nur manchmal ... manchmal wünschte ich, ich könnte einfach nach Hause kommen.»

Fanny ging zu ihm hin und umarmte ihn. «Ich hab dich lieb, Cousin Schlomo.»

Diesmal korrigierte er sie nicht.

«Würdest du hier warten?», bat ihn Fanny. «Wenn Tilde und ich nicht wieder rauskommen, dann alarmiere die Sicherheitswache.»

«Aber gern doch. Schade, dass der Götz-Darsteller mir nicht mehr die Zeit vertreiben kann. Wie hieß der eigentlich wirklich?»

«Gehen wir», sagte Fanny.

«Du … du nimmst mich mit?», stotterte Tilde. «Trotz der Sache im Palais Coburg?» Ihre Augen leuchteten vor Aufregung.

Zum ersten Mal sah Fanny in den Tunnel hinein, der sich hinter der Tür erstreckte. Ein gähnendes, schwarzes Loch.

Sie musste an ihren Traum denken. Graf Waidring, der Tilde vor ihren Augen einfach aus dem Leben schnippte. Die Machtlosigkeit, die sie dabei gefühlt hatte.

Aber dann erinnerte sie sich auch an Tilde, die sie mit ihrem Charme ins Palais Coburg hineingebracht hatte – und auch wieder hinaus. Die selbst dort, in der Höhle des Löwen, durch ihre liebenswerte Art Menschen gefunden hatte, die ihr wohlgesonnen waren. Vielleicht brauchte Tilde niemanden, der auf sie aufpasste. Sie schien auf ihre Art selbst ziemlich gut darin zu sein.

«Ich nehm dich nicht mit, Tilde, ich *bitte dich* mitzukommen, weil ich dich da drinnen ganz dringend brauche.»

«Du weißt, dass du mich nicht bitten musst», erwiderte Tilde und nahm Fanny an der Hand. «Gehen wir!» Sie zog Fanny mit sich in die Finsternis. Fanny wandte sich noch einmal um und sah, wie Schlomo den Arm hob, um ihnen hinterherzuwinken.

«Fühlt sich an wie damals, als wir nachts bei mir im Haus Verstecken gespielt haben, erinnerst du dich?»

Natürlich erinnerte Fanny sich. Sie hatte sich damals im Dunkeln in dem riesigen Haus zu Tode gefürchtet. Fast so sehr wie jetzt.

Nach ein paar Schritten und einer leichten Biegung wurde es so finster, dass sie weder den Boden noch die Wände sehen konnten. Jeder ihrer Schritte hallte laut durch den Tunnel. Wenn Kaltenecker in dieser Dunkelheit schon auf sie wartete, dann wäre es ein Leichtes für ihn, sie zu überfallen.

«Wir müssen uns an den Wänden entlangtasten», meinte Fanny. «Ich nehme die rechte, du die linke.»

Sie drifteten auseinander. Fanny tastete sich vor, bis sie kühlen Stein unter ihren Fingern spürte. Wie lange mochte dieser Tunnel schon existieren? Das bisschen, was sie gesehen hatte, hatte nicht gewirkt, als wäre es erst mit dem Bau des neuen Burgtheaters entstanden. Vielleicht war er älter, so wie Max erzählt hatte. Riechen tat es jedenfalls feucht, wie in einem alten Weinkeller.

Nach einer Weile hörte Fanny das Gurgeln und Sprudeln von Wasser. Es schien mit jedem Schritt lauter zu werden, und irgendwann kam es von direkt unter ihr.

Fanny wagte einen weiteren Schritt und hielt inne, als dieser einen metallenen Widerhall erzeugte. Sie stand wohl auf einer Art Eisengitter, und darunter schien ein Fluss dahinzurauschen. Sie spürte die feinen Tröpfchen seiner Gischt auf ihrer Haut.

Es musste einer der *alten Flüsse* sein. In den Wienerwaldbergen entsprangen zahlreiche Bäche, die in die Donau mündeten. Viele davon hatten immer wieder zu Hochwasser geführt, sodass man sie vor einigen Jahren am Stadtrand in Kanäle gezwängt hatte, wo sie seither tief unter der Erde flossen. Jetzt zeugten nur noch Namen von Straßen und Plätzen davon, dass sie einmal da gewesen waren. Ein trauriger Gedanke.

Sie tastete sich weiter. Das Rauschen des unterirdischen Bachs wurde allmählich leiser, und Fanny spürte wieder Steinboden unter ihren Füßen.

Wie weit mochte es noch sein? Führte dieser Tunnel direkt zu dem unterirdischen Verlies oder würden sie durch ein Labyrinth von Gängen irren müssen? Wenn sie an die Distanz vom Burgtheater zum Denkmal der Kaiserin dachte, dann sollte es eigentlich nicht sonderlich weit sein, zumindest nicht in direkter Linie. Fanny wusste nicht, wie lange sie sich schon durch die Dunkelheit tastete, aber es kam ihr doch schon recht lange vor. Zu lange eigentlich.

«Tilde, alles gut bei dir?»

Durch das Wasserrauschen hatte sie das Geräusch von Tildes Schritten nicht mehr hören können.

Sie lauschte, konnte aber nur das entfernte Rauschen des Bachs hören.

«Tilde?»

Keine Antwort.

Eine Weile stand Fanny einfach still da. «Tilde?» Auch diesmal keine Antwort. Die Dunkelheit schien auf ihre Brust zu drücken, und mit einem Mal fiel ihr das Atmen schwer. «Wo bist du?» Sie versuchte, die Panik zurückzudrängen und nachzudenken, aber es wollte ihr kaum gelingen.

Tilde konnte hingefallen sein, vielleicht war sie gar in den Fluss gestürzt und rang in den schwarzen Wassern, die hinunter zur Donau jagten, vergeblich nach Luft. Oder Kaltenecker hatte sie sich geschnappt und sie erwürgt, ohne dass sie einen Schrei hatte ausstoßen können.

Fanny überlief ein Zittern. Sie musste umkehren. Sie musste sie finden!

Sie fuhr herum und wollte loslaufen, als ihre Fußspitze an etwas Weichem hängen blieb und sie der Länge nach zu Boden stürzte. Ihre linke Hand schrammte an der Tunnelwand entlang und verhinderte, dass sie mit dem Kopf dagegenstieß. Mit der anderen Hand kam sie schief auf dem Steinboden auf, und ein schmerzhafter Stich jagte durch ihr Handgelenk, als sie mit dem ganzen Gewicht darauffiel.

Für einen Moment blieb sie benommen liegen. Ihre Handfläche brannte. Vermutlich hatte sie sie sich aufgeschürft. Auf der anderen Seite spürte sie ein dumpfes Pochen in ihrem Handgelenk.

Sie stöhnte. Durch den Sturz war ihr die Orientierung völlig abhandengekommen. Sie konnte nicht mehr sagen, in welcher Richtung es zurückging und in welche noch weiter.

Das leise Rauschen, aus dieser Richtung war sie gekommen. Sie stemmte sich stöhnend hoch auf die Arme. Worüber war sie gestolpert? Es war massig gewesen und weich.

Sie tastete über den Boden, dann erspürten ihre Hände rauen Stoff und darunter weiches Gewebe.

Fanny zuckte erschrocken zurück.

Vor ihr in der Finsternis lag ein Körper.

Sie traute sich, vorsichtig wieder hinzugreifen.

Das hier musste der Oberschenkel sein, der eines Mannes, zumindest ließen sie das die dicken Muskelstränge vermuten.

Er schien auf der Seite zu liegen.

«Hallo», flüsterte Fanny. «Leben Sie noch?»

Das Gewebe unter dem Stoff fühlte sich warm an. Fanny ließ ihre Hand über den Körper in Richtung Kopf wandern. Er trug am Oberkörper eine Jacke aus festem Stoff. Am Halsansatz spürte Fanny einen metallenen Streifen. Ihre Hand glitt auf die Haut auf seinem Hals. Bartstoppeln.

Definitiv ein Mann.

Sie drückte drei Finger fest in die Rinne zwischen Kehlkopf und Halsmuskulatur und schloss die Augen. Nicht, dass das hier in der Dunkelheit einen Unterschied gemacht hätte, aber Fanny hatte es sich während des Studiums beim Fühlen des Pulses angewöhnt.

Die Druckwelle, die die linke Herzkammer bis in die entlegensten Winkel des Körpers aussandte, blieb aus.

Sie untersuchte das Gesicht und hielt ihre Hand vor die Nase des Mannes. Nichts.

Offenbar war er tot. Aber so warm, wie er sich noch anfühlte, konnte es nicht lange her sein, dass er gestorben war.

Fanny schüttelte den Kopf. Jetzt führte sie schon in absoluter Finsternis, irgendwo in der Unterstadt Wiens eine äußere Inspektion durch. Sollte noch einer sagen, sie wäre nicht dazu geeignet, Gerichtsmedizinerin zu werden.

Da sie für den Mann wohl nichts mehr tun konnte, tastete sie sich weiter vor. Er trug etwas auf dem Kopf. Kühl und glatt mit einer Spitze über dem Scheitel und einem erhabenen Muster im Stirnbereich.

Ein Helm.

Fanny runzelte die Stirn. Der Tote vor ihr musste ein Polizist oder Soldat gewesen sein. Sie ließ die Hand zu seiner Hüfte gleiten und fand die Scheide eines Säbels.

Das bedeutete entweder, dass er zu den Männern gehörte, die der Kaiser hier unten stationiert hatte, um Lucheni zu bewachen, oder jemand trug eine Uniform, um zwischen den anderen Wachen hindurchschlüpfen zu ...

Sie keuchte erschrocken auf. «Max!» Ihre Finger suchten noch einmal nach dem Gesicht des Mannes. Max hatte ein breites Kinn und eine spitze Nase. Wie sich das im Dunkeln anfühlte, konnte sie nicht sagen.

Möglich wäre es.

«Oh Gott, Max», hauchte sie.

Woran war er gestorben? Hier im Tunnel schien es ihr unwahrscheinlich, dass der Mörder ihn vergiftet hatte. Der Kopf hatte sich weitgehend intakt angefühlt. Fanny strich über seinen Rücken. Ihre zitternden Finger tauchten in eine zähflüssig, warme Flüssigkeit. Sie hob ihre Finger langsam zur Nase und roch die leicht metallische Note, die so typisch für frisches Blut war.

Von hinten erstochen. Oder erschossen.

Sie biss sich auf die Lippen, drängte die Tränen zurück und konzentrierte sich auf das, was sie verstand: die Medizin. Sie fuhr mit dem Finger durch das Loch in seiner Jacke bis zu seiner Haut und tastete den blutverschmierten Wundrand ab. Dortdrin fühlte sich alles so feucht und warm an, dass es absurd war, dass der Mensch vor ihr tot sein sollte.

Die Wunde war eher rund und an den Rändern leicht gezackt.

Sie schob zwei Finger in den Wundkanal und stellte fest, dass dieser noch viel tiefer reichte. Eine Schusswunde, kein Messer, kein Dolch ... und wohl auch keine Feile.

Der Mord musste stattgefunden haben, kurz bevor Tilde und sie in den Tunnel eingestiegen waren. Ein Schuss hier unten? Sie hätten ihn einfach hören müssen.

Ein Rascheln weiter hinten ließ sie zusammenfahren.

«Wer ist da?», wisperte Fanny.

Wieder ein Rascheln, dann ein Tappen.

Fanny hielt den Atem an. Für einen Moment hörte sie es noch, dann verklang das Geräusch.

War da wirklich jemand gewesen? Oder hörte sie nur das Getrippel der Ratten, von denen es hier unten unzählige geben musste?

Fanny runzelte die Stirn.

Der Schuss war ein solider Treffer gewesen. Unter dem linken Schulterblatt. Er hatte vermutlich das Herz zerfetzt. Aber ausnahmsweise interessierte sie nicht so sehr, was die Kugel im Inneren des Toten angerichtet hatte, sondern wie der Mörder so gut hatte zielen können.

«Es muss hell gewesen sein», murmelte sie.

Entweder der Tote oder der Mörder mussten über eine Lichtquelle verfügt haben. Eine Laterne, eine Fackel, was auch immer. Max mochte es eilig gehabt haben. Aber er plante üblicherweise möglichst viele Unwägbarkeiten mit ein. Er wäre sicher nicht Hals über Kopf in den Tunnel hinabgestiegen so wie Tilde und sie. Er hätte sich ein Licht mitgenommen.

Fanny tastete den Boden um die Leiche ab, ehe sie einen scharfen Schmerz auf ihrem Handteller spürte.

Glassplitter. Einer hatte sich durch ihre Haut gebohrt. Vorsichtig schob sie die Hand vor und hätte am liebsten aufgejauchzt, als ihre Finger das Metallgehäuse einer Laterne berührten. Offenbar war das Glas der Laterne zerbrochen, nachdem der Schuss Max ... nein, sie würde den Toten erst Max nennen, wenn sie sicher war.

Jedenfalls war die Laterne beim Sturz des Toten zu Bruch gegangen. Fanny fasste vorsichtig ins Innere, streng darauf bedacht, sich nicht zu schneiden. Sie fand einen dicken Docht, der sich ölig anfühlte. Sie roch an ihren Fingern. *Petroleum.*

Sie kroch zu dem leblosen Mann zurück und tastete seine Uniformjacke und die Hose ab. In der Hosentasche schlossen sich ihre Finger um einen metallenen Gegenstand.

Fanny zog ihn vorsichtig heraus. Sie war sich fast sicher, dass es sich um ein Feuerzeug handelte, aber es gab so viele unterschiedliche Bauweisen ... Ihr Daumen glitt über einen schmalen Hebel, der unter Druck nachgab.

So musste es gehen. Für einen Moment verharrte sie. Sollte sie es wirklich wagen? Die Dunkelheit mochte beängstigend wirken, aber sie schützte sie auch. Wenn sie den Mörder nicht sah, konnte er sie auch nicht sehen. Aber dann, wenn sie Tilde finden wollte ...

Sie nahm die zerbrochene Laterne und drückte den Hebel des Feuerzeugs kräftig nach hinten.

Ein Funken leuchtete auf, gefolgt von einer Flamme. Fanny betrachtete sie fasziniert. Wie unglaublich viel Licht sie spendete, wenn man sich zuvor durch absolute Dunkelheit bewegt hatte.

Sie hatte recht gehabt, was die Laterne anbelangte – nur das Glas war zu Bruch gegangen, die kleine Petroleumlampe im Inneren schien intakt.

Der Docht leuchtete hell auf, sobald sie die Flamme daranhielt. Es war nicht viel Licht, und es flackerte unentwegt, weil das Glas der Laterne es nicht mehr vor Luftzug schützte, aber besser, *viel besser* als nichts. Während auf ihrer Seite des Tunnels nur eine durchgehende Ziegelwand zu sehen war, bemerkte Fanny auf der anderen Seite alle paar Schritte Abzweigungen, die sich in der Dunkelheit verloren. Vielleicht war Tilde ihrer Wand gefolgt und in eine dieser Abzweigungen geraten, während Fanny geradeaus weitermarschiert war.

Ihre Finger verkrampften sich über dem Griff der Laterne. Wenn sie sich jetzt umdrehte, würde sie in Max' leere Augen blicken.

Sie wollte sich nicht vorstellen, wie sich das anfühlen mochte.

Es half nichts. Sie konnte sich dem nicht entziehen. Sie würde sich umdrehen und ihrem Scheitern stellen.

Langsam wandte sie sich um. Das Licht der Laterne fiel auf den dunklen Körper am Boden.

Fanny hatte sich nicht geirrt. Der Tote trug die Uniform der k. u. k Sicherheitswache. Ein Polizist.

Fanny zwang sich, die Laterne zu senken und dem Mann ins Gesicht zu schauen, obwohl sie bereits wusste, was sie sehen würde.

Ihre Augen weiteten sich erschrocken. Für einen Moment war ihr danach aufzulachen, weil sie falschgelegen hatte, weil der Tote vor ihr nicht Max war, weil dieser irgendwo in diesem Gewirr an Gängen vielleicht noch lebte. Aber die Freude darüber wich fast augenblicklich Verwirrung und tiefem Schrecken.

Der Tote mochte zwar nicht Max sein, doch Fanny kannte die ins Leere starrenden Augen. Obwohl sie in dieser Miene nie den Ausdruck von Überraschung gesehen hatte, der sich nun für immer darin eingebrannt hatte.

«Das ist doch ...»

Fanny schüttelte den Kopf, aber das leblose Gesicht, über die das Licht ihrer Laterne flackerte, löste sich nicht auf wie die Fetzen eines Traums.

Vor ihren Füßen lag die Leiche ihres so lange gesuchten Mörders.

Verzweifelt versuchte Fanny, sich zu beruhigen, damit sie eine Entscheidung fällen konnte, was sie als Nächstes tun sollte.

Vielleicht war die Tatsache, dass man Inspector Kaltenecker erschossen hatte, nun ja, *vorteilhaft*.

Es bedeutete zumindest, dass er ihnen nicht mehr gefährlich werden konnte. Möglicherweise war er ja den Wachen, die hier unten patrouillierten, in die Hände gelaufen und war von ihnen erschossen worden.

Aber dass die Wachen des Kaisers einem Polizisten mir nichts dir nichts in den Rücken schossen und ihn dann einfach liegen ließen, das konnte sie sich mit noch so viel gutem Willen nicht einreden.

Das hier machte alles noch schlimmer. Es bedeutete, dass sie mit all ihren Annahmen falschgelegen hatte, dass es in diesem Spiel eine Variable gab, die sich ihr völlig entzog. Sie versuchte, ihre Furcht beiseitezuschieben. Tilde und Max irrten hier irgendwo durch die Gänge. Sie musste sie finden und heil herausbringen, bevor etwas passierte. Denn was sie bisher nur vermutet hatte, war nun Gewissheit. Der Mörder war hier unten, und er war bereit, für sein letztes Ziel jeden zu töten, der sich ihm in den Weg stellte.

Fanny wandte sich ab und ging zurück in die Richtung, aus der sie gekommen war. Zuerst musste sie Tilde wiederfinden, alles andere war zweitrangig.

Das Rauschen wurde wieder lauter, jetzt konnte sie das Gitter erkennen, über das sie gegangen war, und die schäumenden Wassermassen weit darunter.

Es gab so viele Abzweigungen. Welche hatte Tilde genommen? Vermutlich gleich die erste. Die Nebentunnel gingen nicht scharf im rechten Winkel ab, sondern schräg, sodass es einem im Dunkeln gar nicht auffiel, wenn man abbog.

Wie dumm, dass sie nicht öfter nachgefragt hatte, ob Tilde noch neben ihr war.

Jetzt irrte die Freundin dort irgendwo durch Gänge, in denen auch ein geisteskranker Mörder unterwegs war!

«Tilde?», flüsterte Fanny in den Nebentunnel, aber außer ihrem eigenen Echo antwortete niemand.

Sie schritt voran, immer darauf bedacht, dass der Luftzug die Flamme in ihrer Laterne nicht löschte. Der Tunnel führte etwa hundert Schritte lang weiter, ohne sich noch einmal zu verzweigen. Dann stieß sie an ein totes Ende, von dem sie nur nach links oder rechts weiterkonnte.

Sie entschied sich für rechts und hoffte, dass Tilde das Gleiche getan hatte.

Die Ziegel in den Wänden, der Schwarzschimmel, der sie überzog wie finstere Spinnennetze, war hier viel klarer zu sehen als noch gerade eben.

Fanny verharrte und schirmte die Laterne mit der Hand ab.

Auch ohne deren Licht war es hier nicht völlig dunkel. Und Licht bedeutete die Nähe von Menschen.

Vorsichtig setzte sie Fuß vor Fuß, bemüht, beim Gehen

möglichst kein Geräusch zu verursachen. Sie hätte gern nach Tilde gerufen, doch das wagte sie jetzt nicht mehr.

Auch von diesem Tunnel zweigten immer wieder Nebentunnel ab. Fanny leuchtete in jeden einzelnen hinein und flüsterte dabei Tildes Namen, aber niemand antwortete.

Der Gang machte eine Biegung, und Fanny fand sich mit einem Mal vor einer brennenden Lampe an der Wand wieder. Kein elektrisches Licht, sondern eine kleine Öllampe, die in einer Halterung an der Wand angebracht war und einsam vor sich hin flackerte. Der Ölbehälter war nicht übermäßig groß, es konnte also nicht lange her sein, dass jemand hier gewesen war.

Fanny unterdrückte ein Schaudern. Hier fühlte sich alles an, als stolpere sie durch ein Labyrinth, in dem es in jeder Ecke raschelte und murmelte, aber sobald man hinsah, war da nichts.

Sie drehte sich um die eigene Achse. Sie befand sich an einer Kreuzung, konnte also entweder dem Verlauf des Tunnels folgen oder in eine der beiden Richtungen abzweigen.

«Tilde, wo bist du nur?»

Auch diesmal antwortete niemand, dafür erklang im Gang vor ihr das Geräusch von Schritten, die sich rasch näherten.

Fanny lauschte für einen Moment. Es musste mehr als eine Person sein, die auf sie zukamen.

Es klang nach schweren Stiefeln, bestimmt nicht Tilde, und nachdem es mehrere waren, wohl auch nicht Max.

Auf jeden Fall niemand, dem Fanny begegnen wollte.

Sie blies die Laterne aus. Die Fremden näherten sich aus dem Tunnel vor ihr. Fanny bog nach rechts ab und rannte den Gang hinunter. Sie musste so weit kommen, dass sie die Dunkelheit verschluckte, da es hier keine Versteckmöglichkeiten gab. Während sie lief, schaute Fanny über die Schulter. Noch war niemand im erleuchteten Bereich vor der Öllampe aufgetaucht, aber das würde sich sehr bald ändern, wenn ...

Jemand packte sie und bremste ihren Lauf ab. Fanny keuchte überrascht auf und riss sich los.

«Keine Angst», wisperte eine vertraute Stimme.

Fanny hob den Kopf und erkannte Tilde vor sich im Halbdunkel.

Soweit sie erkennen konnte, ging es ihr gut, besser jedenfalls als Fanny mit ihren aufgeschürften Händen.

Fanny fiel ihr um den Hals, aber Tilde legte den Zeigefinger auf die Lippen und zeigte in Richtung der Öllampe.

Fanny wollte sie weiter in den Gang hineinziehen, doch Tilde hob die Hand und deutete auf einen Berg aus Schutt, der den Tunnel nur drei Schritte vor ihnen verschloss.

Der einzige Weg, der ihnen offenstand, war der Weg zurück.

Die Schritte kamen näher. Fanny vernahm Männerstimmen, verzerrt durch den Hall der engen Wände.

Sie würden sie sehen, da gab es keinen Zweifel.

Fanny ballte die Fäuste. Im besten Fall würde man sie festnehmen. Im schlimmsten ... Sie musste an Kalteneckers Leiche im anderen Tunnel denken.

«Tut mir leid», flüsterte sie. Aber Tilde lächelte nur. Sie nahm sie bei den Schultern, küsste sie auf die Stirn. Und dann, bevor Fanny begriff, was sie tat, verpasste sie ihr einen kräftigen Stoß, der sie taumeln und auf den Hintern plumpsen ließ.

Als Fanny sich wieder aufrappelte, sah sie gerade noch, wie Tilde in den Lichtkreis der Öllampe hinausstolperte.

Fanny wollte nach ihr rufen, aber nur ein Krächzen drang aus ihrer Kehle. Sie wollte zu ihr hinlaufen. Tilde wandte sich ihr zu und schüttelte kaum merklich den Kopf.

«Oh!», stöhnte sie überlaut. «Was für ein Glück, ich fürchtete schon, ich muss hier eines kläglichen Todes sterben!»

Die Stimmen der Männer verstummten abrupt.

«Bitte, meine Herren, seien Sie so gut und helfen Sie mir!»

Fanny wusste, dass, wenn sie diesen Tonfall anschlug, Tränen in ihren Augen schimmerten. Wider Willen musste sie grinsen.

«Wer sind Sie?» Die barsche Stimme war ohne die geringste Spur von Mitgefühl.

«Sie kennen mich nicht?» Tildes melodramatischer Tonfall erinnerte Fanny an den von Katharina Schratt, die sie in Schlomos Atelier getroffen hatten. «Letzten Monat habe ich Goethes Iphigenie gegeben, drei Vorhänge, bei jeder Vorstellung. Davon haben Sie gewiss in der Zeitung gelesen, Sie und Ihr werter Kollege.»

Stille breitete sich aus.

«Was tun Sie hier? Die Tür zum Theater ist versperrt!», bellte der Mann.

«Versperrt? Pah ... sperrangelweit offen steht sie, und es gibt keinen ruhigeren Ort, um das Deklamieren zu üben. Der Regisseur, mein hochgeschätzter *Maître*, sagte: ‹Geh nur immer weiter, bis du ihn beherrscht, meine Rose.› Er meinte damit meinen Monolog. Titania im *Sommernachtstraum* des unsterblichen Shakespeare. ‹Das sind die Grillen deiner Eifersucht! Und nie seit Sommers Anfang trafen wir ...›»

«Schon gut!»

«Jedenfalls bin ich froh, Ihnen zu begegnen, meine Herren! Zwei Soldaten Ihrer kaiserlichen Hoheit, noch nie hat mich der Anblick solch prachtvoller Uniformen so freudig gestimmt wie jetzt.»

Soldaten. Zumindest war Tilde den kaiserlichen Wachen in die Arme gelaufen und nicht dem Mörder. Obwohl, wer wusste, was man ihnen befohlen hatte, um das Geheimnis zu schützen, das sich unter dem Denkmal der Kaiserin befand.

«Wenn ich's recht bedenke, vielleicht wollte der Maître gar, dass ich mich verlaufe. Böse Zungen behaupten, er unterhalte eine Affäre mit der Zweitbesetzung … ein *Pantscherl*, wie man so schön sagt. Ich wollt's nie glauben.»

Tilde drückte sich mit einem Mal fast so gehoben aus wie Leontine. Wo hatte sie das bloß aufgeschnappt? Ihre vielen Theaterbesuche machten sich jetzt wohl bezahlt.

«Was machen wir mit ihr?», raunte eine weitere Stimme.

«Meine lieben Herren, bitte, ohne Sie bin ich verloren», wisperte Tilde. «Seien Sie so lieb und bringen Sie mich zurück!»

«W-wenn jemand die T-tür aufgebrochen hat, m-müssen wir sowieso n-nachsehen», stotterte der zweite Mann mit Fistelstimme.

«Nein!», fuhr ihn sein Kamerad an. «Du kennst die Befehle … Niemand darf's je wissen! Sonst heißt es Kerker für uns beide.»

Wieder Stille.

«S-sie kann's nicht gsehn haben», erwiderte der andere in beschwichtigendem Tonfall. «Ist aus der anderen R-richtung gekommen. W-was sollen wir sonst machen, außer sie zurückzubringen? Befehl hin oder her, willst du sie wirklich …»

Wieder Schweigen.

Fanny rann es kalt den Rücken hinunter.

Tildes Lachen durchschnitt die Stille. «Aber meine Herren, bitte ängstigen Sie mich nicht so.» Jetzt klang ihr Tonfall wieder mehr nach der Tilde, die sie kannte. «Ich weiß, auf unsere tapferen Soldaten kann eine Dame in Not sich *immer* verlassen. Einer hat mich kürzlich in die Oper ausgeführt, Major Retting von der Ehrengarde.»

«D-den kenn ich», meinte der stotternde Soldat verblüfft. «Der ist doch …»

«Was haben Sie hier unten gesehen?», zischte der andere.

«Ab-so-lut nichts Reizvolles ... bis *jetzt* zumindest», säuselte Tilde.

Fanny hörte ein leises Seufzen.

«Kommen Sie, wir bringen Sie hinaus.» Das klang schon weniger barsch. «Aber dass Sie mir nie wieder hier herunterkommen. Eine militärische Sperrzone ist das hier. Höchst gefährlich. Verstanden?»

«Natürlich.»

«Kommen Sie mit!»

Die Wachen schienen voranzugehen. Fanny drückte sich, so gut es ging, an die Wand. Sie konnte erst ihre Schatten erkennen, dann tauchten sie selbst auf. Zuerst ein hochgewachsener Kerl, dann einer, der Fanny kaum bis zur Brust reichte.

Ich wusste es, Papa. Hier unten gibt es doch Zwerge!

Die Soldaten trugen dunkle Uniformen, die Tilde wie ein Singvöglein inmitten von Krähen wirken ließen.

Fanny fiel auf, dass die Wachen im Nacken schwarze Masken befestigt hatten, die an venezianische Karnevalslarven erinnerten.

Für einen Moment befürchtete sie, dass sie nach links sehen und sie entdecken würden, aber Tilde schien die ganze Aufmerksamkeit der Männer zu beanspruchen.

«Sagen Sie, darf man die Dame nach dem Namen fragen?»

«Üblicherweise stellt sich der Herr zuerst vor.»

«Selbstverständlich, mein Name ist ...»

«*Winzeder*, wir dürfen nicht ... oh, verdammt.»

«Jedenfalls freue ich mich, sie beide kennenzulernen», flötete Tilde. «Ich trete ja nicht nur auf, sondern besuche auch selbst gern das Theater, vielleicht möchte ja einer ...»

Die Stimmen verklangen. Nach einer Weile verebbte auch das Tappen der Schritte, und es wurde wieder still.

22. KAPITEL
DER SCHREIN

Der Soldat hatte gesagt, Tilde könne nichts gesehen haben, weil sie nicht aus ihrer Richtung gekommen wäre. Das bedeutete im Umkehrschluss, dass Fanny dem Tunnel mit der Öllampe einfach weiter folgen musste.

Sie lief aus der Sackgasse hinaus und entzündete Kalteneckers Laterne erneut mit dessen Feuerzeug. Sie näherte sich ihrem Ziel, davon war sie überzeugt.

Fannys Herz begann, schneller zu pochen. Geschah das alles gerade wirklich? Oder war sie nur weggedöst, während sie in ihrem Kabinett einen medizinischen Artikel las?

Irgendwann stieß sie auf eine Ausbuchtung in der rechten Tunnelwand. Kurz dachte sie, sie hätte Luchenis Kerker entdeckt, aber der kleine Raum war nicht vergittert oder sonst wie versperrt. Fanny machte ein paar Schritte hinein. Sie erkannte einen Holztisch mit verstreuten Tarockkarten und zwei Bänke, auf denen zwei schwarze Mäntel lagen. Das hier war vermutlich der Bereich, in dem die Soldaten sich während ihres Wachdienstes aufhalten konnten.

Fanny spürte einen kühlen Luftzug und runzelte die Stirn. Sie hob ihre Laterne. Ein leises Rascheln erscholl hinter ihr.

Sie fuhr herum und sah, wie eine große Gestalt auf sie zugerannt kam, lautlos wie ein Geist.

Fanny keuchte erschrocken auf und wich einen Schritt zurück.

Die Gestalt blieb stehen. Fanny konnte eine dunkle Uniform erkennen, einen Helm, in dem sich das Licht ihrer Laterne spiegelte.

Ein Paar helle Augen fixierten ihr Gesicht.

«Was in aller Welt», flüsterte Max, «tust *du* hier unten?»

«Dich warnen!»

«Bist du des Wahnsinns?» Er kam auf sie zu. «Weißt du, was passiert, wenn man dich erwischt?»

Fanny fühlte Wut in sich aufsteigen. Er tat so, als wäre sie ein hilfloses Mäuschen, dabei hatte sie ihm mehrmals das Gegenteil bewiesen. Sie schüttelte den Kopf. Keine Ablenkung jetzt. Ihnen lief die Zeit davon.

«Kaschinsky ist tot!»

«Was?» Max riss die Augen auf. «Aber du warst doch erst gestern Nacht …»

«Der Mörder weiß, dass Lucheni hier unten ist, und er ist *hier.*»

«Moment, woher willst du das wissen?»

«Kalteneckers Leiche liegt in einem der anderen Gänge. Man hat ihm in den Rücken geschossen.»

Max stieß einen Fluch aus, fuhr herum und starrte in die Richtung, aus der er gekommen war. Seine Finger wanderten zum Griff der Pistole an seinem Gürtel.

«Wir müssen hier raus», drängte Fanny. «Wahrscheinlich ist es nur eine Frage von Minuten, bis der Mörder hier auftaucht.»

«Nein!» Max presste die Lippen zusammen und schüttelte den Kopf. «Ich bin *fast* am Ziel!»

«Du bist *fast* tot!», fuhr Fanny ihn an.

«Seit wann kümmert dich das? Für dich bin ich doch nur ein berechnender Egomane.»

Fanny rang für einen Moment nach Worten.

«Das dachte ich mir», murmelte er und drückte sich an ihr vorbei. «Was immer du von mir glauben magst,», sagte er über die Schulter, «mir bist du nicht gleichgültig.»

Fanny wandte sich noch einmal um und starrte in den dunklen Gang hinter ihnen, dann folgte sie Max zögernd.

Vor ihnen wurde es allmählich wieder heller. Der Tunnel verbreiterte sich zu einer kleinen kuppelartigen Halle, die an mehreren Stellen an der Wand durch Lampen beleuchtet wurde.

«Das ist es», wisperte Max gebannt.

Er zog seine Pistole. Ihn in Polizeiuniform zu sehen, wirkte ungewohnt und vertraut zugleich auf Fanny. Auf seltsame Weise passte es besser zu ihm als jede andere Kleidung.

Die Steinmauern in dem Raum, den sie betraten, waren nicht kahl, ganz im Gegenteil.

Fanny hielt die Luft an. Überall hingen Gemälde und Fotografien der Kaiserin. Die Kaiserin beim Reiten. Elisabeth, wie sie Turnübungen durchführte. Unzählige Bilder, die sie in wallenden Kleidern mit ihrer erschreckend schmalen Taille zeigten – Fanny dachte unwillkürlich an die Hungerödeme, die man bei ihrer Obduktion gefunden hatte –, Elisabeth mit offenem Haar, so lang, dass es nie zu enden schien. Darin ihre Sterne, und über ihrer Stirn, vielleicht eine Winzigkeit größer als die anderen, der eine …

Fanny trat einen Schritt zurück. Die Wände waren regelrecht zugepflastert mit den Bildern der Kaiserin. Wie in einer Grabkammer – oder einem Schrein.

«Ohhhhhh.» Das Seufzen hallte hundertfach wider.

Fanny und Max zuckten zusammen.

«So schööööööön, so schöööön, mir kommt die Galle hoch!»

Fanny wandte sich um. In ein paar Schritten Entfernung war eine rechteckige Kammer aus der Wand geschlagen und mit schweren Eisengittern versperrt worden. Während der Rest des Raums beleuchtet war, herrschte in der Zelle Dunkelheit.

Max warf Fanny einen vielsagenden Blick zu.

«Kommt … kommt …», lockte die Stimme.

Fanny konnte die vagen Umrisse einer Gestalt erkennen. Eine Hand wurde zwischen den Gitterstäben hindurchgesteckt und winkte sie heran. «Lasst mich eure Gesichter sehen!»

Fanny wollte auf den Gefangenen zugehen, aber Max trat ihr in den Weg.

«Bleib hinter mir. Ich versuche, das hier schnell zu erledigen.» Er sah sie an. «Und dann verschwinden wir.»

Fanny nickte.

Einen Schritt hinter Max schritt sie auf den Kerker zu. Die Umrisse des Mannes zeichneten sich etwas deutlicher ab, je näher sie kamen. Das Licht ihrer Laterne spiegelte sich in einem Paar dunkler Augen, die sie begierig anstarrten.

Fauliger Geruch stieg ihnen in die Nase. So viel zu der Frage, ob der Gefangene die Zelle verlassen durfte, um einen Abort aufzusuchen.

«Noch ein bisschen näher!»

Seine Art zu sprechen klang seltsam. Jedes Wort so langsam herausgebracht und übertrieben artikuliert. Es lag nicht daran, dass Deutsch nicht seine Muttersprache war. Eher als hätte er seinen ganzen Sprechapparat lange Zeit verkümmern lassen.

Die einfache Leinenhose und das Leinenhemd starrten vor Schmutz. Sein Haar war schulterlang und verfilzt. Das kantige Gesicht wirkte nicht alt, fand Fanny, während das nervöse

Licht ihrer Laterne darübertanzte, nur zutiefst ausgehungert, doch nicht auf eine Art, die mit seinem Ernährungszustand zusammenhing.

«Ihr seht so *anders* aus als sie», murmelte der Gefangene. «Was für ein Fest!» Sein Blick fiel auf Fanny. «Seit damals hab ich keine Frau mehr gesehen.» Fanny konnte seinen Atem hören. «Aber auch dein Gesicht.» Er wandte sich Max zu. «Alles, was nur anders ist als ihres.»

Fanny runzelte die Stirn. Die Bilder der Kaiserin an der Wand. Beleuchtet, vor der dunklen Zelle. Die Masken auf den Schultern der Wachen.

«Er lässt Sie keine anderen Gesichter sehen als das der Kaiserin?», flüsterte sie.

«Immer nur sie.»

Für einen Moment glaubte Fanny, eine Spur von Schmerz in seiner Stimme zu hören und legte sich die Hand auf die Brust. Sie konnte es sich kaum vorstellen, wie es sein musste, jahrelang allein hier unten eingesperrt zu sein. Nie ein Gesicht, sondern nur schwarze Masken, wenn jemand nach ihm sah. Wie unsagbar perfide, was Menschen einander antun konnten.

«Sind Sie Luigi Lucheni?», fragte Max.

Eine Weile blieb der Schemen in seiner Zelle still. «Mein Name», wisperte er und griff sich an die Stirn. «Er hat meinen Namen gesagt.» Ein tiefes Seufzen drang aus seiner Kehle.

Max richtet seine Pistole auf den Häftling. «Geben Sie mir den Stern.»

«Max, was soll das», murmelte Fanny, aber ihre Bemerkung ging in Luchenis heiserem Lachen unter.

«Der Stern», murmelte er. «Ihr kostbarstes Kleinod.» Er funkelte Max an und zog sich in den hinteren Bereich seiner Zelle zurück, wo er wieder zu einem Schatten mit glänzenden Augen wurde. «Seid ihr gekommen, um mich zu töten?»

«Nein», erwiderte Fanny. Max warf ihr einen wütenden Blick zu.

«Geben Sie ihn mir», wiederholte er mit rauer Stimme.

«Eine Ewigkeit im Kerker …» Lucheni schüttelte den Kopf. «Und du glaubst, ich hätt ihn noch? Dass niemand mich durchsucht und ihn mir weggenommen hätt?»

«Ja.»

Natürlich hatte Fanny sich dieselben Fragen gestellt. Aber alle Informationen, die sie gesammelt hatten, wiesen in diese Richtung, zu diesem Ort, zu ihm.

Waidring hatte es beobachtet und herausgefunden, dass der Stern niemals das Gefängnis in Genf verlassen hatte, dass Lucheni ihn immer noch haben musste.

Lucheni fuhr sich durch das verfilzte Haar.

«Was gebt ihr mir für die Wahrheit?»

«Ich will den Stern», erklärte Max und machte einen Schritt auf die Zelle zu.

«Aber ist das nicht genau dasselbe?» Lucheni kicherte heiser. «Was bietest du mir an, du … was bist du eigentlich?»

«Polizist», knurrte Max.

«Oho, *ein Polizist* und ein zartes Fräulein. Was hat euch zu mir in den Schatten getrieben?»

«Menschen wurden wegen des Sterns ermordet. S-sie könnten auch sterben», wisperte Fanny.

«Sterben?» Lucheni schien das Wort auf seiner Zunge zu wiegen. «Das wär doch endlich mal was.»

«Was wollen Sie?», fragte Max. «Wir haben nicht viel Zeit.»

«Kannst du dir das nicht vorstellen, Polizist?»

«Ich kann Sie nicht freilassen.»

«Ahhhh.» Lucheni schloss für einen Moment die Augen. «Du denkst wie jemand, der den Himmel sehen kann, Tag und Nacht, Wasser, Bäume, Berge …»

«Sagen Sie endlich, was Sie wollen!»

Lucheni schwieg. *«La morte»*, sagte er dann. Die beiden Worte schienen eine Weile in der Luft zu schweben.

Max schluckte. «Ich bin einverstanden.»

«Was? Nein!» Fanny ergriff seinen Arm. «Du darfst ihn nicht umbringen.»

«Er will es doch so!»

«Ach, hübsches Mädchen, fleh nicht um mein Leben.» Lucheni kam wieder zum Gitter der Zelle und umfasste die Stäbe. «Es gibt keinen schöneren Tag zum Sterben.»

Fanny wollte ihm widersprechen, aber ihr Aufbegehren blieb ihr im Hals stecken. Konnte sie wirklich erfassen, was es bedeutete, so zu leben, Tag für Tag? Aus seiner Sicht mochte sich der Tod vielleicht wirklich wie eine Erlösung anfühlen.

«Ich möchte nicht, dass du es tust, Max!»

Max wandte sich ihr zu, und mit einem Mal wirkte seine Miene weicher als zuvor. «Es gibt keine andere Möglichkeit», erwiderte er sanft. «Es sei denn, du willst es tun, aber das würde ich nicht zulassen.» Er legte ihr die Hand auf die Wange. «Wer sollte dann mein Gewissen sein und mir zeigen, wie ich wieder gut werden kann?»

«Das bist du doch», erwiderte Fanny. «Du darfst es nur nicht vergessen. Wir könnten einfach gehen …»

Er löste sich von ihr, dann wandte er sich Lucheni zu. «Einverstanden. Nun, den Stern …»

«Schwör es!», zischte Lucheni. «Schwör, dass du's tun wirst, Polizist.»

Max sah ihn an, dann nickte er kaum merklich. Fanny hätte ihm am liebsten die Pistole entrissen und sie fortgeworfen, um nicht mitzuerleben, wie er die Waffe hob, wie die Kugel Luchenis Brust zerfetzte. Sie würde es nie vergessen können, und Max … Was würde es mit Max anstellen, einen Wehrlosen zu erschießen? Egal ob dieser es sich wünschte oder nicht. Bei ihren Obduktionen hatte sie erlebt, was eine Kugel im menschlichen Körper anrichtete. Sie musste an all die Organgewebe denken, die auf so raffinierte Weise zusammenwirkten. All deren Funktionen, die die Wissenschaft erst langsam zu verstehen begann. Brutal zerfetzt, ohne Wissen, ohne Erkenntnis.

«Gut», wisperte Lucheni. «Passt auf ... denn ohne diesen Stern», er deutete auf die unzähligen Bilder an der Wand, «würd sie noch leben.»

«Wie war das?», fragte Max.

Lucheni schüttelte lachend den Kopf. «Ich hab ihn gestohlen, das stimmt. Ich hab ihn ihr aus dem Haar gerissen.»

Mit einem Mal wurde Fanny bewusst, dass sie die ganze Zeit etwas übersehen hatte. Eine wichtige Frage, auf die sie keine Antwort hatte. Vielleicht hatte sie die Szenerie deshalb bis in ihre Träume verfolgt.

Lucheni hatte die Kaiserin ermordet. Etwas anderes hatte er nie gewollt. Die Obrigkeiten zu Fall bringen, die bestehende Ordnung in Brand stecken. Schlüssig. Leicht zu verstehen.

«Wieso?», fragte Fanny. «Wieso haben Sie ihn gestohlen? Was hat er Ihnen bedeutet?»

«Schlaues Kätzchen», knurrte Lucheni. «Nicht das Geringste. Er war mir so lieb wie das Furunkel an meinem Sack.»

«Dann geben Sie ihn mir jetzt!», sagte Max streng.

«Geben?», Lucheni kicherte. «Lieber nicht.»

Max hob die Waffe und funkelte Lucheni an, aber Fanny berührte ihn an der Schulter.

«Du kannst ihm nicht drohen», sagte sie leise, während Lucheni nur noch lauter kicherte. «Er hat ihn nicht.»

«Was?» Max starrte sie bestürzt an.

Lucheni streckte ihnen seine schwielige Handfläche entgegen. «Hier drin hab ich ihn gehalten.» Er ballte die Faust. «Ich spür noch, wie sich die Zacken in mein Fleisch gebohrt haben. Er hat mir gehört.»

«Und jetzt?», fragte Fanny.

«Jetzt nicht mehr.»

«Er lügt», zischte Max. «Es gibt keine andere Möglichkeit, wir haben alle Alternativen bedacht. *Wo haben Sie ihn versteckt?*»

Max lief auf die Gitterstäbe zu, packte Lucheni an seinem schmierigen Leinenhemd und zog ihn gegen die Gitterstäbe. «Sagen Sie es!»

«Löst du deine Schuld schon ein?»

«Wo haben Sie ihn, *wo*?», fuhr Max ihn an.

«Lass ihn», flüsterte Fanny. «Verstehst du nicht?»

Max hielt inne und sah sich nach ihr um, ohne Lucheni loszulassen. «Wovon redest du?»

«Der Stern hat ihm nichts bedeutet.» Jetzt, da sie es begriffen hatte, lag die Wahrheit ausgebreitet vor ihr wie eine Leiche mit geöffneten Körperhöhlen. «Er hat ihn nicht für sich gestohlen», sagte sie. «Deshalb hat er ihn auch nicht mehr.»

Max sah sie lange an, dann stieß er Lucheni so fest zurück, dass dieser zu Boden stürzte.

«Heißt das, alles war umsonst?» Max schüttelte unablässig den Kopf. «Alles, was ich getan habe ...» Er umklammerte die Gitterstäbe und lehnte seinen Kopf dagegen.

Fanny schlug die Augen nieder. Ihr Mund fühlte sich trocken an, dennoch musste sie fragen, um die Sache ein für alle Mal zu einem Ende zu bringen.

«Wer? Für wen haben Sie den Stern gestohlen.»

Sie glaubte, die Antwort zu wissen. Vermutlich hatte Waidring sie angelogen. Schließlich war er in der Nähe gewesen, als die Kaiserin ermordet wurde. Er und Madame Adoria. Eine andere Möglichkeit gab es nicht. Oder doch? Eine Belanglosigkeit kam ihr in den Sinn. Etwas, das jemand zu ihr gesagt hatte, über die Vergangenheit.

Lucheni atmete tief durch. «Ich hab das Geheimnis seit dem Tag ihres Todes bewahrt», flüsterte er, «aber jetzt, da ich sterben werde, geb ich es preis.»

Mühsam richtete er sich auf. Sein Blick glitt von Max zu Fanny und dann hinter die beiden, zu den Wänden mit den Bildern der Kaiserin.

«Ich grüße dich, mein Todesengel. Bist immer noch so schön wie damals. Dein Geheimnis war sicher.»

Fanny schüttelte verwirrt den Kopf. Konnte es sein, dass er gar nicht ... Mein Gott! Eiskalter Schrecken durchfuhr sie.

«Max», wisperte sie. «Ich weiß es, ich weiß, wer das alles ...»

«Tu dein Werk, tu es rasch!», zischte Lucheni.

Ein Knall durchschnitt die Luft und ließ Fanny vor Schreck aufschreien.

Eine Wolke an Blutstropfen spritzte aus Luchenis Brust und besprühte Max' Gesicht. Lucheni sackte zusammen wie eine Marionette, der man die Fäden durchgeschnitten hatte. Fanny konnte im Schatten seiner Zelle nur noch ein würgendes Geräusch hören, vielleicht auch ein letztes Lachen.

Und dann ... Stille.

Fannys Herz raste. «Max!», brüllte sie. «Wieso ...»

Aber Max wandte sich zu ihr um und schüttelte nur fassungslos den Kopf. Sein Blick fixierte etwas hinter Fanny.

Sie spürte einen leichten Stich im Nacken und wischte sich über die Haut.

Als Max die Waffe hob, knallte es ein zweites Mal, so laut, dass Fanny dachte, es würde ihr die Ohren zerfetzen.

Max krümmte sich. Die Waffe fiel ihm aus der Hand, als er

nach seiner Seite griff. Er taumelte, knallte gegen die Gitterstäbe und brach zusammen.

Ein heftiges Pfeifen erklang in Fannys Ohren. Sie sah sich gehetzt um. Es fiel ihr mit einem Mal schwer, den einfachsten Gedanken zu fassen. Ihren Namen, was sie hier tat. Wer war der Mann, der sich vor ihr am Boden krümmte? Etwas sagte ihr, dass sie ihm helfen sollte. Sie taumelte zu ihm hin und kauerte sich neben ihn. Seine Jacke hatte auf seiner linken Flanke auf Höhe des Bauchnabels ein Loch, und zähes Blut sickerte daraus hervor.

In ihrem Kopf erklang eine Melodie. *Wiener Blut, Wiener Blut …*

Fanny kicherte.

Welche lebenswichtigen Strukturen konnten betroffen sein? *Welche Strukturen?* Wieso dachte sie überhaupt an so etwas? Hängeniere … An der linken Seite lag die Niere etwas weiter unten als rechts. Um es wirklich zu wissen, müsste sie den Verlauf des Einschusskanals explorieren.

Sie lachte über den Gedanken, obwohl sie ihn gar nicht komisch fand.

Sie drückte eine Hand auf die Wunde und betrachtete dann ihre blutige Handfläche. Die Melodie in ihrem Kopf wurde lauter. Ein Stöhnen. Sie sah dem Mann ins Gesicht, der gequält die Lippen aufeinanderpresste.

«Max!»

Richtig, das war sein Name.

Er blinzelte. «Pass auf, Fanny», krächzte er. «Da ist … jemand.»

Natürlich. Hatte nicht jemand geschossen?

Sie hob den Blick.

An der Ecke, wo der Gang sich zu der Halle mit den Bildern der Kaiserin erweiterte, konnte sie einen Schatten erkennen.

Sie kniff die Augen zusammen. Die Gestalt stand so reglos da, dass Fanny sich nicht sicher war, ob es sich wirklich um einen Menschen handelte.

«Komm doch raus, versteck dich nicht!», kicherte sie.

Ihr Wagemut verwunderte sie selbst. Sollte sie nicht lieber versuchen wegzulaufen? Das Bild eines toten Mannes blitzte in ihrer Erinnerung auf. In Uniform. Mit einer Kugel zwischen den Schulterblättern. Wie war noch gleich sein Name gewesen?

Sie sah zu Max hinab. Er zitterte am ganzen Körper, und auf seiner Stirn stand Schweiß. Der Schock schien seinem Organismus zuzusetzen. Trotzdem breitete sich in Fanny die tiefe Überzeugung aus, dass alles in Ordnung war. Ein Wohlgefühl, als würde sie in ein Bad voll warmen Honigs sinken. Tiefer und tiefer.

Der Schatten beobachtete sie reglos. Dann löste sich die Gestalt von der Mauer. «Wie gut, dass ich dich rechtzeitig gefunden habe», wisperte eine Stimme, «bevor er dir etwas antun konnte.»

Fanny wollte etwas erwidern, aber sie spürte nur, wie die Luft aus ihren Lungen entwich. Sie fiel, aber es war ein angenehmes Fallen, als würde sie in einen wohligen Schlaf sinken. Die unzähligen Bilder der Kaiserin begannen zu rotieren, zu wirbeln. Ihre traurigen Augen unablässig auf Fanny gerichtet …

23. KAPITEL
LÖCHER IM HERZEN

Es war ein Gefühl, als würde sich die Realität in Falten werfen, sich beugen und verzerren. Wie in einem wirren Traum wurden Menschen und Orte in einen Topf geworfen, durchgeschüttelt und in einer Mischung herausgeschleudert, die eine absurd zusammengewürfelte Wirklichkeit vorgaukelte.

Mitten in diesem Chaos schwebte Fanny wie ein Pappelsamen im Wind.

Sie wusste nicht, wann sich das Toben um sie herum beruhigte. Oder war es in ihrem Inneren?

Manchmal sah sie dunkle Gänge. Irgendwann fühlte sie jenseits des warmen Honigs, der ihren Geist umgab, ein Rumpeln wie von einer Kutsche.

«Es wird alles gut», flüsterte eine Stimme.

Ja, so fühlte es sich auch an. Sie schien sich in einem unbeschwerten Spiel zu befinden, in dem sie die Bruchstücke in ihren Gedanken fast mühelos zusammensetzte.

Bevor die Kugel Lucheni niedergestreckt hatte, waren ihr ein paar Dinge durch den Kopf geschossen, Erinnerungen, die nun vor ihrem inneren Auge herumtanzten.

Die Gestalt, die in das Institut eingedrungen war, während sie den Walzerkönig obduziert hatte. Nicht der Nachtwächter, aber jemand mit einem Schlüssel. Das fehlende Toxikologie-Buch. Nicht Kaltenecker, der hätte dessen Inhalt doch gar nicht verstanden.

Ihr fiel der zufriedene Gesichtsausdruck des Walzerkönigs auf ihrem Tisch ein. Vielleicht nicht nur wegen des Morphins, nein, vielleicht auch wegen dem, was er vor seinem Tod getan hatte, mit seiner Mörderin und einige Zeit zuvor auch mit Madame Adoria.

Es gab jemanden, den Fanny zweimal beim Reiben des Intimbereichs beobachtet hatte.

Ein letztes Geschenk des Walzerkönigs. Die Morgengabe für seine beiden Geliebten: seine Filzläuse.

Aber wie war seine Leiche nach diesem süßen Intermezzo in den Park gelangt? Jemand musste der Mörderin geholfen haben. Jemand, der sie bei seinen Bemühungen erwischt hatte, der sich verführen und kaufen ließ. Jemand, der wusste, dass freitagabends niemand am Institut einen genaueren Blick auf einen toten Sandler werfen würde.

Kaltenecker. Sie sah förmlich, wie er die Leiche nachts in einer Pfütze mit Pferdeurin wälzte und in einen zerlumpten Mantel steckte, den er vorher einem echten Obdachlosen abgenommen hatte. Dass er etwas mit den Morden zu tun hatte, damit hatte Fanny recht gehabt. Aber ermordet hatte er niemanden. Was hatte sie ihm für seine Hilfe versprochen? Geld? Einen Anteil am Erlös des Sterns? Oder hatte ihm ein kleines Abenteuer mit ihr genügt?

Fanny sah Franz und sich selbst über der Leiche der Madame Adoria, die nach Kaffee gerochen hatte. Sie war ganz sittlich bei Kaffee und Kuchen ermordet worden. Aber diesmal musste die Mörderin geschickter vorgehen. Schließlich hatte jemand heimlich den Walzerkönig obduziert und vielleicht sogar Spuren des Gifts entdeckt. Der arme Kaltenecker, er wurde erneut gebraucht. Und vermutlich war das Messer in ihrer Brust seine Idee gewesen. Aber der kleinen Schwester Goldmann mit dem skeptischen Blick misstraute er. Er war schließlich bei dem Einsatz beim Palais Equitable gewesen, an dem auch eine Frau von Fannys Aussehen beteiligt gewesen war.

Das Gefühl, dass ihnen jemand auf der Spur war, hatte ihn wohl nicht losgelassen.

Aber was war mit Kaschinsky? Max war Polizist und hatte seine Vergangenheit mit Lucheni aufdecken können, warum also nicht auch Kaltenecker? Auf den ersten anonymen Brief hatte Kaschinsky nicht reagiert. Doch der Bordellbesitzer war vor allem anderen ein Geschäftsmann gewesen. Wahrscheinlich hatte seine Mörderin sich unter falschem Vorwand in derselben Nacht wie Fanny mit ihm getroffen, um mit ihm eine profitable Sache zu besprechen.

Ein bisschen Morphin war ihm Spiel gewesen, um ihn gefügig zu machen. Aber zum Sterben hatte Leontine sich etwas Neues ausgedacht. Valdérys Curare. Bei einem ihrer nächtlichen Besuche musste sie die Flasche gefunden und nachgelesen haben. Ein wahres Geschenk. Ein Gift, ohne bekannten Nachweis.

Und dann hinunter, schnell hinunter, in die Unterstadt, nachdem das Rätsel um Luchenis Aufenthaltsort gelöst war. Auf welchem Weg? Fanny wusste es nicht. Auch nicht, warum die Mörderin Kaltenecker erschossen hatte. Vielleicht weil dieser den Stern unbedingt finden wollte, und sie in Wahrheit etwas ganz anderes …

Fanny spürte noch, wie sie der Schlaf übermannte.

Fanny blinzelte. Kalt. Unter ihrem Rücken, alles kalt. Sie zitterte am ganzen Körper. Ihre Finger und Zehenspitzen fühlten sich taub an.

Tageslicht fiel durch ein großes Fenster in das Zimmer, in den Raum, in dem sie lag. Von draußen drang Regenprasseln an ihr Ohr.

Für einen Moment versuchte sie, nur darauf zu achten und alles andere auszublenden.

Sollte sie nicht wissen, wo sie sich befand? Weiße Wände. Gefliester Boden. Metalltische, über denen Lampen baumelten. Hölzerne Wandregale. Ein leicht süßlicher Geruch in der Luft.

Träumte sie? Fanny atmete tief durch.

Wie bin ich hierhergekommen?

Die Frage an ihr Gedächtnis blieb unbeantwortet. Eine dumpfe Lücke. Sie wünschte, sie hätte dafür wenigstens den Spaß eines Vollrauschs genossen. Moment, vielleicht hatte sie das ja ...

Sie versuchte, ihre Arme zu bewegen, aber irgendwie wollte es ihr nicht gelingen.

Schritte waren zu hören. Erst jetzt bemerkte Fanny, dass sie nicht allein im Raum war, sie wandte den Kopf, um die Person zu erkennen, die durch den Sektionssaal auf sie zukam.

Es war nicht wie sonst, wenn jemand einen Raum betrat und man seine Gegenwart mit einem Kopfnicken oder einem gemurmelten Gruß zur Kenntnis nahm. Diese paar Schritte reichten, um die Gestalt *erscheinen* zu lassen.

Fanny konnte nicht genau sagen, was ihr diesen Eindruck vermittelte. Das dichte Schwarz der Locken, die bei jedem Schritt zum Leben erwachten, oder der wohlwollende Ausdruck der Augen, die wie tiefe Teiche auf sie herabsahen.

Sie trug ein auffälliges schwarz-weißes Kleid ohne Taillierung. Die Streifen darauf schienen bei jeder ihrer Bewegungen neue Muster zu bilden.

Fanny hatte es schon einmal gesehen, daran erinnerte sie sich. *Reformkleid* hatte Leontine es genannt. Etwas, worin Frauen sich frei bewegen konnten.

Immerhin. Sie erinnerte sich noch an einiges. Der zähe Honig, der noch immer ihr Gedächtnis verklebte, löste sich langsam.

«Du bist doch noch aufgewacht, Gott sei Dank! Es hatte sich so in dir festgesaugt, für eine Weile dachte ich, du würdest nicht zurückkommen.»

Leontine neigte den Kopf über sie und sah mit besorgter Miene auf sie herab. Im Dämmerlicht des regnerischen Tages hätte sie ein wunderschönes Porträt abgegeben. Aber wann traf das auf Leontine nicht zu?

«Wieso bin ich hier?», murmelte Fanny.

«Ich habe dich hergebracht», erwiderte Leontine sanft.

«Aber warum?» Fanny wollte sich in die Höhe stemmen, aber es gelang ihr nicht. Sie blinzelte und schüttelte den Kopf. Erst jetzt erkannte sie, worauf sie lag, warum der Boden unter ihrem Rücken sich so kalt anfühlte.

Ich liege auf einem Seziertisch.

Sie zuckte zusammen, wollte aufspringen, aber sie war mit drei kräftigen Ledergurten auf der Tischplatte festgeschnallt, sodass sie sich kaum rühren konnte. Ein weiterer Gurt hielt ihre Handgelenke zusammen.

Leontine musste ihren Schrecken bemerkt haben. «Keine Sorge, Albin ist nicht hier.»

Fanny hätte am liebsten aufgelacht. Als wenn der Professor gerade ihre größte Sorge gewesen wäre.

«Du hast den Rest der Nacht geschlafen», fuhr Leontine fort. «Es ist Ostersonntag, und niemand wird uns stören.»

«Bitte», hauchte Fanny, «mach mich los.»

«Schhh», Leontine lächelte und legte ihr die Hand auf die Stirn. «Lass dir Zeit, du hast gestern sehr viel durchgemacht. Aber jetzt bist du in Sicherheit.»

Etwas blitzte in Fannys Innerem auf. Finstere Gänge. Geräusche in der Dunkelheit. Das Gesicht eines verwahrlosten Mannes.

«Ich war unter der Erde.» Fanny schüttelte den Kopf.

Leontine strich ihr über das Haar. «All das muss sehr aufwühlend sein.»

Aufwühlend? Wenn Fannys Vermutung zutraf, dann hatte Leontine den Walzerkönig, Madame Adoria und Kaschinsky vergiftet, der, dem Geruch nach zu urteilen, noch hinten im Leichenraum lag. Vielleicht war Leontine auch deshalb gerade dort hinten gewesen. Aber diese drei Morde waren nicht alles. Wer sonst hätte Kaltenecker in der Unterstadt ermorden sollen? Fanny erinnerte sich, wie die Kugel die Brust des verwahrlosten Mannes zerfetzte. Lucheni, richtig, das war sein Name gewesen. Und sie, Fanny, lag wehrlos vor dieser Frau und war ihr auf Gedeih und Verderb ausgeliefert.

Aufwühlend war also nicht das erste Wort, das ihr in den Sinn gekommen wäre, um ihre Situation zu beschreiben.

Wenigstens fiel es Fanny wieder leichter, sich zu erinnern. Sie war über eine versteckte Tür im Burgtheater in ein finsteres Netz aus Tunneln hinabgestiegen. Tilde war bei ihr gewesen, doch sie hatte sie verloren. Wo mochte die Freundin jetzt sein? Ging es ihr gut? Mit einem Mal fühlte Fanny eine furchtbare Beklemmung in ihrem Inneren aufsteigen.

Sie hatte etwas gesucht ... jemanden, jemanden der ihr am Herzen lag. Sie konnte sein Lächeln sehen. Das warme Gefühl, wenn er sie ansah. Fanny fühlte sich wie in Trance. Das Krachen zweier Schüsse hallte in ihren Ohren wider.

«Max», wisperte sie. Fanny hob den Blick und fixierte Leontine. «Du warst auch dort. Du hast ihn ... Du hast Max erschossen!»

«Ich habe *dich* gerettet», korrigierte Leontine. «Verstehst du noch immer nicht, wie er dich getäuscht hat?»

«Wie bitte?»

«Denkst du wirklich, er hätte dich wieder mit zurück ans Licht genommen? Er wollte sich nur holen, was er braucht, dann hätte er sich deiner entledigt.»

Fannys wirre Erinnerungen nahmen langsam wieder Form an. «Er war nicht tot. *Oh Gott!* Vor ihrem inneren Auge sah sie, wie Max in diesem dunklen Verlies verblutete. «Er braucht Hilfe!» Sie wollte auffahren, aber die Ledergurte hielten sie nieder.

«Gewiss hat sich die Sache mittlerweile erledigt.»

«Du meinst ...»

Der Gedanke, dass Max tot sein könnte, war zu furchtbar, um ihn sich einzugestehen, dass seine Glieder zu erstarren begannen, kein lebender Mensch mehr, nur noch ein Körper, ein letztes Zeugnis für die Art seines Verscheidens.

Die Wachen, die Tilde erwischt hatten, würden ihn irgendwann finden, gemeinsam mit dem toten Lucheni. Wie würden sie sich das alles erklären?

Ihr Blick suchte den Leontines, die ihn mit ungetrübtem Mitgefühl erwiderte. Sie war eine große Dame der Wiener Gesellschaft, die sie in ihren Salon geladen und daheim bei ihrem Vater besucht hatte. Ihre Förderin. Ihre Freundin. Sie hatte zu keinem Zeitpunkt das Gefühl gehabt, dass sie es nicht ehrlich mit ihr meinte. Und nun sollte sie der Mörder im Schatten sein, nach dem sie so lange gesucht hatte? Es gab keine andere Möglichkeit.

Kurz bevor Leontine Lucheni erschossen hatte, war Fanny

eine Kleinigkeit in den Sinn gekommen, eine Belanglosigkeit, nämlich dass Leontine eine Adlige gewesen war, bevor sie Kuderna geheiratet hatte. Und da hatte sich in einem winzigen Moment ein Verdacht geformt, der sich nun bestätigt hatte.

«Wie ... bist du dort heruntergekommen?» Es war nur eine von unendlich vielen Fragen und vielleicht nicht einmal die wichtigste.

«Ich wusste bis vor kurzem nicht, was sich da noch alles verbarg. Aber wie man dort heruntergelangt, das wusste ich schon lange. *Sehr* lange.»

Fanny wandte den Kopf zur Seite.

«Sie liebte diese absurde Süßspeise», murmelte Leontine gedankenverloren. «Kandierte Veilchen. Violette Blüten mit Zucker überkrustet. So behielten sie ihre Schönheit für immer ... wie passend. Ich sah sie selten eines essen. Vielleicht wollte sie sie nur ansehen.»

Fanny war sich nicht sicher, von wem Leontine sprach, wagte aber nicht, sie zu unterbrechen.

«Der kaiserliche Hoflieferant Demel belieferte sie damit», fuhr Leontine fort. «Zu diesem einzigen Zweck existiert ein Tunnel, der vom Demel bis in die Hofburg führt. Von diesem Tunnel zweigen immer wieder andere Gänge ab. So bin ich nach unten gelangt und habe dich gefunden.»

Demel. Fanny erinnerte sich an die Zitronenmonde, die Leontine ihnen bei ihrem Besuch mitgebracht hatte.

«Aber wieso wusstest du von diesem Tunnel?»

«Weil ich ihn oft benutzt habe. Sie ertrug es manchmal nicht, andere Menschen zu sehen, nicht einmal mich. Dann durften sie ihr die Süßigkeit nicht liefern, sondern ich musste durch den Gang laufen, um sie zu holen. Es war ihr gleich, wie sehr ich mich dabei ängstigte. Es ging *immer* nur um sie. Die anderen existierten einfach nicht.»

«Aber, ich verstehe nicht ...»

Leontine beugte sie über sich und küsste sie auf die Stirn. Fanny hätte sich ihr gern entzogen, aber die Ledergurte, die sie an den Tisch banden, waren festgezurrt. Ob Kaltenecker ihr diese kleinen Accessoires besorgt hatte?

«Du wirst alles verstehen, hab nur Geduld.»

«Sprichst du von der Kaiserin? Aber wie kannst du sie gekannt haben?»

Leontine lächelte wehmütig und wandte sich ab. «In jener längst versunkenen Zeit war ich eine Grafentochter.» Sie schnaubte belustigt, als würde sie von ihrem ersten Puppenhaus sprechen. «Ich habe dir ja erzählt, dass es außer einem Namen nicht mehr viel gab, das meine Eltern besaßen. Aber Namen können ihre eigene Macht entwickeln. Wir durften uns bei Hofe aufhalten, und meine Mutter stand der Kaiserin nahe. Zumindest so nahe, wie es bei einer Frau möglich war, die in ihrem ganzen Leben niemanden wirklich an sich heranließ.»

«Und du, warst du auch am Hof?», fragte Fanny.

Leontine lachte. «Mich berührte all das nicht sehr. Ich lebte unbeschwert in unserem Landschlösschen am Rand der Alpen, in Reichenau an der Rax, ohne zu wissen, dass ich gerade das letzte Echo unseres Reichtums auskostete. Ich hatte große Zukunftspläne, oh ja. Mein Vater hatte mich von den besten Lehrern des Landes unterrichten lassen. Ich war fasziniert von so vielen Fachrichtungen, am meisten aber von der Medizin. Das habe ich dir ja schon erzählt.» Leontine stieß einen Seufzer aus. «Damals dachte ich, ich könnte meinen Vater irgendwie überzeugen, mich auf die Universität gehen zu lassen.»

«Auf gewisse Weise ist jede Näherin freier», wiederholte Fanny die Worte, die Leontine ihr auf der Gartenparty gesagt hatte. Mit jeder Minute wuchs in ihr die Angst, aber solange Leontine redete ... «Für ein Mädchen deines Standes muss das undenkbar gewesen sein.»

Leontine nickte. «Ich war furchtbar naiv. Mein Vorhaben war in der Tat undenkbar, mehr noch als für eine Bürgerstochter. Außerdem war mir nicht klar, wie prekär unsere finanzielle Lage wirklich war. Dass meine Eltern das Schloss an eine Industriellenfamilie verkaufen mussten. Dass ihre größte Hoffnung darin bestand, mich an einen wohlhabenden Mann zu verheiraten, weil sie fürchteten, nicht mehr für mich sorgen zu können.»

«Und da hast du die Kaiserin kennengelernt?», fragte Fanny und versuchte, das Zittern in ihrer Stimme zu unterdrücken. Ihr war kalt, und sie fürchtete sich zum Gotterbarmen.

Leontine verdrehte die Augen. «Meine Mutter war erfüllt von dem Wunsch, mich versorgt zu wissen, und führte mich auf einem Ball bei Hofe ein. Die Kaiserin Elisabeth war damals schon eine ältliche Frau, die sich aus der Öffentlichkeit zurückgezogen hatte. In ewiger Schönheit konserviert, wie ihre kandierten Veilchen, so wollte sie in Erinnerung bleiben.» Sie schnaubte angewidert. «In diesen Tagen trug sie in der Öffentlichkeit einen Schleier oder einen Fächer vor dem Gesicht, um sich vor missgünstigen Blicken zu schützen. Und immer nur diese schwarzen Kleider! Der Selbstmord des Kronprinzen Rudolf, des Erben der Monarchie, war erst wenige Jahre her.»

Fanny erinnerte sich an den Tod des Kronprinzen, obwohl sie damals noch klein gewesen war. Er hatte sich gemeinsam mit der Baronesse Mary Vetsera in einer Villa in Mayerling das Leben genommen. Fanny hatte sich später vor allem für den Obduktionsbericht interessiert, doch aufgrund der heiklen Todesumstände des Kronprinzen war im Wesentlichen nur ein Ergebnis nach außen gedrungen: Die Ärzte hätten «geistige Verwirrung» festgestellt. Eine Tatsache, die Fanny bis heute ärgerte. Als ob man das bei einer Obduktion erkennen könnte. Natürlich wusste sie, warum man so gehandelt hatte. Ohne triftigen Grund für seinen Suizid hätte für Kronprinz Rudolf kein christliches Begräbnis stattfinden können. Dennoch, die forensische Medizin für so einen Humbug zu missbrauchen, störte sie noch immer.

«Auf jenem Ball in der Hofburg», fuhr Leontine fort, «wurde ich Elisabeth vorgestellt. Sie war angetan von meiner Schönheit und meiner Größe. Sie führte ein Büchlein, in dem sie ihrer Ansicht nach schöne Menschen beschrieb und namentlich festhielt. Und ich war drauf und dran, ihr neuestes Sammlerstück zu werden. Sie erwies meiner Mutter eine große Ehre und machte mich zur jüngsten ihrer Hofdamen, die sonst nahezu gleich alt waren wie sie. Für meine Eltern war es ein Glücksfall. Sie wussten mich versorgt, und gleichzeitig erhöhte es meinen Wert als künftige Ehegattin.»

In Fanny rumorte es, doch sie versuchte, sich nichts anmerken zu lassen. Leontine war eine Hofdame der Kaiserin gewesen? Das änderte *alles*. Vielleicht war sie damals in Genf gewesen, als Lucheni ... Ein kalter Schauer überlief sie. Lucheni, den Leontine einfach erschossen hatte.

«Sie war eine furchtbare Person, glaube mir», wisperte Leontine. «Die Leute sprechen immer noch über die überirdisch schöne Sisi. Die hübscheste Monarchin auf dem Erdenrund.» Sie biss sich auf die Lippen und sah zur Decke. Für einen Moment glaubte Fanny, Tränen in ihren Augen schimmern zu sehen. «Für mich war sie nur ein kaltherziges Weib. Beanspruchte für sich selbst jede Freiheit, alle anderen schränkte sie ein. Sie konnte euphorisch sein, einen mit Komplimenten und Aufmerksamkeiten überschütten. Im nächsten Augenblick sprach Todessehnsucht und, ja, auch Bosheit aus ihr. Meine Eltern hatten mich an diesen Albtraum jeder modernen Frau gekettet und mich zu ihrer Dienerin gemacht.» Leontine förderte eine im silbernen Rahmen gefasste Miniatur aus einer Tasche ihres Reformkleids zutage und hielt sie Fanny vor die Augen. «Das ist es, was ich geworden war.»

Fanny betrachtete das Bild genauer. Das Mädchen auf dem Bild hatte tatsächlich wenig mit Leontine gemein. Ja, ihre natürliche Schönheit war bereits erkennbar. Ihr Haar hatte sie schmucklos hochgesteckt. Sie trug ein schokoladenbraunes Kleid, zu einer unnatürlich schmalen Taille zusammengeschnürt. Ihr blasses Gesicht starrte Fanny entgegen, als wäre das Mädchen in dem Bild gefangen und würde sie um Hilfe anflehen. Ein Anflug von Mitleid streifte Fanny, und sie schob ihn rasch beiseite.

«Ich hatte wunderbare Träume, während ich in unserem Garten unter meinem Fliederbusch über neue Entwicklungen der Medizin las, über Paul Ehrlich und seine Chemotherapie, Robert Koch und die Bakterien ...», fuhr Leontine fort, zog sich einen Holzstuhl heran und ließ sich darauf nieder. «Aber die farblose Welt dieser erfrorenen Monarchin übertünchte die Zukunft, die ich mir ausgemalt hatte. Stattdessen musste ich Elisabeth Gesellschaft leisten und sie auf ihren Reisen begleiten. Das mag großartig klingen, doch meist bedeutete es, mit ihr in einem dunklen Hotelzimmer zu sitzen, während sie aus dem Fenster sah oder Gedichte las. Die einzigen Laute, die sie von sich gab, waren tiefe Seufzer. Sie stieß sie so regelmäßig aus, dass man die Uhr danach hätte stellen können. Sie verlangte, dass ich aussähe und mich kleidete wie ihr jüngeres Ich, nur schlichter, damit ich meine Stellung nicht vergaß. Wenn ich mit ihr aß und mehr zu mir nahm als die Sperlingsportionen, von denen sie sich ernährte, belächelte sie meine Rundungen und ermahnte mich, meine Schönheit zu pflegen, da ich ohnedies rasch welken würde.»

Trotz ihrer Angst konnte Fanny nicht umhin, Parallelen zwischen der Kaiserin und Tante Agathe zu bemerken.

Leontine hatte sich in Rage geredet. «Wenn die Kaiserin auf Reisen nicht erkannt werden wollte, ließ sie mich in eines ihrer schwarzen Kleider schnüren und schickte mich mit einem Spitzenschleier vor dem Gesicht auf die Straße, damit sie später unerkannt ausgehen konnte. Jeden Versuch, mit ihr über die aufregenden Errungenschaften unserer Zeit zu reden, würgte sie ab. *Ist es nicht eine Zeit ohne Sinn und voller Leere, in die du hineingeboren wurdest?* Einmal habe ich den Fehler begangen, ihr zu erzählen, dass sich in manchen Ländern Frauen zusammenschlossen, um für ihr Wahlrecht einzutreten. Es war ein Winterabend in Korfu, an dem die ganze Insel in einen Schleier kalten Regens gehüllt war. *Wir haben einen Kaiser, der von Gottes Gnaden regiert. Dieses Gerede vom Wahlrecht kann nur einem simplen Verstand entspringen, der die Welt nicht begreift!* Wenn sie in solch einer Laune war, schlug und kratzte sie mich, bis ihr Zorn verraucht war und sie mich wieder mit falscher Mutterliebe übergoss wie mit einem Honigtopf. *Kind, du weißt gar nicht, wie lieb du mir bist, mein kostbares Kleinod.* So hat sie mich in diesen überschwänglichen Phasen genannt ...»

Fanny dachte angestrengt nach, während Leontine in sich gekehrt neben ihr saß. *Kostbares Kleinod.* Das hatte sie Lucheni sagen gehört und Max, aber die beiden hatten damit nicht Leontine gemeint. Sondern den Stern.

Max ... Fanny erlaubte sich nicht, an ihn zu denken, sonst würde es sie um den Verstand bringen. Leontine würde sie nicht gehen lassen, bevor sie die ganze Geschichte kannte. Und danach, danach wohl erst recht nicht ... Wenn sie nur an ein paar Instrumente käme, ein Skalpell oder sonst etwas Scharfes. Doch soweit Fanny sehen konnte, hatte Franz ausgerechnet diesmal aufgeräumt, bevor er gegangen war.

Leontine erwachte aus ihrer Versenkung. «Am häufigsten bekam ich ihren Zorn zu spüren, wenn ich ihr Haar frisierte. Manchmal führte ich einen Strich zu fest und riss ihr damit ein paar Haare aus. Das brachte sie zum Toben, als hätte ich ihre Kinder bedroht, obwohl – auch für die hatte sie damals kein Interesse mehr. Meine Tage waren so unsagbar grau geworden, dass ich mich manchmal ans Fenster stellte und darüber nachdachte hinauszuspringen. Mir war klar, ohne das Einverständnis der Kaiserin konnte ich nicht aus ihrem Dienst scheiden. Und selbst wenn, meine Eltern waren erleichtert, nicht auch noch für mich sorgen zu müssen. Ich fühlte mich, als hätte sie sich an mir festgesaugt wie ein Neunauge an einer Forelle und ernährte sich von meinem Lebenssaft.»

Fanny hob eine Augenbraue. Leontine musste in ihrer Kindheit tatsächlich hervorragenden Unterricht genossen haben. Neunaugen waren aalähnliche Kreaturen mit schauderhaftem Raspelmaul, mit dem sie sich in Fische bohrten.

«Vier lange Jahre habe ich mit ihr verbracht und bin ihr überallhin gefolgt. Kannst du dir vorstellen, was das für eine junge Frau bedeutet, Fanny?»

Fanny wusste nicht, was sie sagen sollte. Auf seltsame Weise erinnerte sie Leontines Geschichte an Lucheni, der in seinem Gefängnis niemand anderen hatte ansehen dürfen als die Kaiserin auf den Bildern. Auf ihre Weise waren beide Umstände bedrückend gewesen ... Es fühlte sich reichlich seltsam an, Mitgefühl mit der Frau zu empfinden, die sie an einen Sektionstisch gebunden hatte und ihr wer weiß was antun könnte.

«Als wir im September vor zehn Jahren nach Genf reisten, wusste ich: Entweder würde ich sie verlassen oder zugrunde gehen. Wir stiegen in einem luxuriösen Hotel ab. Sie wollte unerkannt reisen und nannte sich daher *Gräfin von Hohenems.* Sobald sie abends zu Bett ging, wollte ich meine spärlichen Habseligkeiten zusammenpacken und mich davonschleichen. Ich würde einen Zug über die Grenze nach Frankreich nehmen, wo sie keine Macht über mich hatte.»

«Wie wolltest du dort überleben?» Fanny verstand Leontines Schritt, konnte sich aber nicht vorstellen, dass sie selbst den Mut gehabt hätte. Obwohl ... sie hatte sich selbst in letzter Zeit so oft überrascht, wer wusste schon, was noch alles in ihr steckte. Hoffentlich ein paar unentdeckte Asse, sonst sah es diesmal wirklich übel aus.

Ihr wurde immer kälter. Fanny wusste, dass eines der größten Probleme nach langer Anästhesie die schleichende Unterkühlung der Patienten war, selbst bei normaler Raumtemperatur. Sie musste dringend von diesem Tisch weg und sich wieder aufwärmen.

«Es war mir gleich.» Leontine erhob sich, ging zu dem benachbarten Seziertisch und goss sich aus einer gläsernen Karaffe ein Glas Rotwein ein. Sie musste die Vorräte des Professors geplündert haben. Fanny bemerkte, dass auf dem Tisch noch mehr Gegenstände lagen, die jedoch unter einem weißen Tuch verborgen waren.

Vielleicht will sie mich wirklich bei lebendigem Leibe obduzieren, dachte sie. Angstschweiß brach ihr aus den Poren.

Leontine schien ihren furchtsamen Blick zu bemerken und nahm einen Schluck. «Hauptsache frei.»

«Allerdings», brummte Fanny und versuchte vergeblich, die Gurte um ihre Arme zu lockern.

«Ja, nicht?» Leontine drehte sich und ließ ihr Kleid wirbeln.

«Ich wünschte, ich hätte es damals versucht. Aber so kam es nicht.» Sie wandte sich dem Fenster zu und klopfte mit spitzen Fingernägeln auf den Fensterrahmen.

Fanny versuchte, ihre Füße aus den Gurten zu befreien. Der Stoff ihres Kleides verschaffte ihr zwar minimalen Bewegungsspielraum, aber bei weitem nicht genug. Ihr lief die Zeit davon. Leontine würde nicht zulassen, dass sie ausplauderte, wen sie alles ermordet hatte.

Mit einem Mal erinnerte sich Fanny an die Geräusche in der Finsternis um Kalteneckers Leiche. Vielleicht war Leontine es gewesen. Vielleicht war sie Fanny gefolgt, nachdem es ihr gelungen war, die Laterne zu entzünden. Was bedeuten würde, dass sie Leontine höchstpersönlich zu Luchenis Verlies geführt hätte. Dann wäre sie schuld an Max' Tod ...

Nein, solche Gedanken halfen ihr jetzt nicht weiter. Sie war auf sich gestellt, und Hilfe war nicht zu erwarten. Wenn Tilde es zurück zu Schlomo geschafft hatte, was Fanny hoffte, würden sie bestimmt nach ihr suchen. Sie würden aber keinen Anhaltspunkt haben, wo. Ihr Blick fiel auf das weiße Tuch über dem benachbarten Sektionstisch, und eiskalte Furcht kroch ihr in die Glieder.

Fanny zuckte zusammen, als Leontine plötzlich weitersprach. «An diesem einen Abend unter allen anderen blieb sie lang wach. Ich fand sie vor dem Kamin sitzend, als ich drauf und dran war, in die Nacht hinauszurennen. Sie wärmte ihre Hände und starrte abwesend in die Glut. *Hasst du mich?*, fragte sie. Ich wusste nicht, was ich antworten sollte, also schwieg ich. *Ich würde mich hassen ... ich tu's.* Sie wandte sich nach mir um, und ich sah, dass sie geweint hatte. Sie hielt mir die Hand entgegen.»

Leontine wandte sich vom Fenster ab und streckte einen

Arm mit wehmütiger Miene nach Fanny aus, während sie sich mit der anderen auf den Fensterrahmen stützte.

«Ich nahm sie.» Leontine ließ ihren Arm sinken. Ein schwacher Luftzug trug Fanny ihren leichten Bergamottenduft zu. «Sie musterte mich aus diesen melancholischen Augen. *Weißt du eigentlich, wie ich dich liebe, Kind?* Das Du verwendete sie nur, wenn wir unter uns waren. *Ich begreife, was du mir täglich schenkst, mein kostbares Kleinod. Einen Funken Lebensfreude. Du verdienst es, glücklich zu sein, und dem will ich nicht im Weg stehen. Alles will ich dir schenken, wenn es dir hilft, ein freies und glückliches Leben zu führen.*» Leontine schüttelte den Kopf. «Ich hatte Mitleid mit ihr. Schließlich wusste ich, was sie alles hatte erdulden müssen. *Manchmal wünschte ich, meine Seele könnte durch eine ganz kleine Öffnung in meinem Herzen in den Himmel entgleiten. Dabei könnte auch ich glücklich sein – und werde es wieder werden.* Sie versprach, mich freizugeben. Mit den besten Wünschen und Empfehlungen sollte ich nach Österreich zurückkehren und mein Glück finden.» Leontine senkte den Kopf. «Und dann wurde es sogar noch besser. *Ein unabhängiges Leben kann nicht mit Luft und Liebe erkauft werden.* Sie reichte mir eine dunkelblaue Schatulle aus Samt. Als ich sie öffnete, sah ich das Glühen des Kamins in unzähligen Diamanten reflektiert. Es war einer ihrer Sterne, der größte, den ich kannte. Ich konnte mich nicht erinnern, je ein schöneres Schmuckstück in der Hand gehalten zu haben. Geradezu magisch war er.» Leontines Augen hatten zu funkeln begonnen, als spiegele sich das legendäre Schmuckstück noch darin. *So kauft Liebe doch ein freies Leben,* wisperte sie mir zu. *Ein Kleinod für mein kostbarstes Kleinod.* Sie bat mich, es unser Geheimnis sein zu lassen. Denn Neid und Missgunst würden mir folgen, wenn es bekannt würde. Selbst der Kaiser würde ein fürstliches Geschenk dieser Art missbilligen.»

Fanny wagte kaum zu atmen. *Der Stern.* Die Kaiserin hatte ihn Leontine geschenkt. Wenn das stimmte, was hatte Lucheni dann gestohlen?

«Natürlich blieb ich. Seit Jahren hatte ich mich nicht mehr so glücklich gefühlt ... Lange währte es nicht.»

Leontine kam zurück, ergriff ihr Weinglas und nippte daran. Wieder fragte Fanny sich, was sich unter dem Tuch befand, aber zuerst musste sie wissen, was mit dem Stern geschehen war.

«Und wieso nicht?» Fannys Stimme zitterte vor Aufregung.

«Am nächsten Tag stand ich im Morgengrauen auf. Die Kaiserin war eine Frühaufsteherin, und die Gräfin Sztáray, die zweite Hofdame, die uns begleitete, musste gemeinsam mit mir bereitstehen, um sie anzukleiden. In meinem Zimmer sah ich in den Spiegel. Die blaue Schatulle auf meinem Nachttischchen erschien mir wie der Splitter einer Traumwelt. Ich nahm sie, öffnete sie und steckte mir den Stern ins Haar, genau hier.» Leontine berührte eine Stelle in ihren schwarzen Locken. «Für einen Moment betrachtete ich mich im Spiegel. Vollkommen glücklich. Da wurde die Tür aufgestoßen, und die Kaiserin stürmte in mein Zimmer, gefolgt von der Gräfin Sztáray. *Es ist also wahr!* Sie musterte mich mit kaltem Zorn. *Diebische Elster, entwendest meinen Schmuck!* Die Art, wie sie mich ansah, ängstigte mich mehr als alles andere. Ich beteuerte meine Unschuld und erinnerte sie an unser Gespräch, dass sie mir den Stern geschenkt hatte, aber sie wollte nichts davon hören. *Diese Impertinenz, als ob ich ihn je weggeben würde, mein Kleinod.* Sie stürmte auf mich zu, packte den Stern und riss ihn mir mit einem Büschel meiner Haare vom Schädel. Ich schrie und weinte. Sie schlug mir ins Gesicht, mit all den Ringen, die sie an den Fingern trug. Die Spitze eines Backenzahns splitterte ab, und ich schmeckte Blut. Sie sah mich an, und ich werde nie diesen Gesichtsausdruck vergessen. *Triumph.* Als wäre ich ihre Feindin gewesen ...»

«Das verstehe ich nicht», meinte Fanny kopfschüttelnd. «Sie hatte ihn dir doch geschenkt. Hatte sie das einfach vergessen?»

«Ihre Stimmungen wechselten wie der Wind», erwiderte Leontine. «Bis heute weiß ich nicht, ob sie am Abend zuvor nur in euphorischer Stimmung gewesen war oder ob sie auch etwas eingenommen hatte. Einmal, als sie erschöpft und traurig wirkte, sah ich, wie sie sich etwas in den Arm spritzte, und danach war sie *anders* ... Ob sie sich tatsächlich nicht erinnerte oder ihr Handeln einem Anfall von Bösartigkeit entsprang, habe ich nie erfahren. Zutiefst gedemütigt stürmte ich aus dem Zimmer und aus dem Hotel.»

Leontine starrte ins Leere. Fanny fühlte sich daran erinnert, wie Professor Kuderna sie bei ihrem Rauswurf behandelt hatte, und stellte fest, dass sie Leontine verstand. Wo mochte der Professor sich aufhalten? Vielleicht zum ersten Mal überhaupt wünschte sie sich, er würde auftauchen.

«Ich wusste nicht, wohin. Verzweifelt bin ich durch die Stadt geirrt, bis ich das Ufer des Genfer Sees erreichte. Dort traf ich einen schäbig aussehenden Kerl, etwa in meinem Alter. Er lief an der Promenade auf und ab und skandierte Parolen. *Nieder mit den Unterdrückern! Tod den Monarchen! Freiheit für das Volk! Entfernt die Parasiten!* Unter normalen Umständen wäre ich vorbeigegangen. So aber blieb ich stehen, lauschte, als wären seine Worte Balsam für meine verletzte Seele. Dass er ein politisch Radikaler war, war offensichtlich, aber einer, dessen Schmerz ich verstehen konnte. Er schien in jedem seiner Worte mitzuschwingen.»

Fanny konnte es förmlich sehen. Die junge Leontine, mit einer Hand am Geländer der Seepromenade mit einer Mischung aus Neugier und Furcht, wie sie den protestierenden Lucheni beobachtete.

«Ich bemerkte, dass ihn bereits zwei patrouillierende Polizeibeamten im Blick hatten. Ich lief zu ihm hin, berührte ihn an der Schulter und beschwor ihn, ruhig zu sein, wenn er die Gelegenheit suche, seinen Worten Taten folgen zu lassen.»

«Heißt das», flüsterte Fanny, «du hast ihm gesagt, er soll die Kaiserin ermorden?» Wenn das stimmte, dann hatte Leontine wohl das schrecklichste Verbrechen begangen, dessen man sich schuldig machen konnte. Für Fanny zählte kein Leben mehr als ein anderes, doch die Justiz des Habsburgerreichs sah das wohl anders, wenn es um ihre Kaiserin ging.

«Aber nein», erwiderte Leontine entsetzt. «Nein, das musst du mir glauben. Dass Lucheni bereits mit konkreten Attentatsplänen nach Genf gereist war, wusste ich nicht. Später hat er ausgesagt, er habe den Prinzen von Orleans töten wollen, aber der hatte seine Reise nach Genf gestrichen. Ich ließ Lucheni bei seinem Leben schwören, Stillschweigen zu bewahren für den Pakt, den ich mit ihm schließen wollte. Lucheni küsste Mittel- und Zeigefinger und hielt sie mir entgegen. *Ich schwöre es, mein hübscher Engel!* Ich erzählte ihm, dass eine gewisse Gräfin von Hohenems in der Stadt weile. Dann flüsterte ich ihm ins Ohr: *Und diese Gräfin ist in Wahrheit Kaiserin Elisabeth von Österreich-Ungarn.* Luchenis Miene leuchtete auf. Ich sagte ihm, dass die Kaiserin gegen Mittag das *Beau Rivage* verlassen und einen Dampfer besteigen würde. Und er, Lucheni, solle etwas für mich tun. Tags zuvor hatte es geregnet, überall waren Pfützen, in denen sich vielerorts der Pferdemist aufweichte. *Ich möchte, dass Sie ihr ihr kostbares Kleinod aus dem Haar reißen und sie in den Dreck stoßen. Sie soll wissen, wie es sich anfühlt. Ich will sie am Boden sehen, besiegt, ein Nichts.* Das war unser Pakt.» Leontine begann zu zittern. «Und Lucheni hielt sich daran», flüsterte sie mit Grabesstimme.

«Hast du es gesehen?», fragte Fanny. Sie erinnerte sich an Luchenis grinsende Fratze in seinem Verlies, als sie ihn gefragt hatte, warum er zuerst den Stern gestohlen hatte. *Schlaues Kätzchen!*

Er hatte ihn nicht für sich gestohlen, sondern für Leontine!

«Ich folgte der Kaiserin in gewissem Abstand. Einmal wandte sie sich halb um. Ich denke, sie sah mich, dachte wohl, dass ich ihr reumütig hinterherdackele, um das Schiff zu besteigen.» Leontine lachte und schüttelte den Kopf. «Sie trug den Stern mit ein paar kleineren, verborgen unter Hut und Schleier. Als Lucheni auf sie zurannte, schien es niemandem aufzufallen. Im ersten Moment wollte ich ihr eine Warnung zurufen. Sie schrie, als er ihr den Stern aus dem Haar riss, und nie hat mir ein Schrei so viel Genugtuung bereitet wie dieser. *Und jetzt, stoß sie in den Dreck!*» Leontine schüttelte unablässig den Kopf. «Es ging so schnell, es war fast nichts. Die Kaiserin merkte es nicht einmal, als er ihr die Feile ins Herz stieß. Aber ich, ich habe sie gesehen. Ich wusste, was es bedeutete!» Leontines Stimme brach. «Ich habe sie gehasst!», schluchzte sie. «Du kannst dir nicht vorstellen, wie sehr. Und ich bin nicht unglücklich, dass sie tot ist, das wäre heuchlerisch. Aber ich wollte doch nicht schuld daran sein.»

Sie streckte Fanny beide Arme entgegen. Fanny sah sie nur stumm an.

«Ich lief zu ihr hin, half der Gräfin Sztáray, sie zu stützen und auf den Dampfer zu bringen, während Lucheni festgenommen wurde. Die Kaiserin klammerte sich an unsere Hände. Erst auf dem Dampfer sahen wir das Blut, und dann ging es unsagbar schnell zu Ende mit ihr. *Was geschieht denn mit mir?* Das waren ihre letzten Worte, ehe sie unter dem

Kreischen der Gräfin Sztáray verstarb. Ich sah sie nur an, entsetzt über das, was ich getan hatte ... und, ja, froh, dass ich endlich frei von ihr war.» Sie hob ihr tränennasses Gesicht und flüsterte: «Verstehst du, was ich dir sage? Ich bin schuld am Tod der Kaiserin!»

Fanny verstand. Sie verstand sogar, warum Leontine es getan hatte, nur eines erschloss sich ihr nicht. «Wieso erzählst du mir das alles?»

Leontine schniefte einen Moment, dann erschien ein angedeutetes Lächeln auf ihrer Miene. Sie sah auf die Ausbuchtungen unter dem Tuch auf dem Tisch.

Irgendwo unten im Bereich der Eingangstür hörte Fanny ein Knarzen.

Leontine sah auf. «Weil du begreifen musst, wer auf deiner Seite steht ... und wer nicht.»

«Was meinst du damit?»

Leontine ließ ihre Hand unter das Tuch gleiten. «Dass die Wölfe draußen lauern und nicht hier drin.»

Fanny schielte zum Eingang des Sektionssaals. Eine dunkle Silhouette war für einen Moment darin aufgetaucht und drückte sich rasch gegen die Wand. Jemand war gekommen.

24. KAPITEL
LEISE NAHT DER TOD

M*ax!* Fanny hätte am liebsten aufgejubelt, als sie ihn an der Wand des Sektionssaals stehen sah.

Er war es – kein Zweifel. Blass, mit zu Berge stehendem Haar, in dem sich Gesteinsstaub aus den Gängen der Unterstadt verfangen hatte. Er trug noch immer die blutdurchtränkte Uniform. Seine zur Seite geneigte Haltung und die verzerrten Lippen verrieten, dass er Schmerzen hatte. Vermutlich hatte er nur einen Streifschuss abbekommen, aber trotzdem musste er unbedingt versorgt werden.

«Es reicht!», zischte er und fixierte Leontine mit erhobener Pistole. «Sie kommen jetzt mit!» Kurz zuckte sein Blick zu Fanny. Seine grauen Augen weiteten sich erschrocken.

Sie vernahm ein leises Sirren, als würde eine Elfe einen Bogen spannen. Max zuckte kurz und wischte sich über den Hals.

Fanny dachte, sie hätte etwas vorbeizischen gesehen, jetzt war sie sich nicht mehr sicher.

Max schüttelte den Kopf und wandte sich wieder Leontine zu. «Kommen Sie her, sofort!»

«Ich tue, was Sie sagen», entgegnete Leontine sanftmütig. «Tun Sie nur Fanny nichts!»

Max runzelte die Stirn. «Wieso ...»

Fanny wollte ihm schon zurufen, warum er sich so lange Zeit ließ, um Leontine festzunehmen, als sie merkte, dass etwas nicht stimmte.

Max starrte seine Hand an, in der er die Pistole hielt. Diese zitterte und schien sich langsam zu senken. «Was ...?» Max machte einen steifen Schritt auf Leontine zu und blieb stehen. Seine Miene war starr vor Anspannung.

«Was ist mit dir, Max?», rief Fanny.

Er stieß ein Knurren aus, während Leontine auf ihn zu stolzierte. Erst jetzt bemerkte Fanny, dass sie ein hölzernes Rohr in der Hand trug, das fast so lang war wie ihre Beine.

Sie ging seelenruhig auf Max zu, drückte ohne sichtliche Anstrengung seinen Arm hinunter und nahm ihm die Pistole aus der Hand. Die Waffe in ihrer Hand wirkte genauso unpassend wie ein Gänseblümchen in der blutigen Faust eines Schlachters.

Leontine gab ihm einen kleinen Schubs gegen die Schulter, der ihn in die Knie brechen und hintenüberkippen ließ, wo er mit einem tiefen Stöhnen liegen blieb. Seine Glieder sahen aus, als hätten sie nicht mehr die geringste Spannung.

«Max!» Fanny bedachte Leontine mit einem wütenden Blick. Sie erinnerte sich an Kaschinskys Leichnam, seine merkwürdig schlaffen Gliedmaßen.

Curare!

Fanny spürte, wie ihr das Blut aus dem Gesicht wich. Wenn das stimmte, dann würde seine Muskulatur gleich völlig gelähmt sein, auch die der Atmung. Die Ureinwohner jagten damit im Dschungel, anders als bei anderen Giften musste es also schnell wirken, wenn die Beute nicht entkommen sollte, hatte Valdéry gesagt. Von dort stammte wahrscheinlich auch das Blasrohr, vom *Südamerikakrempel* des Professors.

Fanny kniff die Augen zusammen und erkannte eine kleine Wunde an Max' Nacken, am Ansatzpunkt des Musculus trapezius. Der Pfeil musste winzig gewesen sein und war wohl bereits abgefallen.

Max starrte sie panisch an. Seine Nasenlöcher blähten sich. Ein gutes Zeichen, er atmete also noch. Wie viel Pfeilgift war in seinen Blutkreislauf gelangt? Sie musste seine Atmung beobachten. Ihr Nacken schmerzte, weil sie so stark den Kopf verdrehen musste, um Max im Blick zu behalten.

«Hast du das auch mit mir gemacht? Unten in Luchenis Verlies?»

«Aber Fanny, das würde ich nie tun!», erwiderte Leontine unschuldig. «Dir habe ich nur Morphin in den Hals gespritzt. Ich habe erst kürzlich herausgefunden, wie viel effizienter Injektionen sind und wie viel schneller sie wirken.»

Fanny knurrte und begehrte gegen die Gurte auf.

«Ich nehme an, das ist Blaumeise», wisperte Leontine. «Was für ein zähes Vöglein.»

Fanny sah auf. *Blaumeise.* Woher kannte sie diesen Decknamen?

«Dass er uns beide stört, gefiel mir nicht.»

«Uns stört?», fuhr Fanny Leontine an. Sie wusste, dass es nicht vernünftig war, aber sie konnte sich nicht mehr beherrschen. «Du hast mich die ganze Zeit belogen. Dir ging es nur darum, mich von meinen Erkundigungen abzubringen. Ich dachte die ganze Zeit, der Mörder wäre ebenfalls hinter dem Stern her. Dabei stimmte das gar nicht. Du wolltest nur verhindern, dass der Stern gefunden wurde. Weil du ihn die ganze Zeit hattest, weil er deine Schuld am Mord der Kaiserin beweist.»

Sie spähte wieder zu Max und beobachtete beunruhigt dessen flachen Atem. Ein Gurgeln drang aus seiner Kehle. Jemand musste ihn zur Seite drehen. Sie hatte Berichte gelesen von Bewusstlosen, die an ihrer Zunge erstickten. Diese war schließlich ein Muskel wie jeder andere und ebenfalls von der Lähmung durch das Curare betroffen.

«Es klingt furchtbar, wenn du es so erzählst», flüsterte Leontine. Sie war kreidebleich geworden, während sie auf die beiden herabblickte. «Aber eins musst du mir glauben. Von Anfang an war ich etwas mehr als alles andere, und zwar dein Schutzengel. Und der Mann, der hier am Boden liegt, hat dich nur ausgenutzt.»

«Ich weiß ziemlich genau, was für ein Mensch er ist, vielen Dank», schnappte Fanny.

«Ah ja?» Leontine stieß ein spöttisches Lachen aus. «Du weißt nicht, wozu er fähig ist.»

Wieder ein Gurgeln aus Max' Kehle. Sein Atem wurde flacher. Wie furchtbar es sich anfühlen musste, mit wachen Sinnen hilflos dazuliegen, der Substanz ausgeliefert zu sein, die jeden willentlichen Reiz blockierte.

«Halt durch!», krächzte Fanny und stemmte sich so heftig gegen die Gurte, dass sie in die Haut auf ihren Unterarmen schnitten. «Niemand darf mehr sterben wegen dieses verfluchten Sterns!»

«Weißt du, Fanny, es war so.» Leontine begann, im Raum hin und her zu schreiten. «Vor ein paar Monaten, auf dem Ball einer Freundin, forderte mich ein eleganter Herr immer wieder zum Tanz auf. Er war offensichtlich von mir angetan – und ich von ihm. Als er sich kurz entschuldigte und nicht wieder auftauchte, verließ ich den Saal, um ihn zu suchen. Ich fand die Salontür meiner Freundin geöffnet und sah meinen Verehrer an ihrem Telefon stehen. *‹Die Nachricht ist für Blaumeise bestimmt›*, flüsterte er in den Hörer. *Ich bin der Walzerkönig und kann ihm Informationen über den Verbleib des Sterns* *liefern. Wenn er interessiert ist, können wir uns treffen. Als Erkennungszeichen bringe ich eine goldene Strauss-Figur mit und …›*» Leontine blieb stehen und schlang die Arme um sich. «Es war, als würde das Leben, das ich mir aufgebaut hatte, zerbersten. Jemand hatte es gesehen. Jemand konnte mich ans Messer liefern! Ich wusste, ich konnte nicht mehr warten, wenn ich sicher sein wollte, verstehst du?» Fanny wandte nur angewidert den Kopf ab.

«Ich bin zurück auf den Ball geeilt, und als mein mysteriöser Verehrer wieder erschien, ließ ich ihn zappeln. Schließlich lud ich ihn für die kommende Woche in mein kleines Appartement, das ich für die eine oder andere Liebelei unterhalte. Ein Verhältnis entstand, und bei jedem unserer Treffen versuchte ich herauszufinden, was er über den Stern wusste, aber er hat es geschickt vor mir verborgen.»

«Und das hat ihn das Leben gekostet», knurrte Fanny und sah wieder zu Max.

«Das war so nicht geplant», erwiderte Leontine. «Jedenfalls habe ich angefangen, mich nachts ans Institut zu schleichen, las, lieh mir Bücher über Gifte aus und lernte, wie sie einzusetzen waren. Irgendwie musste ich ihn zum Reden bringen. Morphin war naheliegend. Ich konnte es mir in unterschiedlichsten Apotheken besorgen. Niemand fragte je danach. Ich begann, es ihm in den Wein zu mischen. Wenig zuerst, aber er schwieg weiter beharrlich zu diesem Thema. Dann erwischte ich zu viel, und er wurde schläfrig …»

«Und nannte dir den Namen der Madame Adoria.»

«Mein Liebling wurde ganz zahm. Er erzählte mir, Lenore sei besorgt gewesen, weil immer noch Leute nach dem Stern suchten und herausfinden könnten, dass sie den Mord an der Kaiserin mit angesehen hatte. Immerhin sei sie damals schon verheiratet gewesen. Ich gab ihm mehr und fragte ihn nach dem Mann, den er kontaktiert hatte, nach *Blaumeise*.»

Fanny versuchte, ihre Worte zu hören und gleichzeitig den Blick auf Max' Brust gerichtet zu halten, die sich Gott sei Dank immer noch hob und senkte.

«Möchtest du nicht wissen, von welchem dunklen Geheimnis deines Geliebten der Walzerkönig mir erzählt hat?»

Fanny runzelte die Stirn.

Leontine lachte. «Er hatte *alles* über ihn herausbekommen, selbst dass er ein Polizist auf einem Rachefeldzug war. Und noch etwas anderes, etwas sehr Dunkles ...»

«W-wie meinst du das?»

Leontine legte ihren Kopf schräg und ging neben Max in die Knie. Nachdenklich sah sie herab, wie er mühsam nach Atem rang. Er musste alles hören können. Wehrlos. Gefangen im eigenen Körper.

«Wie unsagbar überraschend, die Tiefe der Abgründe hinter menschlichen Augen. Wenn du die Dunkelheit in seinem Herzen kennen würdest, so wie ich ...»

«Du lügst», wisperte Fanny.

«Ich verstehe.» Leontine erhob sich und kam zu ihr herüber. Fanny suchte nach Sarkasmus in ihrer Miene, aber da war nur tiefes Verständnis. «Weil du glaubst, du hättest dich sonst nicht in ihn verlieben können, nicht wahr? Vielleicht ist es die größte Lüge, der wir uns hingeben, dass wir uns nur in gute Menschen verlieben.»

Fanny schnaubte und schüttelte energisch den Kopf.

«Wenn du es wüsstest, würdest du dein Urteil über mich überdenken. Ich habe getan, was ich tat, um mich zu schützen. Er ...» Sie bedachte Max mit einem langen Blick. «Du bist zu gutgläubig, meine Liebe. Er ist deiner nicht würdig.»

Wovon redet sie nur?

«Und jetzt?», fragte Fanny. «Lässt du ihn sterben und mich dazu?»

Leontine runzelte die Stirn. «Dich?» Sie umfasste ihr Gesicht mit den Händen. «Aber niemals doch dich. Ich war dein Schutzengel, die ganze Zeit über. Ich habe alles getan, um dich vor Albin und diesen Zuständen zu schützen. Ich habe dir eine Zukunft geschenkt.»

«Dann lass mich gehen», erwiderte Fanny ruhig.

«Aber natürlich», erwiderte Leontine kopfschüttelnd. «Verzeih mir, dass ich dich hier festgehalten habe, versprich mir das. Du ... du musstest mir nur zuhören.» Ihre Stimme hatte zu zittern begonnen. «Ich wollte, dass du mich verstehst ...»

Fanny starrte sie schweigend an.

«Ich trenne mich von Albin, Geld hin oder her. Einfach neu anfangen! Es ist ... es ist doch noch nicht zu spät für mich, oder?» Sie warf Fanny einen flehenden Blick zu. «Mit deiner Hilfe kann ich meine Fehler vergessen machen. Vielleicht habe ich keine Vergebung für meine Taten verdient, aber sie verblassen zu lassen. Wenn ich dir nur vertrauen könnte ...» Sie biss sich auf die Lippen und fasste Fannys Hand. *«Bitte!»* Zwei Tränen lösten sich aus ihren Augen und rannen ihr über die Wangen.

Fanny atmete tief durch und spürte, wie ihr selbst Tränen in die Augen stiegen. «Vertrauen? Aber all die Toten ...»

«... werden bald schon vergessen sein.» Leontine hatte die Worte mit solch einer Ernsthaftigkeit gesagt, dass Fanny dachte, sie würde ihr etwas antun. Stattdessen löste sie den Gurt um ihre Beine und den um ihren Rumpf. Nur ihre Hände blieben gefesselt.

Ihre Beine schrien vor Schmerz, als sie sie vom Sektionstisch schwang. Ihr ganzer Körper zitterte.

Leontine stützte sie. Die Wärme, die sie ausstrahlte, beruhigte Fanny etwas. Fanny rieb ihre Hände, soweit es mit ihren Fesseln eben ging.

«Hab keine Angst.» Sie nahm Fannys klamme Finger in die ihren. «Niemand wird es je herausfinden.»

Es dauerte eine Weile, ehe Fanny begriff, dass sie ihre Aufmerksamkeit bei den letzten Worten Max zugewandt hatte. Sein Gesicht hatte einen bläulichen Ton angenommen. Er atmete zwar noch, aber zu selten und zu flach.

«Beende es!», wisperte Leontine ihr ins Ohr. «Zeig mir, dass ich dir vertrauen kann, und du wirst frei sein. Wir beide werden frei sein.»

Fanny starrte sie erschrocken an. Verstand sie richtig, was Leontine gerade von ihr verlangte?

«Er stirbt bereits», erklärte Leontine. «Und daran kann niemand mehr etwas ändern.»

«Das wäre Mord!»

«Ich würde es Gnade nennen.»

«Aber ich kann ihn doch unmöglich ...»

«Nur so können wir alles hinter uns lassen.» Leontine half Fanny auf die Füße.

Ihre Beine zitterten so heftig, dass sie gestürzt wäre, wenn Leontine sie nicht gestützt hätte.

«Und bedenke: Hätte er den Stern dort unten gefunden, er hätte dich zurückgelassen.»

Sie ließ für einen Moment von Fanny ab, schritt zum benachbarten Sektionstisch und holte etwas unter dem Tuch hervor. Es war eine Spritze mit einem metallischen Kolben, wie sie sie häufig am Institut verwendeten. Etwa ein Milliliter einer klaren Flüssigkeit war darin aufgezogen.

«Ist das der Rest des Curare?»

«Der Beginn eines neuen Lebens.» Leontine drückte ihr die Spritze vorsichtig in die gefesselten Hände.

Durch die Bewegung bekam Fanny wieder ein wenig mehr Gefühl in den Fingern, und sie konnte das Glas und Metall deutlich auf ihrer Haut spüren. Wie automatisch drehte sie die Spritze, sodass das spitze Ende, die Kanüle, von ihr weg zeigte. Ihr schwindelte. Die hohe Morphindosis, die Unterkühlung … vor ihren Augen begann sich alles zu drehen, und ihr wurde übel. Mit aller Macht zwang sie sich, bei Bewusstsein zu bleiben.

«Erlöse ihn», meinte Leontine. «Gewiss weißt du, dass Curare den Herzmuskel verschont. Tust du es nicht, wird er sich nur noch länger quälen. Dann kannst du einfach nach Hause gehen. Gewiss ist dein Papa schon in Sorge um dich.»

So sehr Fanny sich auch fürchtete, sie begriff, dass Leontine ihr keine Wahl lassen würde. Sie würde sie umbringen, ohne zu zögern. Und Max? Von was für einem dunklen Geheimnis konnte Leontine sprechen? Oder versuchte sie nur, Fanny zu manipulieren?

«Hilf mir», wisperte Fanny und ließ sich von Leontine stützen, während sie zu Max hinübertaumelte.

«Bist du bereit?», fragte Leontine.

Fanny nickte. Sie richtete sich zu ihrer vollen Größe auf und drückte ihre Brust heraus. Leontine wich einen Schritt von ihr zurück, während Fanny Max' reglose Miene fixierte. In manchen Situationen half es einfach, wenn man aufstand, dem Schicksal scharf ins Auge sah und aus voller Brust seine Überzeugung verkündete.

«Ich lasse mich von dir nicht ruinieren!», rief sie. *«Es ist mein Leben, und ich lebe es, wie ich will!»*

Für einen Moment fühlte es sich nicht mehr an, als wäre sie an den Händen gefesselt. Sie war wieder Herrin ihres Schicksals geworden. Als sie in sich hineinhorchte, fand sie den Mut zu tun, was nötig war.

Sie ging neben Max in die Knie. Tränen rannen ihr über die Wangen, aber es gab keinen anderen Weg, nicht mehr.

«Es tut mir leid», sagte sie leise und stach ihm die Spritze in den Oberschenkel.

25. KAPITEL
DER STILLE PRINZ

Für eine Weile kniete Fanny einfach neben ihm, sah zu, wie er nach dem Stich für einen kurzen Moment wieder schneller zu atmen schien, als hätten Schmerz und Panik die Oberhand über das Gift bekommen, und wie sein Atem dann allmählich wieder langsamer und flacher wurde. Leontine beobachtete sie mit Argusaugen und nickte zufrieden, während Max' Brustkorb sich kaum noch hob und senkte.

Als die letzte Luft mit einem stimmlosen Seufzen aus seinen Lungen entwich, schloss Fanny die Augen.

«Komm!»

Leontine half ihr wieder auf die Füße. Das schnelle Aufstehen führte dazu, dass Fanny schwindlig wurde, aber sie klammerte sich mit aller Macht an das Hier und Jetzt.

Sie zitterte am ganzen Körper.

«Setz dich, meine Kleine, ich befreie dich.»

Fanny lehnte sich gegen den Sektionstisch, während Leontine den Ledergurt öffnete, der ihre Handgelenke zusammenband.

Fannys Finger kribbelten schmerzhaft, als sich die Taubheit aus ihren Händen zurückzog. «Und jetzt?», fragte sie tonlos.

«Wir haben es geschafft!» Leontine ergriff ihre Hand. «Jetzt müssen wir nie wieder an all die furchtbaren Dinge zurückdenken. Jetzt beginnt ein neues ...» Sie zuckte zusammen, dann sah sie an sich herab. Aus der Haut ihres Handrückens kämpfte sich ein winziger Tropfen Blut. Erschrocken riss sie die Augen auf.

Fanny richtete sich auf und schleuderte die Spritze von sich.

«Was hast du getan?», keuchte Leontine.

Fanny ignorierte sie und drängte sich an ihr vorbei. «Halt durch, Max!» Sie kauerte sich neben ihm auf den Boden. Er sah tot aus, reglos, blau angelaufen. Seine Augen blickten starr zur Decke. Aber das konnte täuschen, es *musste* täuschen. Das Herz schlug vielleicht noch. Keine Zeit, es zu überprüfen. Er brauchte Luft!

Fanny dachte nicht lange nach, legte die Lippen auf seine und wollte ihm Luft in die Lungen blasen.

Irgendetwas stimmte nicht, ihr Atem strich an ihren Wangen vorbei, ohne in Max' Lunge zu strömen.

Die Zunge.

Fanny drehte ihn zur Seite, drückte seine Zunge nach unten und versuchte es noch einmal.

Diesmal funktionierte es. Sie sah, wie sein Brustkorb sich durch ihren Atem füllte und leicht hob.

Gleich noch einmal!

Klamme Finger legten sich mit einem Mal um ihren Hals und rissen sie zurück.

Fanny röchelte und wollte sich wehren, aber es war, als würde das bisschen Kraft in ihrem Körper sofort aus ihren Gliedern weichen, während Leontine ihr die Luft abdrückte.

«Du verräterisches kleines Ding!»

Fanny krallte ihre Finger in Leontines und versuchte sie zu lösen, aber ihr Druck war eisern.

«Ich habe dir eine Zukunft geschenkt!» Leontines Stimme klang heiser, gebrochen.

Fanny hätte abwarten müssen, ob das Curare Wirkung zeigte, das sie Leontine in den Handrücken gespritzt hatte. Tief drinnen hatte sie das gewusst. Aber wie hätte sie auch nur einen Moment verschwenden können, wo für Max jeder Wimpernschlag zählte?

Fannys Arme sanken schlaff herab. Unter sich sah sie nur den Fliesenboden des Sektionssaals, getrocknetes Blut in den Fugen. Alles in ihr wollte sich aufbäumen, Luft einsaugen, aber da war keine Kraft mehr. Sie konnte nicht.

Ihr Sichtfeld schien sich rapide zu verkleinern. Leontines Finger um ihren Hals spürte sie nicht mehr. Vielleicht eine letzte Gnade, kurz vor dem Ende. Sie hatte das Gefühl zu fallen, tiefer und immer tiefer.

Und dann schlug sie auf.

Fanny sog tief die Luft ein und griff sich an den Hals. Sie kauerte am Boden. Dass sich der Griff gelockert hatte, war keine Einbildung gewesen. Sie atmete gierig ein und sah förmlich vor sich, wie ihre Lungenbläschen sich wieder mit Sauerstoff füllten und diesen in ihre Kapillaren drückten.

Leontine lehnte halb am Sektionstisch und beobachtete mit starrer Miene, wie ihre Arme sich senkten, als zögen unsichtbare Gewichte an ihnen. Auch ihre Beine schienen ihr Gewicht nicht mehr tragen zu können. «So ... undankbar», wisperte sie.

«Du hast mir keine Zukunft geschenkt», hauchte Fanny. «Du hast meinen Traum zerstört.»

Sie sah nicht mehr zu, wie Leontine zu Boden ging, sondern kroch zu Max hinüber. Sie schaffte kaum, ihn zu beatmen, so sehr rang sie selbst noch nach Luft, aber sie musste es tun.

Sie wusste nicht, wie viele Atemzüge sie ihm so schenkte. Sie wusste, dass sie seinen Puls fühlen sollte, aber gleichzeitig fürchtete sie sich vor dem vergeblichen Warten auf das Schlagen seines Herzens.

Wie lange mochte das Curare sich in seinem Organismus halten? Sie hatte die Spritze kaum gedrückt, aber das Gift von Leontines Pfeil wirkte noch in seinem Körper. Eine Beatmung dieser Art mochte eine gewisse Überbrückung darstellen, aber selbst wenn Max noch lebte und sie nicht schon die ganze Zeit einen Toten küsste – Fanny dankte ihrem Verstand für dieses erhebende Bild –, dann würde sie ihn so nicht ewig am Leben erhalten können.

Fanny hörte Geräusche im Treppenhaus. Sie sollte verschwinden, sich verstecken, aber sie konnte ihn nicht einfach so im Stich lassen. Er war hierhergekommen, um sie zu retten, dunkles Geheimnis hin oder her.

Schritte näherten sich über den Gang, und dann erschienen zwei Gestalten im Eingang des Sektionssaals. Fanny blickte auf in der Erwartung, Polizisten oder Professor Kuderna auftauchen zu sehen, doch stattdessen ...

«Fanny!», rief Tilde.

«Du meine Güte», hauchte Schlomo mit ungewohnt blasser Miene und sah sich um. «Das ist ja wie bei Hamlet, nur real.»

Die beiden wirkten, als hätten sich zwei Farbkleckse in eine Kohlezeichnung verlaufen.

Fanny hätte jauchzen mögen, dass sie wohlauf waren, sie hätte sie gern mit allen möglichen Fragen bestürmt, aber für all das blieb keine Zeit. «Schnell», krächzte sie. «Ich brauche eure Hilfe. Jemand muss Max beatmen!»

In Tildes Miene machte sich Bestürzung breit. «Oh, er ist doch nicht etwa ...»

«Ich weiß es nicht», unterbrach sie Fanny. «Bitte, ihr müsst ...» Ihr wurde bewusst, dass sie keine Ahnung haben konnten, wie man jemanden beatmete, also zeigte sie es ihnen einfach an Max.

«Ich mach das», erklärte Schlomo und schob Tilde zur Seite. Er kauerte sich neben Fanny auf den Boden.

Fanny ergriff seine Hand. «Bei jedem Ausatmen! Ich bin gleich zurück!» Sie wandte sich an Tilde. «Sieh nach Leontine, aber pass auf, sie ist ... unglaublich gefährlich.»

«Was soll ich denn genau tun?»

«Nur nachsehen, ob sie atmet, aber komm ihr nicht zu nah!»

Fanny kroch zum nächsten Seziertisch und zog sich in die Höhe. Wieder dieser Schwindel. Wahrscheinlich eine Hypotonie, ein massiv in den Keller gerasselter Blutdruck.

Sie taumelte mehr, als dass sie lief, und stützte sich an den Wandregalen ab, sobald sie sie erreicht hatte, und riss sie auf.

Inmitten von Valdérys Kram entdeckte sie die Flasche, die sie gestern schon dort gesehen hatte. *Physostigmin.*

Das giftige Gegengift.

Sie schnappte sich eine Spritze, öffnete die Flasche und zog ein paar Milliliter der Lösung auf.

«Fanny?» Tildes Stimme klang unsicher. «Ich glaube, sie atmet nicht mehr.»

Fanny antwortete nicht, sondern schlurfte rasch zu Max zurück. «Nicht aufhören, Schlomo, egal, was passiert, mach einfach weiter», flüsterte sie und kauerte sich neben die beiden hin.

«Erwache, holder Prinz», hauchte ihr Cousin und beatmete Max erneut.

Fanny hob eine Augenbraue, krempelte Max' Uniform bis

zu den Ellenbogen hoch und suchte nach einer Vene. Während des Studiums war sie ganz gut darin gewesen, die Gefäße mit einer Nadel zu treffen, aber seither hatte sie es nie wieder gebraucht, und ihre Hände hatten auch nicht so gezittert wie gerade.

«Fanny?», hörte sie Tildes Stimme, versuchte sie aber auszublenden und atmete aus.

Sie stach entlang des Verlaufs einer bläulich schimmernden Ader in Richtung Ellenbogen und zog ein wenig an dem Kolben der Spritze. Blut mischte sich in das klare Physostigmin in der Spritze. Die Nadel saß also.

Fanny drückte eine kleine Menge des Gegengifts in Max' Vene.

Nichts geschah. Max lag noch immer schlaff vor ihnen, mit bläulich angelaufenem Gesicht, wie die Leichen des Walzerkönigs und der Madame Adoria.

Injizierte man etwas direkt in den Blutkreislauf, wirkte es normalerweise im selben Moment. Ein bitterer Geschmack breitete sich in Fannys Mund aus.

Zu spät.

Dabei hatte sie selbst unter Leontines prüfendem Blick darauf geachtet, Max nur eine möglichst geringe Menge Curare zu verabreichen, aber es half nichts. Das Risiko für ihren waghalsigen Plan hatte Max getragen. Und nun endgültig dafür bezahlt.

Sie drückte ein weiteres bisschen in seinen Blutkreislauf.

Nichts.

Schlomo beugte sich über Max und beatmete ihn erneut.

«Max, wenn du mich hören kannst, *atme!*», rief Fanny. Sie stabilisierte die Spritze, so gut es ging, mit einer Hand und fühlte mit der anderen den Puls. Fannys Befürchtungen bestätigten sich.

Stillstand.

Leere.

«Max, bitte!», hauchte sie, während ihr die Tränen über die Wangen liefen.

Sie konnte ihn doch nicht so einfach verloren haben!

Tilde sagte irgendetwas, vermutlich, dass sie versuchte, Leontine zu beatmen, aber Fanny hatte nicht die Kraft zu reagieren. Hatte sie so lange gekämpft, um nun den ersten Mann, für den sie mehr als Freundschaft empfand, unter ihren Armen wegsterben zu lassen? Das durfte nicht sein. Aber selbst wenn Max atmen könnte – ohne dass sein Herz schlug, würde das nichts nutzen.

Verdammt, wenn sie nur in seinen Brustkorb hätte hineinfassen können, wie das bei ihren Obduktionen möglich war! Sie würde sein Herz drücken und vielleicht den letzten Lebensfunken darin wieder zum Aufflammen bringen. Das Herz war eine eng verflochtene Struktur aus erregungsbildenden Strukturen und Muskeln, wenn sie nur irgendwie einen solchen Erregungsimpuls erzeugen könnte ...

Ein letzter Lebensfunke ... Der Gedanke brachte eine Erinnerung zum Schwingen. Vielleicht musste sie Max' Herz gar nicht in der Hand halten. Es gab einen anderen Weg und den hatte sie in ihrem Lieblingsbuch gelesen. *Die Frau als Hausärztin.*

Wenn man mit beiden Handflächen die Eingeweide in die Höhe schiebt und nach links aufwärts drückt, dann plötzlich loslässt. – Dadurch wird das Herz hinauf und hinunter geschoben. Ist noch ein Funken Leben vorhanden, so sind solche Anregungen wohl imstande, Atmung und Herzschlag wieder in Gang zu bringen.

Fanny verlor keine Zeit, schob Schlomo zur Seite, legte ihre Handflächen übereinander auf Zwerchfellhöhe und begann, stoßweise Druck auf den Brustkorb auszuüben.

Immer weiter.

«Gib ihm wieder Luft!», krächzte sie.

Schlomo tat wie ihm geheißen, während Fanny kurz pausierte.

Es funktionierte nicht. Sie hatte ihn verlor... Sie runzelte die Stirn. Für einen Moment vermeinte sie, ein Beben des Brustkorbs wahrzunehmen, wie das Zittern nach einem Herzschlag.

Max' Körper bäumte sich auf. Fanny und Schlomo zuckten erschrocken zurück. Er sog verzweifelt Luft ein.

«Max!»

«Ich hab ihn wachgeküsst», rief Schlomo.

«Du lebst!», hauchte Fanny. Sie stützte Max, ließ ihm Raum zum Atmen, und genau das tat er, als gäbe es kein Morgen. Einfach nur atmen.

Nach einer Weile schlang er seinen zitternden Arm um Fanny, drückte sie an sich.

«Danke», flüsterte er ihr zwischen seinem Keuchen ins Ohr. «Danke.»

«Gott sei Dank!»

«Geht es ihm gut?», rief Tilde.

Schlomo ließ seinen Blick über Max' bebende Gestalt wandern. «Sagen wir, es wird ihm gutgehen ... vielleicht.»

«Fanny, was ist mit ihr? Ich hab Luft in sie hineingeblasen, aber nichts passiert.»

«Atme einfach weiter», erwiderte Fanny, strich Max über die Schläfen, dann nahm sie die Physostigmin-Spritze und ging zu Tilde hinüber.

Leontine lag mit abgespreizten Gliedmaßen auf dem Rücken und starrte ins Leere. Ihr Kleid sah aus, als wäre ein Schachbrett auf dem Boden des Instituts zerflossen.

Es widerstrebte Fanny zutiefst, sie zu retten, aber das musste sie beiseiteschieben. Sie war Ärztin, nicht Richterin.

«Mach einfach weiter mit dem Beatmen», sagte Fanny zu Tilde, während sie sich neben Leontine niederließ.

Bei Wiederverwendung der Spritze bestand die Gefahr einer Infektion, aber dieses Risiko schien Fanny vergleichsweise gering. Sie suchte in Leontines blassen Armen eine Vene, fand sie und spritzte ihr den Rest des Gegengifts.

Während Tilde sie beatmete, fühlte Fanny Leontines Puls.

Nichts.

Sie versuchte, die Erleichterung in ihrem Inneren zurückzudrängen. Sie legte ihre Handflächen auf Zwerchfellhöhe an, wie sie es bei Max getan hatte. Aber anstatt die Haut unter dem Stoff zu fühlen, spürte sie etwas Hartes.

Fanny hielt kurz inne, dann wanderte sie mit ihren Handflächen einen Deut nach links und fuhr mit der Brustkorbmassage fort.

Sie versuchte es so lange, bis sie das Gefühl in ihren Armen verlor. Immerhin wurde ihr durch die körperliche Aktivität wieder wärmer. Irgendwann zog Tilde sie von Leontines leblosem Körper zurück.

«Ich glaube, sie ist tot.» Tilde schien einen Moment nach aufmunternden Worten zu suchen. «Immerhin ist ihre Leiche hier schon am richtigen Ort.»

Fanny lächelte erschöpft und tat, was sie schon hatte tun wollen, als Tilde und Schlomo hereingelaufen kamen, sie umarmte ihre Freundin fest.

«Ich bin so froh, dass es dir gutgeht!»

Max hatte sich inzwischen mit Schlomos Hilfe aufgesetzt und gegen den Fuß eines der Sektionstische gelehnt. Immerhin war sein Gesicht jetzt wieder blass anstatt zyanotisch. Eine ziemliche Verbesserung.

Fanny löste sich von Tilde. Obwohl es ihr unangenehm war, fasste sie der toten Leontine in den Ausschnitt.

Sie ertastete eine Stofftasche, die in das Kleid eingenäht war. Dick genug, dass sich der Inhalt nicht durchdrückte oder an ihrer Haut scheuerte. Sie fummelte ein wenig an den kleinen Knöpfen herum, fasste in die Tasche hinein. Ihre Finger schlossen sich um kühle Zacken.

Fanny wäre nicht überrascht gewesen, wenn Leontine in jedem ihrer Kleider ein derartiges Versteck gehabt hätte. So hatte sie ihr wertvollstes Kleinod über all die Jahre versteckt – immer an ihrem Herzen. Kalt wie eine der Schalen, die sie bei der Obduktion benutzten.

Langsam zog Fanny den Stern heraus und besah ihn sich, die Perle in der Mitte, die vielen kleinen Diamanten.

Das Gefühl war nicht einmal annähernd so erhebend wie das, ein menschliches Herz zu halten. Gegen die Genialität, die jedem menschlichen Organ innewohnte, wirkte der Stern geradezu ... *plump*.

Wie hatte eine kluge Frau wie Leontine so viele Menschen töten können wegen dieses albernen Dings? Fanny schüttelte den Kopf.

«Was ist?», fragte Tilde, die den Stern mit mildem Interesse musterte.

«Sie hätte ihn wegwerfen können, jederzeit. Nichts hiervon hätte passieren müssen.»

Stattdessen wollte Leontine ihn um jeden Preis behalten. Als Zeichen ihres Triumphs und ihrer Rache. Vielleicht unterschied Fanny sich doch mehr von Leontine, als diese gedacht hatte.

Fanny sah in ihre leeren Augen. Ein Hauch von Wehmut mischte sich in ihre Erleichterung. Hätte sie in ihr wirklich eine Freundin haben können, wenn alles etwas anders abgelaufen wäre?

Sie war sich nicht sicher. Wann hatte sie sich besonders für

Fanny zu interessieren begonnen? Auf Onkel Frederiks Geburtstagsfeier, wo sie Fanny überreden wollte, die Gerichtsmedizin zu verlassen. Nicht, weil sie sie fördern wollte. Sie hatte bereits geahnt, dass sie ihre ersten beiden Mordopfer obduziert hatte, und wollte sie aus dem Weg wissen. Fanny hatte jedoch abgelehnt und wurde durch Leontines Zutun entlassen.

Aber dann ... ihre Einladung in den Salon als Rednerin und die Tatsache, dass sie sie im Tunnel nur betäubt hatte, nachdem sie auf Max geschossen hatte.

«Ich kann mir gar nicht vorstellen, was sie alles getan hat», murmelte Tilde.

«Ich wünschte, ich könnte dasselbe sagen.»

Fanny richtete sich auf, schlurfte erschöpft zu Max hinüber und ging vor ihm in die Hocke.

«Fanny ...»

«Wir müssen diese Wunde versorgen», erklärte sie schlicht.

«Es war nur ein Streifschuss.»

«Auch der kann sich entzünden.»

Max betrachtete sie einen Moment lang schweigend. «Fanny, was sie über mich gesagt hat, das ...»

«... ist jetzt nicht wichtig.»

Leontines Furcht, entdeckt zu werden, hatte sie die Abgründe in den Seelen der Menschen suchen lassen. Und diese Abgründe existierten, dessen war Fanny sich bewusst. Aber bei den meisten Menschen, Gott sei Dank, war etwas anderes stärker.

Sie drückte den Stern in seine immer noch zittrige Hand. «Er gehört dir», wisperte sie.

Max drehte ihn in seinen Fingern, streifte ihn mit einem kurzen Blick und sah Fanny dann fragend an.

«Weißt du», ein Lächeln breitete sich auf Fannys Gesicht aus, «ich hab wirklich genug von diesem Ding.»

26. KAPITEL

WIENER BLUT

Sie hatten sich auf eine Geschichte geeinigt, die sie gemeinsam erzählen wollten. Diese konnte Teile der Wahrheit beinhalten, doch gewiss nicht alle.

So würde in dem offiziellen Polizeibericht nichts von einem unterirdischen Verlies stehen, nichts von Lucheni, nichts von der Gesellschaft des Grafen Waidring. Auch von Kaschinsky und Kaltenecker wäre nicht die Rede.

Man konnte darin von der Prosekturgehilfin Fanny Goldmann lesen, die Seltsames beobachtet hatte: das oft späte Auftauchen der Madame Kuderna an der Wiener Gerichtsmedizin, eine Häufung von Todesfällen, bei denen bei näherer Analyse durch ebenjene Prosekturgehilfin der Verdacht aufkam, es wäre mit Gift nachgeholfen worden. All das hatte sie dem befreundeten Polizeibeamten Inspector Maximilian Meisel anvertraut, der der Sache in aller Diskretion nachgegangen war.

Er hatte die von Fräulein Goldmann angefertigten Berichte gesichtet und gegen Madame Kuderna ermittelt. Diese, so stellte sich heraus, unterhielt eine Affäre mit einem bekannten Betrüger, dem Walzerkönig, der sie, so wurde vermutet, erpresste, was sie zu ihrem ersten Mord veranlasste. Der zweite Mord, eine ihr bekannte Hotelerbin, musste wohl ebenfalls gedroht haben, die Affäre in der Wiener Gesellschaft publik zu machen, und wurde daher, nach einer Einladung zum Kaffee, ebenfalls Opfer eines Giftanschlags.

Als Madame Kuderna am Morgen des Ostersonntags an die Gerichtsmedizin zurückkehrte, um einige der Gifte sowie toxikologische Fachliteratur zurückzubringen, wurde sie dort von Inspector Meisel und Frau Goldmann erwartet.

Sie schoss auf Inspector Meisel, der sie mit ihren Taten konfrontiert hatte, und vergiftete sich selbst mit der Substanz, die sie zuvor entwendet hatte, um der Festnahme zu entgehen.

Fanny wusste, dass die Geschichte alles andere als wasserdicht war. Hilfreich war gewesen, dass die Polizei Leontines Appartement aufgespürt und dort Morphinvorräte, Spritzen und medizinische Bücher gefunden hatte.

«Wollen S' dem Bericht noch etwas hinzufügen?», fragte ein Polizist mit buschigem Schnauzer und beugte sich ein wenig nach vorn.

Fanny saß ihm gegenüber, vor einem schweren Pult. Ein Schreiber hockte neben dem Polizisten, vor einer schwarzen Schreibmaschine mit goldenen Tasten.

Im Polizeirevier roch es nach einer betörenden Mischung aus Schuhpolitur und Pfeifenrauch.

Fanny sah auf und betrachtete Max, der am anderen Ende des geschäftigen Raums ebenfalls befragt wurde. Er stand stramm, mit hinter dem Rücken verschränkten Armen, während sein korpulenter Vorgesetzter um ihn herumschritt und ihn immer wieder anbrüllte.

Ihre Blicke trafen sich für einen Moment. Er zog einen Mundwinkel unmerklich nach oben. Fanny erwiderte sein Lächeln nicht. In dem Bericht fand sich kein Wort über den Stern. Kein Wort über die Kaiserin. Max hatte sich wohl entschieden, seinen Plan durchzuziehen.

«Fräulein Goldmann?»

«Nein», erwiderte sie. «Möchte ich nicht.»

«Hat er Ihnen gegenüber erwähnt, dass er seine Ermittlungen nicht seinen Vorgesetzten gemeldet hat?»

Darüber hatten sie vorab gesprochen. Sie schüttelte den Kopf.

«Wieso hat er Sie eigentlich mitgenommen, auf das Institut?»

«Damit ich ihm aufsperre, denke ich.»

Der Polizist verengte einen Moment die Augen, als könne er die Würgemale unter ihrem hohen Kragen sehen. Ansonsten deutete nichts mehr auf die Strapazen hin, die sie durchlebt hatte. Gretes Küche und viel Schlaf hatten sie erstaunlich rasch wieder auf die Beine gebracht.

«Einer von den Ärzten hat gemeint, Sie hätten auch von einer weiteren Leiche, von einem Bordellbesitzer, behauptet, man hätte ihn vergiftet.»

«Wissen Sie, Herr Inspector», Fanny trommelte mit den Fingern auf das Pult und lächelte, «ich bin doch nur eine Gehilfin.»

«Fällt Ihnen ein bisserl spät ein», grunzte der Polizist unwirsch. Er wandte sich an den Schreiber. «Fragt sich nur, was wir mit dem Hunderl von dem machen sollen. Hat keine Angehörigen, und die Kanzleischreiber oben können kaum arbeiten, weil's ständig jault.»

«Verzeihen Sie», piepste Fanny. «Ich ... suche schon länger einen Hund.»

Der Polizist wackelte entnervt mit der Hand. «Nehmen S' ihn sich nachher mit, in Gottes Namen. Es wird Sie niemand aufhalten.» Er räusperte sich. «Also weiter. Wann haben Sie Inspector Kaltenecker das letzte Mal gesehen?»

Fanny dachte eine Weile nach. «Am Karsamstag.»

Lebend und dann tot.

«War er manchmal am Institut, wenn die Madame ebenfalls da war?»

Fanny nickte.

Der Polizist blies langsam die Luft aus, während der Schreiber Fannys Angaben in die Schreibmaschine tippte. «Wahrscheinlich hat sie den irgendwo verscharrt, den vernarrten Aff'», brummte er, an den Schreiber gewandt. «Das war's, vielen Dank!» Der Polizist wedelte ungeduldig mit der Hand.

Fanny stand langsam auf.

«Manche Weibsbilder kommen auf die wüstesten Ideen, wenn's die Hausarbeit nicht selbst machen», brummte er an den Schreiber gewandt. «'s ist nicht natürlich.» Er hob den Kopf, als er Fannys Blick bemerkte. «Gibt's noch was?»

«Wäre ich Ihre Frau, ich käm auch auf wüste Ideen», sagte Fanny, drehte sich um und ging hinaus.

Mit einer Holzkiste auf den Armen, in der ein aufgeregt hechelndes, weißes Fellknäuel saß, verließ sie kurz darauf das Polizeirevier.

Mit Max würde sie sich später treffen, jetzt wartete erst einmal Tilde auf der belebten Josefstädter Straße auf sie.

«Oh, ist der *herzig*!», rief Tilde und streichelte den Bichon-Frisé-Welpen, der ihr schwanzwedelnd die Hand leckte.

«Ich konnte ihn dort nicht lassen», meinte Fanny. «Und irgendwie habe ich das Gefühl, er würde gut zu Schlomo passen.»

«Du hast recht, der könnte ihm jede Woche eine andere Frisur machen», stimmte Tilde zu.

Gemeinsam schlenderten sie die Straße hinunter.

Tilde hatte ihr inzwischen erzählt, wie Schlomo und sie vor dem Tunnel auf Fannys Rückkehr gewartet hatten. Stattdessen hatte sich irgendwann ein blutender Max durch den

Ausgang im Burgtheater geschleppt. Um wieder durch die Lüftung in den Volksgarten zu klettern, hatte ihm die Kraft gefehlt. Er hatte die Entführerin noch gesehen, bevor er getroffen geworden war. Madame Kuderna. Er hatte sie flüchtig auf dem Sommerfest gesehen, und ihr Name war den großbürgerlichen Familien im Cottageviertel geläufig. Zuerst hatte er die beiden in den Gängen der Unterstadt gesucht und war irgendwann auf den Ausgang im Burgtheater gestoßen.

Schnell war ihnen klargeworden, dass es nicht viele Orte gab, an die Leontine Fanny bringen konnte, jedenfalls nicht in das mondäne Haus der Kudernas, wo es gewiss aufgefallen wäre, wenn sie eine bewusstlose Frau angeschleppt hätte.

Sie waren gemeinsam zum Institut gefahren, wo Max ihnen eingeschärft hatte, draußen zu warten und zu verhindern, dass irgendjemand das Gebäude betrat. Und unter keinen, *absolut keinen* Umständen durften sie ihm folgen.

Fanny musste lächeln. Natürlich wusste Max nicht, dass er Tilde damit faktisch eingeladen hatte, genau das zu tun.

«Und, wozu hast du Lust?», fragte Tilde. Die Luft war schwer von Blütenduft aus dem nahen Rathauspark. Schwärme von Mauerseglern schossen schrill rufend an den Häuserfronten entlang.

«Wie wäre es, wenn wir heute ins Theater gehen?»

«Das klingt wundervoll! Schlomo besorgt uns gewiss gute Karten. Er sagt, er kennt in der Nähe des Theaters einen kleinen Weinkeller, in dem sich die Schauspieler gern nach der Vorstellung treffen. Gewiss würde er uns …» Sie hielt in ihrer Begeisterung inne und streifte Fanny mit einem Seitenblick. «Nur Theater wäre auch gut, wenn dir das noch zu viel ist.»

«Nein», erwiderte Fanny. «Ehrlich gesagt, klingt das himmlisch.»

Fanny war selbst etwas überrascht über ihre Antwort.

Noch vor ein paar Monaten hätte sie der Gedanke, abends mit Schauspielern Wein trinken zu gehen, eher erschreckt. Sie hätte befürchtet, kein Wort herauszubringen. Hätte an ihrem Aussehen gezweifelt und die Minuten gezählt, bis sie sich nach Hause retten konnte. Jetzt spürte sie nichts als entspannte Neugier.

Eine Weile flanierten sie schweigend nebeneinanderher.

«Fanny?»

«Ja.»

«Danke.»

«Dafür, dass ich dich in letzter Zeit so oft in Gefahr gebracht und dein Leben riskiert habe?»

Sie musste an den Albtraum mit Waidring denken. Diese Träume suchten sie nicht mehr jede Nacht heim. Dafür träumte sie manchmal von Leontine. In einem wallenden Kleid aus Gold, als wäre sie einem Gemälde Gustav Klimts entsprungen, streckte sie ihre blassen Arme nach Fanny aus.

«Aber ja», entgegnete Tilde versonnen. «Seit wir in dieses Abenteuer geraten sind, fühlt sich alles so viel *lebendiger* an. Früher ...» Sie stockte, und Fanny glaubte, etwas in ihren Augen glitzern zu sehen. «Manchmal habe ich mich gefühlt wie eine Blume, die auf einem kargen Felsen blüht, wo niemand sonst sie sehen kann.»

Fanny wollte widersprechen. Wenn eine Blume, dann war Tilde eine, die wegen ihres betörenden Dufts ständig von Hummeln umschwärmt wurde. Aber dann sah Fanny sie allein im riesigen Stadthaus ihrer Eltern sitzen. Vielleicht hatte Fanny unterschätzt, wie einsam sie sich wirklich gefühlt hatte. Daher vermutlich die vielen belanglosen Verabredungen.

«Wenn du auf einem kargen Felsen wächst, würde jeder dort hinaufklettern, nur um dich sehen zu können», erklärte sie.

Tildes Miene leuchtete auf. «Weißt du, Schlomo meinte … Er sagt, er kennt einen Regisseur im Theater an der Josefstadt, gleich die Straße hinunter. Wenn ich will, dann könnte ich ihm assistieren. Unbezahlt natürlich.»

Fanny sah sie überrascht an.

«I-ich weiß, es ist eine alberne Idee. Wer glaubt schon, dass *ich* so was könnte. Aber gefreut hat mich das Angebot trotzdem.»

«Bist du von allen guten Geistern verlassen?», fragte Fanny. «Und ob du das Angebot annimmst!»

«Aber …»

«Tilde, du wirst dich *wunderbar* machen. Vielleicht bringst du es gar einmal zur Regisseurin.»

«Glaubst du?»

«Ja», lachte Fanny. «Oh ja, das glaube ich.»

Der Welpe kläffte bekräftigend und stemmte sich mit seinen Vorderpfoten auf den Rand der Kiste, damit er mehr sehen konnte.

Fanny konnte sich ein Grinsen nicht verkneifen. «Was für ein Stück sehen wir uns eigentlich heute an?»

Tilde kicherte. «Eines, das uns überaus gut gefallen wird.»

Fanny hatte mittlerweile begriffen, dass genau diese Antwort Tildes Liebe fürs Theater ausdrückte, dass sie es gar nicht zu wissen brauchte, dass sie lieben würde, egal was die Schauspieler an diesem Abend auf die Bühne zaubern würden.

Drei Wochen lang erlaubte Fanny sich, einfach in den Tag hinein zu leben und sich von den Strapazen zu erholen.

Das wäre gewiss nicht so einfach gewesen, wenn Max nicht gleich nach seiner Entlassung aus dem Allgemeinen Krankenhaus, wo man seine Schusswunde behandelt hatte, zu ihnen in die Wohnung gekommen wäre.

Mit größter Ernsthaftigkeit hatte Max ihrem Vater erklärt, wie Fanny geholfen hatte, eine Mordserie aufzuklären, und wie sehr sie dafür seine Dankbarkeit verdient hatte.

Ihr Vater hatte Max und sie abwechselnd mit finsterem Blick angestarrt. Dass seine Tochter sich ohne sein Wissen in so große Gefahr begeben hatte, schien ihn zu beschäftigen und ließ ihn sich machtlos fühlen. Ein Gefühl, das Fanny zu gut nachvollziehen konnte. Ein Grund mehr, ihm nicht zu erzählen, wie groß die Gefahr wirklich gewesen war.

Jedenfalls kümmerte er sich rührend um seine Tochter. An der Hälfte der Wochentage holte er ihnen vom Bäcker ein Frühstück, das er Fanny mit selbst gekochtem Kaffee ans Bett servierte, das hieß, wenn es nicht vorher einem Überraschungsbesuch von Tante Agathe zum Opfer fiel.

Fanny nutzte die Zeit, las und zeichnete viel, hauptsächlich Bleistiftzeichnungen von Szenen, die sie in den letzten Wochen erlebt hatte, die sie jedoch niemandem zeigte.

Besonders viel Zeit ließ sie sich für ein Bild von Leontine, wie sie lachend einem Tennisball hinterherjagte.

Man konnte es beschönigen, wie man wollte, aber Fanny hatte Leontine ermordet. Hätte sie sich anders entscheiden können, ohne dabei Max' oder ihr eigenes Leben zu opfern? Ihr wollte kein anderer Weg einfallen, trotzdem konnte sie nicht aufhören, darüber nachzudenken.

Sie machte gerade ein paar letzte Radierungen an Leontines Augen, als es an ihrer Zimmertür klopfte.

«Komm rein», sagte Fanny und ließ die Zeichnung in einer Mappe verschwinden.

Das Gesicht ihres Vaters tauchte in der Tür auf. «M-möchtest du mit?»

«Wohin gehst du denn?», fragte Fanny neugierig.

«Maria.»

«Ich denke, Frau Meisel und du, ihr kommt bestimmt gut allein zurecht», erwiderte Fanny und grinste. Natürlich wäre es eine Gelegenheit, Max zu treffen. Wenn sie ehrlich war, verging kein Tag, an dem Fanny nicht an ihn dachte und gern Zeit mit ihm verbracht hätte.

Sie hatte sich selbst auferlegt, eine Weile Abstand zu halten, obwohl sich das anfühlte, als würde es sie innerlich zerreißen. Sie wollte nicht wissen, was Max mit dem Stern der Kaiserin anstellte, ob er ihn schon den Betrügern verkauft hatte, die er dann auffliegen lassen wollte – und mehr als alles andere, sie wollte nichts mehr mit diesem elenden Schmuckstück zu tun haben.

«N-nicht nur so», sagte ihr Vater. «Sie ... brauchen Hilfe.»

«Warum denn?», fragte Fanny alarmiert und sprang auf. Hatte sich Max' Wunde vielleicht infiziert? Oder ging es seiner Mutter schlecht?

Ihr Vater hob beschwichtigend die Hände. «Sie ziehen um.»

Die Worte hingen eine Weile in der Luft, ehe Fanny begriff, was sie bedeuteten.

«Aber ... ihr Haus!»

Ihr Vater schüttelte betreten den Kopf.

«Oh!» Fanny strich sich das Kleid glatt. «Natürlich, ich komme mit!»

27. KAPITEL
DIE SPIELE BEGINNEN

Die Villa der Meisels war beinahe schon leer geräumt, als sie ankamen. Zwei von Kaltblütern gezogene Lastkutschen standen vor dem Anwesen, voll beladen mit Möbeln und sonstigem Hausrat. Fanny erkannte die Jugendstil-Sitzgarnitur, die Max ihr im Salon des Hauses gezeigt hatte.

Wer würde sich in Zukunft an dem Kirschbaum und dem kleinen Brunnen mit dem Vogelhaus erfreuen?

Max' Mutter kam ihnen entgegen, während sie zwei Arbeitern folgte, die gerade eine Standuhr hinaustrugen und auf die Kutsche luden.

«Leopold!» Sie lief zu ihm hin und fasste ihn an den Händen. «Dass du da bist.»

In ihren Augen schimmerten Tränen, aber sie blieb gefasst.

«Guten Tag, Frau Meisel.»

«Oh, Fanny, wie lieb von dir, dass du mitgekommen bist. Max hat mir erzählt, wie heldenhaft du gewesen bist.»

«Hat er?» Fanny fragte sich, wie viel Wahrheit Max seiner Mutter zugemutet hatte ...

Sie hatte so viele Fragen. Die brennendste konnte sie ihr allerdings nicht stellen. Warum sie das Haus nun doch aufgeben mussten. Für Fanny konnte das nur eines bedeuten: Max' Rachefeldzug war fehlgeschlagen.

«Dass ihr da seid, ist das größte Geschenk», meinte Frau Meisel. «Sonst ist niemand gekommen. Von all den Nachbarn, mit denen wir befreundet waren, haben wir nichts gesehen außer ihren Schatten hinter den Gardinen.»

«Was k-kann ich machen?», fragte Fannys Vater.

«Die schweren Dinge erledigen glücklicherweise die Arbeiter. Ich könnte ja nicht ...» Sie schüttelte den Kopf. «Wir haben letzte Woche viel verkauft, es ist ja nicht so viel Platz in der neuen Wohnung in Hernals.» Sie schien sich zu besinnen. «Fanny, falls du Max suchst, er steht da hinten.»

Sie brachte ein Lächeln zustande, trotz der bedrückenden Umstände. Vielleicht war es wirklich so, dass man mehr überleben konnte, als man glaubte. Ob man dabei ganz blieb, da war Fanny sich nicht so sicher.

Sie sah Max vor der blütenweißen Fassade der Villa stehen. Sein schwarzer Anzug und Hut ließen ihn wie ein dunkler Fleck darauf wirken.

Fanny ging unter den Lindenbäumen, die die Straße säumten, hindurch und stellte sich neben ihn.

Eine Weile standen sie nebeneinander und schauten auf das Haus, ohne dass Max ein Zeichen gab, dass er sie gesehen hatte.

«Es tut mir leid», sagte Fanny nach einer Weile.

Max wandte sich ihr zu und lächelte sie an. «Was genau?»

Sie merkte, wie sie rot anlief, und hier, in der hellen Mittagssonne, konnte er gar nicht anders, als es zu bemerken.

«Dass ihr euer Haus verliert.»

Max schüttelte den Kopf. «Ich habe einen Schluck vom Tod gekostet, Fanny. Wenn du nicht gewesen wärst, wäre ich nicht wieder zurückgekommen. Manche Dinge sind wichtiger als ein Haus.»

Fanny lächelte. «Ihr zieht in eine Wohnung?»

Max nickte. «Zwei kleine Wohnungen im selben Haus, um genau zu sein.»

Einen Moment sahen sie einander schweigend an, dann konnte Fanny sich nicht mehr bezähmen. «Du hast es nicht getan», platzte es aus ihr heraus. «Du hast den Stern nicht an die ehemaligen Freunde deines Vaters verkauft.»

Max atmete tief durch. «Nein.»

«Du hättest dein Geld wiederhaben können. Und du wärst ein Held gewesen.»

Max schnaubte. «Ein Lügner wär ich gewesen.» Seine grauen Augen ruhten auf ihr, als wäre ihr Gesicht ihr Ankerpunkt. «Ich war so darauf fokussiert, Gerechtigkeit zu finden. Ich habe nicht gemerkt, dass ich drauf und dran war, wie *Leontine Kuderna* zu werden. Irgendwann wäre ich an die Schwelle gelangt, jemanden zu töten, und hätte mir selbst eingeredet, dass der Zweck die Mittel heilige. *Sie* ... sie dachte auch, es ginge ihr um Gerechtigkeit.»

Fanny wurde von ihren Gefühlen übermannt. Sie fiel ihm um den Hals und drückte ihn fest.

Langsam hob er die Arme und umarmte sie ebenfalls. So ein schönes Gefühl, so an ihn geschmiegt zu sein. Über ihr das leise Rauschen des Lindenlaubs. Sein Duft. Fanny hatte es nicht eilig gehabt, sich von ihm zu lösen, trotzdem tat sie es.

«W-wann willst du ihn zurückgeben?»

Max schüttelte den Kopf. «Nie!»

Fanny sah auf.

«Manche Dinge bleiben besser verschwunden.»

«Heißt das, du ... *behältst* ihn?» Der Gedanke hatte etwas Beunruhigendes.

Max legte den Kopf in den Nacken und sah zum Himmel, an dem vereinzelte Wolken vorüberzogen. «Zu viele Menschen sind wegen dieses Dings gestorben. Soll sie sich daran erfreuen, in ihrem Sarg.»

«Du hast ...»

Max nickte.

«Aber wie konntest du ...»

Bevor sie weitersprechen konnte, hatte Max die Hände um ihr Gesicht gelegt und sie sanft an sich gezogen. Er küsste sie lange und innig.

Sie erinnerte sich an den hastigen Lippenkontakt im *Café Korb*, als die Polizisten sie gesucht hatten. Den Kuss auf ihren falschen Bart. Seine leblosen Lippen, während sie ihn beatmet hatte.

Das hier war anders, warm, belebend, als würde sie einen Schluck konzentrierten Frühlings kosten.

Er löste sich von ihr und grinste. «Wir hatten so viele Fehlversuche. Das war ich dir schuldig.»

«Ach, das war jetzt ernst gemeint?»

Fanny schmunzelte, als Max' Blick für einen Moment zu flackern schien. Sie wusste nicht, warum, aber selbst, als sie ihn noch für einen Verbrecher gehalten hatte, war ihre schüchterne Art ihm gegenüber von Anfang an wie ausgeschaltet gewesen.

Er schüttelte lächelnd den Kopf und legte ihr die Hand auf die Wange. «Du hast mein Leben auf den Kopf gestellt, Fräulein Walzerkönig.»

«Du meines auch, Blaumeise.»

Sie wollte ihn fragen, hier und jetzt. Das dunkle Geheimnis, das Leontine erwähnt hatte. Sie wollte hören, dass sie es sich nur ausgedacht hatte, um Fanny zu manipulieren. Sie würden erleichtert lachen und die Sache für immer begraben können.

«Ich würde dich gern etwas ...»

«Max?» Seine Mutter winkte ihnen. Die Arbeiter hatten offenbar Schwierigkeiten, einen Schrank auf einen der Wagen zu hieven.

Max wandte sich ab und stapfte zu den Kutschen mit ihrem verbliebenen Familieneigenturm hinüber. Nach ein paar Schritten verharrte er und drehte sich noch einmal nach Fanny um. «Ich bin übrigens enttäuscht von dir. Die Adorias verzichten auf eine Klage. Dein Name ist reingewaschen. Wieso arbeitest du nicht?»

«Ich gehe Morgen ans Institut», erwiderte Fanny. «Da war nur etwas, das ich vorher noch fertig machen musste.»

Max betrachtete sie mit forschender Miene, dann lachte er. «Ich hoffe, du besuchst mich bald!»

Er drehte sich um und lief zu den Kutschen hinüber.

Fanny sah ihm nach.

Sie würden sich wiedersehen. Gewiss sogar. Aber morgen musste sie etwas erledigen, das keinen Aufschub duldete.

«Wer hat Sie hereingelassen?»

Kuderna wirkte mitgenommen, sein Gesicht war blasser und aufgequollener als sonst, und selbst sein Rauschebart schien resigniert an ihm herabzuhängen.

War das echte Trauer? Nach allem, was sie über die Ehe der Kudernas wusste, schien ihr das schwer vorstellbar. Aber wer konnte schon mit Sicherheit sagen, was in einem Menschen vorging.

«Gert war's», erwiderte Fanny sanft. Sie zögerte einen Moment. «Mein Beileid wegen Ihrer Frau, Herr Professor.»

«Sie kennen wohl überhaupt keine Scham», zischte er und sprang auf. «Sie sind an diesem Unglück schuld, Sie haben meine Frau da hineingezogen, um sich selbst aus der Affäre zu ziehen. Und jetzt ist sie tot.»

«Ich denke, Sie wissen, dass das nicht stimmt», erwiderte Fanny. «Trotzdem tut es mir leid für sie. Lässt man beiseite, was sie getan hat, war sie eine großartige Frau. War Ihnen das eigentlich klar?»

«Wagen Sie es nicht ...», flüsterte er und ballte die Fäuste.

«Sie haben recht, das steht mir nicht zu», antwortete Fanny. «Deswegen bin ich auch nicht hier. Sondern weil ich wieder hier arbeiten möchte. Sie wissen jetzt, dass ich nichts Falsches getan habe, so schwer das alles auch für Sie sein muss. Ich möchte Gerichtsmedizinerin werden, das ist mein Traum. Ich bin sicher, Sie verstehen das. Immerhin ist es doch auch Ihre Leidenschaft. Oder war es einmal.»

Kuderna starrte sie aus großen Augen an. Für einen Moment glaubte Fanny, einen Hauch von Begreifen darin zu erkennen, aber dann sah sie das Beben in seinen Vogelnestbrauen.

«Nicht in hundert Jahren lass ich Sie wieder hier arbeiten, Sie impertinentes Weibsbild!»

Fanny presste die Lippen zusammen und nickte. «Wie schade. Ich hätte wirklich gehofft ...» Sie schüttelte den Kopf.

«Sie wissen nicht», sagte er tonlos, «wie sehr ich diese Frau geliebt habe.»

Wirklich? Fanny runzelte verwundert die Stirn. Konnte es sein, dass es nicht an seiner Geringschätzung für Fanny lag, sondern daran, dass sie Leontines Verbrechen aufgeklärt hatte?

Nein, vielleicht zu einem kleinen Teil, aber er hatte Fanny auch schon verabscheut, als sie Leontines Favoritin gewesen war.

«Das glaube ich Ihnen», erwiderte Fanny. «Wenn auch auf

ungewöhnliche Weise.» Sie griff in den Weidenkorb, den sie bei sich trug und überreichte Kuderna eine Papierrolle. «Für Sie.»

Er nahm die Rolle mit verwirrter Miene entgegen.

«Sehen Sie es sich an, es wird Sie interessieren.»

«Wenn ich Sie dann nur endlich los bin!»

Kuderna löste das Seidenband um das Papier und entrollte es. Es schien, als würde er mitten in der Bewegung erstarren.

Fanny beobachtete, wie er noch blasser wurde als zuvor. Sie ließ den Effekt eine Weile wirken. «Ich würde gern nächste Woche wieder anfangen», sagte sie dann.

Professor Kuderna versuchte vergeblich, den Blick von dem Papier zu nehmen. «Sch... Schwester Goldmann ...» Derselbe kleinlaute Ton, den er Leontine gegenüber angeschlagen hatte.

«*Doktor* Goldmann», korrigierte Fanny. «Ich denke, eine Assistentenstelle wäre das Richtige. Ich werde alles lernen, was es braucht.»

Sie wandte sich ab und ging zur Tür von Kudernas Büro. Bevor sie es verließ, wandte sie sich noch einmal zum Professor um, der auf seinen Stuhl gesunken war.

«Keine Sorge», meinte Fanny. «Das bleibt unser kleines Geheimnis.»

Sie lächelte vergnügt, als sie wieder auf den Gang hinaustrat. Sie hatte viel gezeichnet in den letzten Wochen. Szenen, die sich ihr besonders eingeprägt hatten. In einer davon gab es ein blökendes Schaf.

Vielleicht stimmte es, was man sagte. Wenn man daran glaubte und – so musste sie einräumen – die richtigen Mittel anwandte, konnte selbst das Unmögliche greifbar werden.

«Dass ich dich noch mal seh.» Franz stand gegen die Wand gelehnt da.

«Bald wieder öfter», meinte Fanny. «Ab nächster Woche, um genau zu sein.»

Franz verzog anerkennend das Gesicht. «Nicht schlecht.»

«Genau wie du letztens ... Ich wollte dir noch dafür danken.»

Franz zuckte mit den Schultern. «War mal *was anderes.*»

Fanny war nicht sicher, ob das in Franz' Augen etwas Gutes oder etwas Schlechtes war.

«Und? Erfahr ich je die ganze Geschichte oder bleibt's beim blank polierten Polizeibericht?»

«Das ist ... kompliziert», erwiderte Fanny schulterzuckend. «Ich darf nicht, weißt du?»

Franz nickte und senkte den Blick.

Fanny hörte Schritte, dann sah sie Dr. Valdéry aus dem Sektionssaal kommen. «Was macht *die* denn hier?», fragte er Franz.

«Wir sehen uns, denke ich», meinte Fanny und wandte sich ab.

«Bis dann», brummte Franz.

Sie bog auf die Treppe ab.

«Wieso fraternisierst du eigentlich so mit der?», hörte sie Valdéry fragen.

«Ich fraternisier immer mit der klügsten Person in meiner Nähe.»

Fanny hielt inne und lauschte.

«Aha, wieso dann nie mit mir?»

Franz stöhnte. «Manche Fragen verdienen keine Antwort.»

Fanny summte vor sich hin, als sie aus dem Institut auf die Gasse hinaustrat. Sie konnte nicht erwarten, ihrem Vater und Tilde zu berichten, dass sie wieder zu arbeiten begann. Ihr Vater war bei Maria Meisel in Hernals und half ihr beim Einrichten. Fanny zog es ebenso dorthin. Konnte es einen schöneren Ausklang dieses Tages geben, als Max zu treffen? Doch vermutlich hatte er Dienst auf dem Revier. Man hatte ihn nicht entlassen, weil er auf eigene Faust ermittelt hatte, aber ihm Disziplinarstrafen in Form von Extraschichten aufgebrummt. Er hatte es im wahrsten Sinne des Wortes in der Hand gehabt, für das Wiederauffinden des Sterns der Kaiserin als Held gefeiert zu werden. Er hatte sich anders entschieden. Dass er dafür bestraft wurde, das Richtige getan zu haben, erschien Fanny seltsam.

Aber Max hin oder her, Fanny war mehr danach, mit Tilde zu feiern, die das alles von Anfang an mit ihr durchgestanden hatte. Sie hatten sich schon fast eine Woche nicht gesehen, und es gab viel zu bereden.

Sie würden auf Fannys Rückkehr ans Institut anstoßen und auf den Beginn von Tildes Volontariat am Theater nächsten Monat.

Fanny nahm einen Wagen und ließ sich zu Tildes Stadthaus kutschieren.

Noch immer heiter und beschwingt stieg sie aus und bezahlte den Kutscher. Als sie sich umwandte, wurde sie von einem Fußgänger angerempelt. Flüchtig erkannte sie einen weit ins Gesicht gezogenen Hut und ein Lächeln.

«Fräulein Goldmann!» Der Mann griff sich kurz an den Hut, wie um zu grüßen, und war einen Moment später zwischen den anderen Passanten verschwunden.

Fanny schüttelte verwirrt den Kopf. Hatte der Fremde sie gerade beim Namen genannt? Irgendwie war er ihr bekannt vorgekommen ...

Sie zuckte mit den Schultern und stieg die zwei Stufen zu Tildes Eingangstür hinauf. Gerade streckte sie die Hand aus, um die Glocke zu läuten, als sie etwas innehalten ließ.

Fanny runzelte die Stirn. Durch einen Spalt in der Tür konnte sie den Marmorboden der Eingangshalle erkennen.

Verwirrt drückte sie an der Tür, die lautlos nach innen schwang. Fanny trat ins Haus.

«Tilde?», rief sie. Ihre Stimme hallte in dem hohen Raum wider. «Überraschungsbesuch!»

Fanny hörte ein leises Tappen. Dann, rasch wie ein Schatten, kam etwas aus dem großen Salon auf sie zugelaufen.

Sie schrak zusammen, dann seufzte sie erleichtert auf.

Nur Prinzi. Der Kater begann, um ihre Beine zu streichen.

«Hallo», meinte Fanny lächelnd und strich ihm über das Fell.

Prinzi entzog sich ihr und begann langgezogen zu maunzen.

Fanny biss sich auf die Lippen. «Tilde?», rief sie erneut und lauschte. «Irgendjemand?»

Vielleicht war sie spazieren gegangen oder Einkäufe erledigen. Doch normalerweise hätte jemand vom Personal hier sein müssen.

Prinzis Maunzen wurde immer drängender. Er wandte sich von Fanny ab und schoss zurück in den Salon.

Fanny folgte ihm langsam. Sie wollte sich hier nicht allein aufhalten, deshalb würde sie nur nachsehen, ob alles in Ordnung war, dann die Tür schließen und es später versuchen, wenn Tilde wieder zu Hause war.

Sie spähte in den Salon, der noch leerer wirkte als sonst, weil Tilde nicht da war. Prinzi sprang auf die Couch und schnurrte.

Da lag etwas auf den Tisch.

Fanny wusste, dass sie es eigentlich nicht tun sollte. Trotzdem machte sie ein paar Schritte in den Raum hinein.

Es war ein großes Kuvert. Darauf stand in roten Lettern:

Fanny Goldmann

Sie sah sich erschrocken um. «Hallo?», wisperte sie. Sie spürte die Angst in ihre Glieder kriechen. Wer würde hier, in Tildes Haus, eine Nachricht für sie hinterlassen?

Zögernd nahm sie das Kuvert vom Tisch und öffnete es. Etwas fiel heraus und kullerte mit einem Klirren über den Marmorboden.

Fanny stockte der Atem, als sie erkannte, was es war.

Ein silberner Armreif, mit zwei gemeinsam fliegenden Schwalben.

Zwei Schwalben, hörte sie Tildes Stimme in ihren Gedanken sagen. *Weil eine allein beim Fliegen Angst hat.*

Ihr Geburtstagsgeschenk.

Fanny bückte sich und hob den Reif von dem kalten Marmorboden auf.

In dem Kuvert steckte noch ein kleinerer Umschlag, auf dem drei einsame Blutstropfen zu sehen waren, so als hätte jemand einen allerletzten Gruß hinterlassen.

Fannys Hände zitterten so heftig, dass es ihr kaum gelang, den Brief herauszuziehen.

An die geschätzte Dr. Fanny Goldmann,

welche Ironie, dass Sie mir bei unserer ersten Begegnung
einen kleinen goldenen Mann gezeigt haben und
ich trotzdem so lange brauchte, um Ihren Namen
herauszufinden.
Falls Ihnen zwischenzeitlich der Gedanke kam, Sie
könnten mir entkommen sein, muss ich mich für das
Schüren falscher Hoffnungen entschuldigen. Niemand
entzieht sich mir.
Sie haben etwas, das mir teuer ist, und deshalb war ich so
frei, mir etwas zu holen, das Ihnen teuer zu sein scheint.

Wie ich Ihnen schon bei unserer ersten Begegnung sagte, Sie gehören längst mir! Das, meine geschätzte Totenärztin, ist erst der Anfang. Mögen die Spiele beginnen!
In unauflöslicher Verbundenheit,
Graf M. A. Waidring

Fanny hörte, wie sich bei jedem Ausatmen ein leises Wimmern ihrer Kehle entrang.

«Tilde», flüsterte sie in die Leere des Hauses hinein.

«Tilde!»

Nein.

Nein. Sie würde nicht zusammenbrechen. Sie durfte nicht. Ihr Zittern verklang. Ihre Atemzüge verlangsamten sich, wurden tiefer. Sie wurde ganz ruhig, während sie entschlossen die Fäuste ballte und die Kiefer aufeinanderpresste. Der Schrei ihrer Wut hallte noch lange in dem großen Salon wider.

NACHWORT

Was ist echt, was ist Fiktion?

Während es mir ein Bedürfnis war, mich an den realen Verhältnissen in Wien um 1908 zu orientieren, habe ich mir doch hier und da ein paar Freiheiten genommen. Um Ihnen einen Überblick zu bieten, was Realität ist und was der Phantasie entspringt, möchte ich an dieser Stelle ein paar Themen und Personen hervorheben.

DIE MEDIZIN

Die medizinischen Fakten in dieser Geschichte entsprechen tatsächlich dem damaligen Stand des Wissens, der durchaus schon beträchtlich war. Nicht nur kulturell stellte die Jahrhundertwende eine Blütezeit dar, auch in Wissenschaft und Medizin gab es weitreichende Erkenntnisse.

Die Anfänge der Chemotherapie und der Erforschung antibakterieller Medikamente läuteten eine Ära der rasanten Medikamentenentwicklungen ein, deren Ende, Gott sei Dank, noch immer nicht in Sicht ist. Die Wiener Gerichtsmedizin, eine der fortschrittlichsten der damaligen Zeit, hatte ihre erste große Stunde sogar schon ein wenig früher, als sie ins breitere Bewusstsein rückte. 1881 brannte das legendäre Ringtheater ab. Hunderte Menschen kamen bei dieser Katastrophe ums Leben. Die Toten wurden damals erstmals aufgrund der Stellung ihrer Zähne identifiziert, was den Grundstein für die forensische Zahnmedizin und die Wiener Schule der Kriminalistik legte.

Etwas Persönliches dazu: Seit dieser Katastrophe muss in Wien bis heute eine uniformierte Feuerwache im Theater verbleiben, bis der letzte Gast das Theater verlassen hat. Diesen Job habe ich selbst während meines Studiums ausgeübt und immer genossen.

FRAUEN

Besonders in gebildeten bürgerlichen Kreisen tat sich Anfang des 20. Jahrhunderts viel in Sachen Frauenrechte. Einige Vorreiterinnen stießen in verschiedenste Bereiche der Kunst und Wissenschaft vor. So gab es vereinzelt bereits praktizierende Medizinerinnen. Eine Frau an einer Gerichtsmedizin wäre also durchaus im Bereich des Möglichen gewesen.

Zwischendurch habe ich in dieser Geschichte einige der vielen interessanten Frauengestalten dieser Zeit erwähnt.

So entwarf die Modedesignerin und Muse Klimts, Emilie Flöge, tatsächlich das von Leontine getragene «Reformkleid».

Auch Fannys Lieblingsbuch, *Das Goldene Frauenbuch. Die Frau als Hausärztin* von Anna Fischer-Dückelmann mit seinen sehr fortschrittlichen Ratschlägen, existiert wirklich – und war seinerzeit ein Millionenbestseller.

Eine Hochschulbildung der Töchter war meist nur in sehr

wohlhabenden Familien möglich. Die Ausübung des Berufs endete in der Regel mit der Hochzeit.

Ein prominentes Beispiel ist die Künstlerin Alma Mahler, deren Ehemann, der Komponist Gustav Mahler, ihr vor der Ehe ganz klar darlegte, er wolle ein *Eheweib*, das ihm die Kleinigkeiten des täglichen Lebens abnahm, keinen *Kollegen*.

KAISERIN ELISABETH

Sicher wissen viele von Ihnen, dass die Elisabeth von Österreich-Ungarn (1837–1898) nichts mit der reizenden, von Romy Schneider verkörperten Filmversion gemein hatte.

Belegt sind der Schönheitswahn der Kaiserin, die in ihrer Familie «Sisi» genannt wurde, ihre Melancholie und ihre Essgewohnheiten, die eine Essstörung suggerieren. Auch besaß sie eine eigene Spritze für ihren Kokainkonsum. Es war ihr als Medikament gegen ihre Melancholie verordnet worden. Den Wechsel zwischen Euphorie und tiefer Traurigkeit habe ich versucht, in diese Geschichte einzuweben.

Dass sie manchmal handgreiflich wurde (zumindest ihrer Friseurin gegenüber), ist belegt, wenn diese aus Versehen der Kaiserin Haare ausriss.

Die Details, die Fanny zu ihrer Obduktion nennt, entsprechen den Tatsachen, eingeschlossen die Hungerödeme.

Die Darstellung ihrer Ermordung ist historisch korrekt, außer dass Lucheni ihr nicht den Stern stahl, weder für sich noch für die fiktive Leontine.

Elisabeth merkte zunächst tatsächlich nicht, dass sie verwundet worden war.

Die Sterne waren bekanntermaßen der liebste Schmuck der Kaiserin. Es gab viele kleinere und ein paar größere, aber vermutlich nicht einen einzelnen, der größer war als alle anderen und der in meiner Geschichte eine zentrale Rolle spielt.

In ihren manischen Phasen verschenkte Elisabeth diese Schmuckstücke an ihre Günstlinge. Einige davon sind bis heute erhalten, acht von ehemals siebenundzwanzig. Einer der größeren Sterne wurde in jüngerer Vergangenheit Gegenstand eines spektakulären Diebstahls: 2007 sprang der Kanadier Gerald Blanchard aus einem Flugzeug über Schönbrunn mit dem Fallschirm ab, brach in die Ausstellungsräume ein und tauschte den Stern gegen ein Duplikat aus. Das Ganze fiel erst auf, als Blanchard in Kanada bei einem Banküberfall gefasst und der Stern gefunden wurde.

DER HISTORISCHE LEITER DER GERICHTSMEDIZIN

Bei Professor Kuderna handelt es sich um einen rein fiktiven Charakter. Ich hatte eine Weile überlegt, den historischen Leiter der damaligen Gerichtsmedizin in den Roman einzubinden. Da mir für diese Geschichte jedoch ein eher unsympathischer Charakter vorschwebte, wäre das nicht korrekt gewesen, denn der historische Institutsvorstand, Professor Albin Haberda, gilt wirklich als einer der ganz Großen seines Fachs. Ein paar Informationen über ihn möchte ich Ihnen an dieser Stelle zur Verfügung stellen: Wegen der Erkrankung des Leiters stand Albin Haberda (1868–1933) ab 1898 als dessen erster Assistent der Wiener Gerichtsmedizin vor. 1916 wurde er Ordinarius und Vorstand des Instituts. Haberda war eine Koryphäe auf seinem Gebiet, und erst durch seinen Einsatz erhielt die Gerichtsmedizin das Gebäude, das als Vorbild für das Institutsgebäude im Roman dient. Seine bedeutendsten wissenschaftlichen Arbeiten verfasste er zum Thema Kindesmord, gewaltsame Todesursachen und Abtreibung. Als Gerichtsgutachter war er sehr gefragt und bei seinen Studenten hochbeliebt.

Haberda war verheiratet, jedoch nicht mit Leontine, die ebenfalls eine rein fiktive Figur ist.

LUIGI LUCHENI

Den Mörder der Kaiserin, einen aus Italien stammenden Hilfsarbeiter, habe ich den historischen Quellen entsprechend dargestellt. Vermutlich sprach er jedoch nicht so gut Deutsch wie in dieser Geschichte. Fiktion ist auch, dass Lucheni (1873–1910) in einem geheimen Kerker in Wien festgehalten wurde. Tatsächlich verübte er in seinem Genfer Gefängnis Selbstmord. Makabererweise wurde sein Kopf abgetrennt, nach Wien gebracht und im Wiener Narrenturm, der ersten Psychiatrie der Welt, untersucht und aufbewahrt.

Wenn Sie die Geschichte dieser Einrichtung interessiert, darf ich Ihnen meinen Roman «Im Schatten des Turms» ans Herz legen, in dem der Narrenturm eine zentrale Rolle spielt.

So weit zum historischen Hintergrund. Der persönliche Kontakt zu meinen Leserinnen und Lesern, zu Ihnen, ist mir sehr wichtig. Auf Ihre Fragen und Anregungen antworte ich gern. Wenn Sie sich für Medizin und Geschichte interessieren, informiere ich Sie etwa einmal im Monat per E-Mail über spannende Fakten. Auch stelle ich Ihnen auf diesem Weg immer wieder Kurzgeschichten und Bonuskapitel zur Verfügung.

Es würde mich freuen, wenn wir bald voneinander lesen, einfach eintragen unter:

www.reneanour.com/insider

Alternativ finden Sie mich auch auf
Instagram (@reneanour_autor) und
Facebook (@anournovels).

Ihr
René Anour

GLOSSAR

MEDIZINISCHE BEGRIFFE

Abdomen – Bauchraum.

Antagonisieren – lat. entgegenwirken; in der Medizin: ein Mittel verabreichen, das die Wirkung eines anderen aufhebt.

Aphasie – erworbene Sprechstörung.

Ballistisches Trauma – Schusswunde.

Caecum – Blinddarm.

Colon – Dickdarm.

Conclusio – Schlussfolgerung.

Curare – Pfeilgift der Ureinwohner im Amazonasgebiet; lähmt die Muskulatur.

Dorsal – Anatomische Richtungsbezeichnung. «Richtung Rücken».

Duodenum – Zwölffingerdarm, nach dem Magen erster Abschnitt des Dünndarms.

Formalin – Chemikalie, die u. a. zum Fixieren und Härten, sprich zur Haltbarmachung, von Organproben, aber auch ganzen Körpern verwendet wird.

Genu valgum – X-Beine.

Ileum – Krumm- oder Hüftdarm, Teil des Dünndarms.

Jejunum – Leerdarm, Teil des Dünndarms.

Kallus – neu gebildete Knochengewebe an der Bruchstelle einer Fraktur.

Marquis-Reaktion – Substanzgemisch, das durch eine Farbänderung das Vorhandensein von Morphin nachweisen kann.

Molar – großer Backenzahn.

Musculus trapezius – Trapezmuskel, wegen seiner Lage am Nacken auch Kapuzenmuskel genannt.

Neuromuskuläre Synapse – Verbindung zwischen Muskel und Nerv. Hier wird der Reiz des Nervs durch Botenstoffe an den Muskel weitergegeben.

Odontostomatologie – dient insbesondere der Identifizierung von Leichen anhand des Vergleichs ihrer Gebisse und Kiefer.

Ohne Befund – in Ordnung, gesund.

Pediculosis – Infektion mit Läusen.

Perforatio Cordis – Durchlöcherung des Herzens.

Physostigmin – Wirkstoff, der einen Teil des vegetativen Nervensystems, den Parasympathikus aktiviert. Kann als Gegengift für Curare dienen.

Pruritus – Juckreiz.

Rachitis – durch Vitamin-D-Mangel hervorgerufene Knochenkrankheit, die früher oft bei Kindern auftrat.

Reagenz – Stoff, der chemische Reaktionen bewirkt und dadurch zum Nachweis von Elementen und Verbindungen dient.

Reponieren – Zurückbringen in Normallage.

Sternumschere – lat. *sternum,* Brustbein. Die Sternumschere wird hauptsächlich für die Durchtrennung desselben genutzt.

Stimulus – Reiz.

Temporales Hämatom – Bluterguss im Schläfenbereich.

Thorax – Brusthöhle.

ÖSTERREICHISCHES

Austrodaimler – zur damaligen Zeit in Österreich hergestelltes Automobil der Marke Daimler.
Gfrast, (das) – heimtückischer, bösartiger Mensch, manchmal auch ein nerviges Kind.
Granteln – seiner miesepetrigen Laune Ausdruck verleihen.
Kaisersemmeln – rundes, sternförmig eingeschnittenes Gebäck.
Marillen – Aprikosen.
Matura – Abitur.
Mezzanin – niedriges Zwischengeschoss, meist zwischen Erdgeschoss und erstem Obergeschoss oder unmittelbar unter dem Dach.
Pantscherl – Verhältnis, Affäre.
Pumperlgsund – kerngesund.
Prosekturgehilf*in – Assistent*in bei Obduktionen.
Sandler – Obdachloser.
«Scheiß di net an!» – derb: «Mach dir nicht ins Hemd!»
Schlagobers – Schlagsahne.
Tram – Straßenbahn.

DANKSAGUNG

Ich habe das große Glück, von Menschen umgeben zu sein, die mich mit ihrer Warmherzigkeit, ihrem Humor, ihrer Ehrlichkeit und Loyalität täglich zu neuen Geschichten inspirieren und damit mithelfen, den Charakteren darin Leben und Seele einzuhauchen. Ihr wisst schon, wer ihr seid. Danke, dass ihr es mit mir, «dem Bürgermeister vom Klugscheißerland», aushaltet.

Überdies bedanken möchte ich mich bei Anne Rudolph vom Rowohlt Verlag. Anne, danke, dass du an dieses Projekt geglaubt hast, es mit Herz und Professionalität begleitest und dass ich mich immer auf dein super kompetentes Urteil verlassen kann.

Danke auch an Dr. Ulrike Brandt-Schwarze für ein respektvolles und intuitives Lektorat, das dem Text sehr weitergeholfen hat.

Und meiner Agentin, Anja Koeseling, vielen Dank, dass du mich mit so viel Elan und Humor auf meiner Autorenreise begleitest und deinen Beruf mit so viel Leidenschaft lebst.

René Anour

Die Totenärztin: Goldene Rache

400 Seiten

Ein Mord und eines der berühmtesten Gemälde der Welt: Gustav Klimts «Der Kuss»

Wien, 1908. Fanny Goldmann sucht keine Abenteuer. Sich gegen ihre männlichen Kollegen in der Gerichtsmedizin zu behaupten, die in ihr mehr Assistentin als fähige Ärztin sehen, ist nervenaufreibend genug. Doch bei dem Versuch, einen Mord aufzuklären, ist sie in Kontakt mit der Wiener Unterwelt gekommen. Und die lässt sie nun nicht mehr los. Graf Waidring, ein ebenso gefährlicher wie mächtiger Mann, erpresst Fanny. Sie soll für ihn einen seiner Männer obduzieren, der tot aufgefunden wurde. Hat der Mord etwas mit dem neuen Gemälde von Gustav Klimt zu tun, dem sogenannten Kuss? Und was macht Fanny, wenn sie den Mörder tatsächlich findet? Liefert sie ihn aus? Oder verbündet sie sich mit ihm gegen Waidring?

Band 2 der Reihe um die Totenärztin
Erscheint am 19.10.2021

Weitere Informationen finden Sie unter **rowohlt.de**